莽荒诡境

无意归 著

北京理工大学出版社
BEIJING INSTITUTE OF TECHNOLOGY PRESS

版权专有　侵权必究

图书在版编目（CIP）数据

莽荒诡境.Ⅱ/无意归著.—北京:北京理工大学出版社,2017.3
ISBN 978-7-5682-3628-7

Ⅰ.①莽… Ⅱ.①无… Ⅲ.①长篇小说-中国-当代 Ⅳ.①I247.5

中国版本图书馆CIP数据核字(2017)第014252号

出版发行 / 北京理工大学出版社有限责任公司
社　　址 / 北京市海淀区中关村南大街5号
邮　　编 / 100081
电　　话 / （010）68914775（总编室）
　　　　　（010）82562903（教材售后服务热线）
　　　　　（010）68948351（其他图书服务热线）
网　　址 / http://www.bitpress.com.cn
经　　销 / 全国各地新华书店
印　　刷 / 北京欣睿虹彩印刷有限公司
开　　本 / 710毫米×1000毫米　1 / 16
印　　张 / 18
字　　数 / 225千字
版　　次 / 2017年3月第1版　2017年3月第1次印刷
定　　价 / 35.00元

责任编辑 / 高　坤
文案编辑 / 高　坤
责任校对 / 周瑞红
责任印制 / 马振武

图书出现印装质量问题，请拨打售后服务热线，本社负责调换

一

"刘大当家你说,冷长官两个时辰能赶回来吗?"坐在一棵足有三人合围粗的大树底下,林从熙从森林里寻了些野果回来,分与王微奕、刘开山等人一起分享,边吃边问。

刘开山似乎藏有沉沉的心事,一副心不在焉的样子,对林从熙的问题置若罔闻。

林从熙讨了个没趣,转向王微奕:"王教授,你知道冷长官的过去吗?"

王微奕先前重新接收了一次水晶球的"催眠",精神好了许多,答道:"略知一二。"

卜开乔也来了兴趣:"他为什么老是一副冷冰冰的样子呢,是他不会笑吗?"

王微奕叹息了一声:"说起来,冷长官可是个受尽磨难的人……"

没有人知道冷寒铁的确切身世,只知道他出现在世人的面前时尚是个十几岁的少年,衣衫褴褛,神情冷漠,似乎经历过巨大的变故,使得他的心境过早地沧桑老化。他当时所踏临的是西北的某个小镇,镇上民风彪悍,极为好斗。有混混见到陌生人,前去挑衅,却被冷寒铁三两下打得抱头乱窜而去。混混不服,纠结了十余人持棍拿棒地前去报仇,然而接下来的事情却成为他们后半生中挥之不去的噩梦。冷寒铁赤手空拳应对十余名混混的棒棍交加,却依然毫无惧色。他全身上下浑如钢铁铸就,一双拳头就是世界上最可怕的武器,而他凌厉的杀机让每一个混混事后回想起来骨子深处都忍不住涌出一股战栗。

"他就是个魔鬼,天生的杀人恶魔。"领头的混混不止一次在醉后如此哭泣道,全身颤抖不已。无人会去嘲笑他。因为能够活着从冷寒铁的拳头下走出来的,只有寥寥数人。那都是识时务且腿脚伶俐的人,其余的人全都折损在冷寒铁的铁拳之下,一个个不是头破血流,就是肋骨寸裂。他们所带去的棍棒则像火柴一般地被冷寒铁轻易折断,丢弃在地,或者捅入混混们的腹中。整个打斗只持续了一盏茶的时间。冷寒铁毫发无损,混混们却死伤一地。那一幕打斗的场景震慑住了小镇上的所有人。在很长的一段时间里,小镇上的居民无人敢再招惹陌生人,哪怕对方只是一个黄发稚童,镇上的武斗之风也渐渐消散。

冷寒铁在小镇上大开杀戒,自然引起了当局震动。当地县长派了五十余名军警前去缉捕冷寒铁,然而冷寒铁却神出鬼没。军警们将小镇闹得鸡飞狗跳,却根本抓捕不到冷寒铁。无奈之下,县长接受了属下的一个建议,四处贴出告示,说是抓到杀人凶手(冷寒铁)的父母,如果凶手不主动投案的话,将拿他的父母来顶罪。

这本是一个病急乱投医的计策,却成功地招引来了冷寒铁。当他走进县府大院时,整个大院都震动了。那些军警一个个如临大敌,握着枪,手却在打战,仿佛被包围的是他们。冷寒铁面无表情,眼睛里却闪烁着灼热的光芒。这光芒就像一把熊熊烈火,烧灼每一个人的心。随后他见到他的"父母":披头散发被绑缚在柱子后,看不清表情。旁边则是两把枪顶着他们的头颅。

冷寒铁就像一条受伤的狼一般,凄厉地叫唤了起来。声音里有悲,有愤,亦有喜。声音高亢,响遏行云,撕裂每个人的耳膜。紧接着,一道银光从他的袖中飞出,卷住抵在他"父母亲"头颅上的枪支。握枪的两名军警也算是百里挑一的人物,然而却被这一股大力所拖拽,手枪脱手飞出。冷寒铁随即长啸一声,扑身而上,准备救出自己的"父母亲"。

"住手!"一声暴喝响起。

冷寒铁定睛看去，却见一名三十多岁的中年男子背着手走出。他正是县长陈道余。说起来，这陈道余也算个人物。他将手一挥，后面的军警抬出一挺机关枪，对准冷寒铁和他的"父母亲"。陈道余淡淡地说："就算你能够救你的家人，也不可能带着他们一起逃出这座大院。投降吧！"

冷寒铁怔怔地注视着身后黑洞洞的枪口，又看了下眼前的"父母亲"，有血自他的眼角渐渐渗出——只有无尽的悲伤才可能现此血泪。他"扑通"一声跪下，对着"父母亲"长拜了三下，随即伏在地上，一动不动。

陈道余见状，连忙一挥手，顿时有军警拿了铁链上去，将冷寒铁五花大绑起来。陈道余再一挥手，有军警将冷寒铁"父母亲"身上的绳索解开，护送他们出了院子。自始至终，冷寒铁都没有半点挣扎和反抗，也没有抬头看一眼他的"父母"，仿佛已经伤心到绝望。

陈道余抓住冷寒铁，并没有将他按律处决，而是悄悄地将他押送到"西北王"李宗南那里。从此这个孤僻凶狠的少年从世人的眼中消失。他经过特别的训练后，进入最隐秘的军队系统，执行最隐秘的任务。

然而十年前，在奉命执行一项秘密任务之后，他再度消失。当局的最高领导人几乎发疯，调动一切人力来查找他的下落，然而大海捞针般地全国搜了半年却毫无音信，包括冷寒铁执行任务时所带去的四名部下也全都下落不明，生不见人，死不见尸。

当局领导人在痛心之余，渐渐死心，将冷寒铁拉入死亡名单。

在冷寒铁"消失"三个月后，中国西南的一个小县城来了一个流浪汉。说是流浪汉，是因为他须发乱成一团，身上的衣服破烂不堪，而且沾满了草汁果渍，眉目间没有半点生气，就像是跋涉了千万里的路前来投亲却发现亲人已经绝户一般。如果说他与其他流浪汉有什么不同的话，那就是他从来不向人乞食，也不拾食垃圾。他只是行尸走肉般地在县城里四处游荡，渴了找井舀口水喝，饿了就找些野果，偶尔也会去别人田间采摘一些蔬菜或者是抓取人家的鸡，都是生吃。若刚好被主人撞见，免不了挨一顿臭骂乃至棍打。他也从不反抗，最多只是伸手遮挡一下。

铁打的身子，也禁不起这样的风餐露宿，饮血茹毛。终于有一天他病倒了，发起高烧，像一堆垃圾蜷缩在街头的角落里。过往的人群都拿厌弃的目光看着他，仿佛他就是一根腐烂发臭的木头。后来，一位卖豆腐的老人路过，见他一副可怜样，忍不住叹了口气，将他扶起，喂了他一碗热气腾腾的豆腐脑。

一碗豆腐脑救了一条人命。流浪汉混浊已久的眼睛中，第一次透出了一丝光亮。这份光亮感染了老人。"罢罢罢，送佛送西天，救人救到底。你要是不嫌弃的话，就跟我一起回家吧！"

从此流浪汉就跟随老人一起生活。老人本名刘大屋，因以卖豆腐为生，别人就叫他"刘豆腐"。他中年丧妻，留下一女刘秀梅，生来就是哑巴，虽然长相也不错，勤快贤惠，但因这一缺陷，加上家境贫寒，年过二十仍未出嫁。

在哑女的细心照顾下，流浪汉很快就康复过来，开始帮着这个家庭做一些力所能及的事情。刘豆腐救他一开始不过是因为动了恻隐之心，但很快他就发现，流浪汉是一个绝佳的劳动力。平日里做豆腐，需要推磨，他和哑女往往合力辛苦半宿，还磨不了五十斤黄豆。而流浪汉一个人就将磨盘推得跟风转一般，不消一个时辰就磨好了七八十斤黄豆，然后白天里他就跟在刘豆腐后面挑着做好的豆腐走街串巷地卖，卖完了再回家。

不过流浪汉有个缺点，那就是几乎不开口说话。无论刘豆腐怎么旁敲侧击他的过去，他都闭口不言。整日里他只是像头老黄牛一般地跟着刘豆腐一起做豆腐、卖豆腐以及收购黄豆，没提过工钱，也不讲究吃与穿。邻里不觉都暗暗羡慕刘豆腐，夸他善有善报，捡了个好劳力。

看着流浪汉用朴实与勤快撑起了这个家，刘豆腐打心眼儿里喜欢上他，开始琢磨寻思，是否可以将他与哑女撮合在一起。哑女虽然口不能言，但心头却亮堂着，看流浪汉长得熊腰虎背，孔武有力，而且终日里沉默寡言，与自己是天生的一对，也不觉暗暗欢喜。

可惜流浪汉似乎对刘豆腐和哑女的心思视而不见，他更多是沉浸在自我的世界里，时常孤独地坐在门口，望着天边的白云发呆，眼神中有痛苦，也有迷惘，甚至有冷酷。那时候刘豆腐和哑女便会觉得他有点陌生，隐约地感觉到他与自己的世界不同。

如果日子就这样平淡地过去，也许流浪汉身上的棱角就会被渐渐磨平，萦绕在他身上的重重谜团也就埋葬在岁月的尘埃之中，他将会顺从刘豆腐的意愿，与哑女成亲，每日里做豆腐、磨豆腐，再生一堆孩子，等孩子长大了之后再教他们做豆腐、磨豆腐，如此了却余生。

然而有些人就像是凤凰，注定无法平静度日，而要在烈火中完成自己的涅槃。这天流浪汉与刘豆腐卖完豆腐回家，刚走到巷子口，刘豆腐就被邻居急急拉住："刘豆腐，你家哑女出事了，快回去看看！"

刘豆腐一听，立即跌跌撞撞地往家里赶去。流浪汉挑着担子，大步流星地抢先一步到家。一到家门口，却见房门紧闭，门口守着两条满脸横肉的壮汉，腰间还别着枪。街坊邻居见到这等架势，都敢怒而不敢言，只能暗叹刘豆腐命里注定有这一劫，好日子刚开始，却飞来这等横祸。

壮汉见到流浪汉，伸手将他拦下，傲慢地说："我们家少爷在里面办事，闲人不得入内。"说完，又拍了拍腰间挎着的枪，"如果识相的话，就滚得远一些，小心性命！"

刘豆腐赶到，见到这等架势，心中顿时一凉："这……两位大爷，你家少爷在我家里做什么呢？"

壮汉哈哈大笑道："那个哑巴是你女儿？那恭喜你了！我家少爷看上她了，正在为她上课，讲解男人与女人的区别。"

"上课，上劳什子课……"刘豆腐自然明白壮汉的意思，心里一急，也顾不上什么，径自就往里闯。

"老东西，你要找死吗？"壮汉大喝道。其中一个伸手就要去推刘豆腐，未等出手，只觉脖颈处一阵剧痛传来，眼前一黑，整个人昏倒在地。另外一个壮汉见状大惊，下意识地要去掏枪，然而已经迟了半拍，一把扁担直接敲在他的脑门上，将他打得一个趔趄，软绵绵地躺了下来。

流浪汉一脚踹开门，只见一油头粉面、二十多岁的年轻人正提着裤子，嘴边尚挂着一丝淫邪的笑容从哑女的房间里走出来。房内，哑女赤身裸体地躺在床上，死了一般地动也不动，似乎已被年轻人打昏过去。

年轻人见到流浪汉和刘豆腐，先是一怔，随即流露出不屑的表情："你俩谁呀，没看到大爷正在办好事吗？哦，难不成你们也想沾点光？好啊，反正大爷也爽过了，你们想上就随便上。"说完还咂一咂嘴，"这哑巴还是黄花闺女呢，刚被大爷破了处，便宜你们了。"

刘豆腐看着眼前的这一幕，五雷轰顶，老泪纵横："你个畜生，我……我跟你拼了……"说完朝着年轻人撞去。

年轻人闪身躲过："你个糟老头，知道我是谁吗？我是省政府张主席的侄子张群宾！不要给你脸不要脸。你要是惹我翻脸，不要说你女儿，我连你全家一起杀！"

"省政府张主席的侄子"，这几个字如同一连串的子弹，瞬间穿透了刘豆腐的心脏。他的身体抖颤了两下，身体就如同霜打过的芦苇，变得脆弱、空洞。他如行尸走肉般走进房里，替哑女盖好被子，随即佝偻下腰，"扑通"一声跪在床前，像个孩子一般哭泣起来。

张群宾看到刘豆腐被自己的名头镇住，洋洋得意地提着裤子准备出门去，却发现眼前那个沉默的男子不知道什么时候手上已经多了一把刀——那是用来切豆腐用的钝刀。

"你要做什么呢？"张群宾惊声叫了起来，随即声音又更加尖锐地叫唤道："孟牛，易利，你妈的两头猪，你们哪里去了？"

流浪汉一脚踹在张群宾的肚子上。他登时捂住肚子在地上打滚，疼得发不出一点声音，额角渗出黄豆大的汗珠。

流浪汉踩住张群宾的两条腿，手中的刀一挑，已将他的裤子划破，随即寒光一闪，年轻人憋在肚子里的惨叫声顿时被释放了起来："啊……"他低头一看，下体已经血淋淋的一片，顿时两眼翻白，不省人事。

刘豆腐听到惨叫声，看到眼前的情形，不觉呆住了，顿足道："他可是堂堂一省之长的侄儿，权贵之家，你怎可将人家给阉了呢？这下可好，闯下大祸了，该怎么办呢？唉，冤孽啊，冤孽……"一时间，刘豆腐万念俱灰，瘫坐在椅子上，目光没了半点精神。

流浪汉将张群宾被切下的那话儿丢入他的裤子中，包好，再拽着他的脖子，像提溜个破麻袋一般地拎到外面，扔在冰冷的巷子里，然后又回屋提了尿壶出来，将里面的尿浇在两名被打昏的保镖头上。

孟牛和易利两人一激灵，转醒过来，一眼看到少爷张群宾昏倒在地上，下体一片血肉模糊，顿时吓得灵魂出窍："你……你……你好大的胆，敢伤害省主席的侄儿，你就等着受死吧！"说完，两人慌乱地抬起张群宾，往省政府跑去。

乡亲们全都炸开了锅，一个个惊疑地看着刘豆腐家，然后又悄悄地缩头进了屋。他们都是安分的小百姓，信奉的是"民不与官斗"，寻常里见到官员都是绕着走。在他们的概念里，省政府主席几乎就相当于"土皇帝"，而伤害了省政府主席的侄儿，那等于是捅破了天的大祸，大家可以想象得到刘豆腐一家人的下场，怕牵连到自己，于是一个个在心里叹息着，但也只能是叹息着。面对冷森森的枪弹，平头百姓只有悲愤的分儿，根本无力抗争。

刘豆腐的心中亦是一样的苍凉、悲哀。对他来说，这是一个飞来横祸，是他命中的劫。他不会去想这个灾难乃是张群宾一手所造成，要去对他申讨，或者说流浪汉将他阉割乃是对他应有的惩罚，他只是痛心哑女的苦难，又为流浪汉的鲁莽举动感到忧心忡忡。他只觉得天塌了，巨大的重量全都压在他和家人的身上，令他们喘不过气来。

"你快逃吧，逃得越远越好。"他颤颤巍巍地从箱底里掏出一个小布袋，里面放着30块大洋，那是他所有的积蓄，本打算作为哑女的嫁妆，"你得罪了省主席，他们不会放过你。所以，唉……这些钱你收着吧，当路费。走了就不要回来。"

流浪汉默然，没有接刘豆腐的钱，也没有说话。他只是失神地望着窗外仄窄的天空，仿佛那上面有个人在与他相对凝望着似的。

刘豆腐叹息了一声，将钱放在流浪汉的身边，随即又垂着泪回到哑女的房间，一点一点地替她擦拭脸上的泪痕和伤痕。他是如此专注与伤心，以至于没有听见流浪汉喃喃自语的一句话："我以前杀过人的……"

天，很快就阴了下来。更阴更暗的，是人的心。

哑女醒了过来。她没有痛哭，也出不了声，只是躺在床上，偏着头，悽楚地望着被暮色渐渐包拢住的流浪汉，良久都不曾移开目光。

流浪汉缓缓地转过头来，注视着她目光中的恸伤，一字一句地说："我不会再让任何人伤害你。"

一行泪终于自哑女的眼窝深处溢出，湿了枕头。

有喧哗声从小巷的尽头遥遥传来。流浪汉从锅里掏出一块煮熟了的豆腐，大口吃下，又喝了碗汤，随即像饭后散步一般，慢慢地踱出了房子。没有月光，没有灯光。他看起来是那么孤独，连个影子的陪伴都没有。

哑女忽然泪如雨下，一串一串的，像断线了的珍珠。她飞快地穿好衣服，跑了出去，倚在门口，痴痴地望着流浪汉的身影与一大群军警的身影渐渐地融合在一起。

"就是他！就是他打伤了少爷！"走在最前面的正是孟牛。他鼻青脸肿的，显然因为失职而被他的主人痛打了一顿。他大概是急于将功赎罪，不顾曾被流浪汉打晕过一次，手持一把大砍刀冲了上来。

"不要打死他。主席说了，要活的，他要亲自审问！"军警中有人叫喊道。

孟牛赤红着眼，不顾命令，手中的大刀劈头朝流浪汉砍去。忽然眼前一花，他还没弄明白怎么回事，整个身体已不由自主地飞起，重重地撞向身后如潮水般涌来的军警。

那些军警本来都抱着为主席立功的念头，想着一个卖豆腐的，即便练过两下子身手也不可能好到哪里去。他们二十多名受过训练的军警来抓捕他一个人，还不是手到擒来？然而他们连对方的颜面都没有看清，就被孟牛的身躯撞倒，随即脸上、心窝如同挨了一记铁锤，疼痛汹涌而来，只剩下躺在地上铁青着脸大口喘气的分儿。

刘豆腐和哑女目瞪口呆地望着眼前的情景。二十多个全副武装的军警，竟然抵不过流浪汉的赤手空拳，只在这么一瞬间，全都倒地不起。

"你究竟是谁？"刘豆腐战战兢兢地问流浪汉，"你是人还是鬼？"

流浪汉依然不语。哑女望着他，眼神复杂，既有感激，也有羞愧，最深的却还是痛苦。眼见这一战，流浪汉在她心目中的地位越发高大，然而她自己却遭受花花公子张群宾的凌辱，清白身子就此断送，与他之间的距离拉扯得更开了。

命运多舛，约莫如是。曾经近二十年的光阴中，她一直活在自卑、自闭的世界里，是流浪汉的到来，点燃了她生命的光亮，让她看到幸福的蒲公英在不远处悠悠飘荡。然而就在她即将靠近它时，却突然来了这么一场狂风，不仅将蒲公英吹远了，更将其撕成了零碎。

刘豆腐沉沉叹息了一声，道："不管你是谁，你对我们刘家，有恩。我刘豆腐在此叩谢你的大恩大德。但我还是那句话，你走吧，走得越远越好，永远都不要再回来。我知道你有一身好武艺，但双手难敌四拳。他们有权有势，人又多，最重要的是手上有枪。这次你能够打赢他们，但下次……唉，所以你拿上钱，走吧！"

流浪汉伸手扶住刘豆腐的叩拜。刘豆腐挣扎了两下，却发现对方如同一块钢铁般，牢牢地将自己的身体托住，知道拗不过他，遂放弃叩拜，但口中依然坚持道："你快走吧！你若念我们相处数月的情谊，就将哑女也一并带走。我也知道，哑女现在这样子配不上你，只求你能够将她当作妹妹看待，哪怕当个丫头使唤都可以。"

流浪汉突然哑声道："省政府在哪儿？"

刘豆腐怔了下，随即惊道："你要去省政府做什么？"

流浪汉面无表情地回答："讨个公道。"

刘豆腐看着流浪汉，惊慌道："你去了有什么用？不等你见着省主席，他们就会将你抓起来。"

"我自有办法。"

刘豆腐眼中的惊疑越来越重:"你……到底是什么人呢?"

流浪汉的脸上第一次现出一丝痛苦的表情:"我也不知道我是什么身份。但我刚才看着那些人感觉有点熟悉。"

"你是他们的人?"刘豆腐倒吸了一口气,"那你怎么还将他们都打倒在地?"

"因为他们对于现在的我来说,只是陌生人。"流浪汉斟酌着字眼,"我也只是感到熟悉而已,未必代表我就是他们的人,也许我是他们的敌人。"

"你不记得过去的事了?"刘豆腐难以置信地看着他,"谁能让你这样?"

"我什么都不知道,也什么都不想知道。我只想先把眼前的事情解决掉。你告诉我,省政府在哪儿?"

"好吧,我告诉你。省城离这里还有二三百里地,但省政府具体在省城哪里我就不知道了。"

"二三百里地?"流浪汉的眉头微微皱了起来,"那他们怎么可以这么快到这里?"

二三百里就算是开车,往返至少也要五六个小时,而孟牛等人去而复返前后不过一个多小时而已。

"这……"刘豆腐亦不得其解。

流浪汉没有再多问话,提了桶水走出去。

巷子的地上,仍然横七竖八地躺着几名昏迷的军警,包括孟牛。那些断手断脚的,只要能够爬动,都挣扎着跑了,谁都不敢再多留在这魔鬼之地片刻。只有那些被踢中脑袋的人,一时半晌尚无法醒来,也无人分身来照顾他们。

流浪汉将一桶水都泼到孟牛的头上。他抖了一下,缓过气来,一眼看到流浪汉的脸,顿时如同见到阎王般尖叫了一声,随即俯下身来,磕头如捣蒜:"好汉饶命、饶命啊!小的上有八十岁高堂,下有嗷嗷待哺的小儿,他们都指着我一个人养活他们。好汉,爷爷,求求你不要杀我,杀了我,我们一家人就都没活路……"

流浪汉冷漠地看着他,声音里仿佛带着冰碴儿:"谁派你们来的?"

孟牛察言观色,眼见有一丝活命的机会,急忙道:"是县长大人,呀呸,是县里的那班混球。他看到陈公子……那个……被你教训成那样,害怕陈公子那当省政府副主席的叔父怪罪下来,所以就让我们前来捉拿……哎呀,好汉,完全是他们逼着我带他们过来。你看,我不愿意,他们就将我打成了这副模样。好汉,爷爷,这事真的跟我无关哪!"

原来这张群宾是省政府副主席张习熙的侄子,平日里仗着叔父的权势,游手好闲,为非作歹。是日觉得无聊,就带领了亲信孟牛和易利,到这僻远小县城来游山玩水,刚好碰到上街买菜的哑女。张群宾见哑女有几分姿色,起了歹念,上前调戏。哑女吓得慌忙往家里跑,不想她的反应倒激起张群宾的欲火,一路追随过来,直至将她堵在家里,强行奸污。待刘豆腐和流浪汉归来,愤而将他阉割之后,孟牛和易利将他抬到县府。县长见状大惊失色:省政府副主席的侄子在他的地盘上出了这么大的事,恐怕自己头顶上的乌纱帽难保。为亡羊补牢,他急急调集二十四名精锐军警,同孟牛和易利前来捉拿凶手。而孟牛和易利身上的伤痕,实则是两人出演的苦肉计。他们生怕主子醒来后责难他们护卫不力,于是就"互殴"了一场,制造浴血护主的假象。

"带我一起去找你们县长。"流浪汉一把将孟牛拎起。孟牛人高马大,足有200斤重,然而流浪汉拎在手中却恍若无物。

孟牛再不敢反抗,任由流浪汉拽着自己往前走。

孟牛他们此前乃是坐了一辆卡车过来,由于巷子逼仄深长,无法进入,卡车便停在街口,离巷子约有半里远。那些军警一个个被流浪汉打伤,行动多有不便,以至于流浪汉拎着孟牛走出巷口时,他们有的还未上车。

见到流浪汉,他们顿时如同小鬼见了阎王一般,神色陡变,有的甚至不由自主地打起哆嗦来。少部分胆大者举起枪，对准流浪汉，但却被他的气势所慑，手指上仿佛压有千斤重石，怎么都扣不下来。

战争年代的军警，不少都是从前方战场上退下来的，对流浪汉的气场十分熟悉。那是视人命为草芥的盖世英雄或者杀人如麻的乱世枭雄才可能拥有的。

在众军警的目光及枪口的注视下，流浪汉拎着孟牛，轻轻一跃上了卡车，然后将孟牛放在车厢里，自己则合目养起神来，仿佛包围在自己身边的军警，不是虎视眈眈的狼群，而是忠诚的牧羊犬。

看似动个手指头就可以将眼前的男人送上西天，然而却没有一个军警这么做。大家艰难地爬上车，尽量让自己的身体与流浪汉拉开距离，仿佛他周身都散布着刀锋，稍微靠近就可能毙命似的。

就这样，流浪汉与军警们一起以一种古怪的状态奔向县府。

县府里，县长曹知章早已得到风声，调集全县所有的军警，约有五百人左右，全副武装，如临大敌，将整个县府里三层、外三层地包围起来，等待着流浪汉自投罗网。

卡车在县府门口缓缓停下。汽灯将整个县府照得如同白昼一般。"哗啦"一声响，县府外的近百名士兵同时举起了枪。

"别开枪，千万别开枪，是我们！"卡车上受伤的军警慌张地叫嚷，生怕擦枪走火，自己莫名成为枪下亡魂。

流浪汉依然闭着眼，动也不动。

军警们战战兢兢地下了车，见流浪汉依然没有任何行动，便不顾身上的伤痛，拼命地往县府里跑去。他们跑得如此仓促，以至于许多人连枪都落在了车上。

所有的士兵都端着枪，眼皮都不眨一下，只待众军警进入安全范围，就准备开枪，将整辆卡车射成蜂窝，到时就算流浪汉有三头六臂，也难活命！

就在军警们快靠近县府大门时，卡车里突然间发出一声巨响。士兵们受到惊吓,不约而同地开枪。就算流浪汉躲在后车厢里,一时之间子弹无法穿透车头铁架的防护,但随着士兵的步步逼近,他也插翅难飞。

忽然之间,一阵卡车的轰鸣声响起。士兵们惊恐地发现,无人驾驶的卡车竟然重新启动,径自朝着县府大门冲去。

士兵们一阵喧哗呐喊。所有人都被这突如其来的变故惊住,但在长官的指挥下,他们仍然有序地朝着卡车方向包围过去。然而随着距离的拉近,众人的心越来越凉。只见驾驶室里空无一人,而后车厢里也空荡荡的,失去了流浪汉的踪迹。

"有鬼呀!"胆小的士兵不禁惊呼起来。有些士兵虽然不信邪,一时却也都找不到流浪汉的影子,只能眼睁睁地看着卡车脱缰野马一般狠狠冲开县府大门,撞到县府大院的假山上,将假山撞崩了一个角,再斜斜地朝着厢房撞去。

院子里,被十余名亲信围拢保护在当中的曹知章县长声嘶力竭地叫道:"快,快给我止住那卡车,别让它撞坏房子!"

士兵们一窝蜂般地涌向卡车,有眼尖手快者攀住驾驶室的门,爬了进去,却见一把长枪别在卡车的油门上,而驾驶室与后车厢之间的甲板破了一个洞。驾驶室的地面上,散落着一块碎裂的钢板,钢板上依稀可以看到拳头的形状。

那士兵用力将别住油门的长枪挑开,一脚将刹车踩到底。一阵尖锐的声音响起,卡车在距离厢房一米处停住。士兵们如潮水一般涌来,将卡车重重围住。

"他还在车上!"将卡车刹住的士兵高声叫起来。

众士兵们闻言一个个拉动枪栓,步步逼近。

然而警告已经太迟了。就在卡车停住的一刹那,从车底下钻出一道人影,就地一滚,滚出卡车,随即脚尖一点,像一只大蝙蝠一般地斜掠过夜色,朝着曹知章扑去。

"他在那里!"负责保护曹知章的亲信大叫起来,有人将枪对准了流浪汉，然而没等他扣动扳机，只听得一阵爆响，手掌处传来一阵剧疼，仿佛整个手掌都断了一般。紧握的短枪跌落在地，枪膛就像一只剥开了皮的香蕉，炸裂了——流浪汉竟然在飞奔时，一枪打爆了亲信短枪的枪膛！

这份准头，惊世骇俗！所有的亲信不觉呼吸一紧，手底下亦迟疑起来。

眨眼间，流浪汉已来到他们身旁，双手如闪电般探出。亲信们只觉得眼前一花，还来不及做出反应，手中的短枪已经全部被夺走，远远地抛出。紧接着，一股大力传来，他们的身体顿时如腾云驾雾般飞起，重重地摔倒在地。

等他们爬起来时，见到一把短枪正顶在县长曹知章的额头上。站在曹知章旁边的是一个披头散发、胡须满面的男子。而曹知章脸色发青，两股战战，显然心中又惊又恼：惊的是流浪汉这般出神入化的身手，恼的是上百个手下都是饭桶，竟然任由对方如入无人之境，将自己擒住。

"你想做什么？"曹知章强作镇定。

流浪汉淡淡地说："带上那个废人，跟我去见你们的主席。"

曹知章咬了咬牙："原来你知道你打伤的是谁啊，那你还敢去送死？"

"我的生死，由不得你们来说了算。"流浪汉道，"天有天道，国有国法。他奸污民女，罪有应得。我希望你们的主席可以明白这一点。"

曹知章在心底冷哼了一声，不过小命攥在别人手中，他可不敢造次："有些事，我说了不算，我只能按我的职责来办事。你要是真想洗清自己的罪名，也只能跟省政府主席谈。如果他认可你的话，我自然毫无话说。"

"那行。你带路吧！"流浪汉推搡了一把，像押囚犯一般押着他走向县府大门口，"调一辆卡车过来，再将那废人抬出来。"

曹知章咬牙切齿，却又无可奈何，只能照办。

约莫半个小时之后，一辆卡车停在了县府门口。车上放着一个担架，担架上躺着张群宾。他就像只跌入锅中的大虾，身体微微蜷曲，在不停地破口大骂："你老母个球，你们不给老子疗伤，将老子抬到这里来干什么？老子回头毙了你们！"旁边立着两名穿着白大褂、戴着口罩的医生，抓住他胡乱挣扎的手脚，免得他将包好的伤口挣裂。

流浪汉带着曹知章，纵身一跃，跳上卡车。张群宾见到他，如同见到魔鬼一般，脸色大变，不停挣扎的手脚也僵在那里："你……你怎么会在这里？曹县长，你是不是将我出卖了？"

曹知章铁着脸，一句话不说。流浪汉扫了一眼两名医生："你们别装了。如果要出手就直接。"

被口罩罩住面孔的两名医生，表面上看不出有任何变化，但从他们僵住了的手指来看，很显然他们被镇住了。他俩是县里的武术高手，一个名唤周海澄，擅长八卦掌，一个名唤路天威，一套洪拳打遍四方无敌手。曹知章的手下安排他们上车，是想借机制服流浪汉，不想一眼就被流浪汉看穿。

曹知章见安排败露，心中暗暗叹了口气，对流浪汉的敬畏又多了一层。

那个路天威眼见自己的真面目被识破，遂不再掩饰，伸手摘下白口罩，冲流浪汉拱了拱手："听闻你手底下很硬，在下不才，有意讨教两招。"

流浪汉摇了摇头，在靠近出口处坐下，目光就像是夜幕中的远山，虽然坚毅，却缥缈不清。

路天威以为他露怯，对他不觉轻视了几分，傲然道："如果你害怕的话，我可以让你三招。"

曹知章深知流浪汉的厉害，本指望路天威与周海澄二人联手能够占得一点便宜，自己好有机会趁乱逃走，却眼见路天威竟然主动要相让，不觉大急道："路师傅，你太瞧不起我们的……大侠了。以他的身手，岂会让你相让三招？我想你们之间一招就能分胜负。"

流浪汉抬眼看了曹知章及路天威一眼，冷冷道："我说过，如果你们想上，就一起上。"

路天威几时受过这等轻视？陡然火气上涌，冷笑了一声："既然你如此说，那我就不客气了。"说完，略微拱了一下拳，一拳捣出。

然而就在他的拳头几乎已经碰到流浪汉的头发时，他忽然发现拳头再也前进不了一寸——一只手握住了他的拳头。这一握,就像铁牢笼困住了猛虎一般,将路天威所有的攻势全都牢牢锁住,再施展不开一丝一毫,哪怕他的左手是自由的。

路天威大惊失色。

周海澄年纪较长,为人也沉稳得多,见路天威一招即吃瘪,不禁大吃一惊,仔细打量起流浪汉。眼前的流浪汉虽然头发凌乱,胡子满面,然而熊腰虎背,眉宇间英气逼人。他蓦地想起一人,心头一颤:"你就是三年前在石家庄杀死日本人的那军官?"

三年前,周海澄前往石家庄探亲。当时石家庄已被日本人所占领。在这群豺狼之师的眼中,中国人不过是供他们肆意凌辱的"东亚病夫"。周海澄曾亲眼看到他们三个士兵在街头强奸了一名中国孕妇,随后又将孕妇的肚子生生剖开,取出已经成形的胎儿,哈哈大笑不止。周海澄看得浑身战栗不止,然而慑于日本兵有枪,只能含恨离开。夜里,他越想越觉得揪心:身为一名习武之人,本应匡扶正义,锄强扶弱,如今却眼睁睁地看着同胞惨遭厄运,实在有辱武德。于是他悄悄起身,决定夜袭日本军营,哪怕是以命换命也值了。

周海澄先前已知道强奸孕妇的日军驻地。那本是当地富绅的一座大宅,抗战爆发后被日军赶跑主人,夺为己用。院落里驻扎了一个小队的日军,共有五十人左右。周海澄摸至大院时,惊觉日军竟然没有警哨。初时他以为是日寇嚣张,及至翻墙而上才发现满院里都是血,日本人的鲜血。整个小队的日军全都被杀了,只剩下强奸中国孕妇的那三名士兵双手被反绑在身后,满脸的惊恐,嘴中"呜呜"地乱叫,每张开一次嘴,就有鲜血从中汩汩冒出——他们的舌头都被人割掉了。

站在三名日本士兵面前的,是四个人,其中一个是典型的当地农民打扮,脸上的表情有激愤,亦有恐惧;另外三人身穿黑色紧身衣,手中握着军刺,神色淡然,对遍地的血和尸首视而不见。三人之中的那看上去像是首领的人对着身边的农民说道:"血债血偿。你要怎么替你老婆报仇呢？"

原来这名农民正是白天里那惨遭奸杀的孕妇的丈夫。杀妻、杀子之痛让他全身的每一个细胞都充满杀机，可是日本人狰狞的面容却惊吓住了他。他手执军刺，手颤抖着，始终捅不下去。

"哥，你怎么这么软弱呢？"三个黑衣人之中的一个原来是农民的弟弟，被杀孕妇的小叔子，"以眼还眼，以牙还牙。他们怎么对待嫂子，你就怎么对待他们！杀了他们！"

农民痛苦地低吼了一声，闭上眼，朝着对面的日本鬼子冲过去，想要一刀捅死他。谁知日本鬼子虽然被困住，却依然困兽犹斗，飞起一脚朝着农民的裤裆踢去。若被他踢中，农民不死也要废去半条命。

周海澄身为习武之人，目光锐利，然而他却没有看清为首的那位是如何一脚踢碎了日本鬼子的膝盖。他只看到鬼子的脚踢出后，突然间断了，整个身体失衡倒了下来。农民的匕首失去准头，捅在他的肩胛骨间。

鬼子舌头被割，已发不出惨叫，然而不可否认的是，日本人是世界上最为凶悍的民族之一。他纵然同时身遭碎骨刀捅之痛，却依然恶狠狠地一口朝着眼皮底下的农民咬去，但却落了个空。那个首领一把将农民拉开，接着拔出插在鬼子肩胛骨上的军刺，反手捣向鬼子大张的嘴，将他的牙齿全都打飞了出去，甚至有两颗飞入他的咽喉间，射开了两个血洞！

巨大的痛苦让鬼子的脸瞬间扭曲起来。

紧接着，周海澄看到了让他又怕又过瘾的一幕：为首的一刀切掉了鬼子的命根子，然后飞起一脚，将其直直踢入鬼子的嘴中，堵住他那发不出声的惨叫，紧接着刀光一闪，鬼子的肚子已被剖开，肠子被拉扯了出来。那首领用军刺一挑，肠子斜斜掠起，缠绕在鬼子的脖颈间。他伸手抓住肠子的一头，紧接着对着鬼子踹了一脚，鬼子不由自主地向前飞去。周海澄听到脖子与肠子相互摩擦的"哧溜"声，最后定格在"扑哧"声中——那是肠子拉到头断裂的声音。首领松开手，鬼子瞪大着眼，直直地倒地身亡。与此同时,另外两名鬼子被其余的二人如法炮制,一一杀死。

周海澄虽然也曾杀过人,但几时见过这等杀人架势?不觉腿脚有几分发软,险些从墙头栽倒下去,那名农民更是吓得跌坐在地,如筛糠般抖个不停。

杀完日本鬼子后,他们扶着农民,四人一起朝着大门走来。为首的仰头对着周海澄方向,道:"朋友,你该现身了吧?"

周海澄自知躲避不过,从墙头跳了下来,勉强拱了拱手:"在下乃是四川八卦门的周海澄,在此见过几位英雄。"

"你鬼鬼祟祟地待在这里做什么?是不是鬼子的奸细?"后面的一个黑衣人喝问道。他的黑衣已被鲜血染红了大半,脸上亦裹了不少血渍,看上去仿佛是从阎罗地狱中出来的修罗,模样有几分可怖。

周海澄注意到,身后的两名黑衣人都差不多模样,全身上下血迹斑斑,然而为首的身上却没有几滴血,干净得就像是走亲戚一般。可是从他出手的情形来看,他杀的人绝对不比另外两人少。周海澄亦杀过人,深知杀一个人不难,但要不让一滴血溅到身上却很难,这需要下手快、准、狠。快的话让对方来不及做出反应,准的话能够一举击中对方的要害,狠则要求一招毙命。唯有如此,才可能如此干净。

周海澄突然心头一动,这座大院里驻扎着一个日军小队,总共有五十人左右,他原本以为是被抗日武装突袭歼灭掉的,但从现场的情况来看,来袭的应该只有这三名黑衣人。三人杀死这么多日本人!这是何等惊人的一件事!要知道日军的素质绝对是一流的,只有德国、苏联、美国等少数几国士兵堪与之匹敌,日本也是唯一一个同时向苏联、美国、英国、中国等几个大国开战的国家!在中国的正面战场上,日本人几乎是势如破竹,据当时估计,在中国战场上死一个日本士兵,中国军队要付出10人的代价,而这其中还不计中国平民的伤亡!据传言曾经在热河,5名日本人就吓跑了2万的中国守军!

也就是从战斗力来算,这个日军小队足以应付近千名的中国士兵!

然而如今他们却被三个中国人悄无声息地干掉了！这不仅是一个奇迹，简直可以说是惊世骇俗！

想通了这一层，周海澄心头的震撼实在难于描述，他结结巴巴地问："这所有的鬼子，都是你们三人杀死的？"

问话的黑衣人傲然道："自然是我们杀的！你如果不老实说话，休怪我们把你当狗一般屠了。"

周海澄深知对方并非恐吓之词。他虽然是八卦门的高手，但自知最多也就是应付三五个日本鬼子，哪怕可以干掉他们，自己也难逃一死，因此在出发之前他已做好赴死的打算。但眼前的三个人却能够杀死一个连的日本鬼子，那么杀他就跟杀只鸡差不多，说"屠狗"都已经是抬举了。

周海澄抱拳道："别误会，咱们都是同道中人。今日下午我在街上看到数名日本鬼子奸杀同胞……可叹在下虽为武夫，却一时心怯，不敢出手相助。夜里辗转反侧，羞愧难当。想我堂堂七尺男儿竟然坐视同胞受辱而无所作为，实在有悖武德。于是决意抛舍这条性命，前来敌营与之死拼，但求能够杀他一两个鬼子，以慰我同胞在天之灵。"

农民的弟弟愤懑道："今天下午的时候你在场？你在场竟然眼睁睁地看着我嫂子忍受那样的酷刑而不出手？你还是个男人吗？你当时心怯，现在却又跑来当英雄，谁信？"

周海澄心中有愧，长叹了一声，不复言语。

为首的制止住农民弟弟的愤怒，缓缓道："知耻而后勇，仍不失男儿本色。现在日本鬼子已死，我想委托你做一件事。"

周海澄慌忙拱手道："不管英雄有任何吩咐，周海澄赴汤蹈火，万死不辞。"

"明天天亮后，你就四处散布谣言，说日本人的死亡，乃是他们遭到报应，是天谴。如果日本人不收敛的话，上天将会降下更多的报应给他们。"

周海澄怔了一下，道："可这明明是诸位所为，为何不能公之于众，以振奋我中华萎靡之民心？也让日本鬼子知道，我泱泱中华并非尽是懦夫？"

为首的淡然道："你不必多问，照办就是。"

周海澄见黑衣人无意解释，也不敢多问，当下里领命："是，我明天就到大街上散布说，昨晚见到天兵天将下凡，将一干魑魅魍魉全都收走了。"

"内容随你编造。"为首的抬头看了下天色，道："时间不早，我们要走了。周壮士，后会有期。"

周海澄慌忙拱手道："青山不改，绿水长流，后会有期。"随后他又想及一事，问："周某斗胆多问一句，三位究竟是何方英雄呢？"

黑衣人之一道："我们是中国军人！"随即，四人很快消失在茫茫夜色中。

周海澄伸手抹了一把额头冷汗。这一幕对他来说恍若一梦，然而在内心深处他却愿意这样的梦境多发生几次，因为"国破山河在"的年月，若多一些这样的黑衣人，哪怕就只多十倍，日本鬼子也无法这般嚣张，中华民族也就多了几分复兴希望。

后来周海澄与一名知交提及此事。该好友与军界相交甚深，叹道："听说我军有一支神秘部队，名唤特别卫队，亦叫作中国宪兵，人数约在千人左右，皆为万里挑一的精英，并曾接受过德国王牌教官勃罗姆的残酷训练，其战斗力在中国所有部队中绝对首屈一指。听说他们是委员长的贴身卫队，相当于古代皇宫里的大内高手，委员长将之视为珍宝，轻易不肯调动。然而抗战爆发后，为阻止日寇的猖獗进攻，他不得不将这支最为器重的部队交出，命令他们开赴前线，在南京对抗日军。当时进攻南京的乃是日军最为精锐凶悍的第六师团，以及助攻的16师团两个联队及伪满洲国军於芷山旅共2万余兵力。而委员长的特别卫队只有600余人。但就是这600余人的特别卫队，竟与日军血战于南京。战斗从早上打到黄昏，日军发起一波又一波的攻势，然而却始终未能前击破他们的防线。

无数日军在武士道精神支配下组织了一次次冲锋，却在特别卫队的猛烈回击下，一次又一次仓皇退下。炮火、子弹像雨点一般穿梭，让每一寸土地都烙上了死神的印记……到最后，双方都杀红了眼，开始贴身肉搏。我们的勇士，每一个人都是以一敌十，然而没有一个人退缩，他们怒吼着，如猛虎一般冲入敌群。哀号声响彻天空，鲜血将大地染成泥沼，号称天下无敌的日军第六师团伤亡上千人，被杀破了胆，最终溃败下来。而我们的勇士也付出了惨重代价，折损十中有一，近60名战士长眠在南京！"

周海澄听得热血沸腾，但冷静下来后却又不由心生疑问："中国既然有如此铁军，又为何会有南京大退却，造成数十万南京民众惨遭日寇屠杀呢？"

好友捶胸痛道："大厦将倾，独木难支啊！南京一战之后，日军将这支特别卫队视为心腹大患，不惜任何代价也要将之除掉。而国府亦担心这支精锐部队人员锐减，于是下令卫队集结，撤离南京。然而这一消息却被日本间谍截获。他们得知特别卫队的驻地后，欣喜若狂，布下天罗地网，夜间调集大批飞机对卫队驻地进行狂轰滥炸。可叹我数百铮铮壮士，虽有一身绝技，却终是血肉之躯，无法对抗飞机炸弹的袭击，几乎全军覆没！卫队折损之后，南京已无力再阻挡日寇铁蹄，不久即沦陷。也因为日军在攻占南京时付出极为惨痛代价，是以破城之后就开始惨绝人寰的大屠杀，唉……"

周海澄陪着嗟叹良久，忽道："那你说的这特别卫队与我所见到的三人有何关系？他们会不会也是特别卫队成员？但你不是说特别卫队在空袭中全军覆没了吗？"

好友道："当时驻守南京的特别卫队据听闻是全军覆没，但有部分卫队成员则随国府一起撤退，约有三四百人吧！这三四百人日后成为军中利器，国之忠魂。而在经历了南京一战之后，国府再不敢将其整队调遣，害怕重蹈覆辙，于是将他们化整为零，几个人为一组，对日寇占领区展开渗透、侦查乃至暗杀的行动。例如在长沙会战中，中国军队一举歼灭大批日军，便要归功于特别卫队成员的渗透突袭。你说的这三人具有极强的渗透力、杀伤力，与传说中的特别卫队十分吻合，所以我猜测他们应是特别卫队的行动小组。此外，特别卫队的军律极严，我想这种偷袭日本一个小队的行为应该并非上级下达，而是因为被奸杀的中国女子正是成员之一的家人，他在伤痛之下才会怒下杀手。为避免日军实施大规模的报复打击，才要你假意宣扬是上天降罪于日军。"

周海澄眼见流浪汉身手不俗，当即想到当年场景，顿时惊出一身冷汗。一则十个自己也不是流浪汉的对手，二则再借他十个胆也都不敢与特别卫队为敌，他们都是国军精锐，民族英雄，国之重器！他周海澄又怎么可能跟这种人过不去呢，那不是自取其辱吗？

想及这其中的利害关系，周海澄恭恭敬敬地朝流浪汉拱手作揖道："八卦门弟子周海澄见过抗日英雄，我们见过的，三年前，石家庄……"

流浪汉的眼皮微微跳了下，轻声重复了一下周海澄的措辞："抗日英雄？"眼神中有失散的光芒渐渐在收拢。

周海澄又替路天威赔礼道："旁边这位乃是洪拳门下路天威。我二人不知英雄在此，有所冒犯，还望英雄海涵。"

流浪汉依然没有言语，然而攥住路天威拳头的手却松开了。路天威只觉得压在孙悟空身上的五指山一下子崩裂了，整个身体登时一轻，身不由己地往前踉跄数步，差点跌下卡车。他使了个千斤坠，稳住身形，然后涨红着脸，不敢再有任何造次。

周海澄见流浪汉一语不发，不明他的心意，又见他披头散发，与三年前的形象大相径庭，不知其是否是有意为之，目的乃是乔装打扮，以便执行秘密任务，当下僵在那里，十分尴尬。

"坐。"流浪汉终于开口道。

虽然仅仅只有一个字，周海澄却如蒙大赦，整个身心轻松起来。他唱了个喏，道："请英雄稍待，在下与曹县长说句话。"

流浪汉依然一副冷冰冰的模样，未置可否。

周海澄转向曹知章道:"曹县长不知能否听我周某人几句话?在下虽然与这位英雄不甚相熟,然而却深知他是一位顶天立地的大英雄,斩杀日寇无数,对普通老百姓却极为爱惜。曹县长你向来爱民如子,又对日寇恨之入骨,我想若不是有什么误会,断然不会与这位英雄发生冲突。若是能看在我周某人的面子上,化干戈为玉帛,此乃极大的喜事一桩。"

曹知章久混官场,自然听得出来周海澄是在替他找台阶下,并且弦外之音是提醒他流浪汉大有来头,说不定是军界中极有身份的一名军官。兵荒马乱的年代,枪杆子指挥政权。曹县长能够爬到这个位置,也正是攀着军界中的一名高官亲戚的关系。所以当听到周海澄的第一声"英雄"叫之后,他心里就咯噔了一下,拿定主意,就坡下驴道:"在下有眼不识泰山,冲撞了这位英雄,实在不该。其实算起来在下与英雄并无任何过节儿……"他又转向张群宾,咳了一声:"张公子,在下虽然很同情你的遭遇,但此事的根由,乃是你与这位英雄之间的私人恩怨,理应由你们自行解决。在下一时糊涂,动用国之公器来对付英雄,这是在下的不对,在下这里给英雄赔礼了。"说完他朝流浪汉深深鞠了个躬,又继续道:"此次前去省政府见张副主席,在下定然做到公道,将整件事的过程完整地转述给张副主席。相信以张副主席大公无私的精神,一定会对此事作出一个公正的判决。等到此事作了了结之后,在下会备下薄酒,给英雄赔罪。"

张群宾破口大骂道:"曹知章,你就是一小人,欺软怕硬的怂蛋!回头我一定会禀告我的叔叔,让他革了你这芝麻县长的职。"

周海澄心头暗暗吃惊,他原本以为流浪汉得罪的是一县之长,没想到竟然是省政府的张副主席,不由地暗暗替他担心。他悄悄地靠近流浪汉,道:"英雄,你莫非是伤了张副主席的侄子?听说他膝下无儿,只有这么一个侄子,视若己出。亦听说张副主席城府极深,喜怒无常,素有笑面虎之称,虽然你艺高胆大,但仍要十分小心。"

流浪汉空洞的眼神中第一次流露出一丝情感色彩,他瞟了一眼周海澄，口吻之中却不透露半点情感："谢了。"

周海澄还是不放心，道："此番前去，张副主席定然有所准备，甚至可能对英雄不利。周海澄不才，愿意陪曹县长一起先为英雄探路，倘若没有危险，英雄你再下车不迟。倘若张副主席翻脸不认人，英雄你就寻机脱身。相信以你的身手世上还没有几人可以困得住。"

流浪汉深深地看了一眼周海澄，道："你真的认识我？"

周海澄怔了一下，道："在下三年前虽然只见过英雄一面，然而英雄你以三人之力屠宰几十号日本鬼子的行为实在大快人心，也让人高山仰止。这三年里，周海澄始终记得当日里的每一个细节，自然记得英雄你的音容笑貌。"

流浪汉沉默了良久，开口道："那你知道我是谁？"

周海澄大惊失色，差点以为流浪汉在身份被人识破之后意欲杀人灭口，但见他神色漠然，并无半点出手之意，悬着的心才略微安稳下来。他试探地问："英雄何出此言呢？莫非……英雄你不记得自己过去的事？"

流浪汉的心事悉数被收入无边的夜色之中，在他的脸上找不到半点的映像："有些事不愿去想，也不愿去记。能忘掉是最好。"

周海澄沉吟道："当日里你我只匆匆见了个面。英雄你带着其他三人杀了一个小队的日本鬼子，为的是替一名受辱的中国孕妇报仇。至于英雄你的身份，我当时亦曾问过，但你们只说是'中国军人'，其余的并无半点透露。只是我后来猜测你们可能是特别卫队，也就是中国宪兵里的人，然而这也仅是猜测而已。"

流浪汉在心底将"特别卫队"，"中国宪兵"反复默念了数遍，想要从中寻得一丝半点记忆，然而如同大海捞针般地徒劳无功，只好坐在车厢里发呆。

周海澄等人亦不敢打扰，只有张群宾仍然在骂骂咧咧，但他也不敢骂流浪汉，生怕招致杀身之祸，只能一个劲地骂曹知章墙头草，见风使舵，小人行径。

就在这样的一种怪异氛围中,卡车冲开夜幕的重重包围,驶向省政府。

省政府大院里一派祥和,没有半点的刀风剑雨气象。省政府副主席张习熙端坐在院子内的一张普通凳子上,腰杆挺得笔直,目光深沉,喜怒不形于色。而他的身边,没有一个卫兵,仿佛他在等待的,只是一个亲人而已。

卡车在省政府大院门口停下。周海澄率先跳下,确认没有危险后,才重新登上卡车,与路天威合力将张群宾抬下,曹知章也乖巧地搭着手。

见到叔叔,张群宾张嘴就想哭诉自己的不幸遭遇,不料张习熙早已一个巴掌甩了过来,硬生生地将他的哭诉打进肚子里:"你个畜生,枉我平常里怎么教育你的,竟然干出如此伤天害理之事!你知不知道,你的行为将毁掉一个姑娘的一生幸福?"说完,他朝着流浪汉深深鞠了个躬,长叹道:"都怪我张习熙教导无方,让这个忤逆侄子玷污了人家姑娘的清白,实在是家门不幸。我在此谢过壮士代为出手教训,也保证回头一定会让这畜生对姑娘负责到底,择日让他将姑娘明媒正娶回家。只是到时还希望壮士能够多加劝解姑娘,让她莫要嫌弃这个畜生。"

张群宾惊恐地看着叔叔,仿佛从不认识他似的:"叔,你不会真的要我娶那哑巴吧……"

张习熙暴怒起来:"你个畜生,人家一个清白姑娘,配你还不够吗?你若胆敢在此事上说一个'不'字,我就按律将你问罪!"

张群宾怯生生地道:"叔,可我现在还能娶亲吗……"

张习熙冷冰冰地道:"自作孽,不可活。你应当以此为戒,在将来的岁月里,善待人家姑娘,作为赎罪。"

曹知章在旁赔笑道:"我早就说过,张主席是个深明大义之人,敬惜百姓,绝不会偏袒自己人。英雄你这番目睹耳闻,应该相信了吧?"

张习熙训斥道:"你少在这里拍马屁!我还没治你的罪呢!这畜生年少不懂事,犯下了这罪行。你身为一县之长,竟然不将他拘拿归案,反倒百般包庇。这等知法犯法,你这个县长还好意思继续当下去吗?"

曹知章额角冷汗直往下淌:"属下知罪,请张主席责罚。"

张习熙冷冷哼了一声,转向流浪汉道:"请问这位先生尊姓大名?"

流浪汉涩然的眼珠转动了下,道:"无名无姓。"

张习熙点了点头,道:"既然不便告知,看你的年纪应比我小许多,我便托大叫你一声小兄弟吧!小兄弟,这边请,大家一起坐下喝杯茶,再好好商量该如何处置这件事。你放心,我侄儿犯下的错,我定然会叫他承担责任,决不会姑息纵容。"

流浪汉瞥了一眼张习熙,他严肃的面容里似乎藏不下半点狡诈,便举步朝大厅走去。有士兵走上前,道:"政府大院内,任何人不得配枪,请卸枪!"流浪汉的身上别着从曹知章派出的军警那里收来的短枪与子弹。

张习熙跟在他的身后,见状摆了摆手,道:"没事,就让他带着吧!"说完,指引他来到厅里,坐到下座。曹知章等人立在院子里,迟疑着要不要跟上前去。

张习熙刚想落座,突然门口传来一声:"报告!"紧接着一名士兵快步跑来,在厅门口立定:"国府密令,请主席过目。"

张习熙朝流浪汉抱歉道:"请稍等片刻。"说完走向厅前,从士兵的手中接过密函。就在这时,只听得"砰"的一声响,流浪汉的座位前后左右四方的地板忽然裂开,从中弹射出一排栅栏,每一根栅栏都是由精铁制成,足有鹅蛋般粗细,一直抵到屋顶,形成一个囚笼,将流浪汉困在里面。

猛虎入笼,纵有天大的威势,恐怕也无济于事,只能在皮鞭的淫威底下苟且偷生!

流浪汉似乎对眼前的变故无动于衷,他动也不动一下,甚至还淡定地端起放于桌前的茶碗,轻轻啜了一口。

"果然是英雄气概,泰山崩于前而色不变。"门外传来张习熙得意的声音,"不过你落入我的手中,就别说再当英雄,想当个普通的罪人恐怕都难。"

话音刚落,有一排士兵从院子的侧门里冲了进来,列于厅门口,或半蹲,或直立,前后三排,枪口齐齐指向流浪汉。

"如果你识相的话,就乖乖就擒,跪地求饶,或许我可以对你从轻发落。"张习熙冷冷道。

话音未落,一连串的枪声快速响起。旁边的卫队长反应灵敏,及时将张习熙摁倒在地。有子弹从他的耳边呼啸而过,将他惊出了一身冷汗。

这个大厅乃是张习熙亲自设计,用于囚禁某些"大逆不道者",所有的用料都是精选出来,墙壁和屋顶更是用青田石砌就,他自信除非是用大炮轰、火药炸,否则任何武器都难以穿透石壁,打到躲于墙外的自己。然而流浪汉却在一瞬间闻声辨形,一连串的子弹全都打在了墙壁石缝的一个点上。十二粒子弹,生生将坚硬的石壁中间打出了一条"通道"。

守在门口的士兵都是百里挑一的精锐卫士,训练有素,不待命令,举枪还击,一时间枪声大作。

流浪汉开完枪即用脚一勾,将盛放茶具的桌子放倒,整个人像支离弦之箭窜向桌子后面。

作为一个在官场上摸爬滚打多年的老官僚,张习熙的心计极为深远。对于这间屋子,每一个细节他几乎全都深思熟虑过一遍,甚至对于进屋者的心理也认真琢磨过。例如故意进屋时不让流浪汉缴枪,正是为麻痹对方,放松他的警惕性;例如桌子乃是用最名贵的木料之一黄檀制成,这一方面是黄檀与他省政府副主席的尊贵身份相合,不会让人起疑,另一方面亦是它极硬极重,一个立方米的黄檀重量超过一吨。张习熙的考虑,是人在危急之会习惯性地掀桌,容易伤及坐在对面的人。黄檀的重量足以压制得住人的力量,使得桌对面的人安然离开。

不过他万万没有想到的是,近千斤重的桌子,竟然被流浪汉一勾即倒,而其坚硬的质地更成了他极佳的盾牌。所有的子弹射到桌面,最多只能前进一寸,随即就被坚硬的木质阻隔在外。

差点被流浪汉击中,张习熙的眼中不觉流露出一丝凶狠之色。他的眼角肌肉抽动了两下，厉声道："将那两个贱人拖上来！让他看看跟我作对的下场！"

很快，院子里传来一连声的哀号声，以及皮鞭抽在人肉上的声音。两个身影被人推搡着，跌跌撞撞地步入门口。

张习熙一摆手，下令守在门口的卫士撤开，大声喝道："你出来看看这是谁吧！"

流浪汉缓缓地从黄檀木桌后起身，拾起椅子，慢慢地坐下。他的目光迷离，仿佛整个世界都被无限地放大，找不到一个聚焦点。可是响在耳边的哀号声却在提醒着眼前的两个人正是如今他最亲近的家人——刘豆腐和哑女！他们两个人被五花大绑，身上衣衫褴褛，破开的衣条中可以见到翻绽的血肉——那都是皮鞭抽打出的痕迹。

哑女神色倔强，眼神中喷出的只有怒火，就算她能够开口说话，估计也不会向执鞭者说出一句求饶的话；而刘豆腐本就生性软弱，又年老体衰，受不了鞭笞之刑，涕泪交加，不停地哭号，不停地哀求。

哑女的目光撞见被关在铁笼中的流浪汉，陡然射出激动、悲伤的光芒，她不顾一切地想要朝他扑去，却被身后的士兵一枪托砸倒在地。就在士兵还要继续殴打她的时候，一粒子弹呼啸而来，一下子终结了他的暴行。

张习熙暴跳如雷："好你个小子！看来不给你点颜色瞧瞧，你还不知道马王爷是长三只眼！来人呐，将那个哑巴拖走，再去街上找几个乞丐过来，将她给杀了。我看你投不投降！"

哑女身体一颤。她缓缓地转过头望着流浪汉，深深地凝望着他，眼中有不舍，亦有决绝。她猛地挣脱拖曳她的士兵的手，一头朝石壁撞去。这一撞已经使尽她的全力，然而却被身后的绳子绊住了，虽然撞得头破血流，却无法毙命。她躺在地上，鲜血顺着额角的血洞汩汩而出，很快就淹没了她的眼睛，她的脸庞，她的嘴唇。

流浪汉依然端坐着，手中紧紧地握着枪，骨节发白，眼中有痛楚浮动。

刘豆腐扑倒在哑女身边，失声痛哭，想要将她软绵绵的身体扶起，然而双手被缚,使不上力,他只能用头拱着哑女的身体,一边拱一边哭,像只走投无路的老鹿,绝望的气息笼罩在他脸上的每一层皱纹中,随着他的痛哭声一翕一合,飘散在院子里每一个人的心头。

然而对于某些冷血者而言,这份绝望却犹如蜂蜜一般甜润。张习熙阴冷的声音响起:"你想死,没那么容易。来人,将她拖走,活着就卖到妓院,死了就将她剁碎了,喂狗!"

刘豆腐嘴唇哆嗦着,失神地望着眼前的恶魔。他突然大叫一声,翻身站起,朝着张习熙一头撞去,然而未待他近身,早有卫士抢上前去,对着他的脑袋开了一枪。脑浆与血水迸裂,如同刘豆腐平常里做的豆腐花。他的整个身体在惯性的驱使下,又往前奔跑了两步,随即颓然倒下。眼睛大张,绝望与仇恨将它们填满。

哑女艰难地抬起头,看了一眼躺在血泊中的父亲,一滴泪珠自眼角渗出,微弱地划开脸上的血水。她凄然地看着流浪汉,无法发声的嘴唇张合着,就像是涸泽中的鱼儿,只能吐出绝望的泡泡。

流浪汉的眼神与哑女的眼神交织在一起。她的痛苦传给了他。即便他心冷如铁,却也震颤起来。他微微地闭上眼,想要将那些痛苦阻于世界之外。然而她的痛苦却如同冰冷海水,将他重重包围,渗入他的每一个毛孔中。

有士兵躲在墙后拖着绳子,竭力想要将她扯离门口。

哑女双手紧紧地抠着地面的青砖缝隙,与之抗衡。有鲜血从她用力过度的指甲中流了出来,滴落在青砖上,仿佛盛开的彼岸花——通往死亡的、妖娆的花朵。她的目光紧紧地盯在流浪汉的身上,焦灼地翕动着嘴唇。一串串无声的话语从齿缝间跌落出来,像无脚的小孩,爬向流浪汉。

他痛苦地闭上眼睛。他明白她的心意。如果能结束她的痛苦,他甘愿用余生来承担起十倍于她的痛苦。他蓦地张开双眼,毫不迟疑地扣动扳机。空气仿佛在一瞬间凝固。他可以看到金黄色的子弹打着旋儿,冲开空气的阻力,准确地射中了她的心脏。有鲜血飞溅开来,洒落在青石板上，就像跌落水面的桃花。

哑女扯动嘴角，笑了。欣慰的笑。伤感的笑。她想多说一句话"如果有来生……"，却永远来不及说也无法说出，旋即闭上了双眼。

流浪汉依旧静静地坐着，仿佛一具石化了的雕塑。

张习熙未曾料到流浪汉竟然会亲手打死哑女，眼见手中的一张王牌丢失，他不由得恼羞成怒："来人哪，给我扫射，将这没人性的混蛋给我打死。"

所有的卫士当即领命。

曹知章、周海澄和路天威一直站在院子里。眼前的变故让他们有几分不知所措。曹知章深知，这样的浑水绝不是自己所能趟的，所以躲到角落中，静观其变。路天威先前被流浪汉教训过一番，目睹他身陷囹圄，不禁有几分幸灾乐祸。只有周海澄对流浪汉心怀敬意，眼见他这般遭遇，不禁有几分不忍，然而慑于张习熙的淫威及他卫队手中的枪，只能默默地担心着。但刘豆腐和哑女相继死于非命的情景，却让他回到了三年前石家庄的那一幕。"坐视老弱妇孺受戮，这还配当一名武者吗？"一股热血涌上了他的心头。

"英雄壮士休慌，周海澄助你一臂之力！"周海澄说完，一个虎步朝着最近的一名卫士扑了过去。他本是八卦门的高手，那些卫士虽然也是训练有素，然而在身手上却远不及他。周海澄一掌即将那名卫士打倒在地，劈手夺过他手中的长枪，然后将长枪当棍使，冲向集结中的卫队。

那些卫队注意力全都集中在流浪汉的身上，没料到背后突然冲来个周海澄，一时间来不及掉转枪口，纷纷被周海澄的长枪击倒在地。

周海澄没有任何犹豫，径自奔向铁笼前，将长枪的枪托别在两根栅栏间，使尽全力，想要将它拧弯。

流浪汉似乎亦被这突然的变故惊得怔住，周海澄的举动隐约地唤起了他的一点记忆。他混浊的眼睛里有了一丝光亮。然而这样的光亮却很快被血光所淹没。

一阵枪响。子弹从周海澄的后背穿入，又从他的前胸贯出。鲜血如喷泉一般溅出，洒落在坐着的流浪汉身上，有的甚至漾入他的眼睛中。

整个世界瞬间变得一片血红。

谁都看不见的是，红色像瘟疫一般，在流浪汉的眼珠子中迅速地扩散开，入侵到他的大脑深处。他猛地站起，嗷的一声长啸，声音穿石裂云，悲壮激烈，如同一把细细的长针，扎入众人的耳朵，让人不由自主地想要去捂住耳朵。然而声音绵绵不绝，催动着他们心底的战栗。那一刻，所有人的心都不由得一沉。他们预感到了一丝的恐怖，仿佛地狱之门在轰然打开，魔鬼带着嗜血的斧头呼啸而来。明晃晃的斧锋悬在每个人的脖颈间。那股寒意让他们的呼吸顿止，血液骤停。

脸上蒙血的流浪汉恰似一个魔鬼。原先保持在他脸上的木然、淡定全都消失不见，取而代之的是可怖的狰狞与杀机。他就像一只暴怒的大猩猩，双手握住两根栅栏，额角、手臂、手背上的青筋寸寸暴起，一声长吼，鹅蛋般粗细、精铁制成、周海澄竭尽全力亦无法扳动的栅栏竟然被他生生拧弯了！

恶魔挣脱牢笼而出，定将掀起一场腥风血雨！所有的人都被这一幕惊呆了。只有张习熙反应快，拔腿就往院子外面狂奔而去。其余人这才反应过来，忘了手中拿着枪，争先恐后地跟着往院外跑。

流浪汉出手了！没有人可以看清他的动作，然而他们知道，死神的翅膀已经遮翳了天空，追魂的亡曲回响在院子上方。不断有人倒下。或者脖颈被铁手一把捏断，或者脑袋被铁拳一举击破，或者心脏被铁肘一撞而裂……所有的杀戮全都在一招之内完成。一时间，整个省政府大院成了个屠宰场，各种惨叫声不绝于耳，人影纷纷倒下，血腥味像铺天盖地的苍蝇打着旋儿扑入每个人的鼻孔，令人作呕。

在强烈的恐惧支配下，许多卫士开始盲目地开枪，然而这非但没有击中流浪汉，反倒打死了不少同伴。中枪倒地的卫士痛苦地挣扎、哭号，加深了地狱的黑暗气息。不出半盏茶时间，整个排的卫士全都死于非命，无一逃脱,只有张习熙与曹知章机灵,最先逃出院子,抢了流浪汉来时所乘坐的卡车,逃之夭夭。最悲惨的是张群宾,他重伤之下,根本无力逃跑,眼睁睁地看着流浪汉如大开杀戒的怒目金刚般,收拾完所有的卫士之后,满身鲜血地朝他走来。张群宾大叫了一声,随即晕了过去。

　　大约三十分钟过后,大批的军警闻讯赶来,领头的,是唐翼与巴库勒。他们一进大院,即被眼前的惨状惊呆了:只见满院子横七竖八地躺了近四十具尸体,每一具尸体基本上都是因为骨裂而亡,有些被打中脑袋的连脑浆都溅了出来。没有一个人能够想象那是拳头打出了的伤痕,更像是巨锤强击下造成的创伤。而院子的中央,有一堆难辨其形状的肉泥——后来才知道那是张群宾的尸体。他生生被流浪汉一拳一拳地砸成了一坨肉酱!

　　流浪汉静静地坐在地上,仰望着天,若不是他的脸上、身上凝结着大团大团的血渍乃至肉屑,乍看起来就像是一个闲坐打发寂寞的过客。有凌乱的头发披落下来,遮住他的半边脸,也遮住他所有的表情及视线。

　　上百军警个个如临大敌,小心翼翼、步步为营,朝他围拢过来。而他对这一切视若无睹,就像是一只老虎无视一堆打转的苍蝇一般。

　　唐翼和巴库勒身先士卒,逼近流浪汉。就在他们离他尚有三米之远之时,流浪然陡然将目光从天空收回到大地上。唐翼和巴库勒顿时觉得就像有两把冷箭笔直地戳向自己的眼睛,虽说他们都是久经训练的战士,亦不由地心神一颤,脚步顿了下来。及至他们依稀看清流浪汉的容颜时,心头的震撼更甚,几乎是条件反射般地一并足,一抬手,敬了个礼:"长官好!"

　　所有参与"围剿"的军警全都惊呆住了。他们知道,唐翼和巴库勒的实际军衔虽然不高,然而他们却是军统特别派遣过来的军官,乃是委员长最嫡系的部队成员,参与这次行动几乎是张习熙"央求"过来的。没想到他们竟然会唤眼前这邋遢不堪的流浪汉为"长官"!

　　……

流浪汉面无表情，对唐翼和巴库勒的敬礼毫无反应。他缓缓地站起了身。一股杀气随着他的起身而渐渐扩散开来，如乌云一般沉重地压在每个人的心头，令人几乎无法呼吸。

身为特工队的成员，唐翼和巴库勒自然明白这样的杀气意味着什么。他们急忙一挥手，大声道："所有的人撤出院子，不许开枪，上绳子和竹竿！"

流浪汉开始出手袭击。他的出拳之快、之重，都远远超出了寻常训练中的手法。仿佛他的体内潜藏着一个妖魔，平日里昏睡，而今苏醒过来，于是支配着他的身体，爆发出数倍的力量。唐翼和巴库勒两人合力接了几招，只觉得胸口如被巨锤击中，口角渗出鲜血来。而流浪汉丝毫未念及往日情谊，招招更加凶狠，直欲取二人性命。

唐翼忍不住出语高呼道："冷大，你忘了吗，我是唐翼，你的部下，陪你出生入死的兄弟，你都不记得了吗？"

流浪汉丝毫不理会唐翼的呼声，只管将碗钵大的拳头舞得呼呼作响。唐翼分心之下，被他一拳击中胸口，整个身体飞出数米远，"哇"地吐出一口鲜血。

巴库勒见状，大吃一惊，慌忙从背后锁住流浪汉的胳膊，想要遏制住他继续发狂。巴库勒本是草原上的勇士，力大无比，最擅长擒拿、摔跤，又经过部队数年魔鬼训练，这发力一扳之下，就算是一头野马，也会被他掀翻在地。却不料流浪汉浑如铜墙铁柱，纹丝不动。他分开腿，双臂一振，已从巴库勒的禁锢中脱离出来，接着反身一脚横扫过去。若被他扫中，巴库勒的双腿定然骨断筋折。所幸巴库勒预见得早，立即倒地一滚，躲了开去。

这时，那些军警从外面寻了几根碗口粗细的毛竹和几条粗绳，群涌了进来。他们五六个人抬着一根毛竹，呼喊着，朝着流浪汉夹击而去，希望将他困在中间。然而毛竹刚靠近流浪汉，就被他飞起一脚，踢中在竹头。持着毛竹的军警只觉得一股大力传来，整个身体不由自主地朝后倾去，手中的毛竹更是握持不住，箭也似的朝后飞射而去，将墙砸出了几个窟窿，也将每个人的手磨得一片血肉模糊。

冷寒铁长啸一声，如同一只苍鹰捕猎般，朝着一干军警扑了过来，将他们吓得心胆欲裂。巴库勒见情形危急，急忙从一名军警手中夺过一条绳子，快速打了个套。在从军之前，巴库勒曾在草原上用一条绳子套住过无数的野马，母马的话用来挤马奶，小马的话将其驯服，编入家马行列。

在草原上，套野马是勇士的行为。它讲究眼力、手力、体力、耐力以及马术。狂奔的野马力量无穷，随时可能将人拉扯下马，使其湮没在尘土乃至众马蹄声中。不过作为草原上最优秀的勇士，巴库勒从未失手，再烈的马被他套住之后，也无法逃脱。那一手套绳绝技，曾让无数的草原男儿羡慕不已，让无数的姑娘芳心暗许。

然而流浪汉比最烈的野马更加难以驯服！巴库勒的绳索准确地套住了流浪汉的脖颈，可是他的力量与对方相比，就像是蚍蜉撼树。流浪汉一手抓住绳索的一头，直接将它抡起。挂在绳索另外一头的巴库勒就像一只风筝被流浪汉"放飞"起来！

唐翼见状不妙，不顾胸口的剧疼，一个扑身，抓住巴库勒的身体。然而两人近400斤的体重根本压不住流浪汉的神力，依然被抡飞了起来！不过他的举动提醒了其他军警，一个个纷纷扑身上来，拽住绳索一端。数十个人如冰糖葫芦一般，串在绳索上。每个人都咬紧牙关，死也不放手。数千斤的重量压在流浪汉的身上，纵然他力量惊人，终究对抗不过这种人海战术，被压得跪倒在地。然而他并不肯束手就擒，猛地一声大吼，双手握住绳索，用力一扯。手腕粗细的麻绳竟然应声而断！

巴库勒深知，一旦被流浪汉挣脱，想要将他再度制服，将是件异常困难的事。眼见他目前已经杀红了眼，任何人靠前，都无异于以卵击石。无奈之下，他只好趁流浪汉喘息之际，纵身一跃，扑在他的身上，将他压在身下。其他的军警如法炮制，叠罗汉般地一个个扑了上来，用重量压制住流浪汉，让其难于起身，但这样一来，巴库勒也被压得差点吐血。

流浪汉的精力异常惊人。他就像被困在五指山下的孙悟空一般，不断地发力，试图将压在背上的众人掀翻开来。所幸军警人数众多，加上巴库勒始终死死地箍住他的双臂，令他无法挣脱，良久，流浪汉终于气消力竭。有军警找了一条铁链，将他锁住。

巴库勒躺在地上，许久才缓过劲来。刚刚经历的一切，仿佛是在与一头野牛较劲。眼前的流浪汉，虽然容颜似是他熟悉中的冷寒铁，冷长官，然而他的目光，他的举止，乃至是他的力量，都迥异于旧日的他。不知道在他失踪的这大半年时间里，究竟发生了什么样的变故，可以让他变成了这般模样。

唐翼在冷寒铁的一击重拳之下，断了两根肋骨。他勉强站起，与巴库勒一起，一左一右把持着冷寒铁，朝院外走去。

"等等。"张习熙出现在大门口，脸上恢复了原来的冰冷与傲慢，手指着被五花大绑的冷寒铁，道，"把这个人留下！"他身后跟着足有一个连的士兵，齐齐将枪口指向冷寒铁，只待张习熙一声令下，便会乱枪齐发，将他打成一个马蜂窝。

巴库勒一个箭步窜到冷寒铁前面，用身躯挡住他："他是我们的人，我们要将他带走，谁都不许阻拦。"

张习熙阴森森地道："是吗？只怕这里由不得你说了算。"

唐翼盯着张习熙："张主席，这个人对我们很重要。他是戴局长（戴笠）寻找已久的人，所以我们必须领他回去复命，恕不能将他交给你。"

张习熙仰天冷笑了数声："你别拿戴局长来压我。我省政府是什么地方，岂容这种败类在此嚣张，肆意烧杀抢？若传出去的话，我们还有何颜面见全省人民？"

巴库勒不由地气上心头："好一个烧杀抢掠，请问张主席哪只眼看到他烧了，抢了，掠了呢？"

这时，有原先待在院子里的军警跑上前，对张习熙耳语了两句，张习熙脸色突然大变，变得狰狞无比，咬牙切齿道："看来你二人是决意与这犯人同归于尽，对吧？我会奏明戴局长，为你俩的英勇举动表功。"

唐翼和巴库勒彼此对视了一眼。职业的敏感性让他们嗅到了浓浓的危险气息。他们猛地一扯冷寒铁，转身跑进院子，反手将院子大门关上。

门外传来激烈的枪声。所幸省府大院的木门外包了一层铜，那些子弹一时间无法射进来。

站在院子内的军警们面面相觑：一边是他们的顶头上司，省政府的副主席，一边又是委员长的嫡系部队，刚刚一起出生入死的兄弟，两边突然发生冲突，令他们茫然失措，一时间不知道究竟该帮谁。

唐翼见状，急忙朝天发射了一枚信号弹，红色的信号弹。他转头看到那些军警犹豫着抬起枪口，知道他们的心意，淡淡道："我能够跟你们说的是，眼前这个人对党国非常重要。你们要是能够保护他安然无恙的话，日后定然会受到嘉奖。倘若他少了一根寒毛，不要说你们受惩，就是你们的张副主席都要掉脑袋。而且实话告诉你们，我刚才已经通知了我们的人，很快省府大院就将被包围，到时在场的每一个人都别想逃脱。"

巴库勒见众军警脸上犹然带有犹豫之色，不由地焦躁道："妈的，你们再不放下枪的话，我就将他的铁索打开，到时你们就跟院子里躺着的这些人一般下场！"他的一只手搭在绑缚冷寒铁的铁链上，只要用力一扯，就可以将铁链打开。

众军警一听这话，慌忙一个个将枪抛下，生怕稍有迟疑，巴库勒会将冷寒铁这"杀人狂魔"放开，在这院子里再度掀起一场血雨腥风。

外面的士兵在长官的指挥下，开始强攻省政府大院。有的搭成人梯，攀上围墙，有的则找来木头，强行破门。巴库勒和唐翼不愿对自己人痛下杀手，只好带着冷寒铁躲进厅里。

大厅是张习熙选用上等的青田石打造而成，坚固无比，只留有一扇门，一个窗。而这两个都是选用上好的铁杉木制成，子弹对它构不成多大的杀伤力。

院子里的军警见唐翼三人退守大厅里,将门窗紧闭,急忙上前将院子大门打开,放外面的士兵进来。

一场猛烈的枪战就此展开。张习熙接到唯一的侄儿惨死的消息后,整个人如同疯了一样,决定无论付出什么代价,都不能让冷寒铁活着走出这个院子,因此下了"格杀勿论"的命令,包括唐翼和巴库勒两人!

眼见子弹无法击穿紧闭的门窗,张习熙下令采用集束手榴弹将它强行炸开,再发起强攻。

唐翼和巴库勒将冷寒铁放置于子弹射击不到的死角,然后一个躲在窗后,一个躲在门后,冷静地进行回击。面对张习熙疯狂的进攻,他们仍能保持克制,瞄准的都是士兵们的手臂、大腿等部位,不致命,却能让他们丧失战斗力。有士兵冒死往屋内扔进手榴弹,不是被唐翼他们击爆在半空中,就是被他们飞快捡起扔回院子,反倒炸死了几名士兵。

在连续被放倒十余人之后,士兵们开始放慢了进攻的节奏,有的甚至开始退却。

张习熙暴跳如雷,却又对躲在屋子内放冷枪的唐翼和巴库勒无可奈何。随着时间的流逝,他眼中的杀机越来越浓烈,耐心消耗殆尽,于是下令调来了一门大炮,对准了大厅!

大炮对准大厅连发了三炮!大厅纵然是由坚固的青田石建造而成,也抵挡不住大炮巨大的威力。三发炮弹过后,整座大厅轰然倒塌。

张习熙的脸上流露出一丝冷酷的笑容:就算大炮无法直接轰死冷寒铁三人,那坍塌坠下的巨石也足以将他们砸成肉泥。

不过他的笑容很快就僵住了。因为他发现,整个省政府被包围了!一卡车一卡车的士兵被运送过来,甚至驶来两辆装甲车和一辆坦克!一个个黑洞洞的枪口全都直指张习熙等人。

所有的军警都懵了。他们虽然也是士兵,但与眼前包围他们的士兵相比,无论在体型、装备还是在气势上全都差了一大截。这时有一辆别克轿车在两辆吉普车的护卫下,缓缓驶来,从车上下来一个目光如鹰隼般锐利的中年男子。

张习熙大脑中"轰"的一声响,几乎站不住。他隐约觉得,自己的政治生涯已在刚才的那三炮中灰飞烟灭。

身为一省副主席,张习熙见识过的大风大浪多了去了,然而来者却可以让全天下的为官者全都心惊胆战,不敢对视。他正是军统副局长戴笠!

说起戴笠,他亦是民国传奇人物之一。在有些人的眼中,他神秘、冷酷、残忍,是"中国的盖世太保";而在另外一些人的眼中,他则是一个大才般的"间谍大师",一手建立了中国庞大的特务系统——军统。军统全称"国民政府军事委员会调查统计局",其前身乃是"军事委员会密查组"、复兴社特务处、军事委员会调查统计局第二处。名义上军统局长是郑介民,但实际上掌权者为副局长戴笠。在抗日战争期间,军统拥有两万名以上的特工,他们渗透进中国的各个角落乃至南洋诸国,刺探日本情报,执行暗杀任务,歼灭和监视异己分子,在立下赫赫战功的同时亦双手沾染鲜血。

由于拥有铁血手段,同时又对蒋介石忠心耿耿,戴笠成为蒋介石的心腹。但他为人十分低调、神秘,基本上不出现在公众面前,行踪不定。

当戴笠看到已成一片废墟的省府大厅时,喜怒不形于色的他,脸上显现出一丝怒意。而当士兵们扒开凌乱不堪的坍塌巨石时,所有人全都不觉愣住了,随即一阵欢呼——唐翼、巴库勒、冷寒铁三人各蹲坐在铁笼的一角中,毫发无伤。原来早在第一声大炮响起时,唐翼和巴库勒就拉起冷寒铁,躲进了铁笼里。鹅蛋粗细的铁栅栏挡住了跌落的巨石,保护三人不受损伤。

冷寒铁被迅速地送到附近的医院。在那里他经历了一系列的检查,最终医生不无遗憾地告诉戴笠,冷寒铁由于经受过"非常强烈的精神刺激",尽管经过治疗,可以恢复他的神智,但他的部分记忆,却被永久地删除了。医生甚至怀疑冷寒铁患有间歇性失忆症,这种病症的症状表现是会不定期地失忆,但具体诱因不得而知。这主要是因为冷寒铁不肯配合医生的诊治，对于医生的问话基本上都是置之不理，令医生们束手无策。

除了丢失部分记忆外，冷寒铁的身手、判断力等并没有受到任何影响。他依然是军统最优秀的特工之一，是戴笠最器重、最得力的手下。这让戴笠大感欣慰，他甚至乐于见到这样的结局。他需要的是一个拥有一流执行力的特工，而不是记住每一次行动内容的学者。冷寒铁执行过的任务多半是见不得光的，戴笠自然不愿意这些秘密有朝一日会被披露出来。冷寒铁能将它遗忘掉，那是最好不过。戴笠略微遗憾的便是冷寒铁丝毫回忆不起最后一次任务的执行情况，而这次任务是异常重要的。他只能期待着某天冷寒铁能够将其重新记起，然而他却没能等到这一天的到来。1946年，戴笠从北平坐飞机飞赴上海转南京，因飞机失事身亡。一代枭雄就此结束了他充满争议的一生。

二

　　王微奕想起冷寒铁的坎坷人生，不禁有几分唏嘘。在他的心目中，冷寒铁就是一尊战神，战无不胜的神。无论什么艰难险境，他都能够安然度过。所以他说："我们不必担心冷长官的命运，我们需要好好计划一下，倘若冷长官两个时辰内没赶回来，我们该如何赶到森林那头，与唐长官他们会合。"

　　卜开乔头也不抬地道："我认得路。"

　　林从熙点头道："你是老马识途。"

　　卜开乔咧嘴一笑道："那你就是匹骡子。"骡子乃是马与驴杂交的产物，天生的劳碌命，最重要的是它无法繁殖后代。

　　林从熙被噎得脸色微变，正要发作，却被王微奕扯住了："大家不要着急着拌嘴，想正事。刚才冷长官说过，我们先前被人跟踪了，也就是说，敌人很有可能在沿途设下埋伏。所以我们不能沿着原路走。"

　　"那怎么走？"刘开山问卜开乔，"其他路你识得吗？"

　　卜开乔摇头道："我是个很专一的人，我只认识一条路。"

　　"你呢？"刘开山转问林从熙。

　　林从熙挠了挠头："你让我鉴赏古董这我还行，但要让我在这荒山野岭中找路，难。我对风水略有研究，但还没到可以学以致用的地步。"

　　刘开山挠头道："我也不会看山。那怎么办？"

　　林从熙略微奇怪地看着刘开山，道："刘大当家的，你惯常里出没山头林间，应该识得辨形认势吧？"

刘开山脱口道："老子平常出没的是……"话说到一半，被他生生咬断，"老子是出没在山林里，可那是老子的地盘，老子闭着眼都能走，不需要去看什么地形地势。"

王微奕道："这个无妨。老夫对野外看路略知一二。虽然罗盘、指南针在这里失效，但我们仍可以根据天上太阳、星辰的位置来确定方位。此外，树木年轮的形状、叶子的疏密等等都可以帮我们定位。只要我们一直沿着西南方向走，应该可以顺利与唐长官他们会合。"

就在这时，刘开山突然竖起耳朵，脸上流露出警惕之色："我好像听到有枪声。"

林从熙不觉紧张道："啊？冷长官与敌人相遇上了？你能听出来谁胜谁负吗？"

刘开山竭尽所有的耳力，倾听着："枪声断断续续，但一直持续，这说明冷长官暂时仍然是安全的，还在跟敌人战斗。但……"

"但什么……"林从熙焦躁道。

刘开山瞪了林从熙一眼："林大掌柜的什么时候这么关心起冷长官，莫非你们之间有什么秘密？"

林从熙这才明白自己失态，慌忙赔笑道："我这不是心急吗？冷长官是我们的主心骨，我自然希望他可以安全归来，继续带队……"

刘开山没有追问，又侧耳倾听了会儿："我记得冷长官走的时候，只带走一枝美式M1911手枪。它是大口径手枪，声音雄厚有力。然而现在却被淹没在一阵清脆而杂乱的枪声里，可见敌人的火力要强得多。"

林从熙不无敬佩地说："没想到刘大当家的耳力竟然也如此强悍。"

刘开山没有搭理他，又倾听了下，突然脸色微变："M1911的枪声没有了，恐怕冷长官凶多吉少。"

林从熙大吃一惊："会不会是冷长官没了子弹？"

刘开山摇头道："我见过冷长官先前携带的子弹，还是比较充足的……

敌人的枪声仍然在响,但渐渐远去,可见冷长官至少现在还没有生命危险,但已经选择逃跑。"

众人面面相觑:"那我们现在怎么办?"

刘开山道:"还能怎么办?走吧,去找唐长官。"

"现在吗?"王微奕抬头望天,有点愁眉不展,"天色已暗,林深叶茂又看不到星星,恐怕辨别不出方向。再者,此时正是林兽四出的时候,贸然行动恐有威胁,还是待天明后再启程吧!"

众人觉得有理,又觉得肚子饿,就各自散开,有的捡柴,有的寻找食物,有的则查探四周是否有合适的洞穴适合栖住一宿。不过出于安全考虑,众人都尽量不走远。尽管如此,还是出了事:林从熙拿着手电筒,照见树后面探出只兔子,大喜过望,连忙奔了过去,却没料到一脚踩了个空,"啊"的一声惨叫,半条腿陷了进去。

"怎么回事?"刘开山等人闻声赶来,却见林从熙抱着脚,坐在地上,倒抽着冷气。而他的脚尖,套着一个古怪的半圆形东西,上面裹满泥土。很显然,正是它让林从熙崴了脚。

林从熙强忍住痛,用力地拔下脚上的东西,恨恨地准备将它扔掉。

"等等。"王微奕及时喝止了他的动作,小心地接过那个半圆物,抓起一把草,将裹在表面上的泥土擦拭去,依稀露出它的庐山真面目:只见它底部呈圆形,上有开口,色呈碧绿,斑驳不堪,一看就是有些年头的古物。

林从熙打算将它丢弃原本乃是一时气急,如今看清它的形状,不觉惊呼道:"这好像是个青铜器,是战国的油灯吗?"

王微奕用袖子将它又仔细地擦拭了一遍,道:"这个不是油灯,而是陶豆。在春秋战国时期,人们用它来盛放食物或者水果,放在地面上,再席地而坐,这样子食物和水果就不会碰到土,有点像今天的果盘。"

林从熙不觉精神大振:"莫非我踩到了一座古墓?哈哈哈,我林从熙看来真是有福之人啊,一脚踩下去都可以踩出个古玩来。王教授,这个陶豆价值如何，能值回同重的黄金吗？"

王微奕微微一笑："这个陶豆虽然是个远古器物，但做工一般，价值不大，最多值个几十个大洋吧！"

林从熙一听才值几十个大洋，不禁有点泄气："这么不值钱哪？奶奶的！几十大洋都敢来崴大爷的脚，实在是不长眼的家伙。"

王微奕道："它虽然不是个值钱的东西，但这上古之物突然出现在这里，可真有点奇怪。莫非这里是座战国古墓？"

众人一听是战国古墓，顿时都来了精神，所有的手电筒都集中照到被林从熙踩塌的洞穴中。然而令他们失望的是，那根本不是古墓，而是兔子的洞穴。狡兔三窟，兔子会在地底下打出纵横交错的巢穴，所以兔子对于地表的破坏极大。

"兔子窝里哪来的陶豆呢？"林从熙喃喃道。

卜开乔嘻嘻笑道："这个兔子肯定是个小偷，从别人那里偷来的。"

王微奕拿过手电筒，仔细地查看了周围的地形地貌以及兔穴的沙土，若有所思道："依老夫所见，许多年前，这里应该有一条小河，或者说山涧。不过经过岁月的风化，小河逐渐改道乃至干涸。这陶豆应是被山涧冲刷出来并沉积于此的。若如此的话，这附近该有座战国古墓，说不定正是当年楚秦在此对峙时某位将军之墓。"

"那王教授，你觉得古墓会在哪里呢？"刘开山热切地问。

王微奕抚须道："墓葬之道，讲究风水。《葬经》云：葬者乘生气也。风水之术，千头百绪，艰深浩繁，然而归根结底，只有'风'与'水'二字。《葬经》谓：'气乘风则散，界水则止。古人聚之使之不散，行之使之有止，故谓之风水。风水之法，得水为上，藏风次之。'堪舆学认为，人生来带有阴阳二气，气凝聚于骨骼中。人死后，肉体毁灭，然而阴阳二气却不会消失，而是变成死气，并与墓穴之气融汇。虽然墓穴选地是静止不动，然而天地星辰却在运转不息。倘若墓穴选得好，死气会继续流转形成生气，那么就会影响子孙后代的气运。而这气'乘风则散，界水则止'，即生气升露地面，会被风吹散荡尽，而曲折的水流有助于聚集住生气。因此风水宝穴一定要'聚水藏风'，即要有流水环绕促生并聚集生气，又要有群山环抱遮挡住风，使得这生气不致外泄，正所谓'得水为上，藏风聚之'。

"倘若这森林里真有座战国古墓，那埋葬者为武将的可能性较大，并且不排除是当年进攻楚军的秦将。老夫环顾这四周，树木蓊蓊郁郁，苍茫入天，数千年间人迹罕至。若非征战，常人不会踏临此地，更不用说葬身此处。虽说将士战死马革裹尸，但若是将军战死，便不可能草葬，定会讲究堪舆之术。如先前猜测，我等脚踏处，本有条河流，而此地又是背靠群山，十分符合风水学中的'聚水藏风'格局。而此地地势洼坳，再有古木遮阴，并非墓葬理想之地。所以该古墓应是在前方高处，且离原河床不远。"

林从熙听王微奕先前的长篇大论，眼前一亮，以为王微奕可以根据风水之术，寻龙点穴，快速将古墓定位，却不料只是个大概位置，忍不住失望道："王教授，这寻穴之道，可谓是失之毫厘，谬以千里。这河床已经改道干涸，难觅其迹，我等又只有几个人，要在这深山旷野中寻找这么一座古墓，可真有点大海捞针的感觉哦！"

王微奕淡淡道："这正是风水的奥妙。斗转星移，风水也轮流转，没有万世千古的风水宝穴。而寻访古墓，亦讲究一个'缘'字。你今天能够踩到这陶豆上，即说明你跟这古墓有缘。也许这古墓的探解，最终要落在你身上。"

林从熙在心头嘀咕道："老子就是一个古董商。跟古墓主人有缘？难道是古墓主人在阴间缺钱花，要我将他的明器拿来变卖？如果真是的话，那我以后每天早晚给他烧炷高香。当然了，前提是你能够保佑我走出这见鬼的神农架，找到那传说中的金殿。"

就在他暗自嘀咕时，突然听到卜开乔拍手的声音："看，那里有一只白色的狐狸！"

"白狐?"林从熙闻言一惊,定睛望去,果然看见一只白狐正蹲坐在不远处的树根上,定定地看着他们。

刘开山下意识地就要甩出袖刀,却见白狐微微掉转过头,泛着晶莹光芒的小眼珠迎上了他的视线。他顿时感到一阵头晕目眩,忍不住踉跄了一下,刚刚拔出的袖刀又缩了回去。

"这狐狸竟然会迷魂术?"刘开山大吃一惊。

这世间万物中,有些生物别具灵性。民间里有"狐黄白柳灰"五大仙的说法,其中狐指狐狸,黄指黄鼠狼,白指刺猬,柳指蛇,灰指老鼠。其中狐狸因其美丽、灵敏、机智、活泼,被视为最有灵性的动物。民间普遍认为狐狸可以汲取天地灵气,修炼成精。它们精通妖术,可以变成人形,与人交往,懂得报恩,亦会报仇,甚至还会悬壶济世。不过狐狸精最有名的还是"狐媚术"或者"迷魂术",即可以摄人心魄,夺人神智,让人沦为供它驱役的傀儡。在中国历史传说中,最有名的莫过于《封神榜》中的狐狸精妲己,它幻化人形,迷得商朝最后一任帝王纣神魂颠倒,为她残杀良臣,惹怒天下黎民,最终导致一代王朝的灭亡。而在更早的夏朝,民间即流传有大禹治水时曾娶九尾白狐——涂山氏的女儿为妻而生下夏朝第一代君主启的传说故事。在不少地方,都有供奉狐仙的习俗,比如天津的天后宫中即供有胡三太爷的塑像,时有善男信女前来进香膜拜。

白狐将刘开山摄魂一下之后,又将视线投向林从熙身上。

林从熙想起王微奕所说的"你和古墓有缘",不觉心头一震,试探地走向白狐:"你是想带我去寻找古墓吗?"

白狐似乎听懂他的话语,冲着他微微点了一下头,随即转身朝山顶方向奔去。

林从熙强忍住心头的大骇,招呼着王微奕等人,一起尾随白狐而去。

白狐行走极快。林从熙等人披荆斩棘,勉强能跟上它的脚步。如此东绕西拐了约莫半个小时之后,白狐突然消失不见。众人四下寻找,依然找不到它的踪影。

"娘的,这鬼东西去哪里了?"刘开山脾气较为暴躁,忍不住骂起来,"它将我们勾引到这里又有什么企图呢?"

"鬼东西自然是进阴曹地府啦!"卜开乔突然阴森森地说,将刘开山等人惊得全身起了一层鸡皮疙瘩。

刘开山气不打一处来,恨不得将卜开乔揪过来痛揍一顿。

林从熙突然想起一事,道:"奇怪了,这个季节怎么会有白狐呢?"

白狐是狐狸中的一个品种,比一般的狐狸要娇小些,最重要的是它们冬白夏青,即在秋冬季节里,它们的皮毛会逐渐变成白色,与皑皑白雪融为一体,而到了春夏季,则会转变成青色,以与绿意盎然的丛林相适应,所以又被称作青狐。如今已是暮春时节,白狐身上的毛发应该转青才对。

刘开山亦想通了这一点,忍不住道:"难道我们都被它使了障眼法?甚至……我们一直都是在原地打转?"

这个说法将所有人都吓了一跳,只有卜开乔摇头晃脑道:"不对。我们一路上走过的地方景色各异,肯定不是在兜圈子。"

这时,林从熙惊异地发现手电筒的光线越来越暗,所照见的范围越来越小,仿佛黑暗中有一群他们看不见的怪兽在步步逼近,将手电筒的光线吞噬了进去。他只能大致分辨得出他们身处在一株参天大树下,四周全都是低矮的灌木丛,与他们先前所待的环境迥然不同。

"真的在原地兜圈吗?"王微奕皱起眉头,看了看四周不断蒸腾而起的林气,心中一动,道,"天色已晚,大家也都累了,不妨先行歇息,待明日日出后再看是怎么回事。老夫猜想,即便真有障眼法,在日照之下也会消失。"

众人一听,觉得有理。于是有的开始寻找柴火,有的寻找食物。不多时,刘开山抱回了一堆的干柴火,卜开乔则找到了一批酸果,大家勉强果腹。

刘开山一边烤着火,一边吃着酸果,道:"我记得我们先前待的周围并没有这酸果,可见我们确实是走了很远的路。"

王微奕淡淡道:"君不闻,庄生梦蝶,是蝶入庄生梦中,还是庄生进入蝴蝶之梦呢?说不定眼前的这一幕也是我们的幻觉呢!"不过随即他又皱起了眉头,"德国的哲学家笛卡尔说过,我思故我在。言外之意即是,如何证实我是真实存在,而并非是在梦幻中呢?在梦中人一样会吃饭、会唱歌、会做事,所以无论你做什么事都不能证明你的真实存在。可是倘若你开始思索'我是不是在做梦'这个命题时,就证明你是真实存在的。因为梦中人不会做这个思索。但精神分析学家却又指出,有梦中梦。就是你突然意识到你在做梦,然后惊醒,其实并非真正地醒来,而是转入另外一个梦中。该学派的大师荣格曾经遇到过七重梦境。就像是一个俄罗斯套娃,一个梦套着一个梦,接连有七重。梦……梦……"他仰起头,若有所思,"心理学家认为,人的大脑具有全息功能,也就是说,我们的眼睛就像是一台超广角的电影录制机,可以将我们所看到的一切细节全都记录下来,但是我们大脑对这些内容的处理能力有限,于是就如同电影要将最重要的成分剪辑下来,编辑成合理的、完整的故事情节一样,真正进入我们意识中的,是经过大脑筛选过的少数的片段,更多的信息只是被存储在我们的潜意识中,我们无法得知。然而当我们睡觉时,大脑对于信息的审核较为薄弱时,部分潜意识里的信息就会偷偷溜进来。然而它们并不能以'真身'出现,必须要经过一番伪装。这就是梦总是光怪陆离的缘由。换句话说,我们大脑潜意识中的信息量要远远超过我们的意识量。而掌握的信息越全面,那么做出的判断就越准确。所以心理学家建议人们在遇到难于抉择的困难时,不妨向你体内的另外一个我,即你的梦境求援。但前提是,你要懂得梦的语言。因为梦多半是凌乱的,支离破碎的,晦涩的,如同一堆密码。我们必须要将其破译,重新组合,才能获取有用的信息。"

林从熙等人茫然:"王教授,你究竟想说什么呢?"

王微奕道:"睡觉!大家做梦吧,然后把梦中的内容记录下来,明天早上起来时一起整理,也许能够找到线索。"

刘开山开始动手,将篝火移至一旁,然后在烤得热烘烘的地面上铺上一层树枝,再往树枝铺上一层青草、树叶,如此就形成了一张"火炕"。王微奕和卜开乔等人则一起动手,围着"火炕"布置了几个简单的陷阱,防止半夜有野兽突然来袭,再往火堆中加入几根粗木头,最后几个人并排着睡在上面,依靠相互的休温取暖。

"火炕"初始很温暖,但随着夜色的推移,寒气越来越盛,众人也都越睡越冷。王微奕毕竟上了年纪,本来就睡眠不稳,第一个醒来。他起身往火堆里添了一点木头,让其燃烧得更旺,然后坐在火堆边,仔细地回想刚刚做过的梦。然而整个脑袋昏昏沉沉的,就像一摊被搅浑了的水,怎么都难以映照出一个清晰的影像来。

刘开山和林从熙也相继醒来。刘开山茫然地睁着惺忪睡眼:"梦?我好像没有做吧……"

林从熙仰起头,皱着眉头:"我好像是做了一个梦……"

在梦中,林从熙只身站立在千军万马前。黑压压的一片将士,旌旗招展,枪戟林立,然而战马暗哑,将士肃容,没有半点声息,而且所有的将士全都身披黑色的铠甲,一眼望去,就像是一片巨大的乌云横亘在大地上,压抑得人心有点张皇。林从熙似乎背负使命,硬着头皮往军队里走去。仿佛他具有点金成石的本领,所到之处,那些将士纷纷变成了一棵棵树木——准确地说,是将领们变成了树,士兵们则变成了草。忽然间,一个横刀跃马的将军出现,以长刀指着林从熙的脑袋,厉声道:"大胆!不许乱闯本将军洞府!"林从熙迷迷糊糊地反问:"那我该何去何从?"将军没有答话,转瞬间消失,林从熙跟着消失。接着梦境中出现了十个太阳,每个太阳都驾着马车,从一颗巨树边上驶出。然而它们发出的,并非是炙热的光芒,而是灰暗的汁液,就像是洗过一遍衣服的污水。这些汁液溅落到地面,原本坚硬的大地突然龟裂开,有一道裂痕越撑越大,并且深不可测,像个无底洞一般。站在边上的林从熙来不及逃脱,瞬时跌了进去。他"啊"的一声醒了过来。

王微奕听完林从熙对梦境的描述，不觉大喜过望："看来你是真的跟墓主有缘。这是一个很典型的主题梦境，正符合我们寻找墓地的目的。来，我等共同来分析一下。"

梦中的将士万万千千，这符合对墓主的身份猜测——他是一名将军。而众将士身穿黑衣，悄然无声，这代表他们已经死亡，旁证就是他们化为树与草。因为入土后，人就回归自然，坟墓上将长出草木。骑马将军无疑正是墓主本人，而他说的那句"不许乱闯本将军洞府"引起了王微奕他们的极大兴趣。"'本将军'代表着他的身份，'洞府'这词却含有深意。要知道，将军只有府宅，没有洞府一说。洞府乃是道家修行之人的居所。将军居住在洞府里……那要么说他已经成仙，要么说……这个墓乃是修建在洞穴中！"

但十个太阳升起的一幕却让王微奕等人十分不解。民间传说中，上古时代，天上现十日，田园烧焦，后被后羿射下九个，仅留一个造福人间。可是十个太阳怎么会发射出灰暗的汁液，而这汁液可以让坚硬的大地开裂？"难道这是提示我们开启墓室的方式？"王微奕喃喃道，"但具体要往哪个方向走呢？"

刘开山不觉有点泄气，忍不住推了一下林从熙："你娘的，再去睡一觉，问问那家伙，要走到什么地方才好找到他。"

林从熙没好气地说："刘大当家的，这只是个梦啊，你听过续梦一说吗？我去哪里找那将军？"

刘开山想想也是，嘴上却不服输："谁说不能续梦？老子时常在做完春梦醒来之后，闭上眼睛继续回味，接着陪那些娘儿们玩，玩到舒服了才醒来。"

林从熙心中暗道："你那叫意淫，不叫梦。"但却不敢说出来。正所谓"秀才遇上兵，有理说不清"，何况他遇上的还是土匪头子。

王微奕依然在推敲着梦境："林小兄弟，你是说梦中十日架着马车，从一棵巨树边驶出，对吧？"

林从熙点头称是。

"传说中,天上的十个太阳轮流登值,早上驾着马车从栖身的扶桑树上出发,在天上转上一圈后,傍晚时分归于扶桑树,而树边有一个巨大的汤池。十日,木,合起来便是一个'東'(繁体的'东')字。难道是让我们往东方走?另外,马车可理解成将军的座驾,有木,有水,这似乎正是风水宝穴的象征。只是这个汁液让大地龟裂该作何解释呢?不管了,我等且先往东边走,看看有没有巨树与流水。"

天边渐渐露出鱼肚白。借着晨光,王微奕观察起四周地形地势,不觉暗暗叫绝:这真是一块风水宝地!背靠如锦屏翠帐,前方有双峰并立,一山脉如青龙盘卧,一山脉如白虎雄踞,不远处则有一条小瀑布飞珠溅玉,蜿蜒缠绵,恰似玉带斜挂。放眼过去,只见山水苍苍溿溿,烟霞标致,气象万千,真可谓地臻全美。若是选葬此地,后世定出王侯。

但哪里才是风水眼呢?王微奕手头上并无罗盘等工具可以辨山定形,只可目测,他只能依稀推断出风水眼应该是往东向走,因为那边更加开阔。"莫非林小兄弟的梦境属实?"他微怔,心中不觉对林从熙多了一份好奇。

王微奕信步往东走去。太阳从东方的山头上探出了头。红色的光芒不是很明亮,但却让人看着很温暖,仿佛是一盏灯笼,暗夜里的灯笼,指引着家的方向的灯笼。绚烂的光彩照耀在瀑布上,折射出五彩缤纷的碎影,就像是一大把一大把的杜鹃花揉碎了投入水中,被水流冲激起来,飘浮在空气中悠悠地打着旋儿。

王微奕定定地看着瀑布之下所积聚的小水潭,突然若有所悟。《山海经·海外东经》里记道:"汤谷上有扶桑,十日所浴,在黑齿北。"这小水潭里铺满了阳光,岂不正是太阳在里面沐浴?他抬眼望去,只见小水潭的斜上边,矗立着一株巨大的望天树,不过这望天树长得有点古怪,朝向小水潭这边的枝丫稀疏,另外一侧却是枝繁叶茂,就好像秃发者的发型,前半部分稀稀落落,后半部分却毛发犹茂。

王微奕凝望着望天树,微微点了点头。这树如此怪异,肯定是靠近瀑布的这半边受到阴气所伤。而此地阴气如此之盛,那么只有一个可能:坟墓就在它的附近!

然而王微奕带着林从熙等人寻遍望天树四周,也没找到坟墓的入口。刘开山不觉恼道:"不如拉个炸弹,直接将这树给炸了得了!我就不信掘地三尺还找不到坟墓!"

"若是坟墓那么容易就被人找出来的话,恐怕它里面也没有什么有价值的东西。"王微奕淡淡道,"这个世界上珍贵的东西,都不会轻易得到。可以轻易得到的,也都不被珍惜。"

林从熙试探地问:"王教授,你说这个梦中的信息准确可靠,那我记得梦中的将军跟我提的是'洞府'二字,是不是我们应该寻找山洞?"

王微奕如梦初醒:"对哦,如此重要的线索老夫竟然忘掉,实是不该!"然而环顾四周,一览无遗,并未见到有什么山洞。

刘开山忍不住又焦躁起来:"不会是这群狗娘养的东西,将那狗屁将军埋葬在山洞中后,又将洞口封死,让我们找不到任何踪迹吧?"

卜开乔不知道什么时候醒了,亦晃晃悠悠地走了过来,一边挠背抠鼻,一边左顾右盼,忽然指着瀑布后面的岩壁道:"那些水好厉害,将那面墙每天磨来磨去,磨得好光滑。"

林从熙刚想骂他一声"白痴",突然脑袋里灵光一闪,紧紧地盯着岩壁,眼睛越睁越大,猛地一拍卜开乔的脑袋,咧嘴笑了起来:"还是你个小胖子眼睛毒,这都被你看出来了。"

任何一个岩壁,长年累月被水流冲刷,固然会变得十分光滑,然而却绝对会长出青苔!但眼前的岩壁光溜溜的一片,浑若一面镜子。很显然,它并非寻常石壁!

王微奕很快也想清了里面的奥妙,不觉喜上眉梢。刘开山见众人一个个眉开眼笑的,不解其意,抓着林从熙连声追问,待探明了岩壁藏有玄机后,急不可耐,三下两下除掉衣服,"扑通"一声跳入潭中,游到岩壁前面。然而任凭他将手指头差点敲断,也没查出岩壁有任何的缝隙或者机关。他不服气地从水底捞起一块石头，用力地敲砸起岩壁，然而岩壁坚硬得就像生铁铸就一般，砸了半天连个凹痕都没有，反倒将他的胳膊震得生疼。

刘开山无可奈何之下，只得游回，忍不住又破口大骂设计者的见鬼心机。

王微奕小心地沿着水潭边走到瀑布底下，仔细地观察岩壁。褐色的岩壁与周围的岩石融为一体，若不是卜开乔天生对细节敏感，寻常人根本注意不到岩壁会是人工所为。但岩壁究竟是什么材质制成的，竟然会坚硬逾铁？他让刘开山重新涉水过来，用小刀使劲从岩壁上刮下一点粉末，放于掌心，辨色，嗅味，甚至还用舌头舔了一下。

"这个是用某种黏土混着千年老藤的纤维以及糯米汁浇注而成，干化之后，比金铁更加结实坚硬，锤凿不入，就算是用现代炸药都极难炸开，是古代人民的智慧结晶。因用来制造它的那种黏土只存在于深河之底，取料极难，多半只用在帝王将相的陵墓建造上，例如用来填合缝隙、粘合石块等，用以加强墓室强度，防止盗墓，还可防水。但似这等用来筑造整面岩壁的实属罕见。莫非埋葬在这里面的人是大贵之人，抑或是这附近有深河，取材极易？"

"不管它是什么来历，王教授你就只管告诉我们，怎么能将这墓口给搞开吧！"

"这种混合土最怕酸性物质，以前我们考古挖掘时，总要带上一大桶老陈醋。但如今这荒山野外的，去哪里找醋呢？何况设计这坟墓的人，亦是大智慧者，将坟墓出口设在瀑布下。这样即便我们有醋，倒上去后也都很快被水流冲走，无法渗入土内，将其泡软。"

"那怎么办呢？"林从熙、刘开山都眼巴巴地望着王微奕，希望他可以想出个办法。

王微奕眯起眼睛，仰起头，定定地看着望天树，忽然脑中灵光一闪："林小兄弟，你还记得梦中的场景吗？十个太阳下起灰色的雨，这雨让原本坚硬的大地龟裂开，露出个巨洞……老夫先前不解大雨原本是滋润土地，怎会让大地龟裂，而今看来，这似乎正是入洞的提示。然而何处去寻找灰色的太阳雨呢？"

林从熙使劲回想梦中的场景，道："我觉得……那灰暗色的雨水似乎是某种植物或者水果的汁液。"

王微奕眼前一亮："老夫知道是什么了，是桑葚！十日并出于扶桑树，又降下雨水，正是提示我们用桑葚汁来化解这混合土！"

"桑葚？"所有的人精神都不由得一振。在神农架里寻找桑葚可比制造陈醋要容易多了。

卜开乔咧嘴笑了："你们想吃桑葚吗？我知道哪里可以寻得到。"

刘开山惊喜地攥住卜开乔的胳膊："你知道？那还不快说！"

一个小时后，刘开山四个人各抻住一个衣角，抖开了的外套上，满满的尽是青色的桑葚，足有三四十斤。桑葚采自他们昨日与冷寒铁告别处的一棵大桑树上。卜开乔说得对，昨晚他们走的路，有许多都是在兜圈子。却不知白狐狸带他们如此行走是何用意，而且昨晚它消失之后，就再没有现身。但此时众人皆无心去打探它的行踪与意图，大家将全部心思都集中在如何将这些桑葚汁浇在混合土中，而不会被瀑布流水冲走。

最终，还是刘开山的暴力主张占了上风。他举起冲锋枪，对着瀑布岩壁，一口气将一个弹匣的子弹打光。岩壁虽然坚硬，却无法抵得过高速旋转的子弹头，被打出了一个小凹坑。刘开山再游到瀑布下，扯了一个手雷，塞进凹坑中，随即整个人潜入潭底。一声爆炸后，岩壁被炸开了一个脸庞大小的坑。林从熙负责将桑葚递给刘开山，放在凹坑中，用石头捣烂了，让青色的汁液渗入岩壁中。令众人欣喜不已的是，桑葚汁果然是混合土的克星。那些被桑葚汁浸泡过的岩壁，很快失去了原本的坚硬，变得柔软。刘开山大喜过望，用小刀用力地刮掉已经变软的岩壁，然后继续放入桑葚捣烂，用桑葚汁泡软岩壁，如此重复十余次，耗时两个多小时，终于将岩壁挖穿，掏出一个三尺见方的洞口。

就在王微奕他们为打通了墓道而欢呼不已的时候，冷寒铁却陷入了一种不安的情绪中。昨夜，没有指南针的指引，又失去了星斗作为参照，冷寒铁迷路了，无法准确识别出唐翼等人所在的方位，不敢贸然去寻找，所以就隐在一棵大树上过了一夜，一大清早才动身，赶回营地。远远地，他便嗅到了一丝不祥的气息，心脏因之收紧，加快了脚步赶过去。迎接他的是平静，死一般的平静。唐翼等人和帐篷全都消失不见，空气中浮泛着若隐若现的血腥气，地上则有一摊血迹。所有的迹象都证实，昨日这里曾发生过一场恶战。

血迹是谁留下来的？唐翼，花染尘抑或是楚天开？冷寒铁的心提了起来。他很希望那是袭击者的血迹，然而理智却告诉他不是。因为血迹是在营地帐篷之内。敌人若是有能力来到帐篷中，那么定然是个高手，除非是唐翼等人在帐篷中设伏，否则极难伤得了他。

冷寒铁俯身检查着地上的脚印。但帐篷原本搭建在一片青草地上，青草根本拓不下人的脚印。他起身朝四周检视了下，很快就发现唐翼等人留下的标记。标记显示他们暂时安全，但却向森林深处转移了。

想到森林里那些来历不明的球形闪电，冷寒铁不觉有几分心焦，急急沿着标记追赶了过去。令他感到欣慰的是，唐翼等人并非是纵向行进，而是横向，即沿着森林的边缘前进，如此的话倒不会触动那些球形闪电。

半个多时辰之后，冷寒铁在一块巨石下面找到了唐翼他们。令他心头略微宽慰的是，心上牵挂的人悉数都在，甚至连巴库勒的气色也好了许多，楚天开虽然尚不能动，但眼睛已能微微张开。但队伍里还是少了一个人：沈亦玄不见了。

见到冷寒铁，唐翼等人的精神不由得一振，不过见他只是孤身一人，众人的心又悬了起来："我老师王教授呢？""林从熙没回来吗？""刘大当家的哪里去了？"各种关切的声音响起。关心林从熙下落的正是花染尘。冷寒铁的心不由得微酸了下："他们暂时都没事，只是跟我分开了。昨日你们告急，到底发生了什么事？沈先生呢？"

唐翼等人的脸上流露出羞愧的神色："对不起，冷长官，我等没有照看好沈先生。他被野人掳走了，恐怕凶多吉少……"

冷寒铁不动声色地问："野人？有多少个？"

唐翼和柳四任齐齐摇了摇头："他们采用声东击西的办法，引诱开我和柳四任，然后偷袭了帐篷中的花姑娘和沈先生。等我和柳四任反应过来赶回时，花姑娘已被他们打昏在地，沈先生大概是因为挣扎而被他们直接打伤掳走。那些野人行动如风，加上熟悉森林环境，我和柳四任害怕再度中了他们的调虎离山之计，不敢多追，只能看着他们将沈先生带走。"

"被带走时沈先生是死是活？"

唐翼迟疑了一下："是活的。当时他还大喊了一声'日穿针，沿金行'。"

当日里，冷寒铁带领林从熙等人进入森林探路后，唐翼随即指挥柳四任、巴库勒等人选择了一隐秘处，搭建成帐篷。隔日清早，他们突然听到头顶上有飞机飞行的声音，顿时激动起来，将最后一枚信号弹发射出去。很快，飞机上给他们空降下了三大包物资：一包是武器，一包是食物、药品，另外一包则是一台小型发报机。下午的时候，他们久候冷寒铁不归，巴库勒心中惦记，就主动请缨进入森林查看有无冷寒铁等人的踪迹，顺便采集一些野菌野果作为食物。

因为楚天开始终高烧不退，而空投下的药包里并无退烧药，唐翼只好进入森林里寻找草药。他刚刚寻了把甘草，突然看到有个红色身影在丛林里闪过，似是野人，顿时警觉，追了过去。野人身影将他带得渐渐远离驻地帐篷。唐翼醒悟过来，连忙往回赶。未及赶到帐篷，只见得一颗信号弹腾空而起，唐翼心中咯噔了一下，赶紧加快了脚步。堪堪赶到驻地，却见一个野人扛着沈亦玄正从帐篷里出来。沈亦玄的右手臂血肉模糊，很显然是在奋力挣扎中被野人所伤，伤势十分严重，甚至可以说是奄奄一息。他看见唐翼，竭尽全力喊了一声"日穿针，沿金行"，随即就昏迷过去。野人行动如风，加上有树木遮挡，未等唐翼开枪，野人已带着沈亦玄消失在了林莽之中。

唐翼跑进帐篷中，只见花染尘昏倒在地，柳四任则不知去向。他又气又急，赶了出来，却见柳四任从森林深处匆忙赶至。一问之下，才知道原来柳四任与唐翼一样，也是中了野人的调虎离山之计，被诱离开营地的。

至于那颗信号弹，则是沈亦玄所发。野人将唐翼和柳四任引开之后，便闯入帐篷之中。花染尘一见到野人，便惊叫一声，吓昏了过去。沈亦玄虽为一介文人，却也有几分勇气，抓起手枪便开枪，无奈他从未玩过枪，甚至不知要打开保险，连扣扳机却无子弹射出。他见状，就抓过信号枪，朝着野人开了一枪。信号弹没有击中野人，而是斜斜地穿过帐篷口，升到半空中。野人深知信号枪的厉害，劈手抢夺。这一夺之下，几乎将沈亦玄整条胳膊上的肉都给撸了下来，疼得他一声惨叫，险些晕过去。野人扛起他就往外跑，正巧碰到唐翼。

唐翼眼见野人身手迅捷，深知无法追赶得上，又生怕其他野人再度来袭，只好匆匆收拾好帐篷，唤醒昏迷之中的花染尘，待得巴库勒赶回会合，便仓促地往森林深处走去。在这中间，楚天开睁眼醒来几秒钟，艰难说了句"往边缘走，别入林"，随即又昏迷过去。唐翼虽然不解其意，但还是遵照而行。

"楚天开醒过？"这个消息令冷寒铁振奋了一下，但随即他又迷惑起来，"他怎知不要往密林深处走？"

唐翼问："冷大，密林里有危险吗？"

冷寒铁道："有闪电一路追着你。比帝姬花更难对付。"

"闪电追着人？"唐翼倒吸了一口冷气，"这闪电有长眼睛的吗？而且昨日里并未见有打雷啊！"

"这个迟些再说。染尘姑娘，我有一事想请你帮忙。"冷寒铁说完，从怀中掏出水晶头骨，递给花染尘，"我知道你体质敏感，能感觉到一些常人所无法测知的内容。不知能否请你帮忙看下这个头骨，是否能找到些许信息。"

唐翼等人看到水晶头骨，眼睛不觉发亮。花染尘小心翼翼地接过水晶头骨。冷寒铁扯过一块布，铺在地上。花染尘将水晶头骨放在布上，以手轻轻地抚摸着它，手指微微颤动："它含有古老的声音。"她抬起头，眼睛里亮晶晶的，"我能听得到它。有风吹过森林的细碎声，声音上浮着金色的阳光。那些阳光是如此纯净，以至于可以被风带到很远很远的地方去，落地生根。我还看到夜幕中的苍穹，缀满了星星，像是一匹镶满钻石的黑丝缎。星星们清澈如水，触手可及。每一颗星星里都藏着神秘的预言。这些预言随着风雨雷电一起洒落到人间。偶尔有一些被世人捡到，展开阅读。隐藏在预言中的智慧就像蒲公英一般扑散开，昭告着人类的春天到来。那些没有被人类捡到的预言则凝聚在山川间，覆盖在冰雪上，或者潜藏于水泽里。它们成了一方天地的灵气，润泽万物，孕育人才。"

花染尘所说的每一句话，仿佛都带着立体感，幽幽凸起，飘摇在众人面前，就像是一幅神秘的画卷，在众人的面前缓缓地展开。每一条纹理，每一个字眼，全都写着新鲜、奇妙和玄幻。而花染尘仅是这个卷轴的舒展者，并非是创作者。她是个使者，神圣的使者，又好似一个译者，将那些幽秘的内容一一揭晓。也许是她天赋异禀，也许是因为她敏锐的心灵能够与水晶头骨相互感应，恰如岸边的桃花能够感知到春澜的轻纹。

一年多后，中国解放，有人在北平一所秘密寓所里找到了一堆被仓促烧毁的卷宗，里面有一些残缺的碎纸片，但在当时却没引起人们的足够重视。纸片上的内容如同天书，其中省略号部分为被烧掉缺失的内容：

1946年……日，军统二处收到A大队自神农架发回的情报，内容极其震撼。A大队……具有通灵能力，解读出水晶头骨中所隐藏的信息，证实了……情报内容如下：

我们来自于一个与你们完全不同的世界。也许你们会竭力探索我们的位置，但只要你们无法摆脱"我们存在于第三国度"的困扰，就永远无法知晓我们的来历……

我们知道你们十分好奇人类的起源。我们能告诉你们的是，你们自身的原始状态是思想体。我们用精神创造了世界。精神创造了物质。你们也许会将它视为神的奇迹……你们会探究时间的尽头……我们告诉你们，时间的实质是虚幻的。时间实际上是智者创造出来的一种形式，用来驾驭大脑和身体功能意象。这种形式是防止物质腐蚀的有效措施，实质上是不存在的。思想独立地存在于身体和大脑中。时间是物质的缔造物。思想是没有时间性的。它只是物质的现时意念的体现，而不体现思想或精神，从而把你们限定在"第三国度"和你们所说的"地球"这个小行星范围内。

时间和数字联系在一起。明确地说数字和时间都没有深度。它们只是作为保护措施被编排在现时精神程序中，使你们存在于时间和空间。实际上它们不是精神的功能而是大脑的一部分功能，把你们固定在三维世界的物质国度里。你们所说的"数字""时间"和"空间"只是大脑在第三国度里所发挥的功能。这种现行的精神使你们成了时间和空间——用你们的话说，物质的现实世界——的囚徒。尽管如此幻想中的时间概念还要持续一段时间。你们明白了吗？

我们曾经赋予你们一体观念，但你们还是寻求分离。异体化对于人类是种灾难，它的直接结果是带来暴力，对人的暴力，对大自然的暴力，对地球的暴力……暴力会愈演愈烈，给你们的生活带来越来越多的损害，甚至还会导致地表变异，直至毁了你们自身。你们会发现天气规律被打破，大气层被破坏，地球产生巨大裂变，磁场即将转移……地球的释放物将污染地表，从地里长出来的东西也将发生变化，大量以它们为生的人或动物因此丧生……

在你们这个时代的"很久以前"，我们就意识到思想的分裂不可抗拒，地球的灾难在所难免。我们选择返回我们的国度，但把我们的精神作为祖先留下来的东西留给了你们。于是我们制作了这批水晶头骨。它们是精神的容器，是思维与信息的结晶。我们深知，你们尊重个性和头脑。水晶头骨将会成为你们的圣物而受到保护。它更可以让"第三国度"的人看得见，听得到，摸得着……这有助于精神的沟通……这些水晶头骨散落在世界各地，在海底，在沙漠，在森林中……我们会指引你们找到它们……一旦聚齐了所有的精神容器，你们将会拥有一切奇迹般的知识……光和声音是开启它们的钥匙，一旦产生适当振动，就会传递出你们所需要的信息……人类将会找到解封你们大脑的钥匙……你们的大脑里藏了众多你们所渴望的知识。在千百年前，我们封闭了你们大脑的大部分功能，只有在你们重新理解精神一体化的要义之后，它们才能够被重新打开……你们将获得重生的记忆力，拥有与我们交流的能力……到时我们会让你们找到传说中的"庙"，即地球与其他宇宙体系进行交流的地带……

　　再说王微奕、林从熙这边。此时王微奕等人同样沉浸在即将揭开一座尘封了两千多年古墓面貌的喜悦中。在王微奕的建议下，他们先草草吃了点东西，之后再用松脂、布条制成了五支火把，这样三个小时就过去了。他们虽然欣喜若狂，但却不敢贸然行动。因为他们考虑到墓室封闭数千年，各种气味在里面发酵，会散发出毒性，所以直到他们估计新鲜空气已灌入之后，才从瀑布后面的墓穴中爬了进去。王微奕和刘开山各自点燃起一支火把，分别走在前后两端，林从熙和卜开乔则夹在中间。

　　王微奕谆谆告诫道："你等注意火把，倘若变绿或者熄灭，就赶紧后撤。因为这代表空气里含有毒气或是缺少氧气，这些都是墓室里最常见的致命因素。还有呀，倘若找不到出路，可将火把置于地上，看火苗往哪一个方向偏斜，再往其偏斜方向的反向行走，那里会是出路。因为火苗偏向就代表着有气流吹过，而气流就意味着有风口，即出处。切记，切记。"

　　林从熙好奇地问道："这个墓室里真的可能存有毒气吗？"他经营古董交易多年，打过交道的"土夫子"不计其数，但各行有各行的规矩，他只管鉴定古董的真伪与价值并盘算是收购还是给第三方搭线收购，几乎不会过问古董的来历和出处。他也深知，就算他问了对方，对方肯定也不愿意回答。毕竟盗墓是见不得光的事，倘若被墓主的后人得知并抓到，轻则送官，重则当场打死。再说了，那些大墓多半都聚集在风水宝地上，土夫子并不轻易将辛辛苦苦勘探到的墓地告知他人，因为说不准那下面就会埋藏着更多的宝贝。由此种种，林从熙虽深知盗墓是无本万利的买卖，却不知在那暗无天日的地下，究竟存在着怎样的杀机与凶险。

相比之下，王微奕反倒是这方面的专家："这古墓的防盗手段有许多，最简单的就是深挖，即将墓室深藏在地底下；二是布置机关，如弓弩和流沙；再有便是使用毒气。相比之下，深挖和布置机关都需要耗费大量的人力、物力，而使用毒气就简单得多，甚至尸体腐烂和陪葬品都可以产生毒气。以秦始皇陵墓为例。据《史记》记载：'始皇初即位，穿治骊山。及并天下，天下徒送诣七十余万人，穿三泉，下铜而致椁，宫观百宫奇器珍怪徒藏满之，令匠作机弩矢，有所穿近者辄射之。以水银为百川江河大海，机相灌输。上具天文，下具地理，以人鱼膏为烛，度不灭者久之。'可以说，秦始皇陵墓将各种防盗技术都发挥到了极致。他深挖陵墓，几乎将骊山挖穿，据测地宫至少有三四十米深，而且封土高达百余米，陵墓内机关四伏，有自动发射的弓弩暗箭随时可能给人致命一击；最重要的是，坟墓内填充了巨量的水银。水银不光可以对尸体和陪葬物进行防腐，最重要的是它可以形成剧毒的汞气，在墓穴里循环流动，阻止人们靠近。所以秦始皇的地宫至今未曾被盗墓贼进入过。"

"秦始皇的陵墓真的没有被盗过吗？"林从熙疑惑地问道："我记得在古书《三辅故事》中看过一则记事，说是楚霸王项羽入关后，曾以三十万人盗掘秦陵。在他们挖掘的过程中，突然一只金雁从墓中飞出。几百年过后，到了三国时期，一位日南太守收到他人送来的一只金雁，他立即从金雁上的文字判断此物乃出自始皇陵。这不证实了秦始皇的陵墓曾被人开启过吗？"

王微奕长叹道："正所谓匹夫无罪，怀璧其罪。秦始皇陵内藏珍宝无数,千百年间自然引得无数人垂涎不止。老夫所言的未被盗,乃是指秦始皇陵的核心——地宫,而并非指整个皇陵。事实上,秦始皇陵前后至少被大规模地盗墓过六七次,其中最有名的就是项羽遣旗下大将英布率三十万大军挖掘皇陵。据说他们当时挖开了墓道,但被里面布置的乱箭机关以及窜出的怪鸟怪兽所阻,最后只进入到一个侧门,尽管是侧门。里面鼎铛玉石、金块珠砾不计其数,《水经注》记载道:'项羽入关,发之以三十万人,三十日,运物不能穷。'又云:'牧人寻羊,烧之,火延九十日,不能灭。'这算是秦始皇陵所遭遇的两次厄难。"

林从熙惊骇道:"项羽三十万大军运送了三十日而不能穷尽,那该是多少财物啊?而这都还是侧室……天哪,那地宫之中岂不是宝物堆积如山?王教授,你快告诉我,其余的几次盗墓呢,是不是同样大有收获?"

王微奕瞪了他一眼,道:"对于尔等商人来说,从墓室里盗取出来的财物,便是赢利之物,但对于我等考古人员而言,盗墓却是破坏惊人的犯罪。"

林从熙不觉讪讪。

王微奕见状,叹道:"老夫乃是一时感慨,并非指责于你,林小兄弟也不必介怀。剩下的几次盗墓者分别是汉末的赤眉军、十六国时期后赵皇帝石季龙、唐末的黄巾军领袖朱温、清朝光绪年间的一伙土匪以及北洋军时期的陕西军阀刘镇华。可怜秦始皇一代传奇帝王,赢得生前身后名,却在死后屡遭打扰,始终不得安宁,这大概是他当年大修皇陵时未曾想到过的吧?"

林从熙啧啧称奇道:"不过这秦始皇陵也够厉害的,经历过这么多次挖掘,地宫竟然还能够完好无损,这亦是一种奇迹啊!"

王微奕淡淡一笑:"秦始皇乃是千古一帝,其陵墓更是倾尽举国之力,聚合了全国大半能工巧匠的智慧,里面隐匿了太多的秘密,远非寻常盗墓贼所能勘破。据说当年项羽大将英布领兵在陵园里寻了三天三夜,始终找不到入口,后来是在一高人的指点下才找到皇陵大门的。"

林从熙好奇地道："那国府呢，为什么不组织人员进行挖掘？那些可都是稀世珍宝呀，随便拿一件都价值连城。我听说秦始皇有几件宝贝，比如说有一面镜子，能照见人的五脏六腑，知道人心的善恶邪正。不知是否真的存在。"

王微奕点头道："这个说法是野史记载，见于《西京杂记》，云：'有方镜，广四尺，高五尺九寸。表里有明，人直来照之，影则倒见；以手扪心而来，则见肠胃五脏，历然无碍；人有疾病在内，掩心而照之，则知病之所在。又女子有邪心，则胆张心动。秦始皇常以照宫人，胆张心动者则杀之。'这亦是后世'秦镜高悬'的由来。不过依老夫之见，这只是野史稗闻，当不得真。"

林从熙不服气："正所谓'无风不起浪'，西方医学上不是有种设备叫作 X 光机的吗？可以照见人体的骨头。说不定这秦镜就跟 X 光机差不多。我们老祖宗的宝贝可多着呢，可惜后世多半失传。哎王教授，你就不能建议一下政府将秦始皇陵墓打开，将那里面的宝贝挖出来，让我等平民也都开开眼？"

王微奕轻叹道："作为一名考古学家，谁能不想呢？算了，先不说这些，正事要紧。"

林从熙点点头，和王微奕等人进入墓道。

这个陵墓果然是利用山洞改造而成，一路上弯弯曲曲，且不时出现岔道，幸好并未设有机关，即便有的话，经过两千余年岁月剥蚀，恐怕也早失去作用。

但为谨慎起见，王微奕还是领着众人在走过的路线上一一做了记号，遇上岔口，除了做记号外，他还要在随身携带的笔记本上画出路线。如此一来，速度明显减慢，再加上有时候会走进错误的岔道，走到尽头才能发现无路可走，之后又要折返回来。折腾了一个多小时，算下来才推进了不到五百米。

刘开山不觉有几分心焦："如此兜兜转转，何时才能找到墓穴？"

王微奕神色有几分凝重，递给他们自己画的路线草图，道："你们看这像个什么？"

林从熙和刘开山接过一看，不觉大吃了一惊："这……有点像个头颅。"

王微奕点了点头，道："不错。我们进来的洞口，正是嘴巴部位。"

林从熙突然心头升起一种不祥的预感："嘴巴？那岂不是人为肠胃，我为鱼肉，送上门去给人家当食物？"

这一句话就像是一根针扎进刘开山和卜开乔的心头："这山洞里会有什么凶险，难不成真的将我等吃了？"

王微奕有几分失神："从洞穴的形态来看，这更像是天然形成，而非人工琢就。大自然鬼斧神工，或许这只是一种巧合罢了。我等再寻寻看。"

然而众人转了大半天，却发现各个岔路均是死路，并无出口，不禁有几分泄气，又有几分焦躁。

"不对，不对。"王微奕以手抚额，"这其中定有玄机。我等想想看是否遗漏了什么……"

众人都将目光投向卜开乔，因为他的目光最为锐利。然而他挠了挠头，亦是一脸的无奈："你们看我做什么？这洞又不是我家，我怎么知道怎么进去？"

众人忍不住一声叹息。

林从熙迟疑了下："王教授，你说这个地形像头颅，那如果我们想深入进去的话，是否就应该从咽喉进去？"

王微奕怔了一下，随即掏出笔记本，仔细地查看着，同时伸出手比画："你是说，我们该从这里进去？"

卜开乔哭丧着脸："我们真的要进咽喉？再下去可就是胃啦！难不成人家真的把我们看作是点心？是不是最后我们还得变成屎从人家的屁股出来？"

这个说法听起来有几分不顺耳，但倘若林从熙推测得没错的话，那么极有可能是实情！亦即在洞府的深处，有更深的危机在等着众人！

刘开山勉强笑道:"我还没见过哪一个洞府吃人的,而且我还真不信这洞府会是一个人体内部结构图。你们信吗?世上哪有这么巧的事。"

王微奕捋须想了片刻:"是福是祸,一切只有进去了才知道。老夫总想着,那只狐狸召唤我们来到此处,必有深意。这世间,有些生灵要比我们人类更懂得自然,比如说地震前动物都会有些异常举动。不过卜小兄弟,你要是害怕的话,就在洞外等着我们吧,不要涉险了。"

卜开乔嘿嘿一笑:"都说大肚能容,说不定里面有好多好吃的呢!我也要进去,省得到时你们都吃光了,不给我留。"

王微奕想了想,将队伍分成两组,他和林从熙是一组,刘开山则与卜开乔一组。另外又让刘开山将武器和行李重新分配了下,微型冲锋枪留给刘开山,M1911手枪则交给林从熙,他和卜开乔各取了个手雷作防身之用,药品、手电筒及火把亦分成两份,林从熙和卜开乔各背了一份。

待一切都整饬妥当,王微奕带着众人朝着地形图中的咽喉走去。然而出乎众人意料的是,摆在他们面前的,依然是一整面岩壁,看不到任何人工的痕迹。

大家百思不得其解。刘开山走上前去,用手指用力地敲了敲岩壁。里面传来"噗噗"的钝响,显然不是空心的。再仔细地观察岩壁,与周围其他的岩壁浑然一体,并非如洞口那般,由人工浇注而成。

"难道是我们错了?"幽暗的火光投射在王微奕的脸上,剪出一半光亮,一半阴影。而他的表情将这一半的阴影给扩散开了。

刘开山想了下,对众人道:"你等且躲开。"

王微奕知道他又要使用暴力。暴力在考古中,本是最忌讳的事,因为它可能造成不必要的文物损毁。但王微奕深知,事急从权。当前他们并非是考古,而是揭秘。他隐隐地觉得这墓穴中隐藏了某个秘密,而这个秘密与金殿有着重大的关系。因此,他没阻止刘开山,带领众人退至安全处。

刘开山将火把插在离岩壁三尺远的地方,曲身躲在一块岩石后,拉开冲锋枪枪栓,对准岩壁"噼里啪啦"就是一通打。石壁没有想象中的坚硬,在子弹巨大威力的打击下,碎裂开来。流弹弹射在岩壁上迸开,有的险些打到刘开山的身上。

他用手抹了下额角的汗珠,重返到岩壁前,不觉喜上眉梢:"王教授你等快来,这石壁是二皮脸,里面还有一层!"

王微奕等人闻声急忙赶了过来,果然见到岩壁在冲锋枪的扫射下,剥落了一层,露出门形的巨石。

"这也太厉害了吧!"林从熙擦了擦眼睛,"这些人怎么能够造出这么一大块假岩壁出来呢?"

王微奕将破裂的岩壁扒开,惊叹道:"他们将数块岩壁从其他地方移来,再在这岩洞前拼凑而成,难得的是这手艺巧夺天工,竟然看不出丝毫破绽。"

刘开山和卜开乔可没有心思管这岩壁的做工,一个以枪柄当棍使,使劲将外面的一层岩壁捣烂,另一个则干脆直接用脚踹。卜开乔的重量加上他的力量,产生的威力不容小觑。连踹带踢之下,岩壁"簌簌"落下,不多时整个岩壁就成了一堆断壁残垣。

藏在岩壁后的真实岩洞露了出来。这应该是属于洞中洞,然后被人用一块巨石封住,堵住了洞口。王微奕皱着眉头在笔记上将其画出,口中不自觉地说道:"如鲠在喉,如鲠在喉……"

刘开山没有留意到王微奕的忧虑,他担忧的是如何移开这巨石。眼前的巨石有一人高,宽不知几许,保守算下来也有数吨重。真不知道两千多年前的古人是如何将它拖入洞中,再竖立起来的。如此巨大的石头,可不是一把冲锋枪或者几颗手雷就能解决得了的,要将它炸开,至少需要炸药包。

"这上面好像有字!"林从熙惊呼了声,跳上前,用袖子仔细地擦拭掉上面的污痕。巨石上随即浮现出几行字迹。由于被封在岩壁内未见天日,所以数千年的光阴几乎没有给它留下什么风化的痕迹。而且文字又是凿刻在巨石上，入石三分，因此字迹十分清晰。但由于洞内光线昏暗，再加上全是古篆字，没有描红，一眼看上去无法分辨得清。

"王教授，你能替大家读一读这上面的字吗？"刘开山充满期盼地望着王微奕。

"老夫真的老了……"王微奕叹息道，"眼力不济，这些字看着很是模糊，无法辨识。"

"你那里还有桑葚吗？"林从熙问刘开山。

"有。你要用来做什么？"刘开山问。

"先不用多问，你给我便是。"

若是在一个月之前，林从熙如此对刘开山说话，刘开山早就一飞刀将他的鼻子给割了。但从军舰到神农架，彼此相处了大半个月，刘开山渐渐地褪去了点戾气，闻言也不生气与计较，掏出一把剩余的桑葚交给林从熙。

林从熙用力地将桑葚压在石壁上，想要将它的汁挤出来，把字迹染红，方便王微奕查阅，却不料石壁并没有想象中的那般沉重，在他的用力之下，竟然向内翻转过去。林从熙猝不及防，身心不稳，顿时往石壁后边栽去。他猛地想起梦中的最后一个场景：大地裂开一条深渊，他来不及逃脱，顿时跌了进去。

"莫非梦境灵验，石门后面是个深渊？"林从熙惊得灵魂出窍。就在这生死关头，一只手抓住了他的衣角，将他重新拉了回来。是刘开山及时出手，救了他一命。没了压力的石门又缓缓转了回来，仿佛什么都没有发生过。

世界上最凶险的地方，往往是最平静的。

林从熙惊魂甫定，对刘开山感激涕零。

刘开山对林从熙的感激之言置若罔闻。他手执火把，走上前去，小心地推开石门，朝里面看了一眼，不觉倒吸了一口冷气：只见从石门后边现出一条深不见底的石阶小道，仅有尺余宽，几乎呈垂直状态，仿佛是从石门处垂下的一条悬梯。左侧及前面都是深渊,寒气如被巨龙催动似的阵阵上涌,砭人肌肤。刚才林从熙若是跌落下去,定然摔个粉身碎骨。

"好阴险的机关!"刘开山忍不住惊出一身冷汗。石门那么巨大,谁都会以为需大力推才有可能推得动,哪会想到轻轻一推竟然就开了,而门后却藏着这样一个陷阱!

林从熙探头看了一眼,同样惊得面无血色,心中不住地念佛。

刘开山掏出一把小刀,割开手指,蘸着血,描起石门上的几个字。古篆字比画烦琐,且每个字足有三寸有余,所幸字数不多,他割了三四下指头之后,将所有的字都描了出来。

"擅闯者,入地狱!"几个血淋淋的大字,在火把摇曳的光芒照射下,显得异常扭曲、可怖,刺得人心不由得一阵收缩。

刘开山强忍住心头的恐惧,"呸"了一声,道:"写这么几个字,吓唬谁啊?"

三

王微奕目光迷离，心情如同秋天河畔的枣树，空荡荡的。

作为一名考古学家，他相信科学，也见多了死者的诅咒，以前并不以为意。毕竟每个逝去的人，都不愿意某天自己的遗骨被生者打扰，所以都会极尽一切手段，包括用诅咒来阻止他人破坏安宁。可不知为什么，眼前寥寥几个字，却让他感到有一股寒气从脊梁深处扩散开，仿佛有个冰人立在他的身后，以手指戳着他的脖颈。

诅咒之说，有的乃是恐吓，有的却似乎灵验。历史上最有名的当属"图坦卡蒙的诅咒"。图坦卡蒙是3 000多年前埃及的一位法老，死后葬身于埃及帝王谷中。1923年科学家挖开他的陵墓时，在一块泥版上看到这么一行铭文："不论是谁骚扰了法老的安宁，死神之翼将在它的头上降临。"几周后，这个诅咒开始生效：赞助该次发掘的卡那冯伯爵被一只蚊子叮咬后感染疟疾死亡，可怕的是图坦卡蒙法老木乃伊脸上的同一个位置也有个凹下的疤痕。诅咒不停扩散着：参与推倒陵墓里面一道主要墙壁的莫瑟先生患了一种近似神经错乱的病症并因此死去。许多到过墓地的人，都不明不白地死去：伯爵的兄弟赫伯特死于腹膜炎，法老王后裔、埃及亲王法米在旅馆中遇害；美国铁路巨子乔治·古尔德参观墓穴时，患上感冒，引起肺炎而死；主要发掘人之一、英国考古学家霍华德·卡特的助手皮切尔不明原因身亡，皮切尔的父亲威尔伯瑞亦在不久跳楼自杀，送葬汽车又压死了一名8岁儿童；英国《泰晤士报》摄影记者，为了把图坦卡蒙木乃伊拍下，打算利用 X 光透视拍照，突然暴毙；伯爵的挚友哈巴杜皇家少校，在办完伯爵的丧事后，进入金字塔探访，竟然发狂而死……科学家怀疑是陵墓中存在某种致命的细菌，感染了闯入者。但这并未得到公众的普遍认可，因为其他的埃及法老陵墓并未出现过这样的情形。

可以与"图坦卡蒙的诅咒"相提并论的是亚曼拉公主木乃伊。她同样生活于 3 000 多年前的埃及，死后被制成木乃伊，葬在尼罗河旁的一座墓室之中。1890 年，四个英国年轻人从走私贩子手中购买了这具亚曼拉公主木乃伊，随后厄运很快降临：四个英国人，一人失踪，一人遭枪击，一人莫名破产，一人重病。后来一名热衷于古埃及文化的富商买下了这具木乃伊，很快，富商的三个家人在一场离奇的车祸中受了重伤，豪宅也惨遭火灾。富商只好将这具木乃伊捐给了大英博物馆。但在运输途中再出意外：载运木乃伊的卡车失控撞伤了一名路人，抬棺时又跌落砸伤了一名工人，更有一名抬棺工人两天后无故死亡。在大英博物馆里，值夜的守卫时常在木乃伊棺木旁听到敲击声和哭泣声，后有一名守卫在执勤时死去。博物馆主管不得不将它放入地下室，一个星期后，该主管去世。有报社摄影记者好奇来到地下室，为木乃伊拍照，随后第二天被发现在家中自杀身亡。木乃伊被迫被送给一位收藏家。收藏家在请巫婆驱邪失败后，将其转手送给一位美国考古学家。美国考古学家打算将她安置在纽约市，亲自护送她上了一艘当时轰动全球的巨轮——巨轮的名字就叫"泰坦尼克号"！

如今石门后面的深渊，让王微奕有一种深深的危机感。然而他不能流露出丝毫的退缩表情，因为他深知，情绪已被洞穴中可能藏有的珍宝煽动起来的刘开山等人，根本不可能选择放弃，而没有他的指导，他们盲目地闯进深渊中，定然是凶多吉少。

"无论如何，都要带着他们走出山洞，安然地与冷长官他们会合。"王微奕暗暗打定了主意，于是道："石门已开，那么下面应该就是将军墓。

只是下面陡若天梯，且深不可测，恐怕一时半会儿都无法找到主墓室。为安全起见，我等最好先出去再备些干粮和火把。"

……

站在瀑布前，王微奕翻看着手中的笔记。有迷雾从他的眼中冉冉升起。他合上笔记本问忙着扎火把的林从熙："你确信你梦中的男子对你说的是'本将军的洞府'么？"

林从熙怔了一下，期期艾艾地道："应该是的吧。王教授不是一直跟我说这里边可能葬的是当年的秦国将军吗？从梦境中到现实中，我一直都觉得这是个将军墓。"

王微奕隐隐地感到有一丝不对，然而却说不出具体错在哪里。他目光流转，突然看到在不远处的草丛中，有一双滴溜溜的眼珠子在注视着他们。定睛望去，正是先前将他们引到此处的白狐。

先前他猜想白狐预先得知古墓的存在，是以将他们引导至此处，但如今看来，事实却并非如此。因为古墓深藏在洞穴之中，全部都是由坚硬岩石构成，狐狸根本就不可能进入墓穴中。那它是如何感知到古墓的存在的？或者它引他们来此的目的难道并非在古墓？

然而他又无法与白狐对上话。在白狐默默注视他们行动而没有任何反应的情况下，他们进入瀑布后面的洞府似乎并无差错。

王微奕蓦地想到白狐本是灵物，可能对此地有所感应，比如墓穴里葬有白狐的祖先或是有它想要的东西之类？

容不得他多想，刘开山等人已准备好干粮和火把，招呼着他重新进洞。

有了笔记做指引，他们很快又走到石门前。刘开山走在最前面，一手举着火把，一手推开石门。石门的底部打磨得十分光滑，中间上下应该是各镶嵌了一个转轴，所以推转起来十分轻松。却不知古人是如何将这重达几吨的石门竖立起来，并做到这等严丝合缝的。

石门后的深渊依然是白雾袅袅，寒气逼人。走在他身后的王微奕向深渊里丢了个石头，却许久都听不到回声。众人面面相觑，不知是深不可测还是其他原因。

刘开山突然朗声笑了起来："正所谓，'不入虎穴焉得虎子'。今天刘某人贸然闯入贵宝地，若是惊扰了地底下的前辈，还请宽恕则个。"说完，他毅然决然地迈步，率先穿过石门，踏上石阶。

王微奕竖起大拇指："刘大当家果然豪气。"说完，紧随其后。林从熙和卜开乔亦跟随着下了台阶。

一踏上台阶，所有的人都打了个寒战。脚底下的石阶乃是有人从一道75度左右的陡峭斜道上生凿出来的，大概是因为时间仓促的原因，凿得极其粗糙，浅浅的一道凹痕，勉强容得下人的半只脚。石阶一头连着岩壁，岩壁上原本用古藤搓成一条扶索，但因年代久远已经衰朽不堪，一碰即成齑粉；而石阶另外一头则是深渊，稍微不慎，一旦滑倒便可能跌入万丈深渊中，万劫不复……

更让众人心惊胆战的是从地底不断涌起的寒气，就像一根根针，戳入人的皮肤、血液、骨骼中，封住人的筋骨血脉，让人举步维艰。寒气如此之盛，连众人手中举着的火把都畏畏缩缩的，只能照出寸方距离。

众人小心翼翼地挪动着身体往下走，大气都不敢出，深怕打个喷嚏就会失足跌落下去。然而台阶实在太陡峭了，加上众人高度紧张之下身体僵硬，没走多久就疲惫不堪，其中又以又胖又重的卜开乔为甚。因为他的脚大，窄窄的台阶根本容不下他阔大的脚板，他只好像企鹅一般地横着脚，一扭一摆地走路。这让他苦不堪言。

"不行了，我的脚快断了。"卜开乔喘着粗气，一屁股坐在台阶上。由于他紧贴着林从熙走路，坐在逼仄的台阶上不由自主地膝盖前倾，顶到了林从熙的大腿。

林从熙被他顶得一个趔趄，险些扑在前边的王微奕背上。为避免撞倒王微奕，林从熙只好斜地里一个扑身，整个人朝着台阶外沿倒去。

卜开乔反应倒也极快，见林从熙跌倒，迅疾出手，拽住他的衣襟，但林从熙手中的火把却不可自控地脱手，带着微渺的光亮跌落深渊，浓重的白色雾气迅速将它裹住。然而借着微微闪动的一点火光,林从熙瞥到白雾之中有道寒芒闪耀了一下,又随着火把的下坠而倏地消失。

他惊魂甫定,并未将这一瞥放在心上,只是转身狠狠地瞪了卜开乔一眼,以手抚胸,压制住碰碰乱撞的心。

卜开乔深知刚才险些让林从熙甚至所有的队友死无葬身之地,于是朝林从熙不无歉意地一笑,道:"要不……我走到前面吧,你们想撞的话就撞我好了。"

林从熙白了他一眼:"就你那身材,还是算了吧!"

王微奕和刘开山全神贯注地行走,并未留意到林从熙和卜开乔的动静,一路继续向下。

林从熙和卜开乔耽搁了点时间,待缓过神来,却见王微奕和刘开山已消失在浓重的白雾中。

"这雾起得有点古怪啊。"林从熙在心中嘀咕,"山洞里怎么会有如此大的雾气呢?"

一般说来,雾气乃是冷气流遇上暖气流,从而孕化而成。山洞里即便存在一定的温差,但因密不透风,空气并不会流动,怎么会产生雾呢?难道这洞穴真的是风水宝地,可以藏风聚气,才有此气象?

林从熙甩了甩头,抛弃掉所有杂念,重新点燃一支火把,逐级而下。但让他惊奇的是,王微奕和刘开山似乎被浓雾给吞噬了。前方空荡荡的,再也看不到半点人影。

林从熙不觉心头一惊,心脏不由扑通扑通一阵狂跳,他干咽了口唾沫,心惊胆战地问身后的卜开乔:"王教授他们哪里去了?"

卜开乔的目光全都落在自己的脚下,生怕不小心一头栽下去小命报销:"王教授,啊,王教授他们不见了!"

林从熙强忍着心头恐惧,道:"你的眼睛毒,看看他们去哪里了?"

"我那叫眼神好,不叫毒。"

"说你眼睛毒不就是说你眼睛好吗?"

"这咋能一样呢？那我说你心肠好的时候，就说你心肠毒，行吗？"

"你妈！别废话，快看。"

"看就看呗，这么凶做什么……"卜开乔喋喋不休。林从熙懒得跟他理论，从背囊中摸出冷寒铁留下的军用手电筒。因为担心电不够，此前他一直没舍得用，此时掏出拧亮，手电筒的光芒勉强可以撕开前方10余米左右的雾幕。然而林从熙竭尽目力，也没有看到王微奕和刘开山的踪影。

但卜开乔却比他眼尖："咦，那块岩壁看起来有点古怪。"

顺着卜开乔手指所指的方向，林从熙朝岩壁瞧去，然而他丝毫没有看出有什么不对，茫然地道："有什么古怪？"

"就是那里呀……"卜开乔急得挠头，"你看不出那里古怪吗？就是那里，那里岩壁的颜色不对。"

林从熙一头雾水地步步下趋，以手扶着岩壁："是这里吗？没有看到有什么不同啊……"

突然他的手一空，整个人不由自主地跌入岩壁中，刚想惊声呼喊，眼前的景象让他瞬间石化，张大的嘴巴里就像被塞了个鸡蛋似的，再发不出声。

宝物，数不清的宝物，在火光的照耀下，熠熠生辉！

宝物里有玛瑙，有猫眼儿绿宝石，而最多的却是金器，有黄金打造而成的酒壶、酒樽、碟盘等，黄澄澄的金器耀花了林从熙的眼睛。在他的前侧站着王微奕和刘开山，王微奕的脸色这会儿已经恢复了平静，刘开山却是一脸的贪婪，望着满洞的宝贝垂涎欲滴。

林从熙用力地咽了口唾沫，将张大的嘴巴合拢了起来，结结巴巴地说："这……宝贝……天哪，这么多……怎么不取呢？"

刘开山眼神中的热焰更炽，然而王微奕却给他泼了一盆冷水："宝贝不是那么容易拿到的。除非你不要命。"

林从熙环顾了一下四周："没看到有什么机关啊。"接着他翕动了下鼻子，突然间闻到一股淡淡的刺鼻味，"这个……什么味道？"

"火油！"刘开山的脸上现出一丝痛苦的神色，"而且应该数量不少。如果不能破解掉它，我们非但不能将宝物带离山洞，还可能将命断送在这里。最重要的是，大火会将这些宝物全都烧毁。"

林从熙注意到，洞呈倾斜状，即他们所站立的地面略低，宝物所存放的地面略高。若真有火油进出，将会顺着地面很快蔓延，烧到他们所处的位置。

就在他盘算着如何找到机关将其破解掉的时候，一股巨大的冲力从背后传来，将他撞得差点横飞出去。脚步踉跄间，他不由自主地伸手抓住刘开山的胳膊，将他带得一起往前冲了几步。

卜开乔肥大的身躯出现在石洞里。跟林从熙等人的反应一样，他也睁大着双眼，眼睛里放射出炙热的光芒："哇，好多宝贝！我们发财啦！"

唯一保持冷静的王微奕却从珠光宝气中听到了一丝凶险的声兆。从岩洞里传出"哒哒哒"的声音——刘开山和林从熙先前被卜开乔撞到，触动了机关！

刘开山也听到了声音，接着闻到一股浓烈的火油味。多年铁与血训练出来的敏锐让他顿时明白接下来可能发生的变故，然而眼望着满洞的宝藏却要空手而归，这无异于从他的心脏上剜下一块肉来。

他大吼了一声，朝着数米之遥的宝藏冲了过去。然而他身手虽快，却快不过宝藏主人的心机。宝藏前后的岩壁中突然破开了个大洞，黑色的火油像条巨蛇一般地冲出，巨大的冲力阻住刘开山，亦将一尊金佛狠狠地甩向石壁。"叮"的一声响，有火光溅了出来。

所有的火油都欢腾着，接迎烈火的到来，整个岩洞瞬间燃烧起来，变成一片火海。

就在火油喷出的一刹那，王微奕一把扯过林从熙和卜开乔，径自往外跑。

林从熙急红了眼，道："刘大当家的还在里边呢！"

王微奕吼道："都什么时候了，你还顾得上别人？"

就在三人刚刚跑出石洞，将暗藏的石门翻转回去时，烈焰已如同一条巨蟒一般呼啸而来，瞬间湮没了石门。

"快往上跑！"王微奕带领林从熙和卜开乔奋力往上爬。陡峭的石阶虽然阻碍了他们行进的速度，却也让火油无从攀爬，径自从石阶上跌落下去。空气中顿时弥漫着一股炽热的刺鼻味。

一片火光之中，传来刘开山凄厉的叫喊声，接着一道全身裹满火焰的身影从石洞里箭也似的射出，跃过台阶，直直地跌落进深渊中。

"是刘大当家的。"林从熙面如土色，"他掉下去了……"

烈焰焚身，又身坠深渊。刘开山纵有九条命，也难以回天。可怜一代草莽英雄，就这样葬身于这诡异山洞中。

"都是你害的！"林从熙回过神来，目眦欲裂，揪住卜开乔的衣襟，"若不是你推了我们一把，怎会触动机关？若不是触动机关，刘大当家的又怎会丧命？"

"够了！都什么时候了，还纠缠这些做什么？想想看能怎么活着闯出去吧！"

火油不停地喷涌出来。炙热的火焰将空气烤得发烫，最重要的是，空气急剧变得稀薄。剧烈的运动，加上稀薄的空气，让王微奕、林从熙、卜开乔三人的心脏负荷达到极限。然而却有一股力量推着他们往上走，因为他们听到整座山洞里都传来一阵"咯咯咯"的声音，仿佛有更多的机关被触发开，这种声音让人魂飞魄散。

"这什么怪人，真的将整个山洞做成一个机关，要将人吃掉啊？"卜开乔哭丧着脸说，"可怜爷好不容易才吃得这一身肥肉，都要变成别人的肉了。"

林从熙边爬边喘气道："可他怎么能做到将整座山洞变成一个机关？这需要多大的人力物力呀！"要知道他们身处的位置属于荒山野岭，在古代，外来的物资很难运送进来，想要将山洞一刀一凿地改造成一个巨大的机关，几乎只有一国之君，倾举国之力才有可能做到。难不成这里面埋葬的并不是某个将军,而是国君?

"这并非人力。"王微奕喘息道,"改造这个山洞者,定然是个高人,可以查辨地形,借用天力。"

那些火油并非是人为埋藏在宝藏四侧,而是千万年的时间中,沧海桑田孕化而成,原本就贯行于地底。设计者看准了其几个薄弱点,在上面布置了机关,例如高悬一把石锤。若有人触动机关,石锤砸地,敲碎薄弱点,那些火油就会喷薄而出。而火油一经燃烧,就会改变整座山洞内部的空气压力,进而引发一连串的反应,比如——

山洞的石壁纷纷迸裂,大块大块的石头如雨点一般落下,砸到石阶上,砸到低矮的石壁上,轰隆轰隆作响,带动更多的石头掉落。

王微奕三人紧紧地贴着石壁行走,不时被掉落的石头、泥土砸到,所幸都是一些小石块,只造成一些皮外伤。待三人一身伤痕地抵达石门前,以为可以逃出生天时,却发现石门如生根般,推不动!

林从熙脸色大变:"有人在外面动了手脚?"

王微奕凝神道:"我看未必。应该是门的设计问题。我见过古代墓穴有一种技术,让门只可朝一个方向推开,即从里面打开它不费吹灰之力,而要从外面打开它却需要九牛二虎之力,这是为了防止盗墓贼进入墓穴,同时又可以让墓主的灵魂自由出去。想必这门亦是这般设计,但不知为何,却是进来容易出去难!"

卜开乔突然张口道:"擅闯者,入地狱!"阴森森的语调让林从熙起了一身的鸡皮疙瘩。"你可不可以不要在这个时候阴阳怪气地说这种话?吓死人了!"

王微奕的脸色渐渐沉重:"看来这山洞设计者是打算将我们全都留在这里了。"

"留在里面做什么呢?"林从熙随口问。

王微奕的大脑中闪过一个念头,忍不住失声道:"牺牲!"

林从熙怔了一下:"我们这叫惨死,不叫牺牲吧?"

王微奕摇头道："老夫所言的牺牲，乃是古代祭祀所用的祭品。"

卜开乔一脸忧虑道："祭祀不是杀鸡杀鸭的吗？我们可是人哪！"

林从熙瞥了他一眼："没听过人牲吗？用人来祭祀可多的是。"

"这不是拌嘴的时机！"王微奕止住二人的争执，"瞧下面的火焰渐小，显然空气里的氧气严重不足。你俩再吵闹，只会让我等死得更快。我们要想办法快点离开此地。"

"有什么办法呢？"林从熙觉得自己就像是被丢入太上老君炼丹炉里的孙猴子，而且没有半点法术，很快就将被当作一盆红烧猴头端出，"不行了，我快被烤焦了。"

说到热，他顿时觉得背上有个部位特别地烫，伸手朝后面摸去，却是背包里的手电筒。他一把将它抽出，试了一下。军用手电筒的质量确实很好，虽然被热浪烤得发烫，却依然射出光芒。

火油的燃烧虽然让空气急剧升温，但也驱散了大半的浓雾。手电筒的光芒一下子射出很远，可以抵达暗洞的下方。

"哇，好粗的铁链！"眼尖的卜开乔大叫起来。

王微奕和林从熙闻言心头一惊，定睛望去，果见接近暗洞的石阶下方，垂落着两条约有一米长的铁链。

"快，将手电筒照向那边。"王微奕催促道，之后干脆夺过手电筒，朝石阶对面的石壁照去。不过手电筒的光芒有限，只能隐隐约约地看到石阶对面的石壁并非是一片光滑，而是崚嶒不平，似乎藏有暗洞。至于有没有另外两条铁链垂落就不得而知了。

王微奕的呼吸急促起来："左心房，右心房……莫非这山洞真的是按照人体结构来布置的？刚才的火油乃是身体的血液，从心脏部位流出，转遍周身……"他忍不住将手电筒重新照向石阶这边的铁链上，想仔细查看一番，但这时突然从背后传来一股力量，将他们三人推得径自朝下跌落下去。却是有"人"在外边将石门推开，撞到站在门后石阶上的三人。石阶又陡又峭，三人毫无防备，顿时被这一撞撞得齐齐坠向深渊！

突然间的袭击，最能体现出人的身手。三个人中，卜开乔站在最前边，又是最重，第一个跌落下去，接着是王微奕与林从熙，还有王微奕手中的手电筒。手电筒在空中翻滚着，掠过铁索，再呼啸着一路向下坠去。

跌落在半空中的卜开乔借着手电筒的光芒指引，伸手一把捞住铁索。一股热烫传来，几乎将他的皮烤焦。他慌忙一抖手，将整个身体往上一提，双腿蜷起，卷住铁索，随即双手撒开。空气中顿时传来一阵皮靴被烤焦的气味。

他所有的动作一气呵成，迅若闪电，整个过程不过一秒钟的时间。王微奕和林从熙刚好从他的身边坠落而下。卜开乔闻风听声，双手探出，刚好抓住王微奕的手和林从熙的腰带，缓了一下他们的下坠之势。然而王微奕和林从熙从数十米的空中跌落，其下冲之力逾千钧。卜开乔仅用双脚盘住铁索，无法承受得起这个力量，被拖曳着往下坠。铁索很快就到达尽头。失去倚力的卜开乔再也无法止住下坠的力量，与王微奕、林从熙一起跌落进深渊。

风从耳畔呼啸而过。时间仿佛凝滞。脑中有千万个念头闪过，有许多面孔乃至早已淹没在记忆深处的身影在脑海中浮现。没有惊恐，没有伤心，只有平静。如果死亡是让时光逆转，回到当初的岁月，倒也不算是一件可怕的事。

然而很快，剧烈的疼痛撕碎了这份平静。林从熙三人觉得背部传来一阵剧痛，紧接着有温热的水带着火油的气味，灌入了口鼻之中。

随着空气中的氧气被燃烧殆尽，燃烧的火油渐渐熄灭，止住了喷发。因此也让他们三人免去了"烧烤"之苦。

深渊底下竟然是条暗河！暗河的流动不仅带走了火油燃烧所形成的热量，亦带来新鲜的空气。这个发现完全出乎三人的意料，也让他们狂喜起来。虽然在面临死亡的刹那间他们找到了平静，但当从鬼门关里走了一遭回来的时候，才明白活着是多么珍贵的一件事。虽然摔得浑身疼痛，又呛了不少水，他们仍然感到新生的喜悦。

站在暗河中，林从熙突然想到，既然他们从深渊之上跌落能安然无事，那么刘开山应该也可以捡回一条命。想及此，他大喜过望，大声呼唤起来："刘大当家的，刘大当家的……"

黑暗中，只听一阵贴地而行的窸窣之声。

林从熙不觉疑惑道："刘大当家的，你是不是摔伤了？我是猴鹰儿，你应我一声。"

"我X你姥姥的。"黑暗中传来刘开山的怒骂声，接着是一声异响，紧接着是"哎哟"一声痛呼。

王微奕陡然惊觉："刘大当家的，你是不是遇到了什么？"

他们所有的手电筒和火把都在刚才的坠落中丢失。所幸先前预料到山洞里可能会发生一些变故，他们都将背包捆扎得很牢固。林从熙摸索着从背包中取出一包防水火柴，划亮了一根。

"找死啊！"黑暗中传来刘开山的怒吼声，"快熄掉！"

林从熙手一哆嗦，但却没有将火柴熄灭，而是借着它的微弱光芒观察起四周来。只见他们身处在一条暗河之中，河水流速不快，但流量较大，且带着一点浑浊。河流的两侧都是峻嶒的石壁，虽然可以找到高于水面的落脚地，但两侧的石壁陡峭、高耸，人力根本无法攀爬上去。

未及看到刘开山，手中的火柴便熄灭了。林从熙几乎是下意识般地又划亮了一支。安徒生的童话《卖火柴的小姑娘》中，每次小姑娘划亮一根火柴，都可以看到一些美妙的情景，如温暖的壁炉、香喷喷的烤鹅、美丽的圣诞树等，可是林从熙再次划亮火柴，却看到了一只怪物！那东西趴在河岸的石壁上，铜铃大的眼睛距他不足一米，尤为让人惊恐的是，这眼睛竟然是全白的，活像是用白蜡捏成，看不到半点眼仁儿！

林从熙惊得差点昏厥过去。一时间，他呆呆地站立着，忘了闪避，直到手中的火柴一下子燃烧到了尽头，将肉灼痛，疼痛刺激了他的肉体，也让神经瞬间清醒过来。他"啊"的一声大叫，甩了下手，没命地往岸边逃去。

"林从熙你鬼嚎什么！"黑暗中又传来刘开山气急败坏的声音，"这家伙没有眼睛,是靠听觉来辨别方位的。你再叫,多叫几声!"

前几日里下了暴雨,暗河暴涨不少,几乎填满了整个河道。林从熙只得没命地揪住石壁间凸出的石块,往上攀爬。然而这些石壁多年间被水雾浸润,滑腻不堪。加上他们从高空坠落,摔得七荤八素,体力、脑力一时都还无法恢复过来,手忙脚乱间,手指没抠紧石壁,整个人跌落下来。

就在林从熙划亮第二根火柴的时候,卜开乔和王微奕也都看见了怪物,不自觉地往边上缩去。

那怪物应是类似于大鲵一类的两栖动物,或者说是其变种,比普通的大鲵体型更加庞大,牙齿更锋利,然而视觉严重退化。这主要是为了适应暗河中的环境。怪鲵常年潜伏于暗河中生活,暗河里繁衍着大量透明虾和小鱼,为它提供食物,再加上没有什么天敌,温度基本恒定,四季如春,于是这里成了它的一个乐园。

先前林从熙他们触燃的火油,熊熊燃烧掉落到河面上,灼到怪鲵,加上浓烈的气味和烟雾熏着它,令它暴躁不已。于是第一个从半空中掉落下来的刘开山成了它攻击的目标。刘开山侥幸捡回一条命,还在庆幸中时,突然闻到一股腥臭之气,耳畔间听到沙沙的爬行声,心生警惕,急忙去摸腰间的小刀。然而小刀却在先前坠落中剐蹭到突出的石壁,被蹭掉了。赤手空拳的他无奈之下只能仓皇逃窜。所幸多年的野外经验让他很快辨明,怪鲵是凭声音在黑暗中来发现猎物的。于是他放轻脚步,屏住呼吸,让怪鲵一时间找不到他。

林从熙从空中坠落下来后,死而复生的惊喜让他大喊大叫,顿时将怪鲵所有的注意力和杀机全都吸引了过去。刘开山躲在石壁后,心中大骂他笨蛋,又不敢出言提示,只好摸索着想与林从熙等会合,却不料一脚踩空,趔趄之下头撞到石柱,又听林从熙仍在大呼小叫中,于是忍不住破口大骂起来。这样的话倒也扰乱了怪鲵的心智,让它不知究竟该攻击何人,否则的话林从熙恐怕早已成为它的美餐。

待刘开山也找到地方躲起来后,怪鲵遂将所有的注意力都转移到林从熙的身上。它趴在林从熙所攀爬的石壁下，扬起脖子想要咬住它。无奈它的脖子太短，能扬起的角度太小，根本够不着。就在这时，林从熙的手打滑，抓不住岩壁，径自跌落在怪鲵的身上。

怪鲵受到惊吓，下意识地想要逃窜。而林从熙亦深知，只要自己一掉落在河里或者岸边，立刻会成为怪鲵的盘中餐。于是他不假思索地双手紧紧箍住怪鲵的脖颈，任它怎么东奔西突，死不撒手。

怪鲵被他勒得透不过气来，更加焦躁，急于将他抛开，于是撒开腿，钻进暗河边的一个岩洞中。

林从熙趴在怪鲵的背上，只觉得一股凉意扑面而来，仿佛是进入到冰窖中。怪鲵似乎也感应到某种未知的危险，知晓自己在慌乱之中闯入了禁区，于是停住脚步，猛地一个转身，想要逃回去。然而已经迟了。黑暗中，有一张巨嘴准确地咬住了怪鲵的尾巴，将它往里面拉扯。

怪鲵猛然转身，虽然没能逃开，却将林从熙甩了出去，狠狠地撞到岩壁上，刚好碰到腰部，几乎将其撞折，疼得他躺在地上龇牙咧嘴，倒吸冷气不已。

然而很快他就发现被怪鲵甩脱掉是一件多么值得庆幸的事。黑暗中，传来怪鲵"哇哇"的叫声，状若儿啼，果然是大鲵（娃娃鱼）的某个变种。叫声越来越凄厉，震颤着人的耳膜。那是生命临死之前迸发出来的哀号，对生的留恋，对死的恐惧，以及对痛的难于承受。怪鲵拼命用爪子抓着地面，竭尽全力地将身体往前窜。无奈身后的怪兽将它死死地咬住，令它无法挣脱。

怪鲵深知生死仅在一线之间，与身后的怪物展开了殊死搏斗。它将爪子深深地插进地面，"哇哇"地大叫着，使出所有的力量，猛地往前一窜。怪鲵身长两米有余，力量本就不小，这拼尽全力的一跃，虽然仍无法让自己逃出生天，却也生生拽动了身后怪兽。一片漆黑之中，只听到传来一阵铁链相碰的哗啦声。

这个声音让林从熙等人全都愣住了。他们可以想象出石窟中藏着一只可怕的怪兽，它身躯庞大，力大无穷，长着令人生怖的獠牙，却从未想到它身上竟然裹着铁链。

可是这个洞穴已经被封掉了至少两千多年啊！难道怪兽已经在这暗无天日的地方生存了两千多年？两千多年前的人们将它禁锢在这地底，究竟是为了什么？这么漫长的岁月中，它又以何为生呢？

好奇心压倒了恐惧心。林从熙抖着手，划亮了一根火柴。眼前的景象将他惊住了：他的眼前，伫立着一个足有两米多高的巨物，而它的身体隐藏在洞窟的深处，不知究竟有多长。巨物的嘴正紧紧地含住怪鲵，里面仿佛藏有某种吸力，怪鲵无论怎么用力都无法挣开。怪鲵的体型已算不小，至少有三四百斤，然而在巨物面前，就像是一个小孩子与彪形大汉站在一起，显得异常渺小。而缩在一块凸出石头之上的林从熙简直就成了一个刚出生的婴儿。他奋力仰起头，也只能看到巨物的两只爪，那两只爪像两根小柱子一般，半截没入水中，每一步踏下去都溅起一片水花，水花甚至洒落到他的脸上、身上。因为火柴的光芒笼罩范围有限，他无法看清巨物足部以上的部位，也无法找到铁链的位置，耳边不停地传来铁链相互摩擦的声音。

巨物在挪动数步之后，一掌将怪鲵按压在地上。怪鲵绝望地挣扎、哀号着，拼尽最后一丝力量，继续往前挪。然而巨物的脚生生压断了它的骨骼。它最后哀鸣一声，吐出几口鲜血，随即动也不动，任巨物将它一口一口地吞入腹中。

林从熙手中的火柴早已熄灭，他看不清怪鲵的惨状，但耳边听着它的哀鸣，已知晓它的命运，不觉有几分心惊胆战。想那巨物体型如此之大，一顿饭不知要吃多少食物，怪鲵的数百斤能否填实它的胃口？会不会在饭后还想来点甜品，将自己一并吞了去？

想到此，他悄悄地挪动身体，想趁着巨物全神贯注用餐时，溜离洞窟。不过他忘了自己是被怪鲵抛到一凸起的石头之上，这一挪之下，踩了个空，跌了下来。所幸石头下是漫溢的暗河水，并没有摔伤，然而这始料不及的意外，却让林从熙忍不住叫出了声。加上他不谙水性，毫无防备间突然跌入水中，一时心慌，扑腾起来，浑不知那水只到他的腿肚子。

他扑腾起的水花溅到巨物的腿上，引起了它的警觉。它停止进食，侧耳倾听周围的动静。

林从熙一阵慌乱之后，犹想起巨物在侧虎视眈眈，顿时惊出一身冷汗，也不顾水中可能藏有什么危险，凭着记忆朝洞窟之外跑去。

巨物被他的动静吸引过去。黑暗中，又传来拖动铁链的哗啦声。林从熙只觉得那声音如催命铃一般，令人魂飞魄散，遂加快了脚步。然而他却又一头撞上了石壁，撞得他眼冒金星，整个大脑一片眩晕，跌坐在水中半晌缓不过气来。

就在林从熙以为"我命休矣"时，突然有一丝绿色的光芒穿透黑暗的幕纱，抢进洞窟中，将洞窟中的轮廓揪了出来。

林从熙抑制不住好奇心扭转过头，朝着巨物瞧过去。只见它的头部布满了褶皱，颈部有着疣状的突起，就像是一位饱经沧桑的老人，两只眼睛出奇地小，几乎被密密的褶皱遮了去。它的腿虽然如柱子一般粗细，却很短。因为腿的下半截浸在水里，所以看不到它的爪子，但从它捕杀怪鲵的方式来看，它更多依赖的应该是自身的重量和力量，而并非尖锐爪牙。最引人注目的是它的背，高高隆起，像一座小山丘。在背的正中心，插着一根看不出什么质地的金属棍，棍上缠绕着一条手腕粗细的精钢长链，铁链一直通向它身后的隐秘空间中，不知它的尽头是哪里。

林从熙觉得眼前的巨物长得有几分眼熟，突然间恍然大悟：这不是一只乌龟吗？可是世界上怎么会有如此巨大的乌龟？它的背几乎可以坐上20个人！大概只有《西游记》中的那只驮着唐僧师徒四人渡过通天河的巨龟堪与其相比！

事实上，巨物正是一只水鼋。鼋在我国历史上早有记载，《录异记·异龙》中有："鼋，大鳖也。"《尔雅翼·鼋》中也说："鼋，鳖之大者，阔或至一二丈。"周穆王出师东征到达江西九江时，曾大量捕捉鼋等爬行动物来填河架桥，留下了"鼋鼍为梁"的成语故事。东汉时的许慎在《说文》中也指出："甲虫惟鼋最大，故字从元，元者大也。"鼋力大无穷，十分凶猛，可以伤人。在中国古文化里，古代皇室、公卿、王侯、将相等显贵的陵墓前，常有石制巨鼋驮着墓主人的石碑。然而随着人类活动朝地球各个边缘的渗透，世间已再难寻觅水鼋之存在，也只有这千百年不见人烟的暗河才养有这等巨物！

知道了对方是水鼋之后，林从熙顿时猜出它确实是在石洞被封之前就已存在。因为"千年的王八万年的龟"。这水鼋也是乌龟中的一种，活上几千岁并不稀奇。因为它习惯静伏，也就是所谓的"龟息"，消耗的能量极少，因此只需要一点食物就足够存活。在中国民间，有许多地方习惯拿乌龟来垫床脚。而乌龟被床镇住，无法动弹，即便靠吃着自动送到嘴边的蚊子、苍蝇以及吮吸空气中的水分，也能活上数十年。

然而数千年前，那个将水鼋困守在此地的高人意欲何为呢？林从熙百思不得其解。也容不得他多细想，耳畔间传来王微奕焦急的声音："林小兄弟，你快点逃出！"

几乎是一种下意识的反应，林从熙强撑起身体，不顾浑身疼痛，拔腿就顺着光源往外跑。水鼋的巨脚几乎踩中他，却被他躲过了。越往前，水流越深，越来越湍急，将他冲得举步维艰。再看王微奕等人，也是一边举着用气球包裹住的手电筒替他照明，一边朝着暗河的对岸疾驰而去，仿佛身后有什么怪兽在驱逐着他们。

林从熙忍不住往水中看了一眼，却并未发现有什么危险，只有水鼋庞大的身躯如山一般压了过来。不过他很快就发现，洞窟中除了水鼋带动铁链哗啦响之外，还传来"咯咯咯"的响声，仿佛是有齿轮缓缓转动。而水中的透明虾等生物也仿佛感应到了某种危险，慌乱地四窜，有的甚至擦过林从熙的裤脚。

林从熙打了一个寒战，不顾暗河水流渐深，没过胸口，加快了脚步，冲出洞窟。就在他前脚刚刚迈出洞窟时，听到惊天动地一声响，接着有一股巨大的力量拽动着他,朝着洞窟的方向甩去。

　　林从熙伸手死死地抠住暗河凸出的石块,像一只壁虎将身体紧贴在岩壁上。湍急的水流从他旁边流过,像一条水蛇缠着他,将他死命往洞窟里扯去。暗河里的透明虾如林从熙一般,拼命地想要逆流而上,却在水流的巨大扯力之下,被冲入一个黑魆魆的大裂洞中——这个裂洞正是水鼋拽动铁链所牵扯出来的。

　　在裂洞之下,依稀可以看见巨大齿轮的影子,缠绕在原先林从熙所站立的石块前。石块下降了一米左右,底下则是一个深深的洞穴,洞穴就如同长鲸吸水,将所有的暗河水吸了进来,丝毫不见涨。很显然,在这洞穴内有着另外一条暗河,不知其源头,更不知其出口。在封闭的地底下,埋藏着太多的秘密。有些秘密,恐怕人类永远都无法找到真相。

　　水鼋趴在裂洞前,张大着嘴巴,将那些被流水冲过来的透明虾及水中生物吸进肚子里。原来这数千年间,它就靠着这种方式来"坐享其成"。当它饿了时,就会爬出来,扯动铁链,带动地面裂开,水流携着一些小型水生物涌过来,被它吞入腹中。待饱餐一顿之后,它就退回洞窟深处,继续龟息,铁链因此恢复原样,将裂洞合上。

　　先前水鼋已经吃了一只怪鲵,将肚子填了个七八成饱,于是在吃了几口透明虾后,即失去了胃口,对于先前从嘴边逃脱的林从熙也打消了敌意,懒洋洋地往回退。只听轰隆隆地一阵响,地面的裂洞缓缓地闭合上。

四

虽然前后只有五分钟左右的时间,但灌入裂洞中的水数量惊人,导致暗河的河面瞬间降低了一半有余。王微奕举着手电筒,四面寻找林从熙的下落,查看他是否被卷入裂洞中。手电筒的光芒在水面上滑来滑去。突然间,一处石壁引起了他的注意。他想也不想就扑通一声从岸边跳落下来,拨开水路,朝着林从熙侧边的石壁走了过来。

"王教授,你这是做什么呢?"刘开山惊叫一声,跟着他一起跳了下来。只有卜开乔仍然站在岸边,东张西望,仿佛在找寻什么。

王微奕趟水走到林从熙侧边的石壁上。然而就在这一分钟左右的时间里,河水已经漫溢上来,淹没了先前显露出来的壁面。

刘开山先前被火油灼烧,虽然及时跳入暗河中捡回一命,但受伤不轻。无奈怪鲵追逐,后又有水鼋裂洞,令他几乎来不及喘口气,遑论包扎,只能带伤奔波。他本以为王微奕突然跳下水是发现了什么宝贝,然而奔到近前,却见王微奕只是站在岩壁前,怔怔发呆,不觉大失所望:"王教授,你是发现了什么吗?"

林从熙还保持着贴壁而立的姿势,脸色煞白。先前的湍急水流几乎将他带入裂洞中,这令他心有余悸,一时回不过神来。及至听到耳畔间传来刘开山的声音,才转醒过来,小心地松开手指:"王教授,你们是来救我的吗?"

王微奕恍若进入入定状态,对刘开山和林从熙不闻不问,伸手抚摸着石壁，喃喃道："怎么看不见了呢？"

林从熙也好奇地伸出手去，抚摸着石壁，然而上面光溜溜的，并未有什么图案或者暗格。

王微奕也察觉到这问题，深吸了一口气，潜入水中。他手中的手电筒装在气球中，防水性良好，在水下亦能使用。他以手电筒照着石壁查看，没多时从水底冒出头来，沮丧地道："水太浑浊，看不清。"

刘开山几乎可以肯定王微奕是发现了什么："王教授，你究竟在找什么呢？"

王微奕闭了下眼，又张开："老夫刚才好像看到了一个八卦图，就在这水面之下。老夫猜想那上面定然藏有某种线索，可是如今却被河水漫淹，看不见了。"

刘开山不假思索道："这个容易，我去将那老乌龟引出，让水再灌进洞里去。"

王微奕沉吟了下，道："眼下也只有这样。"他以手电筒照射了一下头顶的石壁，这才发现他们先前所走的石阶竟然是垂落在半空中，距离河面尚有四五米距离即戛然而断，就像被利刃一刀砍断了一般。四周四壁光溜溜的，并无可供攀缘的地方。也就是说，除了顺着暗河的流向走外，别无出路。另外，王微奕在岸边的石块间还发现了几条鱼的尸体，它们长着扁平的身子，背部呈鲜绿色，腹部则为鲜红色，体侧饰有斑纹。林从熙也看到了，并且觉得有几分眼熟，抓了一条过来："这是……"

"食人鱼。"王微奕掰开鱼嘴，只见里边长着两排三角形的尖锐牙齿，上下交错，若被它咬上一口，定然会被撕扯下一块肉来。他淡淡地说："想必是刚才的火油燃烧，将它们烧死了一些，又吓跑了大半。但大概过不多时又会聚拢过来。"

这个石洞不知是什么构造，底部的暗河水温较暖，上边却寒冷似冬。寒暖交织的环境下，水生物异常活跃，因此衍生了大量的透明虾和小鱼。这些都是可口、美味的食物，所以那些食人鱼会不惜长途跋涉，前来觅食。

一听到水中有食人鱼,刘开山登时吓了一跳:"那该怎么办?"

王微奕道:"放水!只要上游的水全都灌入洞中,下游的食人鱼就游不过来。"

"那要是上游也有食人鱼怎么办?"

"这个就交给水鼋来解决。"

"谁元?它是谁?"

王微奕苦笑道:"水鼋,就是眼前的这只巨龟。水鼋是它的学名。"

刘开山点了点头:"我明白,我现在就将那水……老乌龟召唤出来。"说完,他趟着水走进黑魆魆的洞窟中。

洞窟不知什么原因,温度比外面的冰凉好多。较低的温度更适合龟类蛰伏。刘开山在洞窟里叫道:"王教授,能借用一下你的手电筒吗?里面太黑了。"

王微奕犹豫着,因为失去了手电筒,光靠防火火柴的亮度,仅能支持数秒钟的观看及记忆。他无法在片刻之间全部记住石壁上的图形,并识别出它蕴含的含义。因为谁也不敢保证水位下降能够维持多久……他朝岸边的卜开乔叫道:"小卜,你过来。"

刘开山站在洞窟中,将手电筒的光亮照在水鼋的头上,不停地晃动,希望借此来引起它的注意。然而饱餐一顿之后的水鼋如被催眠一般,昏昏沉沉,面对刘开山的动作,连眼皮都懒得抬起一下,只是将脑袋缩进龟壳中。

刘开山见光芒引诱无效,开始手舞足蹈,大喊大叫。封闭的洞窟将他的声音扩得很大,这个噪声明显地影响到水鼋的静修。它从龟壳中探出头,瞪了刘开山一眼,突然间一股激流从它的口中喷出,打在刘开山的身上,将他打得摔了个跟斗。

刘开山恼怒起来,朝水鼋扑过去。

林从熙大惊失色,以为刘开山要与水鼋拼命,急叫道:"刘大当家的,你不要意气用事,不要白白送死。"

刘开山虽然鲁莽,却非头脑简单之辈。他自然知道在全身都被硬壳包裹的巨龟面前,自己的力量根本微不足道。他的想法是凭着敏捷的伸手,攀缘上水鼋的背部,拖动铁链,就像以鞭驱马一般,驾驭着它朝前走。

然而他忽略了又高又滑的龟壳就像一座冰山一般,让人的手无从借力,亦无法攀爬。而水鼋背部的铁链乃是深深地嵌进龟壳的正中央,然后从岩壁中贯穿过去,而非直接坠向地面。也就是说,铁链离地足有三米多高!

刘开山用力攀爬了两次,非但没有爬到龟壳上,反倒接连摔倒两次,最后一次砸到水鼋的脚背上,将它惹恼,伸足出来,差点将他按倒。幸亏他反应得快,手足并用,往后一窜,藏在一块岩石后。水鼋前进、后退无碍,但不擅于横向行走,一击之下,没有抓中刘开山,对于藏在身侧的他亦无可奈何。于是将裸露在外的巨足收起,藏进龟壳中。

刘开山惊险脱身,再也不敢轻易招惹水鼋。眼见它将全身缩进龟壳中,闭目养起神来,不禁有几分恼怒,但又无计可施。

就在他束手无策时,林从熙从外面走了进来:"刘大当家,看,我找到了什么?"

刘开山眼前一亮:"冲锋枪!"

入洞之前,刘开山带了一把冲锋枪,林从熙则带了一把 M1911 手枪,然而在先前坠落过程中这些枪全都掉落到暗河中。林从熙想着枪支较重,水流无法冲走,定然沉在河底,加之洞底的河道仅约三米宽,十余米长,于是便来回趟了两遍,居然踩到了冲锋枪,于是憋住一口气,将它捞了起来。

有武器在手,刘开山顿时胆气壮了起来。他哗啦一拉枪栓,准备给水鼋一梭子。洞窟外王微奕急忙阻止:"刘大当家的,请勿伤害水鼋。它存活了数千年,是一个极为难得的古物。何况我们还要靠着它来闭合暗河,切不可伤害它。"

刘开山想着在理,于是将枪口抬高了数寸,对着洞顶一阵扫射。被子弹击穿的岩石纷纷坠下,砸落在龟背上。龟背坚硬似铁,子弹都无法打穿,但有数块重达百斤的石头砸落在龟背上,仍然让它感受到一丝震颤。

只是乌龟的天性使得它在感受到外界的危险时,更加缩头缩脑,不肯探头出来。

刘开山眼见暴力无法生效,黔驴技穷。林从熙皱着眉头,从刘开山手中夺过手电筒,退出洞窟,不一会儿又进来招呼刘开山:"刘大当家的,你的枪法好,能否把那支火把给打落下来?"

刘开山提着枪出去,在手电筒的光芒笼罩下,看见岩壁三四米的高处,有两支捆绑在一起的火把掉落在缝隙处。刘开山眯起眼,一枪过去,子弹准确地击中火把的把手处,将它击得弹跳起来。他眼疾手快,伸手抓住火把。

火光闪烁。相比于手电筒的冷光,火把更让人感到温暖、心安。林从熙举着一支火把,走进洞窟中。跳动的光芒在洞窟的岩壁上勾勒出深深浅浅的阴影,并随着人的行走而变化。

林从熙全神贯注于水鼋的身上,只要水鼋稍微有一点动静,就准备拔腿而逃。水鼋对侵近眼前的光芒丝毫不觉,依然缩在龟壳中。那个龟壳足有三四十厘米厚,像块防弹钢板。林从熙小心地靠近它。火光照耀出水鼋狰狞的面容。当我们面对一只小乌龟时,会觉得它十分可爱,可是把它放大了数百倍之后,所有的美感就荡然无存,取而代之的是可怖。林从熙强忍住心头的恐惧,屏住呼吸,猛地将火把塞进水鼋的壳中。

水鼋虽然皮厚肉糙,但被火把一灼,吃痛不已,怒而探头伸足,如一座小山般朝林从熙压了过来。林从熙早有防备,吃准水鼋不能横移的特性,尽量让自己斜着走,还不时地将火把在水鼋面前晃动一下。

水鼋被彻底激怒了,开始狂奔——不过对于它来说,狂奔的速度也就相当于初学步幼儿的快步走。只是它身躯庞大,移动一步即有近两米的距离,拽动得铁链哗哗作响,仿佛传说中披着铁链锁人的黑白无常。而林从熙身在水中,行动不如在陆地上方便,有几下险些被它踩着。

"快逃!一会儿洞口大开,你就出不来了。"刘开山焦急催促。

林从熙原本一心想着跑赢水鼋即可,被刘开山一提醒,才想起裂洞开启时，暗河里的水将会急遽地朝洞窟内涌入，那股压力与推力，绝非寻常人所能承受得起，说不定到时就会将他直接冲入裂洞中，摔个粉身碎骨。他不禁心头一寒，加快脚步。

然而已经迟了。水鼋的"暴走"，大大缩短了地面从闭合到开裂的时间。只听得轰隆一响，地面开裂。水流如开栏的野牛一般冲出。旱鸭子的林从熙顿时被水流淹没头顶，被水流冲刷得像墙头草，东倒西歪。若不是手紧紧地扒着石壁，恐怕早就跌入裂洞中。

林从熙呛了几口水，整个肺几乎要爆炸起来。更让人惊恐的是，往常水鼋都是止在裂洞前，伸长着脖子来吞食，但此次它已被林从熙彻底激怒，径自跨过裂洞，继续追逐着林从熙。水鼋身躯巨大，平整的腹壳将裂洞遮了个严严实实。原本湍急的水流顿时打着旋儿，减缓下来。水鼋对林从熙怀着"刻骨铭心"的恨，一巴掌朝他扑来。

林从熙溺在水中，头昏脑浊，喘不过气，突见水势缓慢了许多，不觉舒了一口气。这心头的一口气一放，顿觉浑身酸软无力，手一松，整个人就被卷进漩涡中。此时刚好水鼋的巨脚踩下，落在林从熙先前立身之处。他再次侥幸捡回一条命。

在水中胡乱扑腾的林从熙突见眼前出现一根柱子，不假思索地伸手抓住它，却是水鼋的脚。水鼋不知活了几千年，腿上一层一层的尽是褶皱。林从熙扒着褶皱，很快就让自己爬出水面。

水鼋的腿上多了一个人，就像是人的腿上趴了一只苍蝇一般，只觉得痒痒的，于是下意识地提起腿，往水中踩了一下，想要将他震落下来。林从熙只觉得一股翻江倒海的力量传来，加上溅起的水花喷射在身上，打得生疼，差点失手从龟腿上跌落下来。

眼见水鼋再度提起腿，准备故技重施。林从熙深知一旦被抖落到水中，就是死无葬身之地，急忙双腿一蹬，整个人像只初学飞的鸟儿一般，在空中掠过一道弧线，接着直直地坠落，狠狠地砸在水面上，震得他的五脏六腑都翻滚起来，几乎闭过气。他像块石头样朝水底沉去。这时一双手及时地揪住了他,将他从水底捞起。原来是刘开山伸手施援。

"快走。"刘开山推着他,急急地朝远处游去。身后的水鼋依然紧追不舍。

立于一旁的王微奕正手举唯一剩余的一支火把,紧张地观看石壁上的图案。那果然是个八卦。然而水位刚刚降落了一些,露出小半截的八卦图,那个裂洞即被水鼋的身躯封住,水流不出去,又重新积蓄在河道中。眼见得河水又一寸一寸地涨高,重新淹没八卦图,王微奕心焦不已,冲着林从熙和刘开山大喊:"你俩快引那水鼋出来,让水落下去。"

他的话音刚落,即被一阵巨大的水花劈头盖脸地包裹住。水鼋一路追逐着林从熙二人,头和前掌已出了洞窟。

刘开山喊道:"我们已经将水鼋引出来了,但水落不回去……"

数千年前,水鼋即被封在洞窟中,之后不停生长,如今已经超出了洞窟的宽度。它庞大的身躯堵在洞窟前,将它堵了个严严实实。暗河水顿时涨势更盛。

王微奕先前虽然看到过水鼋,但并没看真切,没想到它竟然如此庞大,惊得目瞪口呆。站在他身边的卜开乔更是远远地躲了开去。

水鼋被卡在洞窟口,不觉焦躁起来,使出浑身力量想要挤出去。这一挤不要紧,带得地动山摇,整座石壁都晃动起来,有脱落的石块砸下,溅起水花。

王微奕心急如焚:"刘大当家的,快让它退回去。倘若这石壁倒塌了,大家都会葬身于此地,而且这壁画也将被毁。"在生命与考古之间,他更多牵挂的依然是后者。

刘开山咬了咬牙,举枪朝着水鼋顶上的龟壳激烈地开火。水鼋的壳虽然坚硬无比,仍被冲锋枪打了一个小缺口,有几粒子弹更射进壳下的肉里。子弹不会伤到水鼋的性命,却让它感觉到疼痛,出于本能,它开始往后撤退。刘开山紧紧地跟上,继续扣动扳机,将它逼到裂洞之后。

河水重新流向裂洞中,带起巨大的漩涡和水花,冲得刘开山站立不稳。

他只得倚靠在石壁上，不让自己陷入漩涡中。

漩涡将水底的一切都搅动起来，有流沙、枯枝败叶、浮游生物，还有破碎的水鼋壳。其中一块足有盘碟大小的水鼋壳被水流卷动，撞到刘开山。崩裂的、尖锐的棱角顿时像把刀子扎入他的皮肉中，有鲜血流了出来。

刘开山哎哟了一声，腾出手来，忍痛将水鼋壳拔了出来："你姥姥的，这什么鬼东西？"他骂着，作势就要向石壁上砸去，却被王微奕眼疾手快喝止住："等等。你手里拿的是水鼋的壳吗？"

刘开山这才看清是被冲锋枪击碎开的水鼋壳，怒骂："想不到这龟孙子竟然懂得这般报复！"

王微奕急忙道："不要扔，你收着。这水鼋壳有清凉解毒之效，或许可解我等在森林里吸入的毒气。"

刘开山一听，遂反手将水鼋壳塞进背囊中。

水鼋已退至裂洞之后，水流咆哮着流落进敞开了的裂洞中，轰隆隆的声音不绝于耳。

林从熙有点好奇裂洞究竟通往何处，也许是一个神秘的世外桃源，但更有可能的是暗无天日的地狱。"倘若人能变成一粒水珠，游历一番，探览地底的风景，再重返地面重新化身为人，那该多好呀！"

许多年之后，人类已经发展出这样的技术，那就是微型摄像机。它可以替代人类的眼睛，进入到深洋之底、地底之心乃至太空边缘等危险境地，拍摄下那些或壮丽或诡谲的画面，为人类揭示出那些肉眼无法亲见的幻境。

但在1948年的神农架，林从熙只能将这种愿望压抑下去，将求生当做最重要的选择。他挪动身躯，努力让自己远离漩涡。

王微奕则手执火把，紧张地盯着岩壁上的图案，并吩咐卜开乔："你且帮老夫记下这画上的内容。"

水位不断下降，岩壁呈现出一个有古代马车轮那么大的八卦。图案并非是雕刻上去的，而是用某种金属镶嵌在石壁上。这根本不像是几千年前所能拥有的工艺，更像是数十年后乃至数百年后才可能实现的技术。

王微奕看着那幅八卦图，隐隐然觉得有几分不对。对于八卦，他早已烂熟于心。八卦以阴爻"--"和阳爻"—"组合代表其性质。八卦的排列有先天八卦和后天八卦两种。前者传为伏羲氏发明，按乾南、坤北、离东、坎西、兑东南、震东北、巽西南、艮西北的顺序排列，里面蕴含着对宇宙万物的知解与推演，不过已经失传；现世流传的主要为后天八卦，传为周文王被困于囚室中所创，排列顺序则更改为震东、兑西、离南、坎北、乾西北、坤西南、艮东北、巽东南。不过眼前的八卦既不同于先天八卦，也不同于后天八卦，而是按照离南、兑北、乾东、震西、巽东南、坤东北、艮西南、坎西北的顺序排列。

　　王微奕暗吃一惊："难道这是比先天八卦更超前的八卦不成？"激动如同电流一般，飞快地传遍他全身，然而他很快就镇定下来，仔细地观看，这八卦的卦象似乎仅是被打乱，而并非是含有特别的深意。这个发现让他不觉皱起了眉头。

　　水鼋不停地后退，带动铁链哗啦啦作响，裂洞缓缓地重新闭合。河水重新涨高。王微奕心焦起来，以手触着最下方的离卦，喃喃自语道："这个为何解呢？"

　　令他讶异的是，离卦竟然在他的拨动之下开始转动，带动整个卦象跟着变动！他的心头一震："莫非这是一个密码机关？"伸手试着去拨动离卦旁的巽卦，却纹丝不动。眼见河水一寸一寸地涨高，王微奕深知留给自己的时间极其有限，于是毫不迟疑地伸手又试了一下最上方的兑卦。果然动了。"莫非它是随机排列的，而真正的旋动顺序是先天八卦中'乾一、兑二、离三、震四、巽五、坎六、艮七、坤八'的位置顺序？"简单地说，正宗的八卦卦象是乾南、坤北、离东、坎西、兑东南、震东北、巽西南、艮西北。而今各卦的位置全都被打乱，但拨动的密码却仍按南、北、东、西、东南、东北、西南、西北来进行，于是相对应的便换成离、兑、乾、震、巽、坤、艮、坎。

　　王微奕试着按照更改后的八卦顺序"离、兑、乾、震、巽、坤、艮、坎"，依次再输入"乾震巽坤艮坎"。岩壁后边传来"咯咯咯"的声音。显然他的推测是对的。他情不自禁地擦了一下额角的汗珠。这个密码的道理看似简单，但却要求人对八卦烂熟于心。要知道，思维定式是非常顽固的，这个密码拨号相当于人对着一张写着"绿"字的纸说出它的本来颜色"红"，需要思维的扭转。

王微奕静候着机关的开启，随着咯咯咯一阵微响，刘开山突然喊道："王教授，你是不是触动了什么？那乌龟王八蛋怎么退得这么快？"

王微奕心头一沉，顿时明白这里面的机关原是环环相扣的。石壁后的机关连着水鼋背上的铁链。机关一旦开启，就会拽动水鼋，让它退回至洞窟最深处，从而令裂洞重新闭合，河水倒灌回来，八卦再度沉于水底。也就是说，人必须要在最短的时间内参透眼前八卦的奥秘，并找到其中的诀窍。

他的额角渗出汗珠，担心地等待着或许会出现的结果，石壁背后的咯咯咯声终于止住，八卦中的阴阳双鱼忽然朝两侧分开，所有的卦爻亦消失不见，露出背后的一块金属板，板上只有两个古拙的汉字，"一"和"二"。王微奕的冷汗"唰"地下来了。这定然是另外一道机关，可它意味着什么呢？是否与八卦相关？《易经》有云："易有太极，是生两仪，两仪生四象，四象生八卦。"但这里面是一而二、二而四、四而八地幻化，然而又如何推算单纯的"一"与"二"呢？

情急之下，他突然想到了在科学刊物上看到过一篇介绍计算机的文章。1935年，美国的商业公司IBM推出一台能在一秒钟内算出乘法的穿孔卡片计算机，名为IBM 601机。1936年，英国剑桥大学的教授阿兰·图灵发表论文《论可计算数及其在判定问题中的应用》，提出了被后人称为"图灵机"的数学模型，其中涉及的一个内容便是建议计算过程采用二进制。这在世界上引起了轰动，亦在中国引发了一股热潮。有中国科学家津津乐道地将计算机的二进制（0和1）与中国周易中的阴阳双爻进行挂钩，指出两者之间存在着相关性，即都是通过两个数字来进行推演。

"难道这个真的是将卦象拆解成数字？"王微奕想了想，颤巍巍地伸出手去，按照"乾、兑、离、震、巽、坎、艮、坤"的顺序，将"乾"卦（卦爻：阳阳阳），拆解成数字为"一，一，一"，小心地按动金属板上的数字。只听"呼"的一声响，阴阳双鱼倏然闭合上，紧接着重新传来一阵"咯咯咯"的响声。整个八卦缓缓转动，各个卦象再度被打乱。

王微奕面如土色。他知道自己失败了。众人千辛万苦才将水鼋引出，拉开裂洞，令水落石出，然而这一刻所有的努力全都付诸流水。而如今的水鼋在受到惊吓之后，只会深深地缩进洞窟深处和龟壳中，要令它再挪动片刻，恐怕比登天还难。若是静待水鼋下一次出来觅食，恐怕至少要数月之后——水鼋处于龟息状态时，消耗的能量极少，而今日吃掉的一条数百斤怪鲵，甚至可以让它沉睡一两年不必进食。

水流一寸一寸地涨高起来，眼见即将要淹到八卦图上。一时间，王微奕万念俱灰，整个人刹那间仿佛苍老了十岁，口中不停地念道："哎，老了，老喽……"

林从熙转过头来，见到这一幕，心中顿时明白大半，牙根一咬，劈手夺过刘开山手中的手电筒，朝着水鼋走去。

就在这时，耳力灵敏的刘开山突然听到水中传来一阵古怪的声音，一丝不安的情绪爬上心头。他朝王微奕等人大喊道："有危险，快上岸！"说完，不顾身上的伤痕，使出吃奶的力气朝河岸奔去。

卜开乔闻言，就像一只被踩到尾巴的猫，猛地跳了起来，一把拽起王微奕，急急地跑向河岸。站在洞窟中的林从熙全神贯注在水鼋身上，一时间没有反应过来。

这时河水中突然泛起片片水花。这些水花就像炸药的引信一般，烧灼着众人的心。那是成群的食人鱼。它们就像鲨鱼一般，对血腥气有着异常的敏感与狂热。水鼋被子弹打中，流了一点血，渗到河水中，它被崩碎的壳又刚好割破刘开山的腿，流了许多血。这些血就像古城墙里的烽火一般，飞快地将信息传递给河流里的食人鱼。于是它们像一群得知有猎物经过的强盗，举着尖锐的钢牙，呼啸而来。

刘开山幸亏及时感知到食人鱼的攻击情绪，躲至岸边的岩石上，否则的话，就算他是大罗神仙，也要在食人鱼铁齿铜牙的围攻下变成一具白骨。感应到血腥气却又找不到目标的食人鱼便将所有的攻击力全都集中向水鼋。毫不客气地啮咬起来。

水鼋坚硬的壳可以保护它免受体型庞大的敌人的攻击，但对于食人鱼这种扁平的身躯，根本起不到防御作用。所幸它全身布满褶皱，这种褶皱就像是铠甲上的鳞片，保护它的四肢和身躯。食人鱼的钢牙都落在又厚又韧的褶皱上，抵达不到肉里，对水鼋无法造成致命的威胁，但在一定程度上还是会刺痛它。于是它就像攻击刘开山一样，喷出一条水柱，将一干食人鱼打得在水中翻了几个滚，奄奄一息。但食人鱼的天性让它们根本不会知难而退，反倒发起更加强烈的攻击，争先恐后，前仆后继，一波接着一波地袭了过来。

水鼋终于不堪其扰，放弃消极抵御，开始主动攻击。它伸展开四肢，巨足如同一个千斤重的巨锤，踩向布满了食人鱼的水面，一掌即能压死上百条食人鱼。不多时，水底布满了食人鱼化成肉羹的尸体。血腥味扩散开，令食人鱼更加狂暴躁乱，如同敢死队一般地冲向水鼋，死命地啃着它沦陷在水中的巨足。

水鼋修行数千年，已有几分灵性，眼见无法击退食人鱼，遂干脆大开杀戒，如同施展开降龙十八掌一般，每一掌都将数十条食人鱼击毙于水底。数量急剧减少的食人鱼亦变得狡猾，不再像先前那般挤成一团，任鼋宰割，而是化整为零，打起了游击战，咬一口换一个地方，将对敌人的伤害提高到最高，对自己的伤害降低到最低。水鼋不急不缓，继续往前走，拉动铁链哗啦作响。它是决意将这些如狗皮膏药一般的食人鱼全都赶尽杀绝，送进地狱之中。

裂洞再一次被缓缓拉开。它就像饕餮者的巨嘴，吞噬着水中的一切。食人鱼、水中的枯木杂物、一切生物全都被这漩涡所拉扯，流泻进无底的深渊中。暗河里的水位渐渐下降。

食人鱼虽是顽灵，却也知道世界末日来临，开始拼力朝着逆流方向溯去，有的则紧紧咬住水鼋足上的褶皱不放。逆流的那些食人鱼挣扎不过水中的漩涡力量，像块石头跌落进裂洞中，而那些咬住水鼋的食人鱼则堪堪躲过漩涡的压力。

水鼋见甩不掉食人鱼，于是向前迈进了一步，将巨足举至裂洞中，让奔腾的水流直接倾泻在腿上。顿时那些残存的食人鱼如同秋天的落叶一般，纷纷掉落。眼见食人鱼被消灭殆尽，水鼋满意地提起巨足，准备撤回洞窟深处。

在河中刚刚出现食人鱼的时候，踏入洞窟中的林从熙即察觉到水花乱溅，心生警惕，于是连滚带爬地攀上旁边裸露在水面之上的岩石上。坐在岩石上，他目睹了一场水鼋与食人鱼的精彩大战。见到水鼋被食人鱼逼迫着下行，裂洞重新打开，他不禁感到由衷的喜悦。然而这场实力悬殊的战争结束得太快了，水位刚刚下降了一尺有余，不可一世的食人鱼即被水鼋打得落花流水，而水鼋这时也准备圆满收工。林从熙不觉有几分心焦，打着手电筒查看了一下四周，发现距离水鼋退回路线半米的地方有一块高约一米的裸露石头，于是急切间跳入河中，直奔岩石而去。他将肩膀倚在石头上，用力推了下，发现石头有几分松动，并未与地面连在一起，于是使出吃奶的力气，将石头推翻，刚巧堵在水鼋的屁股后面。

水鼋被突如其来的袭击吓了一跳。它伸出腿来，想要拨动石头，不过石头足有五六百斤，而且又是倚靠着斜坡，一时之间它竟无法将其弄开，结果就被卡在半路，裂洞亦持续敞开着，吸纳着河水。

隔岸观水的王微奕见水位一点一点地下降，八卦图重新浮现出来，心中狂喜，重新跳入河中，三步两步来到石壁前。却发现图案中的各个卦象已经重新被打乱、移位，变成了坎南、离北、震东、巽西、乾东南、艮东北、坤西南、兑西北。

刘开山和卜开乔紧随其后。卜开乔看了一眼八卦图，咦了一声，道：

"这个八卦有脚吗，竟然会自己走啊？"

刘开山不解其意："什么意思？这个八卦原来不是在这里？"

卜开乔手指着八卦的卦象，道："它们会变脸，刚刚明明不是这般排列。"

刘开山闻言，脸色微变："这是极其高明的锁，需要输入合适的密码才行。可是每次的密码都会自动变化，除非我们能准确地找到其中的规律，否则多次输入错误的话，它恐怕就会自动销毁，永远都打不开。"

王微奕的心震动了下，他隐隐然想起曾在一本叙述世间奇闻逸事的古书《怪谭录》上看到过这样的记载，说是一名渔夫在汪洋之中捞起一个箱子，箱子上镶嵌着双龙戏珠，珠子乃是一颗璀璨的红宝石。渔夫知道捞到的是一个稀世珍宝，于是喜滋滋地抱回家。这个消息不胫而走。有官员听闻此事，贪婪心起，于是将它强抢了过来。官员想，连箱子都如此名贵，里面所装的定然是无价之宝。然而找遍箱子周身，也没找到开启宝箱的锁孔，不觉心急如焚。夜里睡觉时，他梦见龙在不停点头，随即腾飞而起，醒来心有所动，取过箱子，试着将右边的龙往下掰去。龙首往下一沉，忽地一股烈火从它的嘴中喷出，将官员裹入火海中。整个箱子亦轰然碎裂，刻在上面的两条龙腾空而起，尾巴一摆，将官员的府邸掀掉大半。官员被活活烧死，家人亦悉数被掩埋在瓦砾之中。《怪谭录》最后道：官员虽然悟到宝箱的开启之道，但却操作有误，导致箱毁人亡；正确的开启方法是同时将两条龙朝下按去，因为一龙掌火，一龙主水，水火相济方可平衡。这时会有一束红光从二龙所戏的珠中发出，光中会呈现一行字，给出开箱的密码。《怪谭录》特别强调说，这个开箱密码乃是随时变化的，它可能是将宝石"左转三圈，右转三圈"，也可能是将宝石"左转五圈，右转一圈"。人就照此行事，倘若稍有迟疑或差错，宝箱即会自动销毁，双龙亦将飞走。《怪谭录》叹道：这个宝箱乃是上古时代神明留给人类的礼物，里面藏有"启鸿蒙之智，察万古之明"之宝，若有缘者得之，将成就一番"开天辟地"之千秋伟业，可惜却毁于官员的贪婪之中。

出于历史学家的严谨态度,此前王微奕更多地将《怪谭录》视为一本异想天开的闲书,但如今亲身经历后,却觉得这《怪谭录》的作者或许真的通过某种渠道洞悉了一些"天机"。这个世界留给我们太多神秘的遐想空间,需要我们探究、求证的东西太多太多,我们不应该轻易对那些看上去怪异的、荒唐的乃至幼稚的内容加以否定、嘲笑。

卜开乔插嘴道:"大土匪,你是不是家里藏了个这种会变脸还会翻脸的宝贝?有趣,哪天拿出来给大家玩一玩吧!"

刘开山神色变了下,但终究没有发作。那是他的心头之痛。多年前,他确实在无意中得到过那么一件宝贝,在三次输入密码错误之后,宝贝自动炸裂,里面所有的东西全都灰飞烟灭。若不是在开箱之前他有所防备,弄了副古代的盾牌举在身前,在爆炸时及时缩进盾牌后,说不定当场就将自己的小命捐了出去。

王微奕没有理二人的对话。他全神贯注于八卦上,深吸了一口气,伸出手,依旧按照"南、北、东、西、东南、东北、西南、西北"的顺序,依次拨动"坎,离,震,巽,乾,艮,坤,兑"。如先前的情形一样,阴阳双鱼飞快地散开,遮住所有的卦爻,露出那块写着"一"和"二"的金属板。紧接着洞窟里传出"咯咯咯"的机械齿轮磨合的声音。

洞窟里的水鼋一边被铁链所牵扯着后退,一边却又被林从熙推下的石块阻住,两力相互博弈,一时间水鼋进退两难。最终铁链的力量压倒了石块,水鼋被生生拖曳得翻了个身,背壳贴地,黑暗中顿时传出一阵铁链摩擦石头地面的刺耳声音,伴随着一股烧焦了的气味。那是水鼋背壳被摩擦发烫进而烧到肉的味道。水鼋吃痛之下,奋力一蹬腿,加上它背上插了那根用来绑住铁链的金属柱,与地面形成一个角,蹬腿之下竟然成功地翻过身来。经历过这么一番磨难,水鼋垂头丧气,缩在龟壳中一动不动。裂洞又一次缓缓闭合上。失去了宣泄出口的河水重新滔滔,涨高起来。

被水鼋所制造出来的动静搅乱了心境,王微奕的额角又沁出了冷汗。不知道为什么,进了这洞之后,他的心就一直无法平静下来,仿佛里面藏了一只小蜜蜂，不停地用它的翅膀撩拨着他的心，而它尾部则不停翕动，随时准备将毒针扎落下来。这种又痒又恐惧的心情，破坏着他一贯的冷静，让他无法凝聚起全部心思来应对眼前的迷局。

他心烦意乱地想着：上一次按照"乾、兑、离、震、巽、坎、艮、坤"的顺序转换成1和2数字，但刚输了一个"乾"即被证实是错误，导致密码锁关闭，那么是否应该按照他刚刚开启金属板的"坎，离，震，巽，乾，艮，坤，兑"的顺序来输入呢？

就在王微奕迟疑之时，石壁背后传出一阵"咯咯咯"的声音，金属板竟然自动合拢，将他惊得目瞪口呆。刘开山在一旁顿足道："哎哎，怎么又合上了呢？王教授你怎么不按密码呢？"

王微奕痛苦地闭上双眼，这种患得患失的情绪，在他多年的考古生涯中从未出现过。他的手心湿漉漉的，一股强烈的不安感攫住了他的心，让他呼吸困难，难以决断。

就在王微奕这边一筹莫展之际，冷寒铁那边也起了争执。巴库勒的意见是主动出击野人，夺回被掳掠走的沈亦玄，最重要的是重创他们，令他们不敢再一路跟随，随时可能蹦出来搞破坏，而且刚好可以用这段时间来等候王微奕一行归队。柳四任则坚持继续前进，认为任务要紧，时间耽误不起；更何况，敌暗我明，野人行动如风，又熟悉神农架地形，颇难对付，就算可以找到沈先生，恐怕他也早被野人啃成了一具白骨。

唐翼则冷眼关注着二人的争执。花染尘大概是想起沈亦玄的悲惨命运，忍不住嘤嘤哭泣起来，哭了两声后又觉得不妥，捂住嘴，暗暗垂泪。

冷寒铁止住巴库勒的发言，淡淡道："还记得我等先前与刘开山等一起发过的誓言吗？"

柳四任愣了一下，辩解道："当日里是那土匪等人害怕我们抛下他，或者将来秋后算账，故而发下同生死、共命运的毒誓。但倘若我记得没错的话，只有刘大土匪跟那个猴鹰儿二人真正发了誓，我等并未开口，所以不算。"

冷寒铁瞟了一眼柳四任："那你是觉得我们并未发誓，所以那个誓言就不曾有，也不必遵守？"

柳四任不觉气短了几分，道："我觉得，我们是堂堂特工，自不必对这些江湖人士讲所谓的道义。"

冷寒铁哦了一声："不必跟他们讲道义？你是觉得他们身份太卑微，所以不必讲道义吗？"

"是的。"柳四任昂首，"他们不过是江湖中的混混，将道义挂在嘴边也不过是为了骗取人心。我们若是与他们讲道义，便是上了他们的当。"

巴库勒一旁冷笑："柳四任你的意思是，不讲道义是特工的本质？那我们岂不是比流氓还流氓？"

柳四任涨红着脸："你……你怎么能如此说话？"

冷寒铁摆了摆手："算了，我们不要再在这个问题上争论下去了。既然柳四任你不愿意搭救沈亦玄并等待王教授等人，那么不妨你们先行一步。我等随后会与你们会合。"

柳四任顿时气馁，期期艾艾道："冷大，你这算是命令吗？"

冷寒铁的脸上流露出一丝的疲惫："不是命令，仅是建议。去留随你意。只是我个人会前去截击野人，救回沈先生，不论他是死是活。"

一直没有开腔的唐翼接过话头："我随你去。"

巴库勒亦急急请缨道："我也去！"

冷寒铁本想拒绝，转念一想，道："老巴，你就与他留下，照看好楚天开与染尘姑娘。记住，不要再随意踏离帐篷，免得再度中了他人的调虎离山之计。唐翼，你与我一起去。"

巴库勒神色黯然，但对于冷寒铁的命令，他不敢不从。

就在这时，一直昏迷不醒的楚天开突然睁开眼，艰难地发出声音："冷大，不要进森林……"

声音微弱，却如同一声春雷炸响在冷寒铁的耳边。他跃至楚天开的身边，喜动眉梢："楚天开，你醒了？"

楚天开混浊的眼神停留在冷寒铁笔挺的鼻翼上，并由此渐渐扩散开，笼罩住他的整个脸庞："冷大……"冷寒铁将他虚弱的声音捂住，让他无法继续说下去。

"你不要着急说话，先缓口气。"冷寒铁虽然面无表情，但声音里的柔和，却将他喜悦的心境勾勒得十分清楚。

花染尘端了一碗糖水，盈盈走来。糖是先前空投下来的。在那个缺少葡萄糖的年代，糖水是伤员最重要的食物来源之一，它不仅能为伤员带来能量，还能滋润他们干裂的嘴唇与喉咙。而被护士一口一口地喂着糖水，也成为许多伤员灰色记忆中少数艳丽、温暖的一笔。

冷寒铁接过糖水，替楚天开喂下，不料灌得太急太猛，将他呛了一口。

花染尘见状，道："冷长官，你倒得太快了。算了，这伺候人的活还是我来吧！"

冷寒铁脸色微红，将碗递还花染尘。

花染尘犹豫了一下，坐到楚天开的身边，轻轻地抬起他的头，枕在自己的大腿上，如同温柔的母亲照顾生病中的孩子一般，缓缓地将糖水喂入楚天开口中。

楚天开被花染尘抱在怀里，整个人顿时好像燃烧起来了一般，想及冷寒铁在一旁看着，更觉如坐针毡，浑身不自在，便想要挣扎着移开。"别……"然而却撞上花染尘坚定而又纯净的目光，所有挣扎的念头一下子涣散，整个身躯软了下来，乖乖地大口吞咽起糖水。

冷寒铁默默地走出帐篷，背着手，仰望天上的云卷云舒。有树叶接受风的邀请，以一种优雅的姿势划过他的视线，再蜷伏于他的脚边，一如他的心情。

不知什么时候，花染尘站到了他的身旁，低垂着脑袋，仿佛做错了事，怯生生地道："你是不是不喜欢……我刚才那样做？"

花染尘的声音就像一棵竹笋钻破泥土，释放出它的幼嫩与鲜甜一般，一下子将冷寒铁尘封的心田冲开："没……哪能呢！我特别感谢你能够为我的兄弟所做的一切,真的。"

花染尘轻咬着嘴唇:"嗯,你能这么想……反正你记住,我能够为你做的,会比这个更多。"话到最后,声如蚊语。一句轻轻的话,似乎耗尽了她所有的勇气。含着羞,花染尘不敢让冷寒铁看到自己如红霞烧过一般的脸庞,快步走回了帐篷。

有漫天的光霞从云朵后面弥散开,撒向森林的每一个角落。春天的种子在发芽、成长。每一寸抽长的枝叶上,都缀着一串相思的话语,被光霞染得绯红,恰如怀春少女的娇艳脸颊。

冷寒铁缓缓地举步走回帐篷。所有的情感已收拾齐整。睡垫上的楚天开喝了一碗糖水之后,气色已明显好转,但神情有点恍惚。被一个年轻美丽的女子抱在怀里喂水,有旖旎,有温馨,更有深入骨髓的感激。这些情感混杂在一起,一时无法被他虚弱的身体所吸收,于是浮现在脸上。不过冷寒铁一进来,这些迷离的情感迅速被打破了。楚天开强自想挣扎起来:"冷大……"却被冷寒铁摁下:"躺着,别乱动。"

楚天开不敢违背,躺在睡垫上,道:"冷大,不要轻易进这片森林……"

冷寒铁注视着楚天开,眼神中闪过一丝惊讶:"你进入过这片森林吗?"

楚天开点了点头,随即又摇头:"我没进入森林,但我看到了它。"

唐翼走过来:"你这话是什么意思?"

楚天开眼睛中蒙上了一层迷惘:"唐长官,你相信人死后会有另外一个世界吗?"

唐翼皱起眉头:"你这话什么意思?"

楚天开道:"我的意思就是说,死亡只是肉体的消灭,而灵魂却可以进入到另外一个世界,比如天堂,比如地狱。"

唐翼的眉头皱得更深,他怀疑楚天开是不是被高压电流击得神志不清,满口胡言。他刚想驳斥一下他的这种"可笑"想法,却被冷寒铁的声音所压制住:"我信。我信有另外一个世界。我信有地狱。"

他的痛苦如同一粒火星溅入楚天开的眼中。楚天开不觉有几分惊惶:"冷大,我不是说你……"

冷寒铁止住他的惊惶:"我没事。你继续说你的。"

楚天开斟酌着说道:"我觉得我的经历,更像是灵魂出窍的感觉。"

"灵魂出窍?"唐翼哂之以笑,"这不过是江湖术士骗人的把戏,你也信?"

楚天开垂下眼皮,言语中却带有刺:"唐长官你可以怀疑,但我所说的,是我的真实经历。"

冷寒铁坐在楚天开脚边的睡垫上,道:"楚天开,你继续讲。唐翼,你不要打断,听他说完再作定论。"

楚天开的眉毛弯了起来,像两座小拱桥搭建在额角,又像是两个括号,想要将那段记忆串联、涵纳进去。而他微微干裂的嘴唇,就像是大旱之后的河底,将被纷扰世象所淹没的真相袒露出来:

在楚天开被闪电击中的一瞬间,他并未感觉到有丝毫的疼痛,反倒觉得整个身体一轻,仿佛腋下生出双翼一般,轻飘飘地浮起。这种感觉令他感到新奇、愉悦,同时又有几分不安。他说不清自己为何会有这种体验,直至他看到地面上躺着的自己,以及铁青着脸、不停在替自己做人工呼吸的冷寒铁。刹那间他忽然明白:自己已经死了!躺在地上的,是自己的肉体,而此刻飘浮在空中俯视着的,是自己的灵魂!

原来人真的有灵魂!原来人死后,灵魂可以脱离肉体而存在!这个发现无法让他惊喜,只让他感到惶恐。他一遍一遍地问自己:"我就这样死去了吗,抛下冷长官他们死去了?"恍惚间,他觉得天地变得逼仄,飞翔亦变得沉重。他有着太多的使命尚未完成,他还挂念着冷寒铁他们舍不得离开……就在他黯然神伤之时,他看到有一束白光从天空中缓缓落下,就像是条天梯一般,一直延伸到他面前。白光闪着柔和的光芒,看上去是那般祥和、安宁。他不由自主地想要举步往其中走去。就在这时他听到巴库勒、林从熙等人焦灼的呼喊:"楚天开,楚天开,你快醒醒啊……"他甚至看到一滴泪珠从冷寒铁的眼角渗出，混入如水注一般的大雨中。那是坚硬如岩石、强横如猛狮的冷寒铁的眼泪！楚天开曾与一干战友开玩笑说：就算将冷寒铁全身的每一寸血管都剖开，估计也找不到一滴眼泪。然而如今，这个被众人视为永远都不会流泪的汉子，却在为自己流泪。尽管只有一滴，然而它却像一枚巨锤砸向楚天开的心房。他觉得整个心腔几乎要裂开，难受得就像是一只怪兽的巨爪，攥紧了他的心，令他冲开白光的笼罩，扑坠在地。可是令他惊恐的是，无论他怎么努力，他都无法进入到自己的肉体中。一遍一遍地徒劳冲击之后，他不得不放弃回到肉身的想法。不过他欣喜地看到自己的身体动了一下。他知道，那是生命的迹象。

　　白光渐渐地消失。倾盆如注的大雨打在楚天开的"身上"，他不觉得疼，却感觉到阵阵凄凉。"难道我就这样成了孤魂野鬼，上不了天国，亦回不了阳间？"他茫然着，心中充满了破灭感。有一股力量吸着他，渐渐地远离地面。他想挣脱，却又浑身使不上劲。于是他就像一只风筝，在空中起伏不定。初时他觉得难受，后来渐渐习惯，却也从中找到了一种飞翔的快感。他开始不再沮丧，不再留恋尘世的躯壳，而将目光渐渐地转向整片森林。站立于高空之中，他看到神农架的大半面貌。他看到他们来时的那条河流，像一条碧绿的腰带缠绕在神农架，那些葱郁苍翠的森林，就像是人身上的一根根细长寒毛，将原始的野性勾勒无遗。他看不见冷寒铁等人，却可以感受得到他们的每一次踏步。他与他们虽然并无血缘关系，但却心意相连。他的"心"，能够清晰地反照出冷寒铁等人的入林、遇险，他们的惊慌与镇定。直至冷寒铁等人进入暗道之中，他失去了与他们的感应相知，不由地焦灼起来，于是拼力挣脱身后的束缚之力，飞临到西青林上空。

　　一个触目惊心的景象浮现在他的眼前：在绿意盎然的丛林中，规则地分布着至少有数百棵烧焦的枯木，它们连在一起，刚好构成了一个"亡"字！这个"亡"字，就像后母恶毒的目光，钉射在楚天开身上，让他不寒而栗。他强忍住心头的恐惧，在森林上空不停地盘旋，希望可以找到冷寒铁等人的踪迹，却一遍一遍地失望，直至绝望。就在他心灰意冷之际，忽然听到森林边缘有人在呼唤着他的名字。不由自主地，他循着声音飞了过去，看到唐翼等人满脸凝重，正往西青林方向走去。他想阻住他们，给他们示警，然而无论他怎么动手拽扯、大声呼喊，他们都没有任何反应。无奈之下，他只好使出浑身力气，对准担架上的自己肉身纵身一跃。这一次，他成功地进入了自己的肉体。他睁开双眼，但灵魂独自飞翔的那种轻盈、自在感全都消失，他只觉得整个肉身好沉重，就像是背负着数百斤的大石头一般，压得他喘不过气来，只能艰难地一字一句说："往边缘走，别入林。"说完这几个字，他便觉得仿佛巨石压裂了身体的骨骼，眼前一黑，整个人再度昏迷了过去，肉体与灵魂一起沉眠。那又是一段奇异的经历体验，就像是蝶蛹藏在茧中，静守着黑暗与孤寂，等待破茧重生、一飞冲天的那一刻。这一天终于来临。他在黑暗之中感觉到他一直等待的那个人——就像是光明之神一般，出现了，于是他奋力睁开双眼，为见到他一面，将心中的思念与担忧倾吐。

　　不过回到现实中的楚天开，只吐露了他的担忧，而将所有的思念收藏了起来。他不会当着冷寒铁的面，告诉众人说他看到这个铁汉流泪了；他也不可能对着冷寒铁那张没有任何表情的脸说"我挂念着你"。他只能诉说他灵魂的飞翔，以及看到的那个大大的"亡"字。而这些信息足以震惊在座的每一个人。花染尘不由自主地拿起木鱼，低声诵起经来。唐翼和冷寒铁目光深沉，在思索、消化着楚天开的话语。陈枕流则是一脸的兴奋："你这是濒死体验，国际上最为流行的课题！"

　　人死后究竟是如灯灭，还是进入到另外一个世界或者异度空间中，一直是科学界乃至人类最有争议的话题之一。宗教人士坚定地认为，死后世界是真实存在的，天堂与地狱绝非虚构。一些修行之人，可以让灵魂出窍，游历天堂与地狱，一如中世纪的伟大诗人但丁在他的名作《神曲》中所描述的那般，他在黑暗森林迷路时，接受了古罗马诗人维吉尔的邀请，随他一起游历惩罚罪孽灵魂的地狱，穿越收容悔过灵魂的炼狱，最后经历构成天堂的九重天之后，抵达上帝面前。但不少科学家将其斥为"迷信"，认为是宗教虚构出来的，是用于蒙蔽无知人民的精神鸦片。也有不少科学家坚信死后世界是真实存在的，并由此进行了一系列的实验验证，其中最有名的就是濒死体验。

所谓的濒死体验（NDE），科学界给出的说法是濒临死亡的体验，指由某些遭受严重创伤或疾病但意外地获得恢复的人，以及处于潜在毁灭性境遇中预感即将死亡而又侥幸脱险的人所叙述的死亡威胁时刻的主观体验。它和人们临终心理一样，是人类走向死亡时的精神活动。同时濒死体验也是人们遇到危险时的一种反应。简单地说，就是人"在鬼门关里走了一遭又回来"。一般经历濒死体验的人，都是一些病人或者重伤者，他们的生命体征消失，最后却又被人抢救回来。在这片刻的"生命静止"期间，他们往往会经历一番奇妙的体验。综合地来说，濒死体验包括在不同程度上认识到自己已经死去，出现愉快的正面情绪，灵魂离体，穿过隧道，与一种光亮交流，观察到各种奇异的色彩和天国景象，与去世的亲友见面，回顾一生，以及洞悉生死界限等经历。

陈枕流所生存的年代，正是西方心理学尤其是精神分析学说高速发展的时代。王微奕训练他除了要深入钻研历史学知识外，更要广博涉猎各个领域的知识，包括最新的理论。因此陈枕流对濒死体验并不陌生，而楚天开的经历激起了他的极大兴趣。

"楚长官，你真的感觉到灵魂漂浮在半空，能够看到我们的行动？"陈枕流一脸兴奋地问。

楚天开微微颔了下头，道："一开始是，但后来渐渐感觉灵魂有点不受自己的控制，无法自由行动，类似于背后有根绳子在牵扯着自己，让你不由自主地受其控制一般。"

冷寒铁缓缓地道："你确认你在西青林上看到的是个'亡'字，而不是'九'？"

楚天开略微惊异地看了他一眼："'九'字？一二三四五六七八九的'九'吗？"他屏息凝思了会儿，摇了摇头，"不，我确信它是个'亡'字，不是'九'。我看得很清楚，因为这个'亡'字给我的视觉冲击太强烈了，不会错的。"

有惊涛骇浪在冷寒铁的心头翻滚着，他原本以为已经勘破西青林"风雷潜，九锁林"的奥秘，所欠缺的仅是破解之法，但如今看来，"九锁林"中隐藏着更深的玄机！

不过不管是"亡"还是"九"，冷寒铁能确定的一件事是，烧焦的枯木排列定然与球形闪电的存在有关。那如何才能化解球形闪电的威胁呢？它们来无影，去无踪。虽然暂时的迹象是它存在于枯木之侧，但谁知道森林的其他地方是否也仍然有它们的存在？因为球形闪电绝非纯天然形成，而是人工造就，那么就不排除制造者将其随意放置的可能性。

眼见楚天开说了这么多话，脸上现出疲惫之色，冷寒铁强自将心头所有的疑问压下，让他好好休息。楚天开亦自觉气虚，合上双眼，很快就陷入沉沉睡眠中。

冷寒铁让巴库勒和柳四任照看好楚天开等人，自己带着唐翼走出帐篷，一直往来时路走去。约莫走了有一里路之后，冷寒铁问道："你是否察觉，有人在暗中跟踪着我们？"

唐翼怔了下："你是说，我们之中有内奸？"

冷寒铁未置可否："让你在丛林之中跟踪一人，你觉得有几成把握不会跟丢？"

唐翼迟疑道："七成吧！但倘若对方故布迷踪的话，则难说。"

冷寒铁点头道："那你觉得若是你在跟踪我们这样的队伍，有几成把握不会跟丢？"

唐翼老老实实地道："三成。"

身为特工，跟踪与反跟踪都是必修的课程。在都市人流中想要跟踪他们，都是一件极为不易之事，更何况如今身处原始森林里。要知道，原始森林并不像在城市里，每一条路都有固定的去向，而是四射发散开。冷寒铁一行中，因为有了王微奕和花染尘等人的存在，需要斩荆披棘来开路，会留下行进的痕迹，但整体上仍然能达到军事行动的保密级别，常人想要追踪他们并非易事。最重要的是，在他们的前进路途中，曾遇到被毒气驱赶出来的群兽，这些野兽的践踏完全可以掩盖掉冷寒铁他们的足迹；更何况他们还曾循原路兜转到寒潭附近，这亦有迷惑跟踪者的作用。然而从现在的情况来看，这些全都失败了。灰衣人所率的野人竟然叮以一路追逐他们到西青林并伏击他们。这不能不让冷寒铁意识到问题的严重性。

所以唐翼说得对，他们当中定然有内奸！没有内奸的指引，敌人不可能咬得这么紧。

那么内奸是谁呢？冷寒铁首先想到的是刘开山、林从熙、卜开乔与王微奕四人。因为在西青林前，他们一行即与唐翼等人分开，随后在密林深处遭遇到灰衣人的偷袭。如果真的是有人给灰衣人指引的话，那么就肯定不会存在于唐翼队伍中，因为他们不知道冷寒铁一行的去向。但冷静下来后，冷寒铁又觉得不对。如果内奸真的藏身于他们一行中，灰衣人不可能朝暗道里扔了一颗手雷，因为那会炸死他的同伴。更何况，在西青林灰衣人偷袭挂在氢气球下的冷寒铁时，所用的武器是石头，而再一次相遇时，灰衣人已换成手枪。也就是说，在西青林时，灰衣人尚未与他的同伴会合，更多的是个人行动。在个人偷袭"得手"（当然了，他不知道暗道中冷寒铁等人并未被炸死）之后，他才转向唐翼等人，指挥着野人绑架走沈亦玄，并找到他的同伴。

如此算下来，有内奸嫌疑的只剩下陈枕流、花染尘以及被绑的沈亦玄。冷寒铁没有怀疑唐翼等人，因为能够进入到他们队伍中的人，每一个都经过组织严格的审核，几乎不可能有内奸存在。

但仔细一想，冷寒铁又觉得有几分狐疑，其中最大的怀疑对象乃是灰衣人。从实际情况来看，灰衣人应是一路暗中跟踪他们，并竭力想要置他们于死地；但另外的两路人马，却似乎只是尾随，想要借冷寒铁之力进到神农架深处，或者说找到传说中的金殿。他们的目的并不相同，难道并非是事先串通好的？此外，从两支跟踪部队发生枪战来看，他们之间并不相识，甚至根本不是同一路人。若是有内奸，那就说明极有可能不止一个！

但冷寒铁仔细地检查过他们的路线。他们设下的记号全部被破坏掉，说明对方是完全循着他们的足迹而来。但奇怪的是，现场里找不到其他任何方向或者指示性记号。也就是说，如果真的有内奸的话，他们肯定是通过一种极其特殊的方式进行联络。这让他想起灰衣人之间所用的"鸟语"暗号。

内奸的想法让他有几分心烦意乱。原本想着他们的行动属于绝密，却没想到竟然被两帮人马盯上并一路尾随，这在他的特工生涯中尚是第一次。不过他也是第一次与非军人的队员一起执行任务，大概这正是泄密的最重要原因吧！

不过他对待问题的方式很简单，"我们要么就先解决掉尾巴，要么就解决掉内鬼。"他对唐翼说。

唐翼点头道："是。那先解决掉哪个呢？"

冷寒铁道："先尾巴吧！内奸的事一时半会也查不清，再说了，我们要找到金殿，还需要借助整个团队的力量，说不定内奸会发挥重要作用，且留着他。反正打掉了尾巴，他在队伍里也掀不起什么风浪。"

"那……如何才能解决掉那批野人？"唐翼问。

冷寒铁怔了下，这才想起自己尚未对唐翼讲起分别后的遭遇，道："我们要应对的，远非野人那么简单。跟在我们后面的，除了有一批职业军人外，还有一帮亡命之徒。"

唐翼惊住："怎么吊了这么多人？"

冷寒铁简短道："暂时还不清楚。我们现在要做的是先想法子打掉他们，最好是让他们自相残杀而亡，或者……"一个念头在他脑海中渐渐形成。

五

暗河中，王微奕面对那个大卦图案，忽然一个念头浮了上来。他对卜开乔说："小卜，你记不记得八卦中阳爻与阴爻的卦象？"

卜开乔先是摇头，随即又点头。

王微奕道："我相信你记得住。现在你将它们转换一个表达方式，阳爻为一，阴爻为二。然后你再注意观察我接下来拨动的各卦，将它们的卦爻全部转换成一和二，输入到密码中。你能做到吗？"

卜开乔略微思忖了下，点了点头。

王微奕闭上双眼，似乎在暗暗祈祷，随即又飞快地睁开眼，将重新被打乱的卦爻依旧按照"南、北、东、西、东南、东北、西南、西北"的顺序，依次拨动"巽、坎、离、兑、坤、震、乾、艮"，金属板再度打开。

卜开乔迅速地填了上来，循法王微奕所教的"阳爻为一，阴爻为二"的指示，指如闪电，在金属板上依次输入"112，212，121，211，222，221，111，122"。然而让王微奕等人灰心的是，金属板再度收拢起来，重现出打乱的八卦。很快地，水鼋退至它平日里栖身的位置，裂洞闭合。河水就像是被从魔瓶中召唤出来的魔鬼，将人从脚底起，一寸一寸地吞没进肚中，再没过八卦。

王微奕面如土色，口中喃喃道："天欲亡我也，天欲亡我……"

林从熙等人亦垂头丧气。只有刘开山支棱着耳朵，仔细地倾听着石壁背后的声响："里面齿轮磨合的声音有点不对……"

众人陡然警醒："怎么个不对？"

刘开山突然觉得头皮一阵发麻。这种感觉他十分熟悉，那是面对危险时的本能反应。但从来没有哪一次会像现在这般强烈，强烈到几乎让他眩晕过去。他几乎是不假思索地脱口而出："快逃！"

所有的人都被他的一声大喝所惊吓住，但随即如同听到魔咒一般，齐齐拔腿就往河流的下游跑去。

岩洞里毫无预兆地突然"轰隆"一声巨响，几乎将人的耳膜震破。众人下意识地扭头望去，只见先前他们所站立的地方，转瞬之间竟然出现一个巨大的洞，好不容易蓄积起来的河水再度倾泻而下，形成一个水底瀑布，发出震耳的声响。

所有的人都不由心脏收紧。若刚才不是刘开山提醒及时，恐怕他们都将随着水流一道跌入地心深处。这样的高度摔落下去，即便他们如水黾一般背个坚硬的壳，也要摔得吐血而亡。然而当他们全神贯注于岩壁上的八卦密码时，谁会想到自己脚下所踩的竟是个致命的陷阱？

"好歹毒的心机。"林从熙抹了把冷汗道。

刘开山一手抓着凸出的石壁，一手扶住王微奕摇晃的身躯，再侧耳倾听水底的动静，神色凝重，道："这地下似乎还有机关。他们好像是利用水流瞬间泄出所形成的巨大冲力来推动什么。"

一个念头就像夏夜森林里的萤火虫，掠过王微奕的大脑中："难道是用来发电？"

这情形，确实与水力发电相近——水力发电，正是利用河流、湖泊等位于高处具有位能的水流至低处，将其中所含之位能转换成水轮机之动能，再借水轮机为原动力，推动发电机产生电能，进而输出电流，应用于日常的各个方面。

"这洞底，发电……那会用来做什么？"王微奕从未像现在这样感觉到自身智力的有限。他觉得自己就像是一个初入禅门的小沙弥，面对厚厚的佛学经典，挠破了头也想不出其中的禅道天机。而且想得越多，就越会感觉到造物主的伟大以及自身的渺小。

这种不安混合着崇敬的感觉笼罩在每个人的心头。这小小岩洞里的每一处设计，都充满着无上的智慧，更糅合了巨大的物力投入。"上古人类是否真的如我们想象中的那般荒蛮、未开化呢？"林从熙忍不住想，"可为什么在几千年前，人类的文明可以达到一个高峰，至今无法企及呢？比如在建筑上世界上先后出现过恢宏的金字塔、通天塔、巨石阵、长城，令人惊叹；文化上更是有了许多后世永远无法超越的经典，例如中国的诸子百家著作、周易中医，西方的《圣经》……人类在几千年的文化进程中，几乎都是对老祖宗所遗留下来的文化不断进行解读、阐释，并没有出现过什么重大突破。所以文明是进化的吗？后世一定比前世更强吗？不是的。在上古时期，肯定有许多真相被人类所忽略或是隐匿了……"

简单地以中华文明的汉字为例。传说中，中国原始的象形文字是由黄帝的史官仓颉所造。仓颉造字，泄露天机，因此惹得天怒鬼怨。《淮南子·本经》中记载："昔者仓颉作书，而天雨粟，鬼夜哭。"仓颉在文字中究竟泄露了什么天机这里暂且不多详述。从文字的历史可以看出，中国在黄帝时代，也就是约 5 000 年前即有了成熟的文字。现今所熟悉的甲骨文，乃是商朝时所创，学者们从中找到的汉字约有 5 000 字。5 000 字，这是一个什么概念呢？认识 1 500 个汉字就足已扫盲，2 000 个字可以流畅阅读四大名著，3 000 个字就足以写作，要知道文学巨著《红楼梦》中所用到的汉字也仅 4 200 多个……5 000 个字所蕴含的信息量是惊人的。然而令人惊异的是，中国在西周以后（距今约 2 800 年前），我们的祖先才开始用文字记载史事，史学家称为"信史时代"，从此以后中国社会文明发展被详细地记录下来。一直到今天，这后半段记史的篇幅却占了五千年历史的百分之九十以上，这已足够让中华文化成为世界人类文明的最伟大资产，同时代的其他古国文明，或无记载，或已湮没，残存下来的最多也只是片断，唯一连贯迄今的只有中华文化。然而令人百思难解的是，西周以前，夏、商以至黄帝时代的这段历史，为什么"有史无载"？现代人称之为"传说时代"！这还不包括在此之前的盘古开天、女娲造人、伏羲、神农等所谓的"神话时代"。更让人惊奇的是，汉字中拥有神秘的力量（大概也就是所谓的"天机"），出土文物显示殷帝王能以象形文字与天神、祖灵沟通。几千年来中国文字蕴藏着形符、音韵、意象一直与易理、阴阳、五行、谶纬、命理、预测、堪舆等息息相通。为什么古代的文字具有这种神秘的能力？为什么很长一段时间里，文字仅被作为"通灵"的工具，用于祭祀、占卜，而无法记录下真实的社会信息即"信史"呢？为什么信史时代开端不久，中国即进入思想鼎盛巅峰时期呢？诸子百家学说同起并兴，爆炸似的澎湃到极点，其学说思想经历了数千年的时光涤荡，依然闪现出耀眼的智慧光芒，这实在令人百思不得其解。

现实容不得林从熙对这个问题进行深入剖析，或者说，即便他想破了脑袋，也无法找到一个准确的答案。时间的船舸已经漂流得太远，我们根本无法看到上游（上古时代）的风光。即便风儿还能够带来一点它们的气息，也会因为其太过缥缈而很快四散开。他只能将所有的精神专注于暗河中的变化。然而耳边除了河水急遽坠下的轰隆声外，再听不见有什么新的动静。

众人面面相觑，茫然，不知该做何举动。

还是卜开乔眼尖，指着岩壁突然道："看，那里好像有变化！"

众人手中的火把，已悉数耗完，有的是燃尽了松脂，有的则是掉入水中不知去向，只有王微奕用气球包裹的那支手电筒尚能够发出幽暗的光芒。听到卜开乔的声音，王微奕急忙将手电筒的光芒拨向前方的岩壁，只见岩壁不知什么时候，竟然开启了一个距离他们约有两尺高约五尺、宽约三尺的洞。在平常的时候，这个洞穴有近一半的高度淹没于暗河水下，且洞门与四周的石壁浑然为一体。若不是它自动打开，你绝对发现不到它的存在！

刘开山一见，激动地浑身战栗了一下，随即朝着黑洞跑去："肯定是机关打开了，这个是出路！"支配着他激动情绪的，并非是找到出路，而是他想起先前洞穴中的金银财宝。既然洞窟的设计者会花这么大的心血弄了个机关，又安置重重陷阱，意欲将擅自入洞者杀死，那么肯定是为了隐藏一个巨大的秘密，或者是宝藏！

能让这等有着通天之力的人所看重的，该是怎样的稀世珍宝！想及这一点，刘开山就觉得全身热血沸腾，脚底发软。他想也不想便径自钻入黑洞中，丝毫不顾忌洞中可能布有机关。王微奕等人见状，只得无奈地跟上——不过这也几乎是他们唯一的出路。因为深坑中水流冲击的声音明显地减弱，河道底部的裂洞也在缓缓缩减，也许过不了多久它就会合拢上。到时众人就要被困在这洞窟中，成为食人鱼的食物。

与食人鱼可怕的牙齿和残暴的性情相比，黑洞就算是龙潭虎穴，众人也要拼命闯上一闯。

令他们意外的是，黑洞之后竟然是个台阶，S形的台阶，弯曲盘旋向上。台阶应是人工所凿就，但洞穴却是天然的。王微奕特意观察了一下洞口。洞门宽约二尺，比侧边的石壁高出二尺，所以可以顺滑地平移开，然而看不出是什么力量在支撑着它。令他吃惊的是，洞门与石壁之间的契合竟然如此天衣无缝，仿佛洞门本是石壁的一部分，然后被一把巨大的、薄如蝉翼的刀子一刀剖开，做成了个门。

"这等科技与手段，真是惊人。"他在心中长叹一声，还想掏出微型相机给它拍一张照，不料洞门忽然悄无声息闭合。这更令他在心头喟叹。石门重达数吨，却可开启、关闭不发出半点声音，可见它的边角是多么平滑，推动它的力量又是何其强大！

卜开乔肥胖的躯体占据着光线昏暗的S形通道，顿时形成一股无形的压力，几乎要将走在后边的林从熙压得喘不过气来。林从熙不由得抱怨道："你还敢再胖一点吗？再胖些就直接塞在这洞口当门了。"

卜开乔回头瞪了一眼林从熙："别催我，否则我还就不走了。"

这时，走在最前边的刘开山突然问："王教授，我们大致走到哪儿了？"

王微奕掏出笔，在笔记本上简单地勾勒了下洞窟的形状，并画出他们所处的位置,神色越来越凝重。他合上笔记本,缓缓道:"如果将这山洞看成个人形的话,我们好像是走到肠道中来了。此前那道暗河,应相当于人形的尿道。"

林从熙吓了一跳,道:"那我们岂不是变成大便了?"

王微奕沉思了会儿,道:"这座洞窟实在有太多古怪。不过从我们目前的情形来看,应该不是太糟糕。我们能够从下往上走,这等于是已经破解了人体正常的循环,也就是说,即便这座洞窟真的是按人体内部结构而筑就,且暗藏机关,我们也已逆道而行,不再受其控制。"

王微奕的言语让众人略微安心了些,但他接下来的话又让大家的心重新提了起来:"在行进中,大家切记不要乱摸乱碰,免得触动到机关,将我们重新卷入消化循环中。"

刘开山的眉头跳动了几下:"王教授,你的意思是,就算有稀世珍宝摆在面前,也绝对不能动吗?"

王微奕斩钉截铁道:"绝对不能动!越是诱人的东西,其暗藏的杀机就越深。你忘了先前在暗洞中触动机关,引发地火烧身的教训了吗?"

那些伤口还在火辣辣地疼呢,怎会忘呢?刘开山咬牙切齿地说:"那我们岂不是白白遭罪,却什么都捞不到?"

王微奕道:"这怎么会是白来一趟呢?你几时可曾见到如此精妙宏伟的机关,又在何处还能寻觅到数千岁的水蒐?这些才是最珍贵的。你须记得,金银财宝虽然宝贵,但这些都乃身外之物,生不能带来,死不能带走。唯有个人的经历与记忆,才是自己所拥有的最好财富,莫之能与,无人能夺。所以刘大当家的不必遗憾。"

刘开山长叹一声:"我只是一介土匪,做不到王教授你那般超凡脱俗,视金钱如粪土,视珍宝如草芥。想起那些被融毁的金银器物,我心里就跟猫儿挠过似的,那个揪心哪,唉!但愿这个洞里不要再有什么稀罕之物了,否则……否则,能看不能动,真真摧杀人哪!"

王微奕淡淡一笑道:"刘大当家的懂得'能看不能动',就说明已经有所领悟了。"

卜开乔撇嘴道："这有啥领悟的！我日日出街看到年轻美貌女子，从来都只看着，不去动，难道我这也叫作领悟？错，我只不过是害怕被打而已。"

林从熙大笑："你也会思春？我以为你上半身不动，下半身不行，只有中间的肚子才活跃着呢！"

卜开乔没有再应话，不过经过这一番插科打诨，众人紧张的心情渐渐放松，不知不觉间，已走到悬崖峭壁的一半位置。

拐了一个长长的弯，众人突然觉得一股寒气扑面而来，仿佛走近一个打开了门的巨大电冰箱。众人先前都在暗河之中趟过，每个人身上都湿漉漉的，所幸暗河水温较高，并不觉得冷。如今骤然为这寒意一冲，大家都忍不住打了个寒噤，年纪较大的王微奕甚至忍不住打了个喷嚏。

"好冷。"林从熙以手抱臂，"我觉得像掉进了个冰窟，要不就是到了冬天。"

"奇怪，好奇怪。"王微奕的脸色再凝重起来，"这其中定有玄机。大家小心，记住，千万不要触碰任何东西。"

说话间，走过一个拐角，众人眼前豁然开朗，一个约有三十平方米的房间出现在众人视野中。房间里笼罩着一层白色的氤氲，氤氲缭缭绕绕，就像是被风吹动的白纱，弥漫在整个房间中。氤氲里含着透骨的冷，缓缓飘移。越靠后的地方，氤氲越发浓郁，浓得就像炼乳，人的视线几乎被遮挡，但如此却越发增添了缥缈之意。

众人一时之间有一种恍惚之感，仿佛来到了人间仙境。周边缭绕的，都是蒸腾的云气。这种云山雾海的美，让人忘了冷，忘了思想，只是痴痴呆呆地站着。直至卜开乔一个惊天动地的喷嚏将所有人从云端拉回了地面。

"这，这……"刘开山口齿都不利索了。

"好神奇的存在。"王微奕长叹了一声，"真是洞天福地。也不知道这是造化之鬼斧神工，还是人力之精妙绝伦？"

"这些云雾和寒气都是从何而来呢?"林从熙动了好奇之心。

同样的好奇存在于每个人的心中。众人不约而同地朝着氤氲最深处走去。一路上,大家下意识地伸手想要去拨开缭绕在身侧的氤氲之气,这真是一种奇妙的体验,仿佛真的是踏着祥云在空中飞翔一般。

但这种美妙的感觉亦是有代价的。众人都觉得身上仿佛被无数根冰魄寒针扎着,每一个毛孔都收缩起来。大家不由自主地紧紧依偎在一起,借着彼此身体的温度来取暖。他们穿入到氤氲之中。手电筒的光芒遇上了一个光滑的表面,轻柔地滑落。四溢开的光芒,让众人忍不住一声惊呼!

只见在氤氲的环绕之中,有一座小小的水晶金字塔。金字塔底座长宽各约有一米半,往上收窄,尖尖的顶端遥遥地刺破岩石,指向深邃太空的某一个点。也许那是人类尚未发觉的某个星座。而在金字塔的底端,则摆放着一具蓝色的水晶棺,棺中安静地躺着一个"人",约有一米长,身上严严实实地裹着一件淡蓝色的衣服,看不出是什么材质,只能看出裁剪异常精致,整件衣服上竟然找不出一个针脚点,仿佛是天然生成。在他的脸上覆盖着一张黄金面具,黄金面具镂刻得十分精美,栩栩如生,双目用蓝宝石镶就,在手电筒光芒的照耀下,闪烁着幽蓝的光彩,美丽、迷离,夺人心魄。

金字塔、水晶棺、黄金面具……这一切仿佛来自于遥远的埃及,然而却真实地呈现在大家的面前。不过与终日与漫天黄沙为伍的埃及金字塔不同的是,这个金字塔被重重白色云气所遮,生出了一种纯净的美感,仿佛躺在水晶棺中的人只是安静地睡着了,而不是死去。

刘开山的欲望第一个迸发出来。他颤抖着声音问王微奕:"王教授,这……这个是稀世珍宝吧?"

王微奕眼睛一眨不眨地盯着眼前的水晶棺,脸部的肌肉不停地微微抽动。像是在强行压抑内心深处的激动:"这应该是一种非常古老的仪式,象征着重生。"

"重生?"刘开山皱起眉头,"死了就死了,还想什么重生?当自己是植物啊？冬天凋零，到了春天又重新发芽？真是浪费了这么贵重的水晶棺，还有这黄金面具……"提及黄金面具，他的口水都快下来了。

王微奕警觉起来："我警告你，莫打这黄金面具的主意！这可是珍贵文物，非常非常珍贵的文物，说不定全世界就这么一件。你胆敢毁坏，那就是千古罪人，要遭后世万代唾骂。"

刘开山心痒难耐："王教授，我知道你的心意，但你也不必给人扣这么大的帽子吧？再说了，此地就我们几个人，就算我拿了又有谁知道？"

林从熙素知刘开山的性格，知道他不仅动了贪心，更起了杀机，慌忙道："刘大当家的，这宝物虽然诱人，但恐怕不会那么好拿。"四人之中，刘开山不仅武艺最高，而且唯一的冲锋枪也拿在他的手中。倘若他真想取三人性命，可谓易如反掌。所以林从熙只能用话套住刘开山，让他知难而退。

刘开山的眼角微微抽搐："怎么个难拿？"

林从熙道："不信你且伸手试试看。"

刘开山狐疑地伸出手，触碰了一下金字塔，猛然抽回手："狗娘养的，怎么这么冰？"

众人这才注意到，氤氲的云气乃是从金字塔的右侧，亦即房间的石壁上源源不断地渗出的。这些冰寒之气作用在金字塔上，被金字塔所吸收，使其常年温度保持在零度左右，也使得放置于金字塔中的水晶棺变成了一具冰棺，保护着棺内的尸体千年不腐。

可是石壁内怎么会有寒气冒出呢？先前众人在石窟待了许久，虽然也感觉到冷，但并没有这般刺骨。

王微奕心中突然冒出一个想法：这整个洞窟的设计，就是为了保全这水晶棺里的尸体！在这个石壁的后面，肯定有一整套的系统用来制冷；而制冷的动力，正是来自于河水冲泻而下所发的电！设计者用水黾来定期控制机关，截断暗河流水，然后再让它就势飞泻直下，形成水力发电的条件，之后再将这些电力蓄积起来，作为长期、可靠的能量供给。而八卦密码则说明，设计者并不希望将水晶棺永远封存在这里，而是希望在时机成熟时,可以重新回来将水晶棺里的尸体带走,或者是将他激活。至于八卦密码之下的裂洞,除了用于提供打开石洞壁门的水力能量外,很重要的就是阻击无关的外人,不让他们干扰到洞穴中水晶棺内的亡灵。只是设计者大概没有想到,这样的等待,一等就是数千年!

但这又带来一个问题:水力发电在暗河之底,而这石房距离暗河至少有五六十米的高度。设计者是如何将电力输送上来,进而形成冷气的呢?难不成他将整座山脉都掏空了,用来制造这机关吗?这样的话,工程量未免也太惊人了吧?

王微奕勉强将身体从金字塔边挤过,观察起石壁来。令他意外的是,石壁上光溜溜的,并未见到什么窟窿能够用来安放冰箱制冷所用到的冷凝器之类的器件。但石头并不是导热体啊!设计者就算本事再大,也不可能改造石头的成分与性质,将它变成导热器。他狐疑地伸出手,一寸一寸地抚摸着石壁,希望从中找到一点蛛丝马迹。突然间,他的手指传来一阵酥麻刺痛,就像是被强电流击到一般,王微奕忍不住"哎哟"一声,跌坐下来。所幸金字塔后的空间极小,他只是背部撞到石壁上,很快就稳住身体。

几乎是在同一时间,刘开山也"哎哟"一声惊叫,捂着手腕不停地甩动,同时倒吸着冷气,仿佛刚刚经受了不寻常的袭击。在地上,则掉下一把匕首。原来他见水晶金字塔冰冷刺骨,无法得手,便掏出匕首,狠狠地刺向水晶金字塔,想要借它的力量将金字塔击破,取出水晶棺及黄金面具。谁知匕首刚刚碰到水晶金字塔,他就觉得有一股巨大的电流从匕首尖贯穿到他的手指,将他的匕首弹开,也将他电得差点晕过去。

见再袭无功,刘开山不禁恼羞成怒。他一把端起挂在颈间的冲锋枪,想朝着水晶金字塔开枪,将其轰个稀巴烂。站在一旁的林从熙担心他盲目开枪,击中站在金字塔之后的王微奕,慌忙抢上前去,攥住枪管朝上一抬。原本射向金字塔的子弹,改射向了石屋的屋顶。子弹虽然速度惊人,但却被厚实坚硬的石壁弹射开来。有的流弹弹向刘开山的站立之处,有的则射向金字塔。

几乎就在枪声响起的瞬间,水晶棺里的黄金面具发生了怪异的变化:一束光芒从蓝宝石做成的眼眸中射出,笔直地射在金字塔的塔尖。接着,令人难以置信的一幕发生了——只见所有高速飞行的子弹竟然全都停止在空气中。有新的光芒投射在金字塔尖。子弹们仿佛接到了命令一般,忽地以数倍于原先的速度倒退飞行。这次石壁再也抵挡不住子弹的攻势,子弹竟然生生射了进去!水晶棺内的光芒渐渐消减,直至恢复原样,仿佛什么事情都不曾发生过。

这一切都发生在电石火光间,不过所有人都目睹了这惊人的一幕。寒意就像一把利剑,穿透人的脚掌,将人钉在地面上,半晌都动弹不得。身为"罪魁祸首"的刘开山更是惊得目瞪口呆,不寒而栗。刚才若不是林从熙抬高了枪口,而是让子弹直直地射向金字塔,再"倒行逆施"回来,他的血肉之躯恐怕早就被炸成一堆血沫肉泥啦!

王微奕急急从石壁上挣扎着站起:"怎么回事?怎么开枪了呢?"他在先前跌倒之际,并未看清眼前发生的情景,只听到一阵枪响及几声惊呼。

刘开山面如土色。他虽然不信鬼神,烧杀抢掠,恶事做尽依然可以夜夜高枕安眠,但如今面对黄金面具的异能,却感到一种恐惧从骨缝里溜了出来,一直爬到他的心脏部位,将其紧紧缠绕住。

他咽了一口口水,冲开恐惧的束缚,问林从熙:"你刚才看清了吗?那子弹……是不是停住了?"

林从熙刚刚从震惊中苏醒过来:"啊,好像是……子弹停在半空中……我一定是在做梦吧?"

卜开乔眼睛一眨不眨地盯着水晶棺中的尸体,说:"那雾气像是消散了些。"

刘开山脑海中闪过一个念头:刚才止住子弹并让子弹逆飞的行为,肯定是非常消耗能量的,而这个能量应该是由制造雾气的那股力量所提供。也许如此重复几次，水晶棺的能量就会消耗殆尽……

然而想归想，他已不敢轻举妄动。面对这神一般的尸体，他心存忌惮。

因为没有看到黄金面具主人的惊人举动，王微奕更多地将注意力放在了身边的石壁上。就在他的手指遇袭变麻之际，他发现了冷气的来源：石壁一条小罅隙中的一截"植物"！这截"植物"有大拇指般粗细，呈紫色，有几分像蛇，长着长长的触须，这些触须如同章鱼的触盘一般吸在水晶金字塔上，将冷气源源不断地输送过来。这些触须仿佛带有智能，一旦受到惊吓，会自动收缩起来，或是放电进行攻击。先前王微奕靠近时之所以没有发现它，正在于它已隐匿进石壁中，等到他好奇地用手触摸时，触须毫不客气地"咬"了他一口。后来刘开山开枪时，触须似乎能感知到危险，以一种惊人的速度冲出，紧紧地包裹在金字塔上，然后便有了黄金面具主人的发光攻击举动。

王微奕心头的震撼难以言表。在工业界，自动化已经成为一个潮流趋势，但他从未见过这样具备自动判断能力的"植物"！从某种意义上讲，它更像是一个机器人！

机器人！截至目前，它只出现在科幻作家的笔下，尚未现世。可是如今，它却出现在了封闭数千年之久的地下世界里。

震撼之后是喜悦。一点一滴，他终于证实了自己多年前的那个看似惊世骇俗的大胆猜想，也初步完成了当局交给他的任务。远古时代果然远非一片荒漠，而是充满了生机，充满了智慧的火种。这个发现让他全身的热血沸腾起来，让他恨不得将整座洞窟拆散开，看到运行在地下的那套神奇动力系统。

他隐约可以猜想得到，连接整套动力系统的，正是这神秘的"智能植物"。这种"智能植物"，不仅带有智商，还有"视力"，可以在设计者的指引下，自行爬行，抵达设计者希望它抵达的位置。有了这样的智能动力传输系统，整个地下的工程量便大大减少。设计者只需要布置地面上的几个裂洞机关，并在裂洞底下安装一个水力发电系统，然后"智能植物"便会自动将其串联起来。最重要的是,"智能植物"可以穿针走线般地从石缝中挤出一条通路,这样的话便无须再在山谷中凭人力挖出一条通道。虽然制造裂洞机关以及八卦锁的任务并非易事,但也绝非人力所不能达。即便是在数千年前,只要有一定的技术支持及指引,相信当时的人类也都可以制作出来。

就在他胡思乱想之际,突然传来一阵枪声,紧接着是"哗啦"一声巨响。他定睛一看,心头先是惊骇,随即是不可遏止的愤怒。他用手指着刘开山,全身都在颤抖:"你,你……你怎么可以这么做?"

原来刘开山在开枪受挫之后,仍然不死心。进入石窟后,他先是惹来焚身烈焰,之后又高空坠落险些葬身于怪鲵之口,刚才又被强电流痛击,还被黄金面具主人以超能力震撼了一番……难道受了这么多罪,就只是为了一饱眼福吗?显然不是。黄金面具主人诡异无比,且具有超级能力,这反倒激起了他的贪欲和凶性。水晶棺、黄金面具虽属稀罕之物,但这具古怪尸体却是无价之宝,说不定正是某位仙人的遗蜕。

中国自古就有成仙的说法。在传统文化中,一直都存有"仙界、人界、鬼界"之分,也就是所谓的"三界"。人或者其他灵性生物若潜心修行,便可以进入天界,位列仙班。当然了,修行并非是一件易事,需要有天分、悟性与定力,其中定力尤为重要。例如释迦牟尼在菩提树下顿悟之前,曾舍弃王族生活,出家修道,最初一日一餐,后七日一餐,穿树皮,睡牛粪。如此苦修六年,形销骨立。后来在菩提树下静思冥想了七天七夜,彻悟。不同的"道",修行方式不一样,修行的结果亦不同。例如佛家圆寂后有金身、舍利;而道家则有羽化、尸解或立地成仙三种异象。羽化是身如羽毛一般飞升不见,传说中张三丰入棺后再开棺,不见尸体,即已经羽化。尸解就是留下一副皮囊,精气神升仙而去。像古时曾著有《抱朴子》的葛洪,死后浑身松软,轻如薄纸,世人皆传其尸解成仙。至于立地成仙,则是服食仙丹妙药,当年徐福向秦始皇所推荐的"长生不老药"就数这种。

这种炼丹药以求成仙之说流传千年。魏晋时期的名士"竹林七贤",他们就曾食用丹药"沸石散"以求得道成仙。

相传人的成仙就与蝉的蜕壳相似,会留下一副臭皮囊。这副皮囊,对于仙人来说是个累赘,但对于凡人来说,却是一件大宝物。这世间,吃斋念佛的人很多,但有几个人能有机会见到佛祖金身?修道求仙的人亦有万万千,又有几人真正登临仙界?最重要的是,水晶棺里的皮囊可不是件死物,它仍然具有无边的法力,这是多么让人心跳的一件事啊!

所以缓过神之后,刘开山的匪性开始发作。对于他这种常年将脑袋别在裤腰上的人来说,生与死的界限早就模糊,越是危险的事,其背后所隐藏的利益也就越高。他刘开山要是能将一具仙人遗蜕带到人间,那将是怎样的震动!全中国的报纸都会报道这惊人一幕,他刘开山也就名动江湖,天下谁人不知?

怀着对于成名牟利的狂热欲望,刘开山很快走出黄金面具主人惊天一瞥威力所带来的震慑感,他毫不犹豫地转身,面朝虚空开枪,然后就地翻滚。

沉闷的枪声在封闭的岩洞内久久回荡着,震着人的耳膜,也撕扯着人的心。子弹携着雷霆之势呼啸向前,然后仿佛遭遇到一堵无形的、坚硬的墙。时空静止。它止在空中,紧接着时光扭曲。它陡然掉转了个头,瞬间加速,倒飞回来。原本挡在它前面的刘开山已经闪身躲开,于是子弹径自朝着水晶金字塔飞去。水晶虽然坚固,但却禁不住这被加速了的子弹的攻势。于是"当"的一声响,水晶碎裂,碎片撒了一地!

施加在水晶金字塔上的神秘"植物"虽然具有智能,但终究有限,无法在瞬间判断出子弹的方向,于是中了刘开山的诡计,自毁金字塔。

"造孽啊!你真是千古罪人……"王微奕捶胸顿足,哀伤不已。

林从熙也为眼前的变故惊得目瞪口呆。身为古董商,他深知这水晶金字塔的价值绝不会低于黄金面具。因为水晶本是稀罕之物,而且质地坚硬,想要制造这样的金字塔,得用多大的水晶啊。最重要的是,这个金字塔浑然一体,没有见到任何刀斧砍斫的痕迹,也看不到有拼接粘合的迹象，所以它要么是用一整块大水晶精细雕琢而成，要么就是采用一种特殊技术将其熔铸在一起。无论是何种情况，它都远非寻常人所能制成，堪称举世无双的珍罕之物。然而如今水晶金字塔却被刘开山轻易打得粉碎，这不仅让视文物如生命的王微奕痛心不已，也让林从熙深感可惜。

只有刘开山大大咧咧地毫不在意。他的全部心思都集中在黄金面具上，王微奕的痛斥、林从熙的惋叹，他全都置若罔闻。看着裸露出来的水晶棺，他眼中流露出贪婪，情不自禁地朝它抓去。

然而一切的变故就在瞬息之间。就在刘开山以为黄金面具垂手可得时，从地心涌出来的浓雾突然大盛，将水晶棺重重围住，即便是手电筒的光芒也都再难以进入半分，紧接着，浓雾之间显出两道蓝色的光芒，与先前黄金面具双眸射出的光芒一致。光芒就像两把利剑射向刘开山。不过刘开山虽然财迷心窍，但身手并未迷失，一个俯身，就地一滚，便躲过了光芒。虽然躲过致命一击，但他还是忍不住"哎哟"惨叫了一声，接着像滚葫芦一般地滚了回来。

水晶棺所处的位置已变成一处冰山，不仅寒气四射，而且坚硬似铁，如同松脂包裹住苍蝇形成琥珀一般，将水晶棺紧紧地包裹在其中。刘开山在滚动之中，双掌触到水晶棺冰冷的外围，只觉得寒气像无数把针一般，同时扎入毛孔中，剧痛传来，他慌忙双脚一蹬，将手掌抽离，就地滚开。他反应虽快，双掌仍被撕下一层皮来。

一直站在金字塔边的王微奕也连蹦带跳地逃离开，嘴唇乌青，牙齿咯咯咯响个不停。隔得较远的林从熙和卜开乔也都觉得如针芒在身，忍不住打了数个寒噤，林从熙更是连续打了几个喷嚏，鼻涕挂在嘴唇上，很快就冻作了一条冰柱。

所有的人全都大惊失色。这寒气来得实在太快、太不可思议，让人根本来不及作准备。卜开乔一边哆嗦着抖动他的肥肉，一边指着刘开山道："这肯定是你招来的诅咒。我们都要被冻成冰棍儿了……"

刘开山气急败坏道："扯淡！是这鬼东西存心置我们于死地，干老子屁事！"

王微奕顿足道："老夫之前一再叮嘱你等，千万不要碰任何东西。你，你就是不听，还将金字塔打破。唉……"

林从熙出来打圆场："这不是争论的时候，赶紧逃命吧！等这白雾笼罩住整个洞穴时，恐怕我们就全都会被冻僵在这里。"因为寒冷，他说话都有点不利索了。

"往哪里逃呢？"卜开乔哭丧着脸，一边蹦跳着取暖，一边道，"这往上并没有任何退路，往下就是入口，已经被石门堵死。王教授先前说了，我们现在是在巨人的肚子里，小心都要变成它的大便。"

这个说法让所有的人心头一紧。诚如卜开乔所言，现在洞穴里的机关已经开启。若其真是按照人体结构建造的话，那么接下来极有可能发生的事是：众人被当作食物，"消化"在洞穴内！

寒气越来越盛，几乎将整个洞穴覆盖住，且不断地往他们来时的路涌去。骤然而至的寒冷让石头都收缩起来，发出"嘎嘎"的声音，仿佛被冻脆了一般，随时都可能坍塌下来。众人就像是一群寒号鸟，哆嗦嗦，哆嗦嗦，不由自主地依偎在一起，靠着彼此的体温，相互取暖。

"好冷啊，真想有把火。"林从熙发着抖，麻木感开始从四肢往上蔓延，渐渐地侵向他的心脏。

刘开山的牙齿咯咯咯直响，也不知是在咬牙切齿，还是受不住寒冷。看着众人眼中的生命之火渐渐减弱，他心一横："娘的，老子就算死在这里，也要拉个陪葬的！"他凝聚起全身残存的一点力量，一声大吼，拉动已经冻成一团的枪栓，死命扣下扳机，哒哒哒的枪声响起，朝着浓雾最深处的水晶棺射去。

王微奕虽然明白他的心意，但根本无力阻止他最后的疯狂，只能在心底长叹一声，绝望地闭上双眼。

子弹射入浓雾之中，一去不返，毫无半点回应。

刘开山恨恨地骂道："狗娘养的，还真结实。行，算你狠，老子认输。

想要命，就拿去！"

忽然之间，剧烈的爆炸声几乎要将众人的耳膜全都震穿。巨大的冲击力把靠在一起的四个人像沙包一般甩向石洞的最外边。所幸站在最外面的是卜开乔。他皮糙肉厚，虽然被摔得龇牙裂嘴，却无损筋骨。倘若换成是王微奕，估计至少要断掉几根骨头。

爆炸来自浓雾最深处的水晶棺。令人惊异的是，虽然碎片声震耳欲聋、威力十足，但并没有任何水晶碎片飞溅出来，所有的碎片全都被浓雾裹住，只有声音和冲击力泄露出来。爆炸只是让浓雾的流动就得更快了，原本浓得化不开的雾气渐渐消散开来，仿佛浓雾遭受了重大的打击，生命力在急速下降。

不过爆炸可能已波及岩壁乃至地心深处，因为众人听到一阵古怪的隆隆声由远及近，就像是有一个人在漱口，那些水在喉咙间来回翻滚，最后对着你一口喷出。刺鼻的气味在空气中迅速地扩散开。

"不好，又是火油！"王微奕突然醒悟过来，失声惊呼起来。

刹那间他想明白了，自己先前的判断有误。这座地下工程的能量供给，并非依赖水力，而是火油！相比于水力而言，燃烧火油所产生的能量更有效，也更可靠！在这条山脉底下，潜藏着巨量的火油。设计者通过巧妙的构思，将火油引流至某一个特定的位置进行燃烧，产生能量，用于供给水晶金字塔的制冷。燃烧所产生的废气被排入暗河中，包括部分热量。这也是王微奕他们先前跌入暗河中时，觉得河水温暖的缘故——要知道，他们深入地下几百米，正常情况下，除非是遇到地热温泉，否则这种暗河水都是冰冷刺骨。就好比当初冷寒铁被蛟拖入寒潭水底时，即便他强壮如牛，也被冻得微微发抖。

能够让这地底之火燃烧数千年之久而不熄灭，足见设计者的匠心与超级智慧！据科学家估算，除了南极洲以外，各大洲都存在着地下火，总数不下数千处，其中以中国、印度和印度尼西亚三国最为严重。这些煤田大火有的刚刚燃烧，有的燃烧了数月，有的却已经燃烧了数百年！

而它们的起火原因，或者是采煤中操作不慎溅起的火花所引燃，或者是农民垦荒烧土时点燃的，抑或是阳光和氧气共同造成的自燃现象。

黑色的火油很快便流淌进石室的地面，并顺着地势淌下王微奕他们先前所走过的台阶，就像是穿行于人体内的血液。刺鼻的气味充塞于众人的心肺间，几乎将其堵死。林从熙甚至怀疑，这一刻如果将心肺剖开，里面定是如火油一般黑。

王微奕等人惊异地看到，黑色的火油渐渐地侵染上笼罩在水晶棺上的浓雾。原本乳白的浓雾掺入墨色，变得怪异无比，仿佛是黑白无常纠缠在一起。而黑白相间的浓雾在空气中缓缓蠕动，就像是一条乌龙意欲挣脱铁链，出来作乱。

一丝不安的感觉涌上众人的心头。即便在平原上，乌云压顶的感觉都会让人心压抑得生疼，更何况就在这斗室之内，在如此诡异的场景中。

刘开山瞪着布满血丝的双眼，大吼道，"老子跟你拼了！"说完，不顾一切地对着水晶棺的方向扣动扳机，然而枪膛里面空空如也。所有的子弹先前已全部打光。

"子弹呢？"他瞪大着眼，冲着林从熙大喊："快给我子弹！"

火油的出场虽然搅乱了众人的心情，却让弥漫在空气中的寒气少了几分。身体从僵硬中微微恢复过来的王微奕劈手给了刘开山一记耳光，怒道："你个土匪，害大家一次还不够，还想让所有人都葬身在这里吗？"

刘开山冷不丁被抽了一巴掌，这是前所未有的奇耻大辱，不禁目露凶光，几乎要将王微奕吞进肚子里："你个老不死的，你敢打我？"

王微奕反手又给了他一巴掌："老夫就是要打醒你！这满地的火油，差的就是一点火星。你还开枪，是不是嫌自己死得不够快啊！"

这一通打骂，让刘开山微微清醒了下，但仍难打消他心中的恨意。他大吼道："你管老子的死活啊？你敢打老子，老子就第一个干死你！"

林从熙伸手抓住刘开山砸向王微奕的拳头，大吼道："够啦！都什么时候了，你还闹这些！再不快逃的话，就算火油不烧起来，我们也要被活活淹死、呛死在这里！"

转瞬之间，火油已经淹到众人的小腿肚，亦浸没水晶棺过半。黑色几乎覆盖住整片浓雾，只残余一点白，而这最后的白亦被一点一点地蚕食，相信很快就会被黑色所湮没。

王微奕突然灵光一闪，指着他们先前栖身的石壁，冲着卜开乔大喊："快，快踹它！"

卜开乔不明就里，狐疑地看着他。

王微奕见状，无奈道："这里肯定可以通到外面！"

这个推论缘于王微奕想通了一件事：为什么先前他们走在洞窟的石阶上会感到那般透骨的寒意，而在这封闭的空间里为何会有云雾蒸腾？这主要还是来自于暗河的温暖，以及洞窟石壁寒气的渗出。暗河的水温亦是离奇现象之一。理论上这么深的地下水，其水温必然是寒冷透骨，因此它如许温暖只有一个原因：它流经的河道之下，蕴含着地热。这个地热可能来自于地壳能量的自然释放，也有可能来自于地火的燃烧！

卜开乔虽然根本想不通这其中的玄秘，但出于对王微奕的信任，他毫不犹豫地提起脚，使出全身力气，猛地踹向石壁。一下，两下……每一下都如同敲击战鼓一般，声音回响在众人的心头。就连一直愤怒不止的刘开山也情不自禁地加入进来，合力猛踹石壁。

王微奕一扭头，只见浓雾中的白色变得更薄，只剩若有若无的一点，心头不由地一紧。直觉上，这白色浓雾就与以前盗墓者所用的蜡烛一样，一旦蜡烛燃尽熄灭或者是无故熄灭，无论得手与否，都必须撤离，否则便有性命之虞。

正如王微奕所猜测的，石壁虽厚，但中有缝隙，不甚坚固。在卜开乔与刘开山二人的合力狂踹之下，终于"轰隆"一声坍塌出一个一人高的洞口来。新鲜的空气涌了进来，抚慰着众人被火油熏得几乎涨裂开的大脑。这种舒爽的感觉让人神智一清，仿佛得到重生一般，浑身舒畅。

但王微奕深知危险并未解除，只有尽快离开这石室才是正道。但俯身望去，石壁距离暗道至少有近百米的高度。就算人可以准确地跳进暗河中，也有可能被巨大的冲力打碎内脏。先前他们掉入暗河之中之所以可以安然无恙，主要感谢卜开乔抓住铁链，极大地缓冲了下坠之势，不然的话就算他们是大罗金刚，恐怕也要丢掉半条命。

铁链……王微奕脑海中有光芒掠过。他冲着卜开乔大喊："快找找铁链！"

他们所在的石壁，恰在先前他们落脚点的对面。两座峭壁之间相隔约有三十米。王微奕猜测，当年这两座峭壁之间应该有条由铁链架起的浮桥，这里的工程完工后，浮桥被人为地从中斩断了。这样，在两侧峭壁间就应该各遗下两截铁链，垂落在石壁上。

刘开山在卜开乔的协助下将大半个身体探出岩壁外查看，激动地大喊起来："铁链在那！"说完，整个身体往前一跃，双脚如闪电般地飞出，卷住铁链，像一只大蝙蝠似的飘回石室内。

王微奕转头看了一眼行将隐没的白色浓雾，催道："快上铁链！"刘开山几乎是下意识地想要顺着铁链往下滑，却被王微奕一把扯住："你想下地狱吗？往上爬！"

刘开山乖乖地手脚并施，迅速朝上爬去。

卜开乔紧随其后。他虽然肥胖，看上去行动不便，但攀爬起来却极为利索，手一抓铁链，身体一缩，像一只蠕动的蚕一般，整个人往上蹿了一截。只是因为身子太沉，他的每一个动作都会引得铁链一阵颤抖，让跟在他身后的王微奕吃尽苦头，数次几乎被他摇落下来。

最后一个爬上铁链的是林从熙。攀爬并非他的强项。他一转头，发现被王微奕抽离了手电筒的石室里，竟然散发出一股诡异的黑色光芒，好似魔鬼的冷笑。而最后一缕乳白色已被黑色的妖魔含进嘴中。邪异的黑色统治了石室，并随时准备冲出，如同白色浓雾一般将他吞噬进来。这个念头让他心惊肉跳，于是体内涌生出奇力，死命地往上爬。

正爬着，只听石室内传来一声清脆的爆裂声，仿佛是那水晶棺材炸裂开，紧接着爆裂声化作火神祝融的长吼，熊熊的烈火就像脱缰野马，一瞬千里。惊天的烈焰腾空而起，顺着火油所流淌的方向飞快扩散，很快挤满了所有的空间，连石头的缝隙间都不放过。有火油从刘开山他们踹开的洞口淌出。烈焰很快就追逐上火油往下坠，于是在空中挂起了一道火索。火焰虽然无法向上飘扬烧到林从熙等人，但热量却可通过铁链传导上来，炙灼着众人的手。

熊熊烈火在脚底下肆意燃烧，滔天的热浪不断地上涌，浓重的烟雾熏得人眼几乎睁不开，呼吸亦变得艰难，人一旦失手就会坠进万劫不复之地……一切仿佛是人间末日。痛苦会催发人体内的潜力。众人咬紧牙关，不顾掌心传来的烧灼热感，加快了攀爬的速度。

就在林从熙体内的最后一点潜力也几乎快被榨干，只想放手让自己沉坠下去一了百了时，头顶上传来刘开山惊喜的声音："到了！这里有个洞！"

这个声音仿佛天籁，为林从熙等人疲惫不堪的身体注入了一针强心剂。林从熙只觉得整个身体如同漂浮在云端上，轻飘飘的，就这样子又上升了数米。当他的脚尖触到洞口时，一股热浪在他的心头翻滚，冲决而出。他流泪了。

受尽磨难，才懂得生命的可贵；悬浮在空中久了，才怀念脚踏大地的感觉。林从熙将脸贴在地面上，任心头的喜悦、痛苦与伤感杂成一团，用力地冲刷着自己的眼眶。

这时一双手将他拽了起来："再趴地上，就烤焦了！"

他们虽然与石室相隔有十余米，但火油燃烧得太猛烈了，烈焰几乎将石室上空的岩石全都烤融，一直传导到他们抵达的洞穴中。林从熙先前因为一直暴露在空气的热浪中，初进洞穴，觉得阴凉许多，身心舒爽；但在洞里稍微待得久了，又觉得整个人就像是一根潮湿的木头，体内的水分正一点点被逼出，他甚至怀疑不多时自己就会燃烧起来。

王微奕果断地将众人的靴子全部脱掉，扔入断崖中。他们所穿的靴子全部是前两日空投下来的军用及膝长筒靴,上面沾满火油。所幸他们先前在暗河中趟过,身上及靴子中都浸满了水,这些水拉高了火油的燃点,否则的话在攀爬过程中他们就可能变成"天灯",燃烧起来了。如今身体上的水分几乎全都被烤干,若不尽快将靴子丢掉,恐怕在烈火的持续加温下,它们很快就会自燃。

脱掉靴子的双脚接触灼热的岩石地面,烫得人无法忍受。林从熙觉得他们几个就像是热锅上的蚂蚁,不停地跳脚。

王微奕所携带的手电筒已经关掉。因为先前它的光芒已经变暗许多。这是他们最后一点光源。前途未卜,王微奕实在不敢再浪费一点电力。火油的燃烧虽然造成黑烟滚滚,但火光勉强可以照亮洞穴,因此他并未打开手电筒。

刘开山等人将身后的背包扔到地上,光脚踩在上面,以此来抵御蒸腾而起的热气。刘开山眼珠子转动着,问:"王教授,你怎知这上面有洞呢?"

王微奕依然沉浸在因他的贪婪而毁掉金字塔和水晶棺的恼恨中,本不想回答,但见浓烟滚滚,脚下岩石滚烫,不说话实在有几分难熬,于是极不情愿地回答道:"先前在掉入河中之前,老夫与卜小兄弟等都幸有铁索缓了一下下坠之势,捡回一条命。老夫当时就怀疑这铁链当年乃是一道铁索桥,被人砍断了之后悬在石壁两侧。如今看来这猜测乃是正确的。"

"那王教授你觉得这岩洞是做什么用的呢?"刘开山的声音里透着一丝狡黠。原来他眼见水晶金字塔和水晶棺被毁,心中始终不甘。而这洞穴既然有铁链通往悬崖对面的天梯,那么说明它与悬崖对面的那间宝库极有可能为同一个人所有,也就是说极有可能藏有更为珍贵的财宝,否则数千年前的那名"将军"不会在煞费苦心地打通这道天堑之后又将它砍断!

王微奕陡然警觉,指着刘开山厉声道:"你又想打什么鬼主意?在下面的洞穴,你毁掉了两件无价之宝,还险些害得大家全都葬身于烈火之中,难道你就没有一丝悔改之意吗?"

刘开山不以为然地说:"王教授,别忘了我刘某人就是一个土匪。土匪不杀人已算客气,你还想让我不贪财?还不如直接把我阉了送寺庙当和尚算了。"

卜开乔接嘴道:"阉了的那是太监,不是和尚。"

刘开山瞪眼道:"你个死胖子少插嘴!再胡言乱语的话,小心我把你直接填天坑!"

卜开乔并不畏惧刘开山的恐吓,笑嘻嘻地说:"填天坑啊?听起来很厉害。是不是天坑就是你挖的,所以你才想把它填上,就像你在上面挖了个坑又填好一样?"

刘开山脸色突变,大喝道:"死胖子,你胡说些什么?老子毙了你!"说完一拉枪栓,才想起所有的子弹已经打空,于是伸手往背囊里掏去,里面却空空如也,心头不觉一紧:"谁偷了我的子弹?"

站在一旁的林从熙平静道:"这里的温度这么高,子弹会爆炸的,所以我替你扔掉了。"

刘开山神色变了数下,随即哈哈大笑起来:"好好好。看来你们是联手来对付我一人了。"说完脸色一沉,"你们当真以为我会怕你们联手?告诉你们,就算你们三个人一起上,老子赤手空拳照样打死你们!"

林从熙道:"刘大当家的,大家同穿一条开裆裤,没必要窝里斗。说句不好听的话,如果不是王教授,恐怕大家刚才全都被烧死了。所以死很容易,从洞口这里往下跳出去,马上就死无葬身之地;可是想要活着走出这地狱绝非易事。没有了王教授,恐怕你我都要活活困死在这里。"

刘开山冷冷哼了一声,不复言语。

就在这时,众人突然闻见一股香味,夹杂在火油燃烧的刺鼻气味间。大家不觉翕动了几下鼻翼:"什么气味?"刘开山趁机转移了话题。

"烤鱼。"昏暗中传来卜开乔得意的声音,"这石板烤鱼够香吧?"

众人闻着香气,才想起已大半天粒米未进,早就饿得前心贴后背了,都偷偷咽了几口口水。"哪来的鱼?"林从熙强忍着饥饿问。

"吃了你就知道了。"卜开乔说着，往每个人的手中放了一条烤得热乎乎的鱼。

林从熙急不可耐地捧起鱼想要送至嘴边，手指却碰到了一个尖锐的硬物，不觉吓了一跳，失声道："这不会是食人鱼吧？"

卜开乔撇嘴道："这不是食人鱼，是被人食鱼！"

原来在暗河之中时，卜开乔兴冲冲从水面上捞起数十条被水鼋踩死的食人鱼放入背包中，准备晒干了当作零食，不过一直没等到机会来吃。及至刚才将背包垫在脚下来隔热，他才想起包中的食人鱼，又见到这烈焰熊熊刚好可以用来烤鱼，于是就趁林从熙与刘开山斗嘴时，取了五六条，兴高采烈地烤了起来。

林从熙以手举着铁饼形状的食人鱼，想起它们先前在水下的凶猛模样，不觉胃口大减："这东西，会不会吃死人啊？就算吃不死人，怕也极为难吃吧？"

卜开乔劈手夺来："不想吃？那就还给我！"

林从熙慌忙一个闪身躲了过去，想了想，被困在这暗无天日的洞窟中，四面都是光秃秃的石壁，若不吃这食人鱼恐怕就要活活饿死。于是当下里也不管三七二十一，闭上双眼，一口咬了下去。本想着这食人鱼面貌丑陋，味道应该好不了，谁知一尝之下味道竟然与鲳鱼有几分相似，虽然口感略微粗糙，但很有嚼劲，不觉喜上眉梢："哎哟，不错呀，这食人鱼还挺好吃的。"

卜开乔大嚼着鱼肉，口齿不清地说："自然啦，吃人肉、吮人血长大的，味道能不好吗？"

林从熙哇地一口吐出："喂，吃饭的时候可不可以不说这么恶心的事啊？"

卜开乔吐出一块鱼骨头："你都比不过苍蝇……"

林从熙摸不着头脑，迷惑道："跟苍蝇有狗屁关系？"

卜开乔说："你没看到苍蝇在吃屎时都会很专注，缩着翅膀，不发出任何声音吗？对于苍蝇来说，它们是不会在吃饭的时候谈论吃屎这么恶心的事的。你还真不如它？"

林从熙深知再跟卜开乔纠缠下去只会更恶心，于是一声不吭，三下两下地将鱼啃光，又找卜开乔要了一条。两条鱼下肚之后，他觉得空虚的胃里暖洋洋的，舒服了好多，身边的热浪也不显得那么令人难熬了。

填饱了肚子，林从熙开始感到躁渴，这时一只军用水壶递了过来："喝一点吧。"林从熙欣喜若狂，抓过水壶，咕咚咕咚就往嘴里倒，却被卜开乔一把夺下："你怎么这么贪？你喝光了其他人喝什么？"

林从熙满足地抹了一下嘴，借着微弱的火光看着卜开乔那副带着婴儿肥的痴相，突然感激之情涌上心头，猛地一把抱住他，亲了一口："小卜，我发誓，以后再不跟你顶嘴了。"

卜开乔吓得倒退两步："啊，千万别啊！我宁愿你跟我顶嘴，也不愿你跟我亲嘴。羞死人了。"

林从熙搓着手呵呵直笑，就像一个老农看着丰收的庄稼一般。这笑容让卜开乔全身毛骨悚然，他忍不住伸手抱住胸，惊恐道："你……你可不要乱打我的主意！我告诉你，我可是坚贞不屈的！"

一双大手直接将他的防守打散。却是站在他身侧的刘开山抢走了他手中的水壶，如林从熙一般，直接往喉咙里倒。卜开乔的反应倒也不慢，反手又将其夺了下来："你俩都是强盗，真该先给王教授喝的。"说完，将水壶递给王微奕。

刘开山目露凶光，然而当他注意到卜开乔那张憨憨肥肥的、似乎容不下半点狡诈与心机的脸时，这个凶光却渐渐地减弱下来。他深呼吸了下，将眼光转向洞口依旧闪耀不止的火光。

王微奕喝了几口水，将水壶递还给卜开乔："看来还是小卜细心，记得在刚才那种情境下收集食物与水。我等只空记得打开密道，却忘了保全自己的性命才是第一要务。"

卜开乔笑了："因为吃是我的头等大事啊！那么多的鱼儿漂在自己

的身边，不捡起来简直对不起我的体型。"

王微奕点了点头，轻叹道："果然是危难时最能看清一个人的真面目。"说完，闭目休息。

整个洞穴内陷入一片死寂，只有耳边偶尔传来石头被烤热时发出的噼啪声。时光就像是一个被打断腿的老头，拖着残腿，一瘸一拐地走过，走得异常缓慢，慢得让人心焦。而洞内的温度则像是世人对老人残腿的好奇之心，初时热切，渐渐也就冷却了下来。空气中依然弥漫着火油的刺鼻味，但终于不再制造黑烟。火光亦变得微弱，直至洞内的光线微薄得映不出人的影子。于是，众人便与身后的岩石融为一体。

六

林从熙动了下，将自己与岩石脱离开。他强忍着光脚踩在滚烫地面上的烧灼痛感，走到洞口，探头往下一看，突然间惊叫起来："看，那些狐狸！"

刘开山和卜开乔齐齐窜出，一起奔向洞口。眼前的景象让他们吃了一惊：只见数十只狐狸叠在一起挂在悬崖对面的铁链上，每一只狐狸都用前爪抓着前面狐狸的后腿；铁链的最上端，是一只比寻常狐狸要高大许多的青狐，正用前爪紧紧地扒住铁链的末端。所有的狐狸串联起来，足有一二十米，几乎要垂坠到暗河的河面上。所有裂洞都被封住了的暗河，水流恢复了正常的流速，虽然不湍急，但也谈不上和缓。水面上偶尔还会有火油滴落下来，"哧溜"一声，迅速被流水带走，除了视野里散发出一缕青烟外，再没有任何痕迹证明自己曾经在这个世界上存在过。

"难道是水里面有什么宝贝，它们想要去捞取？"刘开山猜测道。

卜开乔反驳道："不对。我猜它们是在学猴子，捞月亮。"

林从熙忍不住破口大骂道："你个瓜脑壳，这昏天黑地的石洞里，你能看到月亮，还是在水底？"

"你先前可说好了不跟我顶嘴的，这么快就忘了？说话不算数，那你就是小狗！"卜开乔愤愤然道。

林从熙张了张口，最后一脸悲愤地说："好吧，这些狐狸是在'捞月亮'。"

卜开乔鄙夷地说:"我是笨,不知道洞中看不到月亮,所以说狐狸在捞月;你明明知道水底没有月亮,却还要说狐狸在捞月。看来你不是小狗,而是猪!"

林从熙气得七窍生烟,真想不顾一切地飞起一脚,将卜开乔踢到悬崖底下。不过他提起脚,看了看自己的小脚板,又对比了下卜开乔那肉山一般的身材,便断了这个念头——真要踢的话,恐怕跌落悬崖的不是卜开乔,而是自己。

很快,狐狸的举动吸引住了林从熙的眼球,让他忘记了对卜开乔的"仇恨":只见所有的狐狸齐齐动了起来,它们用后足蹬住悬崖的石壁,齐齐发力。十余米长的铁链重逾百斤,在狐狸的同时用力之下,却像片羽毛般飘了起来。

十余米的铁链,连着数十只狐狸,一起在空中荡漾。这一幕怎么看都有几分诡谲。

数十只狐狸共同爆发出的力量虽然不容小觑,但要带动逾百斤的铁链及自身的重量,却还是显得薄弱了些。它们仅在空中抛出了一个近30°的弧角,就在重力的作用下扑落回石壁。让人难以置信的是,就在狐狸的双足抵达石壁时,它们仿佛接到口令一般,齐齐地再向后蹬出。借着荡势,这次它们荡开的弧度更大了些,足有45°左右。如此反复多次,狐狸就像是一只盯上猎物的老鹰,挟着风声狠狠地扑向石壁,在捕到猎物后,随即腾空而起,以更加猛烈的态势飞入空中,展开的弧度接近90°,然后挂在最下边的那一只狐狸抓住了悬挂在林从熙他们这侧悬崖的铁链。

林从熙他们终于明白了狐狸们的目的:它们是要用自己的躯体,搭建起连接两侧悬崖的一座浮桥!

林从熙陡然想起一件事:先前他们在悬崖对面被燃烧的火油所追逐,被迫退回至石门后,曾有"人"闯入,将他们撞下石梁,掉入河中。当时他猜不透这个闯入者会是谁,而今看来极有可能就是这些狐狸!狐狸千方百计要他们带路进入石窟中，究竟怀着什么样的目的呢？难道它们觊觎的目标，正藏在他们所处的洞穴中？

想通了这一点，林从熙急忙转身，从背包中摸出防水火柴，划亮了一根，只见这洞穴只有十来平方米，十分粗糙，看不出有人工打磨的痕迹。如果说有什么特别的话，就是四壁的岩石正"滋滋"地往外冒着热气，看不出这样的石壁能藏住什么东西。

就在他四下观望之时，忽然身边掠过一阵风，将火柴的微弱光芒扑灭。耳边则传来刘开山的吼声："白狐！"

仓促间，林从熙来不及做出反应，亦无法阻止白狐的快速行动。洞穴外的火油燃烧渐渐熄灭，整个洞穴里一片昏暗，即便白狐身形如雪异常醒目，他也丝毫看不清它在洞内的举动。及至他重新点燃了一根火柴，却惊异地发现洞内已经没了白狐的身影。

"难道只是我的幻觉？"林从熙有几分发蒙，怀疑是自己被大火烤得太久，形神虚脱，以至于出现幻觉。但刘开山怒吼着冲进洞中，让他明白狐狸搭桥、白狐进洞乃是事实。可白狐就是生生消失不见了！

火柴熄灭。四周重新陷入黑暗中，就像是一个巨人阖上双目。

刘开山环顾着四周："这里面肯定有暗道，它逃进去了。"

狐狸乃是天地间最有灵性的动物之一，民间的传说甚至将其抬至"仙"的地位。它既然会煞费苦心地进入这个山洞，就说明山洞里藏着令它垂涎的宝物。宝物……对于屡入宝室却空手而归的刘开山来说，这是多么诱人的一个名词呀！于是他不顾岩石灼烫，也不管脚下会有凸出的石块绊脚，在黑暗中一边奔跑，一边拍打着石壁，试图找出暗藏的通道。

一道光芒就像闪电一般划亮了洞穴。所有人眼前全都一炫，不自觉地闭上了眼。待重新睁开眼，却见光芒已飞快地朝着洞穴外飞去。守在洞口的卜开乔眼疾手快，探手抓去，然而却只触及一个毛茸茸、软绵绵的躯体，接着，一个锋利如刀的硬物在他的腕间弹了一下，将其割开几道口子，然后有光芒"嗖"地奔向一干狐狸所搭成的浮桥上。

原来是白狐。它的口中含着一颗鸡蛋大小的明珠，熠熠生辉。站在浮桥上，它回首望了洞穴一眼。明珠的璀璨光芒掩隐了它的眼神。而从群狐颤动的身体和喉咙间被压抑住的呜咽声，可知这个洞穴与它们有着莫大的渊源，而明珠对它们的意义非同寻常。

刘开山和林从熙齐齐扑向洞口，连一向淡定的王微奕都忍不住快步跟上来查看究竟。

白狐踩着群狐躯体所搭成的浮桥，一蹦一跳，很快就走到浮桥的中央。

明珠的光芒吸引了刘开山的视线，亦烧灼着他的心。他大吼一声，不顾一切地冲出洞外，双手抓住悬挂在洞口之下的另外一根铁索，迅速下滑到末端，紧接着使出全身力气，双足在石壁间死命一蹬，整个人就像一只大雁一般飞起，冲向白狐。

白狐深具灵性，回头看了一眼刘开山，仿佛明白自己的处境危险，双足猛地一弹，兔起鹘落一般，沿着铁索飞快跳跃，很快便抵达悬崖的另一端。而刘开山此时也刚刚借着荡势冲到狐狸所搭成的"浮桥"附近，在惯性的支配下，他双足不由自主地踢出，踢中为首的高大青狐。几乎是下意识的反应，他的双足如剪刀一般地绞住了青狐。

青狐虽然体型比其他的狐狸大出近一倍，力量也大许多，但以一己之力支撑起数十只狐狸的它，体能已接近极限，再被刘开山这一踢一绞，痛得一声哀嚎，双爪自铁链上脱落，径自朝深渊坠落下去。

青狐松开的铁链打在刘开山的腿上，卷住了他的腿。他下意识地想要踢开，却听到王微奕喊道："抓住那铁索，连起来！"

刘开山眼看含着明珠的白狐已经跃至石阶尽头的入口处，知道自己已不可能追上它，只好含恨放弃宝物，伸手分别攀住两截断索，又腾出一手将腰间的军用皮带解开，将皮带穿入两端铁索的孔中，紧紧缚住，将断了数千年的铁索重新连接了起来。

狐狸所搭成的"浮桥"就此断掉。为首青狐的跌落，使得所有重量全都压在靠近王微奕这端悬崖上的狐狸身上。它乃是普通狐狸，根本承受不住这等压力，身躯陡然被拉长了，骨骼脱节，绝望地嚎叫了一声，带着身下的群狐，一起跌入数十米深的暗河中。可叹几十只狐狸，有的直接摔在岩壁上，骨骼断裂、脑浆迸裂；有的则被高空下坠砸在水面的那股子力量生生击碎了内脏；即便侥幸躲开这两劫，也难逃溺毙于河中的命运！只有为首的青狐，虽然受伤甚重，但修行最深，因此逃过一死，爬出暗河，四足攀着悬崖凸出的石块，不多时就跃上石阶，跟随白狐的足迹逃出洞窟。临出洞时，它无比怨恨地看了一眼刘开山，仿佛在说：今生，这个梁子结定了。

刘开山正顺着铁索往回爬，没有注意到青狐的死里逃生。不过就算他能听懂青狐的怨愤，也不会挂在心上。一头小小畜生还能搅出多大的风浪？他率领的铁胆帮横行湘鄂两省，佛挡杀佛，人挡杀人，岂会被区区一只青狐吓住？

洞穴内，林从熙和卜开乔伸出手，齐力将刘开山拉了上来。王微奕望着重新被连接好的铁索，目光中流露出欣喜之色。有了这道铁索，他们就有了走出眼前困局的希望。

刘开山一上来，就急不可耐地找王微奕要手电筒："快让我看看那狐狸是从哪里找到的夜明珠！"

王微奕捋髯道："依老夫之见，那恐怕不是夜明珠。"

刘开山一怔："不是夜明珠？那是何物？"

王微奕道："老夫一时无法给出明确答案，但肯定的是，夜明珠不会那般璀璨明亮。"

卜开乔插嘴道："夜明珠不正是那般光彩夺目吗？传说夜明珠不是可以照亮整个龙宫吗？"

王微奕道："那只是传说而已。事实上，夜明珠虽然夜间可以无光而明，但能够照亮的方寸极其有限，多半只有数尺而已。可是此珠光芒四射，光亮竟然可以照出数十米之遥，且隐隐带有一股寒意，真乃奇物。"

夜明珠是中国五千年文明史中是最具神秘色彩、最为稀有、最为珍贵的珍宝。

在古代，"夜明珠"又称"夜光璧""明月珠"等。史上著名的"夜明珠"有"随珠""悬黎""重棘之璧""石磷之玉"等。据史籍记载，早在史前炎帝时就已出现过夜明珠，如神农氏有石球之王，号称"夜矿"。春秋战国时代，有"悬黎"和"垂棘之璧"，价值连城，可比和氏璧。夜明珠多半只存在于皇家或者贵族手中。例如秦始皇殉葬用夜明珠，在陵墓中"以代膏烛"。汉光武皇后的弟弟郭况"悬明珠与四垂，昼视之如星，夜望之如月"，以炫耀其富有。武则天赐与玄宗玉龙子夜明珠，玄宗又回子（世宗）一清珠，光照一室。唐有车时，一颗名为"水珠"的夜明珠，售价亿万。

不过夜明珠并非如寻常人所认为的那般来自海里，或者是像珍珠那般由蚌中所凝结，而是来自矿藏，准确地说，它是一种矿石。自然界的矿物种类数以千计，其中有二十多种矿物能在外来能量的激发下发出可见光，这就是矿物的发光性。例如萤石、金刚石、锂辉石、祖母绿等稀有矿物。这些发光的矿物，发光时间有长有短，有强有弱。最有代表性的是一种具有磷光现象的萤石。它因含有各种稀有元素而呈紫红、粉绿、翠绿、墨绿和斑斓状的云雾白色。其石绚丽多姿、五彩斑斓。经过工艺加工，小则珠形，大则球状。在夜幕下，珠形如星光闪烁，球状似皓月吐银。而且有的优质萤石磷光珠，强光熠熠，恒光不衰。

刘开山听王微奕的意思，那珠子似乎比夜明珠更有价值，心里越发懊悔，于是更加不耐烦起来："快把手电筒给我！"

王微奕虽然生性平和，素有涵养，但毕竟是一个有身份的人，即便是冷寒铁，平时对他说话都会带着几分尊敬，而今见刘开山如此无理，不觉有几分不悦："倘若老夫不给你呢？"

刘开山匪性陡起："不给老子一拳将你打死在这里！"

王微奕气得浑身发抖："好啊，你有能耐就将老夫打死在这里好了。"

刘开山冷笑："你以为我不敢吗？"

林从熙和卜开乔见势不妙，急忙飞奔过来："刘大当家的，切不可鲁莽。"

王微奕听这话，傲气涌了上来："既然如此，老夫就领死了！"

刘开山的耐心跌至谷底，陡然抬起手。王微奕丝毫没有畏惧，只是冷冷地盯着他。

洞内虽黑，但隐隐尚能视物。林从熙眼见刘开山一掌劈向王微奕，大惊失色，整个人往前一扑，将王微奕扑倒在地，刘开山一掌扑了个空。

刘开山正想要上前补上一掌，却被卜开乔一把拽住。他用力地扯了扯，想要挣脱开卜开乔的禁锢，却发现卜开乔身形如山岳般巍然，气势如静水般沉凝，自己被他握住的右手如同废了一般施展不出一丝力气，当下里又惊又急，于是左臂一沉，藏于袖间的飞刀入手，一道寒光刺向卜开乔的脸。

卜开乔冷喝一声："去！"大手一挥，刘开山不由自主地往外跌了开去，一直滚落到洞外。就在跌落下去的时候，他手中的飞刀犹如黑暗中的一道冷冷目光，朝着卜开乔射了过去，却被卜开乔一个闪身，躲了开去。飞刀在岩壁上碰出一溜火光，随后消失不见。

跟随着不见的是刘开山的身影。黑暗中传来他充满怨恨的声音："今日的仇，我刘某人记下了，改天一定找你们加倍索回！"声音渐行渐远，伴随着铁链轻微的"哗啦"声，很显然，他沿着连接起来的铁索爬向了悬崖对面。

林从熙将倒在地上的王微奕扶起，不无歉意地说："王教授，刚才扑倒你，没伤到你吧？不好意思，事急从权，鲁莽了点，望见谅。"

王微奕拍了拍身上的灰尘："林小兄弟说的什么话，老夫应该要感谢你的救命之恩才是。"

林从熙慌忙道："救命之恩万万谈不上。就是……这个刘大当家的，怎会突然间变成这样子呢？先前的时候，若不是他数次出手相救，我恐怕早就没命了。"

王微奕苦涩道："有些人可以共患难，但却绝对不可以共富贵。正所谓，利令智昏。刘大当家的行走于绿林，干得是杀头的活儿，为的就是求一时的荣华。进入此洞，眼见许多宝贝得而复失，心头难免会暴躁。"

卜开乔在旁道："他就是狗改不了吃屎，匪性难改。"

王微奕大笑："不错，这'匪性难改'四字，倒也准确。老夫素来不喜在背后说人，今天就破例了。"

就在这时，众人耳边突然听到一阵惨叫声，紧接着传来刘开山的怒吼："狗日的，你这小畜生竟敢欺负到老子头上来！"

众人冲到洞口。王微奕也顾不上许多，掏出手电筒朝洞外照去，却见从洞窟入口处跌进一只狐狸，沿着石阶"骨碌碌"地滚了下来。它虽然身受重伤，但灵性不减，在即将跌出石阶坠入深渊之际，探爪抓住了石壁的缝隙，阻住下坠之势。

卜开乔眼尖："咦，那不正是先前搭桥的狐狸吗？"

掉落下来的正是为首的那只青狐。它被刘开山踢中，连累所有的狐子狐孙一起跌入河中，惨遭"灭门之祸"，心怀怨恨，于是就偷偷躲在洞窟的石门外，待刘开山来到门前时，猛地纵身扑起，冲进石门，用锋利的爪牙挠向他的眼睛。若是寻常人，在这偷袭之下，一只眼就要废了。刘开山毕竟为土匪头子，身手不凡，竟然躲过这偷袭，但眼角也被青狐利爪抓出几道血痕，当下里暴怒不已，拳脚如狂风暴雨般地洒向青狐。青狐虽然天赋异禀，哪里是他的对手，几个躲闪之后被刘开山一脚踢中小腹，顿时惨叫一声，整个身子撞开石门，跌了进来，痛苦地蜷在石阶上喘气不止。

刘开山以为青狐难逃一死，遂哼了一声，自行离开。

王微奕等人见青狐半晌没有动弹，想其应该凶多吉少，不敢再多浪费电力，于是关了手电筒，让林从熙燃起防火火柴，一起寻找先前白狐觅得明珠的暗室。

一道闪光在三人的视网膜上打了个转，将其吸引过来。那正是刘开山先前用来对付白狐的飞刀，此时正牢牢地插在石壁上，被火柴的光芒所捕获。

林从熙持着火柴走了过去，意欲伸手将飞刀拔下，作为防身武器。然而他的手刚一用力，便将整片岩石都拽动起来。他先是一怔，随即反应过来，喜道："暗室在这里！"

王微奕与卜开乔急忙走过来，果见林从熙拔出飞刀的地方露出一个碗口大的洞，而在下面的地方，亦有一个盘碟般大小的洞穴，里面隐隐有晶莹之色透出。"这门怎么如此脆弱？"王微奕狐疑地伸手摸了一下石壁，眉毛微微挑起，"这竟然是泥土烘烤而成的？"

这暗室的门与先前他们所见到的用作门来掩饰的岩石十分形似，但一摸便可感觉到两者有差别。暗室的门粗糙不堪，并且在持久高温的烘烤下已裂开了数道缝，否则单凭白狐的力量，根本不可能撞开它。

王微奕很快想清：这洞穴仅靠两条铁索与外界相通，想要将偌大的岩石运进来，不仅艰难，而且费力；而用黏土砌就，便可以省事许多。不过奇怪的是，寻常黏土遇火烘烤之后会变得更加坚硬，怎么这道黏土墙却似乎怕火呢？之后，另外一个疑惑又浮上心头："白狐又怎知洞内的情形？难道连洞内起火这些都在它的算计之内？"可是洞穴封闭数千年，白狐除非长了千里眼，或者是化为一只虫豸，否则如何能透过重重岩石看清洞内的布置呢？莫非它真的修行数千年，已然成精了？这个想法让他情不自禁地摇了摇头，暗笑自己的多疑。虽然大千世界无奇不有，可有谁真的见过动物修炼成精呢？

林从熙没他想得那么多，转过头来问："王教授，这门可以扒开吗？"

王微奕深知，他是怕像刘开山开枪打碎水晶金字塔一般，不仅毁去了一件稀世珍宝，还连累众人陷入危险境地，于是才出言相询，心头不由暗暗嘉许，道："这个门没有什么考古价值，既然白狐可以破门而入且全身而退，可见并无危险，可以将其扒开。"

林从熙和卜开乔三下两下，将暗室的洞口扩大成可供一人进出的大洞。防水火柴用着实在不方便，林从熙在石室里找到一只沾满火油的靴子，那是之前他们为避免高温自燃而丢掉的，但这一只却没有丢落洞外，而是丢在了洞穴的石壁上。

　　林从熙捡起刘开山丢在地上的冲锋枪，用枪口挑着靴子，将它引燃。靴子乃是上等牛皮制作而成，沾染了大量的火油，极易燃烧，只是同时会冒出阵阵黑烟，伴随着一股焦臭味。众人捂着鼻子进到暗室，一口支离破碎的水晶棺映入眼帘。水晶棺的碎片中，侧卧着一具身披铠甲的尸体，他头上戴的青铜盔甲早已滚落一旁。环顾四周，十几平方米的空间里再无其他殉葬品。唯一的宝物明珠则落入那白狐之手。此前刘开山曾煞费苦心想要找到这暗室，他若是看到眼前的情形，怕是要吐血三升，心里越发恨那白狐了。

　　林从熙好奇道："莫非白狐真的成仙了不成？寻宝竟然寻到这里。"卜开乔看着一地的狼藉，脸上流露出失望的神色："这都是什么呀……还有，这白狐也太缺德了，竟然将人家棺材打烂成这样。我看看，这个死人有没有生气？"说完他踮着脚尖，小心翼翼地避过水晶碎片，将躺在地上的尸首翻过来。这一看不要紧，将他的三魂六魄吓得全都飞散，"有鬼啊……"说完不顾满地的碎片扎脚，奔到王微奕身边，扯着他的袖子，脸上流露出惊恐的神情，"王教授，你看看他、看看他，是不是鬼？"

　　王微奕定睛望去，他尽管见多识广，定力极好，却也吓了一跳：眼前哪里是个人，分明是一只狐狸呀！只见他小小的脸，尖尖的腮，双眉之间缀满了毛，加上被火油熏烤了半天，满脸黑色的油污，看上去像一具千年狐尸，真真有几分吓人。

　　林从熙心头骇然不已："这是狐狸吗……可哪有这么大只的狐狸？难道是修炼成精？"

　　王微奕又仔细端详了一下干尸，长出了一口气，道："这并非狐狸，更不是什么狐精，他是人，只是长得有点古怪罢了。"

　　卜开乔嘟囔道："这哪是有点古怪，分明是十分古怪。"

林从熙心头一动，道："莫非这干尸与先前的白狐有什么渊源不成，所以它能够准确地找到这里？"

王微奕沉吟了片刻，道："也许吧！"

"可他们之间是靠什么来相互感应的呢？一个是死去数千年的人，一个是只畜生。"

王微奕长叹一声，道："这个世界充满悬异，有太多的事情都非目前人类的智商和认识所能够破解。比如说，人与人、动物与动物之间会有种奇妙的心灵感应，比如说，有灵魂附体……"

"灵魂附体？王教授你是指扶乩吗？"

"扶乩通灵算是一种。但还有更玄妙的事。比如藏族有部史诗巨著《格萨尔王》，讲述的是藏族传奇人物格萨尔王一生的丰功伟绩，是世界上最长的叙事诗，全书约有一百多部，一百多万行诗。然而令人惊异的是，《格萨尔王》在西藏里代代相传，并非是教习，而是神授。许多人甚至一字不识，从未听过《格萨尔王》，可突然某天一觉醒来，就会颂唱《格萨尔王》了，甚至在传唱的时候，眼前会浮现出史诗中的场景。此乃千真万确的事，老夫曾在西藏做过调查，证实其并非子虚乌有。倘若上百万行的《格萨尔王》可以通过神授来传给当地的人民，那么白狐接收到洞穴主人所发出的信息也就不足为奇。"

林从熙惊奇地说："真有神授之说？"

王微奕点头道："不错，包括灵魂附体之说并非虚妄之词。老夫还是那一句：这个世界有太多我们所不了解的领域，不应妄下结论，更不要一味地以西方科学为准绳，否定东方文明中的诸般智慧。"

卜开乔嘿嘿笑道："王教授，那你说我会是什么灵魂附体的呢？"

林从熙插嘴道："你还用得着问吗？肯定是猪啦！"

卜开乔狠狠地瞪了他一眼："那你上辈子肯定是上了诸葛亮的船。"

林从熙不解："啥意思？"

卜开乔道："草船借箭呗！"

林从熙满头雾水："你是说我是鲁肃吗？"

卜开乔"呸"了一声："别痴心妄想了，我是说，你就是一个全身插满箭的草人，简称箭（贱）人！"

林从熙啧啧称奇道："没想到啊，你竟然还知道草船借箭，还会拐弯抹角骂人。真难为了你的智商。"

卜开乔得意道："别以为我什么都不懂，我知道的可多啦！我不仅听说书先生说过《三国演义》，还听过《水浒传》呢！"

王微奕静静听着二人斗嘴，叹了口气。

林从熙不无歉意地说："不好意思王教授，我不该把话题岔远了。"

王微奕道："老夫叹气，不是为这个，而是……"他以手指捻着颔下胡须，那是他踌躇时的动作。

林从熙道："王教授，你有什么不方便对我俩说的话吗？"

王微奕沉吟良久，道："罢罢罢，有些话终究是要对你等说的。先前刘大当家的突然发飙，尔等觉得意外，可老夫却觉得十分正常，因为这才是一个杀人如麻的土匪头子应有的样子，是他的真性情。可以说，刘大当家的摘下了他的面具，做回了他自己，可你俩却还始终戴着面具。就好比说，你林小兄弟能成为古董店老板，那么至少在古董鉴赏这方面有着精深造诣，不可能连昨夜你无意中踩到的陶豆都不认识。还有你，卜小兄弟，你的身手可真了得呀！你们都藏着拙，着实令老夫有时为自己的卖弄感到惶恐。"

林从熙和卜开乔脸上流露出尴尬的神情。其实有些事，林从熙和卜开乔心里都像明镜似的，心知肚明，但彼此假装着什么都不知道，插科打诨，希望能够将自身的角色扮演好。可如今看来，他俩的表演失败了，连王微奕的眼睛都瞒不过，那么自然更瞒不过冷寒铁的鹰眼了。这个想法让二人的心微微一沉。

王微奕爽朗一笑，道："不过尔等也不必为此感到不安，老夫乃是随口一说。虽然老夫不知尔等的真实身份与真实目的，但相处数日，可以感觉得到尔等的赤子之心，至少对老夫没有什么加害之意。所以，即便我等无法成为朋友，但至少不会是敌人，希望我们可以携手走完余下的行程。"

林从熙想了想，道："王教授，你说得不错，我确实隐瞒了一些事，但我可以向你保证，我绝对不会危害我们队伍中的任何一个人。我愿意与众人一起同舟共济，找到金殿，绝不会从中作梗、破坏。"

卜开乔依旧保持他的招牌傻笑："你们说的什么，我都听不懂。反正你们要做什么，我陪着你们就是。"

王微奕微笑着点了点头，心里有了个底。

众人专注地查看暗室，然而令他们失望的是，除了这一具破碎的水晶棺与尸体外，再也找不到任何有用的信息。

林从熙不解地问："这暗室看起来没有什么特殊之处啊，棺材中的人为什么要煞费苦心地将自己安葬在这里面呢？"

王微奕狡黠地问："你说呢？"

林从熙脸色微微一红，知道王微奕不想让他再故意藏拙，也就不好意思再掩饰，直截了当地："我觉得它与下面的金字塔水晶棺有关。"

王微奕淡淡地说："既是如此，你心中不就已经有了答案吗？"

林从熙点了点头。自他进入暗室见到地上的干尸，心里就隐约有了答案：尸体虽然看起来干缩脱水，但很显然，那是受到烈火烘烤所形成的，与自然脱水而成的干尸完全不同，因为烤干的湿尸的皮肤会因为急剧的脱水会皱成一团，而缓慢脱水的干尸的皮肤虽然也会松弛，但却会包在尸身骨骼上。此外，狐面人的头发虽然被烧焦，但不是很严重，发根依稀可以看到其光泽。这说明它先是躺在水晶棺中受烈焰熏烤产生脱水，后水晶棺无法承受高温，碎裂开滚落到地上，热浪才直接扑到它的身上。而眼前的洞穴，其自然条件并不足以保持一具尸体数千年不腐、不干。因为它的最下边有暗河，在地热的作用下，蒸腾的水汽布满于空中，这是保存尸体的最大忌讳。湿气会让尸体很快地腐烂。因此便只有一种可能：

尸体是被冷气"保鲜"的！在下边的石室里，有源源不断的冷气被引入进来，让整个石室保持在恒久低温中。林从熙怀疑，那套独特的冷气系统会"分享"到这个暗室中，也就是说，这个水晶棺同样会长久地置身于冰冷中。只是先前的火油迸发并引燃大火，将死者生前长保肉身不腐的愿望击得粉碎。

从这个角度来猜测，下层的黄金面具主人应该是更早进驻到这个洞窟中，制造了那套庞杂的地下机关，而眼前的狐面人则借其东风。这个问题的答案倒不难：黄金面具的主人不忌惮将水晶棺放置于一个相对开放的空间中，而狐面人却只能栖身于这个封闭的暗室中，可见两者"道行"相差甚远。

想到此，林从熙深为刘开山所打碎的水晶金字塔而惋惜。倘若金字塔不破，黄金面具主人就不会"发威"，火油就不会自地底涌出，世人们也就有机会欣赏到这稀世珍宝了。"哎，刘大当家的当时若能冷静一点，不开枪就好了……"他说出了心声。

王微奕意味深长地说："正所谓，祸兮福所倚，福兮祸所伏。刘大当家打碎那具水晶棺材确实莽撞，但或许他也替人类消灭了一个可怕的敌人。"

卜开乔问："什么意思？你是说那个躺在棺材里的人是个大怪兽，跑出来后可以吃掉人吗？"

王微奕未知可否，只是道："至少若非先前那般危急情况，我等可能至死都想不到逃离石室的生路，怕是要活活困死在里面。"

林从熙情不自禁地打了一个寒噤。先前他们为水晶金字塔所震撼，全都忽略了逃生这事。他们进入山腹的石门早已关闭，而石室说白了是个困境，也就是说，若不是沿着铁索爬出，即便他们不会被活活冻死，也会很快饿死在里面。因为在那等低温环境下，人稍微打个盹儿，恐怕就会永远睡着，再也醒不过来。

他忽然间明白了王微奕口中"祸兮福所倚"的含义：黄金面具主人

拥有那般通天能力，断然不会让他们四人轻易离开石室，将他的藏身之所公诸世界。就算他们可以侥幸逃离井石窟，带人再重新回来，黄金面具主人也绝对不会让自己沦为世人的观赏之物，恐怕照样会选择用玉石俱焚的方式来保全自己的"清白"。所以无论刘开山是否开枪，结局基本上已经注定。而目前的结果反倒是最好的，至少无人因此而死亡。

想到此，他长出了一口气，道："不错，我们确实应该感谢刘开山，是他让我们还活着。"

王微奕看了他一眼："你很聪明，这么快就想通了其中的奥妙。"

林从熙道："但我还是更佩服王教授，你能够这么快走出……那种沮丧的心情，用另外一种视角来看待这件事，这等修为，绝非我们这些晚辈所能企及。"

王微奕掀动了一下眼皮："无足道哉。等你到了老夫这般年龄，自然会看透许多事情。"

林从熙点头："破'我执'难哦，但愿我猴鹰儿有开窍的那一天。"

卜开乔正拧开军用水壶喝水，听到此言，一口水全都喷在岩壁上，嚷嚷道："你猴鹰儿想要开窍还不容易？多放点油来炸，肯定就出来好多窟窿。"

林从熙怒道："瞧你这脑满肠肥的，肯定全身上下都被油脂堵住了，刚好拿来煎炸下，把油逼出来。"

王微奕伸手制止住他俩的斗嘴，声音里透着股欣喜："别说话，快来看这里！"

顺着王微奕目光的方向，林从熙的嘴巴不觉张大："这墙壁上……怎么会出现画呢？先前我们明明看过，是空无一物啊。"

就在卜开乔先前口水喷过的石壁上，浮现出一些线条。尽管比较简单写意，但基本上可以看出它并非是天然形成的，而是人工描绘上去的。

卜开乔跳起来，喜滋滋地说："原来这墙壁是要吃我的口水才显灵的啊，那好办，我再唾它一口。"

王微奕拦住了他："这是用特殊颜料绘就的隐形画。老夫依稀听人说起过，在某些特殊颜料中混入乌龟尿，作出来的画就能隐形，必须用水喷才可显像。旧时有一些术士常用它来欺骗百姓的钱财。这个大概亦是这个原理。"

林从熙紧紧地盯着墙壁上的画迹，看着它在水滴的濡湿下，渐渐呈现出数千年前的样貌，心神激荡："是的。我也听人说过，用米汤或者牛奶在白纸上写字，等干了之后就什么都看不到了，可用碘酒浸泡一下就能将字还原出来。"

卜开乔与林从熙抬杠抬习惯了，闻言，忍不住出声道："你是不是常干这种事？神神秘秘的，肯定传递的都不是什么好事。"

林从熙惊觉失言，掩饰道："我只是听说而已。喂，我说胖子，你那里还有没有水？赶紧将所有的墙壁都弄湿啊！"

卜开乔摇了摇空荡荡的水壶，无奈道："刚才是最后一口啦。"

林从熙着急："那怎么办？这半山腰的，去哪里取水？"

卜开乔白了他一眼："老说我笨，你自己的脑袋里又装的是啥？没有水，不能用尿吗？"

林从熙拍了一下自己脑袋："对哦，我怎么没有想到？"但随即又苦恼起来，"刚才被大火烤了那么久，什么都被烤干了，哪来的尿？"

卜开乔摇头叹气："这种人，连尿都没有。那是不是让你拉屎的话，你也尽就只放屁？"

林从熙反唇相讥："我是没尿，哪里像你……"

王微奕苦笑："你俩别吵了，正事要紧！"

林从熙和卜开乔总算住了嘴。卜开乔解开裤裆扣子，对着石壁，忽地转过头，愁眉苦脸地说："你们可不可以不要看着我？这样子我尿不出来。"

王微奕亦想到一件事，道："等等。"说完从背包中扒拉出一条毛巾，递给卜开乔，"这画恐怕不小，你尿毛巾上，省得回头不够用。"随后示意林从熙一起扭过头去。

整个房间里弥漫开一股尿骚气。林从熙忍不住掩住鼻子道："哇，你是不是猪八戒投胎的，尿怎么这么臭？"

卜开乔呵呵一笑："这几天没吃肉，上火，尿黄了。"说完将那一条湿漉漉的毛巾递到林从熙面前，"给你！你有经验，那你将墙壁上的画重现出来。"

"滚！"林从熙破口大骂，"老子才不干这等腌臜龌龊事。"

王微奕二话不说，接过卜开乔手中的湿毛巾，往石壁走去。

林从熙慌忙道："王教授，这种事哪能让你来做呢？还是……让小卜来吧！"

王微奕笑道："这个不算什么，再脏十倍的事老夫都做过。"说完，将湿尿布在石壁上擦拭，很快，一幅完整的画显像出来了。

这幅画是由四幅小画组合在一起的，有点像报纸上连载的漫画。第一幅中，一个骑马将军带着一群士兵行走在一片树林中，有一个圆球状、发着光的东西击中了马背，马的蹄子高高撅起，显然是吃痛不已，而马背上的将军身子歪斜，盔甲凌乱，狼狈不堪。他身边的那些士兵亦一个个慌手乱脚，仿佛在躲闪极其厉害的暗器。第二幅画中，一个狐面人躺在案板上，肚子被生生剖开，有一个人正从中取出一枚熠熠生光的明珠，在他的前边，第一幅画中的将军率着一干士兵齐齐伏倒在地，仿佛在叩谢狐面人的恩德。第三幅画则描绘着将军率领士兵在树林里冲锋，将军的额上裹着条布巾，布巾上镶着颗明珠，明珠光芒四射。将军横刀跃马的豪气，与第一幅画上的狼狈模样不可同日而语。而与他们对阵的敌人则是惊慌失措，溃不成军。第四幅画是那将军恭恭敬敬地跪倒在一具水晶棺前，水晶棺里依稀可见躺着狐面人。将军手中捧着那颗皎皎如月般的明珠，似乎在说：事已成，物归原主。

四幅画笔意沛然，一看就出自高人之手。而其中的故事性更是一目了然，即便是卜开乔，也一眼可以看懂画面的含义。

"原来这明珠是从狐面人体内取出来的。"林从熙长出了一口气,"难道它就是传说中的内丹?"

内丹之说主要见于道家,距今已有超过五千年的历史。修炼内丹者,以人体为炉鼎,以精、气、神为药物,使精、气、神凝而成"胎",即为内丹。《周易参同契》形容内丹"类如鸡子,白黑相符,纵广一寸,以为始初,四肢五脏,筋骨乃俱,弥历十月,脱出其胞,骨弱可卷,肉滑若饴"。道教中人相信,内丹成,可以离人体而出,人体可以分身,可以成仙。

说白了,内丹修行就是积聚能量疏通自身经络,蓄养正气,驱走体内的病、邪、秽气等不干净气态,从而达到"经络全通、百骸俱暖"。具体的修炼步骤是"炼己筑基、炼精化炁、炼炁化神、炼神还虚、炼虚合道"。

不过这个世界上极少有人能够真正修成内丹,反倒是少数动物,例如牛、狗等,在浑噩无知的状态下结炼出一些"内丹",即所谓的名贵中药"牛黄""狗宝"。虽然现代科学将其归结为结石,但其独特的功效却让人称奇。此外,道家认为蚌结珠、土生玉这些都属于内丹的范畴。不过动物虽然能够修炼成内丹,但由于它们有宝物而不自知,更不会利用,因此只能是便宜了那些屠夫走卒。而那些有意识修炼出来的内丹,才真正凝聚了日月精气、天地灵性,具有无上的功效,可以让修炼者身轻无病,得道成仙,若是流落到他人手中,甚至可以让其白骨生肌,九天续命。

而眼前的壁画隐隐地指出,狐面人体内的内丹正好可以克制得住西青林中的球形闪电。于是为了大业,狐面人甘愿献出内丹与性命。受他恩泽的将军,在事成之后将内丹送还归来,与狐面人重新葬在一起。只是不知数千年之后的白狐又是如何得知这个信息,巧妙布置,进入洞中,将内丹夺走的呢?难道狐面人正是它的祖宗?也就是说,狐面人真正的身份就是一只修炼得道、能够幻化成人的狐狸?不过这也仅是林从熙等人的一点猜测而已。要想证实这个猜想,需要科学家对狐面人进行解剖,寻找出它与人类的区别。

想及此，林从熙开始仔细地观察起狐面人，越看越觉得它像一只超大型的狐狸。而卜开乔这时却已直接动手，开始脱干尸的衣服。王微奕惊道："你要做什么？切不可亵渎尸体！这亦是珍贵文物。"

卜开乔头也不抬地说："我想看看他的肚子上是不是真的挨了一刀。"

王微奕顿时明白了他的心意，于是不再阻拦。

狐面人所穿的盔甲乃是用坚韧的丝线所穿成，不过经过先前烈焰烘烤，多半已经脆化。卜开乔轻轻一扯，即散开成片片铁甲，露出里边的白绸内衣。卜开乔抬头看了一眼王微奕。王微奕回他一声轻微喟叹。卜开乔面带喜色，双手用力，"刺啦"一声将内衣撕开。令卜开乔等人吃惊的是，狐面人的腹部亦长满白色的、细长绒毛，而在绒毛的中央，一道纵切过来的刀痕触目惊心。刀痕足有一尺多宽，几乎将他的整个腹部都剖开。不过伤口事后被用针线缝合起来，密密的针脚就像是一只只蚂蚁爬在他干瘪的腹部上，吮吸着他的血肉，让人看上去感到着说不出的难受。

王微奕看着狐面人的肚子，眉头微微皱起："奇怪，他的肚子……"

卜开乔和林从熙这才注意到狐面人的肚子微微隆起，而且会随着卜开乔的动作而轻轻起伏，仿佛狐面人没有死去，只是在沉睡中，肚皮会随着呼吸的节奏而轻动。

林从熙心头一颤，直觉是："该不会是诈尸了吧？"他接触过不少土夫子，那些土夫子跟他讲不少地底下的掌故，其中就包括诈尸。据他们所言，有些按特殊方式埋葬的墓主，死后会变成僵尸，或者说厉鬼，一旦人接触到他们，他们就会暴起，追逐着人，非要将人撕碎才罢休。这些墓，有的是因为位置对冲，如葬在孤煞之地上。所谓孤煞之地，可能是风水格局不对，也可能是土质作怪，如在东北有一种土地，铲下去会有红色的液体渗出，就像人受伤时流的血一般，所以叫作血地。埋葬在这种血地上的墓主，据说就会变成僵尸。还有一种情况乃是刻意为之，即将棺材竖起来、头朝下地安葬。这多半是用于诅咒仇人，但也有极少数墓主为了报复土夫子的盗墓行为，宁愿死后无法进入轮回，变成厉鬼，也要将土夫子置于死地。土夫子若是遇上诈尸，多半只有死路一条，除非是一些高手可以克制得住这些尸体的戾气，将其再杀死一次。

卜开乔没有林从熙见多识广，心思亦简单许多，一见狐面人肚皮颤动，讶异道："难道这里面藏了只小狐狸不成？"说完，从背包中翻出一把匕首，将缝合尸身的线挑断。肚皮就像是一张嘴似的，忽地咧开成两瓣，从中流出一股变黑了的液体来。

王微奕闻到一股熟悉的气味，失声道："水银！快退后，这东西有毒。"

"水银？"林从熙和卜开乔捂着鼻子后退到石室洞口，好奇地继续观望狐面人的尸体，"这尸身内为何要灌入水银呢？为了防腐吗？"

水银流尽，露出黑洞洞的内腔。所有的内脏全都不见。

卜开乔的脸上流露出惊恐的神色："他的心肝脾肺肾呢？全都被水银吃掉了吗？"

王微奕略一思索，已明白大半，暗暗摇头："正所谓'狡兔死，走狗烹'。权力的舞台上，从来都不容得异端存在。"

林从熙听出了王微奕的弦外音："王教授，你是说，他是被画上的那名将军摘去了内脏？"

王微奕叹了口气，道："老夫猜想这狐面人在献出内丹之前，定然与画上那位将军达成过某种协议，比如说要求自己能被安葬在这个山洞里，因为他认为这座山洞有能力让他死后复生。那位将军虽答应了他的条件，可又忌惮着他，于是在他死后，将内丹送回，又如约替他布置了这么一个墓穴，但却将他的内脏掏空，灌入水银。这样即便狐面人拥有重生之力，也不可能再度复生。"

林从熙道："王教授，有没有另外一种可能，就是这狐面人是被人先灌入水银而亡，然后才被开膛剖腹取出内丹的呢？"

王微奕摇头道："不可能。一来，若是先灌入水银再摘取内脏，那么内脏被摘走时水银也会随之流出来；二来，水银对内丹有侵蚀作用，这也要考虑进去，想来那将军不会冒这个险。"

卜开乔开口道："可将军为什么要将水银灌入狐狸的体内，还辛辛苦苦地将他安葬在这里？还不如一把火烧了简单、干净。"说完他自己拍掌道，"要不那火不要烧得太旺，可以将狐狸烧烤一下，说不定还很好吃呢！"

林从熙又忍不住抬杠："你想吃吗？刚才那把火应该把他烤得又焦又脆，不然我给你割一块？"

卜开乔摇头道："这狐狸肉都放了几千年了，我的肚子才长了几十年，岁数差太远，配不上，不能吃。"

林从熙道："哟，你还这么讲究？那活的千年王八你吃吗？"

"不吃！比我年龄大的我就坚决不吃。"

"难得你还这么有孝心，知道老祖先不能吃。"

王微奕无奈地看着他俩："你们两个啊，能不能少说两句？"

林从熙识趣闭口，听王微奕继续先前的话题："一把火烧了是简单，可让那将军如何取信于手下将士？恩将仇报、狼子野心的事并非人人都敢做，做了只能想办法掩人耳目。"他凝视着眼前因为尿液挥发而渐渐变淡的壁画，"或许下令将狐面人内脏摘除的，并非这位将军。倘若是他，他就不会留下这一幅画，让后世人一眼就看穿，乃是他陷害的狐面人。"

"但还有一种可能。"林从熙推敲道："就是将军彻底杀死了狐面人，而这壁画乃是亲近狐面人的人偷偷留下的，为的是告知后世真相。因为害怕将军看到这画再怒而杀人，所以不得不将画隐形。"

王微奕思索了下："这种说法倒更合理。"

卜开乔环顾着空荡荡的暗室："我瞧不出这狐狸有什么好怕的。还有，那将军也太小气了吧，搞这么大的架势，却连一点陪葬品都没留给这狐狸。"

王微奕笑了："谁说将军没给陪葬品？先前在悬崖对面，你不是见到满室的陪葬品吗？"

卜开乔瞠目结舌，良久，才说："怎么放那么远呢，够得着吗？"

王微奕笑而不语。

林从熙道:"王教授你说将军忌惮这只狐狸,那你觉得为什么会忌惮呢?"

王微奕道:"林小兄弟可记得韩信的下场?战场上韩信叱咤风云,不论刘邦有多不情愿,亦不得不封他为齐王。但等到战事平定,韩信的军事才华与桀骜性格却成了刘邦的心病。虽然韩信最终为吕后所杀,并非刘邦,但若非刘邦同意,谁又敢动韩信?历史上这种'可共患难,不可共富贵'的事太多了。再譬如明太祖朱元璋坐定江山之后,同样大肆屠杀功臣良将,光胡(惟庸)、蓝玉两案,即杀死四万余人,正所谓'一山不容二虎',卧榻之侧岂容他人酣睡?"

王微奕说完这话,被一股黑烟呛得连咳了几声。用沾染火油的长靴做成的"火把"即将燃尽,王微奕道:"我等还是尽快撤吧!"

林从熙一直用冲锋枪的枪口挑着长靴,长靴燃到尽头,枪柄亦烧得通红,纵然用厚厚的布包住了枪柄,也抵挡不住热浪传来。无奈之下,他只得将枪连同尚在燃烧的长靴一并丢在地上。火苗掉在水晶堆里,闪烁了两下。他忽然发现有细微的光芒在破碎水晶棺上幽幽闪亮,就像是星光映在一池寒水上。

他心头一动,抬头朝上望去。因为火把的光芒有限,无法照高,所以进来之后他们从未仰望、寻查过头顶。卜开乔和王微奕下意识地随他抬头望去。眼前的景象让他们的呼吸为之一紧:这个石室足有二三十米高,呈倒葫芦形,下小上大;整个屋顶呈圆形,上面缀着无数的宝石。地上的火苗闪烁不定,引得这些宝石光芒流转,若明若暗,像极了苍穹上的星星。

"我明白了,我明白了。"王微奕将一路上所看到的情景串联起来,不禁心旌摇荡:"好高深的心机,好巧妙的设计!"

林从熙的目光久久地流连在那些宝石上,有一丝的贪婪流泻出来。身为一名古董商,他清楚这幕宝石星顶价值几何。若是能够将它们全都摘下来,足够他十辈子挥霍了!

卜升乔却可轻易将目光从这些富可敌国的财宝上"挪"下来:"能够把宝石放到这么高屋顶,道行好高深哪!"

王微奕苦笑道:"小卜,老夫不是这个意思。你看,眼前的屋顶像不像一个星空?我相信,要是那内丹在的话,光芒绽放在这些宝石上,将是何等璀璨的一幕。然后,洞口前云蒸霞蔚,洞底下流水潺潺。洞前洞后皆是高山延绵。所以林小兄弟的梦境说得不错,此乃洞天福地,是个风水宝穴。而老夫惊叹的是,这风水竟然是人造出来的。这浩大的工程,实在让人心生敬畏。"

就在这时,众人突然听到一阵"咯咯咯"的声音。这个声音对于他们并不陌生,它代表着——岩石即将坍塌。这个洞窟内部本来就有诸多洞窍,数千年中,地底暗火长燃,空中水汽蒸腾,洞穴内又冰冻三尺,今日却接连两次大火灼烧。极寒、骤热的侵袭之下,众多岩石纷纷崩解,眼见洞窟要坍塌了!

满目的宝石,却只能眼睁睁地看着它即将埋葬于山谷巨石中,永无再见天日的机会,这令林从熙痛心不已,舍不得离去,却又不得不被卜开乔拽着,跟跟跄跄朝洞口跑去。王微奕边跑边从背包中抽出手电筒,照着脚下的路。

"等等。"王微奕在洞口止住脚步:"这铁索仅以皮带系住,根本无法同时维系住我等三人的重量。必须一个一个地通过。卜小兄弟,你第一个上吧!"

卜开乔摇头道:"不行,我怕高。还是王教授你先来,我跟着你。"

林从熙心不在焉地说:"是啊王教授,你最年长,你先上吧!"

王微奕见情形紧急,不再客套,将手电筒递给卜开乔,自己俯下身去,想要去拉铁索,却忽地被卜开乔一把扯住:"等等。"

王微奕一怔:"卜小兄弟,哦,你还是想先上啊?那你请。"言语中已有几分不悦。

卜开乔将手电筒照向铁索中央："你看那个连接处。"

王微奕定睛一看，不觉倒吸了一口冷气，只见将两条断索连接起来的皮带已被利刃割掉半截。倘若刚才自己贸然爬上去，恐怕走不到一半，铁索就要断掉，人即跌入深渊中。

"这……这会是谁干的呢？"王微奕不觉有几分气恼。

林从熙亦看到断开的皮带，连连顿足："可恶，这肯定是刘大土匪干的好事。"

先前刘开山被三人逼着离开山洞，越想越气，于是在踏临石阶的时候，从袖中飞出一刀，直射铁链连接处的皮带，谁知却射偏了，只割开了约三分之一宽的皮带。如此一来，铁链虽还连着，但人上去却可能发生致命危险。

"那现在该怎么办？"林从熙焦虑地望着铁索。

王微奕忽地心头一动，将手电筒照向悬崖那侧。只见先前躺在台阶上一动不动的青狐已经缓了过来，正站在石门前，使出全力地推它。无奈石门乃特殊设置，必须要从外面推才能打开，在里面即便有九牛二虎之力也无法移动半分。青狐累得气喘不止，却只是在做无用功。

手电筒的光芒将青狐的注意力从石门转移到王微奕他们这边。

王微奕可以感觉到有两道精光从黑暗中遥遥传来，就像是一种古老的读心术，或者说，青狐给了他一张白纸、一支笔，只待他将要述之言写出。

王微奕将手电筒的光芒移向铁索连接处的皮带上，又从自己的腰间抽出皮带，对着青狐做了一个捆绑的动作。

青狐的眼睛眨了两下，似乎明白了王微奕的想法。它偏着头看了看铁索，又看了看纹丝不动的石门，若有所思，随即一蹦一跳地下了台阶，跃上铁索。

青狐虽然比寻常狐狸高大许多，但身量还不及三人之中最清瘦的王微奕的一半。它在重伤之下，行动依然矫捷，踏上铁索之后，虽然出现了一点晃动，但总算有惊无险地走到了悬崖这头。

王微奕俯下腰，将手中的皮带递交于它，并伸出手想要去抚摸一下它的脑袋。青狐却将头扭了过去，似乎不愿意与人类有过多的接触。它接过皮带，纵身朝铁索中间奔去，不多时就将新皮带束扎在了铁索上。

洞窟内的震颤更大了，就像是被镇在五指山下的孙悟空，不停地拱身，虽然无法破除掉如来佛祖祭在山上的封印，却仍然震得整座山簌簌抖动不已，部分岩石甚至已经迸裂，砸在地面上，发出巨响，仿佛天崩地裂的前兆。

王微奕手电筒的光芒渐渐暗淡。减弱的光芒增加了人的不安感，连王微奕都隐隐地感到一阵心惊肉跳。

青狐踞坐在铁链的中间。铁链随着整座山体的震颤而晃动不已，青狐却纹丝不动，淡定地望着王微奕一行。

王微奕将手电筒交给林从熙，探手拽住铁索，抬眼去看青狐。只见它依然没有让路的迹象："难道它希望交易什么？"他不觉皱起眉头。

青狐的目光直直地投向他身后的山洞。王微奕心头一动，朝林从熙喊道："你把那个狐面人带走。小心，不要沾染那些水银，有毒。"

林从熙尽管有几分不乐意，但还是领命而去。片刻间，他皱着鼻子抱着狐面人的尸体来到洞口，显然，被烤过的尸体的气味并不好闻。

青狐看见狐面人的尸体，冲着王微奕点了下头，随即飞快地朝对岸跑去。

王微奕暗暗吁了一口气，伸手抓过铁索，颤颤巍巍地将整个身体靠在铁索上，再一点一点地往前挪动。

高空之中，铁索晃荡不止。尽管看不见底下的深渊，却仍让人如履薄冰。

林从熙看着王微奕在铁索上如蜗牛般蠕动，不觉心焦：照王微奕这速度，恐怕走不到一半路程，洞窟就坍塌了。

可是除了爬还能怎样呢？林从熙首先想到的是做一个吊索，挂在铁链上，顺着滑到悬崖对面。可是眼前的铁索凹凸不平，除非能找到什么浑圆之物串联起来，否则滑不了几下，就会被卡在铁链的索环之间。

就在他胡思乱想之际，突然身后的石洞中传来一声巨响，掺杂着水晶被砸碎的声音。他先是一惊，随即一喜，冲着王微奕大喊道："王教授，你且等我一下！"说完，举着手电筒冲进暗室中。正如他预想中的那般，暗室穹顶上的一块岩石被震裂，掉落下来，砸在本已破碎的水晶棺上，将其砸得粉碎。而在石屑与水晶齑粉之中，隐隐闪耀着一些冷色的光芒——那是原本镶嵌在穹顶上的宝石。

林从熙大喜过望，扒开石块，手忙脚乱从废墟中捡了十余颗宝石，有祖母绿、猫眼、红宝石等，每一颗都有荔枝大小，浑圆如卵，价值不菲。

"我发财了，发大财了……"林从熙的手颤抖不已。贪婪让他忘了眼前的危机，只想将地上所有的宝石全都捡起。就在这时，一颗尖锐的水晶刺破了他的脚底。鲜血溢出，疼痛像马蜂的尾针一般刺入他的脑袋，大脑骤然清醒。他咬一咬牙，将水晶碎片拔出，踉跄着退到暗室之外，跌坐在地，扯开绑在脚底板用来代替鞋的布条，扎好伤口。

就在这时，又一块巨石从天而降，砸在先前他所站着的地方。他不禁惊出一身冷汗，急忙用小刀割断军用背包的背带。背带是双层的，刚好可以将捡到的十余颗宝石塞进背带的空隙中；他又将背带的前后各打了个死结，让宝石紧紧地挤在一起，同时背带的两头各留出一尺有余的长度，这样便做成了一条吊索。

卜开乔眼前一亮，冲着林从熙竖起大拇指："原来你挖那些宝石是做这个用的，我还以为你财迷心窍，不要命了呢！"说着，卜开乔横跨出一步，笑嘻嘻地抓住王微奕的脚踝，将其一把拽了回来，"王教授，用这个滑行吧，快一些。"说完，将带子的一端绑在王微奕的手腕上，确认它不会脱落，再轻推了一下王微奕，"另外一端你自己可要拽紧哦！"

王微奕被突然拽回来，先是一惊，其后才明白是怎么回事，心里略有不满，于是道："卜小兄弟，下次这种事你先打声招呼啊！老夫先前还差点以为是洞里蹿出条蟒蛇将老夫当点心吞了进去呢，吓出了一身冷汗。"

卜开乔依旧笑嘻嘻的:"我是个粗人,不似你们读书人,找个人还要三顾茅厕的。嘿嘿,见谅啊!"

林从熙嘟囔道:"你是够粗的,水桶般粗。还有呀,不会用成语就不要乱用,什么三顾茅厕,那叫三顾茅庐。你会在人家蹲厕所时去见人家吗?那不是刘备,是流氓。"

王微奕明白事急从权,便没去计较刚才的斯文扫地,而是将吊带挂在铁链上,两只手分别紧紧拽住带子的两端,接着眼一闭、心一狠,将身体从铁索上翻下,双脚用力朝石壁一蹬,整个人顿时就像一颗土豆滚落山坡一般,直往悬崖那端滑去。

铁链原本接近笔直,只是在重量的作用下,略微有点朝中间下沉。不过如今绑了条皮带,等于拉长了长度,于是自然形成一个略微松弛的弧度。但这个斜向下的弧度截止在皮带处。王微奕滑行到皮带连接处,就再往前挪动不了。无奈之下,他只好曲起双腿,盘住铁索,同时双手抓住铁索,交替着用力,整个人一点一点地蹭向彼岸。这个速度自然比不上滑行的速度,但比起先前趴在铁索上挪动却是快多了。只是如此一来,绑在手腕间的吊带非但起不了作用,反倒成了累赘,可他又腾不出手来解开它,不觉心中有一点烦乱。

就在他进退两难之际,原本蹲在石阶上的青狐忽地跳上铁链,三蹦两跳,来到王微奕身旁,伸"手"摘掉了系于王微奕手边的吊带。王微奕惊诧于青狐的灵性,对它的举动深表感激,于是配合着它,一动不动,任它又咬又扯,将王微奕缚得紧紧的吊带解了下来。接着,目送它飞快地朝着林从熙那头奔去。

"也不知这青狐修行了多少年,竟然这般通人性。"王微奕暗暗称奇。解掉吊带之后,手腕舒服了许多,不觉间加快了爬行的速度,不多时就抵达悬崖对面。

青狐抵达岩洞前,拖着吊带,另外一"手"指着狐面人,"嗷嗷嗷"地叫着。它的叫声与犬吠有几分相似,但比狗的叫声要脆一些,音域窄一点。

卜开乔道:"它这是让你把这只大狐狸背到对岸去。"

林从熙瞪了他一眼:"为什么是我,而不是你呢?"

卜开乔伸出手道;"我可以背啊,你把吊索给我,只要你别说我胖,回头又将它给拽断了就可以。"

林从熙接过青狐手中的吊带,查看了一下,不觉倒吸了一口冷气:在先前负着王微奕滑行时,吊带的背面已经在铁索和宝石的挤压下磨损过半,有的地方甚至只剩下一点纤维,可以看到背带中的宝石。刚才王微奕要是再滑行一段,说不定吊带就会崩断,连人带宝石都掉入深渊中喂食人鱼去了。

这根吊带别说负荷卜开乔,就算是载重青狐都岌岌可危。林从熙心疼地看着背带中的宝石,有几块在刚才的摩擦中已经破了相,这样的话宝石的价值就要大打折扣。

林从熙不理睬卜开乔的话语,将吊带小心地绑在腰间,皱起眉头。失去滑索,要再带着这个狐面人过这道铁索,真的很难。他眼珠子转动了一下,忽然有了主意。他朝青狐招了招手,以手指着狐面人,又指了指青狐,做了一个捆绑的动作。

青狐似乎懂他的意思,瞪了他一眼,不过随即思索片刻,点了点头。

作为精明得像猴子的生意人,林从熙自然不会让"客户"有改变心意的机会,连忙用小刀割开背包,扯成布条制成数条绳索,然后将狐面人绑缚在青狐的背上。狐面人虽然身材不算高大,却还是比青狐高出一半有余。

青狐嗷嗷嗷地叫着,表示不满,可又无可奈何,只好恨恨地瞪了林从熙一眼,背着狐面人,踏上铁索。林从熙生怕狐面人掉下,所以将布条绑得结实了点,这让青狐越发行动不便。它只好学着王微奕那般,将身体倒悬于铁索之下,四爪并用地攀爬。虽然速度远不如它先前踩着铁索那般快捷,却也比寻常人快上好几分,不一会儿就爬到了悬崖对面。

靠在石阶上喘气休息的王微奕慌忙援手,帮它把狐面人解下,靠在一侧的石壁上。

被震塌的石壁越来越多。林从熙对卜开乔道:"你先走吧!"

卜开乔凝视着他,道:"你不怕洞穴倒塌?"

林从熙"哈哈"一笑:"如果真有倒塌,在悬崖这头与在悬崖那头有何区别?总不可能说运气存在于那一边吧?"

卜开乔竖起大拇指,道:"这话说得在理。"说完,他学先前的刘开山,双手双脚齐齐攀附在铁索上,相互交替,在铁索上飞快行进。只是他的体重实在太沉,原先刘开山所绑缚的那条皮带再也承重不住,"啪"地断裂了。所幸有青狐绑系的那条皮带还能承受得住他的重量,于是他算是有惊无险地过到悬崖那头。

林从熙却趁这个时机再入暗室寻宝,然而令他大失所望的是,暗室被跌落的石块填得严严实实,所有的宝石全都被埋在了里面。他叹了口气,从地面上捡起刘开山丢下的冲锋枪,将其执在手中,又把手电筒含在嘴里,最后一个下了铁索。

"天哪,他要做什么?"悬崖那头,卜开乔惊诧地对着王微奕叹道,不过声音压低了,生怕稍大一点会惊扰到铁索上的林从熙——林从熙真的是踏在铁索上!他双手平托着冲锋枪,将其当作平衡杆,然后走在悬在半空中的铁索上,步步趋前!

石窟内震荡不断。铁索亦随之摆动不止。林从熙看似走着轻松,实则内心紧张不已,满头大汗。有好几次他都险些跌落下来,全靠强提起的一口气,稳住身躯。

王微奕和卜开乔看着惊心不已。要从这晃荡不已的铁索上走过,即便是身手伶俐的青狐都很难做到,何况是在众人眼中看起来笨手笨脚的林从熙!他们大气都不敢出一下,生怕干扰了林从熙的心智,乱了他的步伐,一失足成千古恨。

林从熙心头亦暗暗叫苦。这高空踏索的事,倘若放到十年之前,他自然是如履平地。可是十年里，他已经蜕变成了一名商人，这些旧时的功夫几乎都已荒废。先前，他仗着一股意气，想证明宝刀未老，快速通过铁索，如今却生生把自己困在了半空中！

突然间，一股巨大的震颤传来，就像是潜伏在地底的巨龙苏醒过来，摇首拱背，试图将整个山脉都翻转过来。站在铁索上的林从熙再也把控不住身体的平衡，脚底一滑，整个人从铁索上跌下。

王微奕和卜开乔都忍不住一声惊呼！

曾经的训练中，林从熙无数次地从绳索上掉落下来，又无数次地化险为夷。这一次，几乎是下意识的反应，在失足的刹那，他双脚一勾，攀上铁索，止住跌势，随即腰部出力，将上半身甩了上来，双手分开，飞快地将冲锋枪架于铁索上。哧溜，火光闪起，冲锋枪光滑的枪背顺着铁索自动下滑，带动林从熙的身体朝着铁索中间的皮带滑去。

林从熙长出一口气，双脚在铁索上用力，缓住下滑之势，避免太快将重量压在皮带上，使其受力不住而断裂。不过皮带连接之处，乃是铁索的凹点。剩下的半段路程，再也不能滑行，只能靠手脚用力爬过去。

林从熙想了想，腾出一只手，把冲锋枪插在裤腰上，准备学卜开乔那般爬过铁索。然而一切已经晚了。地底下一阵虎啸龙吟，地壳内蕴含的惊天能量终于释放了出来。在这摧枯拉朽的超级能量面前，原本看上去固若金汤的洞窟石壁就像是面人一般，被轻易地扯下，揉捏粉碎！

一块足有一丈见方的大石从洞窟顶上掉落下来，砸在铁链上，翻滚着滚落下去，发出轰隆隆的声音，仿佛千军万马冲锋时所扬起的蹄声。

绑缚在铁索上的军用皮带再坚韧，也承受不起这惊天动地的一砸，瞬间像一张纸片被扯成两截。林从熙也被震得弹起来，在空中翻了个身。所幸他虽然虎口被震得出血，却仍死死地抓住铁索不放，于是跟随着重新断裂开的铁索，跌向悬崖对面。

铁索自身的重量足有两三百斤，加上林从熙的体重，以及巨石所产生的冲力，几个力量加起来，势如雷霆。林从熙自知生死只在一线之间，咬紧牙关，在即将扑到石壁之时，双脚蹬出，同时保持双膝弯曲，总算避免了整个人"贴"到石壁上的危险。但这个震荡之力实在太大，几乎将他的双足震断，同时心口如同有一把巨锤锤下，嗓子眼间一阵发甜。

头顶上的石头跌落得越发多了。林从熙甚至感觉到石阶也在开裂中！求生的欲望使得他顾不上身体的疼痛，双脚踩着石壁，同时手臂拽着铁链用力，很快攀临到石阶上。

那些数千年前人们费尽力气才能凿开浅浅一沟的石阶，如今却仿佛海滩边的沙雕，在海潮的冲刷下逐渐坍塌。林从熙扒着石壁间被震出的缝隙，像一条涸泽之鱼，勉强往上爬去。

王微奕和卜开乔站在石洞后面，使出浑身解数，却依然无法将石门打开半分。这样下去，即便他们不被震落下来的石头砸死，也要被活活困死在石洞里。

一通挣扎，林从熙的手总算触到了斜倚在岩壁上的狐面人，慌乱中他伸手一拉，差点将狐面人扯下悬崖。青狐怒啸了一声，蹿了下来，对着林从熙龇牙裂嘴，仿佛是责怪他亵渎了它们的圣物。

卜开乔和王微奕生怕青狐伤及林从熙，急忙走下石阶。

就在这时，一块浑圆的石头从外边撞上了石门。令王微奕他们竭尽全力却无计可施的石门，就像听到了开门的魔咒一般，悠悠打了个转，敞开了一半。王微奕大喜过望，慌忙扑过去扒住石门。

"门打开了！"他欢喜地对着卜开乔等人大喊。刚才若不是林从熙拽倒狐面人，若不是青狐意欲攻击林从熙，若不是他们后退想要出手劝阻，恐怕刚才石门被撞开的时候，他们将重蹈半天前的覆辙，猝不及防间被撞落于暗河之中。而再度掉落的话，恐怕就没有先前那般好运了。即便没有食人鱼在水中候着，这些不断掉落的石头也可以将他们砸成肉酱。

卜开乔捞起狐面人的尸体，往背上一丢，然后对着青狐呲了下牙，转身朝石门方向跑去。青狐紧随其后，丢下林从熙孤零零的一个人在石阶上。

卜开乔很快就奔出石门，将狐面人往地面一放，接着找了个石块卡在石门的门柱下，防止它再度自动关闭。见林从熙力有气无力地在石阶上爬行，他微微皱了下眉，折身返回石阶上，一把将他拽起，快步奔出石门。

地动山摇中。卡在石柱下的石块被震得飞起，石门咔嚓一声合拢上。林从熙尚未从劫后余生的庆幸中松懈下来，即被卜开乔拉起："还不快逃，等着被活埋啊！"

卜开乔拉着林从熙才跑出两步，便被青狐拦住。它上蹿下跳，目光灼灼，嘴里"嗷嗷"地叫个不停，仿佛在责骂人类背信弃义。林从熙很想给它一脚，然而转念一想，却沉下心来，对着青狐比画了一个"圆形"，又做了一个将"圆形"含在嘴中、四足着地奔跑的动作。青狐读懂那是要它带领众人找到被白狐取走的夜明珠之意，先是摇头，及至见林从熙真的要丢下狐面人不管，急忙跳上前扯住他的衣襟，神色黯然地点了点头，表示同意。

林从熙咧嘴一笑，将狐面人往卜开乔背上一搭，三人一狐如一阵风般朝着洞外跑去。

山体终于迸裂了。水晶金字塔所在的岩洞率先坍塌，那些原本连成一体的山体岩石，就像是被巨神的开山斧劈中一般，裂纹蔓延。大块大块的石头砸落下来，整个山洞毁于瞬间。崩解带有多米诺骨牌效应，林从熙他们先前所待的那个岩洞，也在刹那间塌陷。那些碎石顺着岩壁滚落到暗河中，砸得水花溅起数米高。渐渐地，那些水花不见了。它们全都被埋没在无数或大或小的石块中。整个洞窟的洞顶全都分崩离析。整座山就像是被妖精急剧吸走血肉的人体，瞬间干瘪凹陷下来。

卜开乔没命地狂奔。林从熙嘴里犹然塞着手电筒。手电筒堵住了他的呼吸。他觉得自己几乎要死掉，大脑缺氧得厉害，随时可能爆炸掉。插在腰间的冲锋枪随着奔跑不断下坠，一直别到他的大腿根部，让他更加迈不开步。他几乎是被卜开乔拽着跟跄奔跑。

就在他们即将奔到洞府入口，也就是图画中的嘴巴处时，一块足有一张桌子大的石头从天而降，倘若它砸落在洞口，刚好可以将洞口封得严严实实。而洞口略微下斜,一旦堵死之后想要将它移开,将是异常困难的一件事。

说时迟,那时快。林从熙猛地从腰中拔出冲锋枪,用力一甩。冲锋枪直直向前,枪口朝上,枪柄坠地,刚好与石壁形成一个犄角,托住巨石,使其与地面保持着约有半米的高度。但随着洞内震颤不止,这样微弱的平衡随时可能被打破,巨石封住洞口亦是迟早之事。

卜开乔眼见情况危急,道了声:"得罪了。"说完,一手揪住王微奕的衣领,一手揪住他的裤腰,将他提起,然后像一颗炮弹一般地往前"射"去。王微奕的身体在石头上摩擦着前行,尚来不及感觉到疼痛,扑通"一声,就已掉落在洞外的水潭中。

卜开乔如法炮制,将狐面人和林从熙抛了出去。他刚想去抓青狐,却差点被它咬上一口。青狐瞪了一眼他,四肢平伏,飞快地爬了出去。卜开乔苦笑了下,如青狐一般,俯下身体,快速匍匐前行。他刚刚通过洞穴,一阵剧烈的震动传来,只听"啪"的一声,支撑巨石的冲锋枪竟被"挤"得弹飞出来,掉落在离水潭约有三米远的草丛中。

卜开乔等人连滚带爬地出了寒潭,没命地狂奔。依然是卜开乔背着狐面人断后,青狐在最前边开路,不过它会不时地回过头来看一眼卜开乔,确认他是否依然紧跟着自己。林从熙则顺手捞起飞入草丛的冲锋枪。在经历了洞穴中的生死轮回后,他明白了一个道理:能够保护自己的,永远只有自己一个人。因此无论如何,他都决计不丢下冲锋枪,这既是杀人的利器,也是救人的武器。

众人跑得上气不接下气,心脏几乎要爆炸开时,终于不再感觉到脚底下有震颤。王微奕第一个瘫倒在草地上,大口大口地喘气。林从熙亦挺尸般将自己摊开晾晒在阳光下,鼻翼间传来青草的香味,头上有蝴蝶在阳光下振翅,翩跹舞姿充满了生命的灵动,与地底下的黑暗、阴冷与死气沉沉形成了鲜明对比。

七

"打死我也不进地穴了。"林从熙大口呼吸着,"那里面真不是人待的地方!"

王微奕终于缓过气来:"对于有些人来说,洞底下是地狱;可对于有些人来说,洞底下却是天堂。"

林从熙问:"那你说谁会喜欢居住在地底下?还有,先前我们看到的那具水晶棺材里的人,唔,我不是指身边的这位老兄,他到底会是什么身份呢?"

"在回答这问题之前,老夫先问你一个问题,你相信这个世界上存在着神吗?"

林从熙挠了挠头:"这个……说信也信,说不信也就不信。不过我相信这个世界上有许多超出人类能力乃至理解的人和事存在,你说他们是神也是可以的。"

卜开乔道:"有神啊!二郎神、孙悟空、如来佛祖、玉皇大帝,他们都是神哪!"

"卜小兄弟,那你说,你觉得神是什么样子的呢?"王微奕问。

"他们哪,居住在天上,可以腾云驾雾,在空中随便一飞就是万八千里,然后可以长生不老。"

"长生不老是什么概念呢?"王微奕紧追不舍。

"这个嘛,总之就是比人类活得长久,很久很久。"

"林小兄弟，你也是熟读史书之人，你说，你印象中人类活得最长的是谁呢？"

"当然是彭祖啦！传说他活了八百余岁，《太平广记》写他：'遗腹而生，三岁而失母，遇犬戎之乱，流离西域，百有余年。加以少枯，丧四十九妻，失五十四子，数遭忧患，和气折伤。'不过这也只是神话传说，世间哪有活得这么长寿的人呢？"

"林小兄弟，那你可记得尧、舜、禹这些圣君活了多久？"

"这个……真不知道。"

"据说，夏禹活了一百零六岁，虞舜活了一百一十岁，唐尧活了一百一十七岁。帝喾在位七十年，他的长寿可以推想而知。颛顼在位七十八年，比起帝喾又增加了一些。少昊在位八十四年，又比颛顼多。轩辕黄帝在位一百年，又比少昊长了一些。炎帝在位一百四十年，又比黄帝长了许多。伏羲氏以前有因提纪、循蜚纪和叙命纪等，到了人皇氏不知又过了几十万年，所以人皇氏九个兄弟，合计四万五千六百年。到了地皇和天皇代，又不知过了几万年，所以他们兄弟各活了一万八千岁。许多史册都记载了这些事迹，供人查考，可惜后代的儒者看见人寿几万岁的说法，以为荒唐，把它全部删掉了，结果人们能够记住的长寿者，就只有彭祖一个，以为八百多岁已是人类的极限。"

林从熙听得目瞪口呆："一万八千岁？人类真的可以活这么长？"

王微奕淡淡地说："秦始皇千古一君，倘若没有听闻到一定的长寿传说，怎么会轻易相信有成仙之事，希望自己也可以长生不老呢？"

林从熙摸了摸后脑勺："难以置信，真的难以置信。我实在想不到我们这样孱弱的身体竟然拥有那么长寿的因子。可是王教授，你说人类的寿命为什么会逐渐递减呢？"

王微奕沉默了一会儿，道："你听过驴和马杂交之后，生出的骡就会发生变异，无法生育了吗？"

林从熙惊讶道："你的意思是，人类的先祖是更高级的……后来因为和其他物种进行杂交,导致血统不纯,因此一代不如一代?"

王微奕仰起头,道:"不知你是否听闻过,前几年里纳粹头子希特勒曾派部队暗中进入我国西藏地区,为的是找到所谓的'地球轴心',用于逆转时光?"

"啊,还有这事?"

王微奕继续道:"事实上,据老夫所知,希特勒派兵进入我国西藏,除了为寻找'地球轴心',希望借时光倒流来扭转战局外,还有一个目的,就是寻找日耳曼民族的祖先——亚特兰蒂斯神族存在的证据。传说亚特兰蒂斯人本是上古时代的一个民族,拥有非常高的科技水平,后来却因地震而沉没于大西洋之下。但据说有极少部分亚特兰蒂斯族人乘舟逃过一劫,落脚于中国西藏与印度,这些亚特兰蒂斯人的后代分别成为雅利安人和印度人的祖先。纳粹坚信亚特兰蒂斯文明确实存在,并认为雅利安人只是因为后来与凡人结合才失去了祖先的神力,只要借助选择性繁殖等种族净化手段,便能创造出具有超常能力的雅利安神族。"

林从熙沉默了下,道:"我觉得这些事情太过匪夷所思,更像是天方夜谭,或者神话传说。"

王微奕道:"有许多我们现在看来是神话传说的人或事,实际上都是存在的,只是后人觉得不可思议,于是将其视为异端邪说。可以说,许多我们现在看来是奇闻逸事或者神话传说的记录,倘若剥开笼罩在它们身上的面纱,你就会发现,它们其实记录的是信史。这就像是我们的梦。在寻常人看来,梦是光怪陆离、匪夷所思的,可是倘若我们掌握了解梦的技巧,便又是另一番天地了。

"简单地说吧,关于人类起源的问题,几乎所有的神话故事都认为,人类是由神创造出来的。例如中国流传的是'女娲造人'说,女娲是中国子民的始祖,乃至人类的始祖。她是人面蛇身,用泥土和水按照自己的形象捏成了人,后来觉得累了,就用枯藤蘸着泥浆挥洒,泥点溅落就成了人。《圣经》中则记载:'神说,我们要照着我们的形象,按着我们的样式造人。'于是,'耶和华神用地上的尘土造人,将生气吹在他鼻孔里,他就成了有灵的活人,叫'亚当'。而古希腊神话里说,聪明睿智的普罗米修斯知道天神的种子蕴藏在泥土里,于是捧起泥土,按照天神的模样,捏成人形;从动物的灵魂中摄取了善与恶两种性格,将它们封进人的胸膛里,给予人生命。智慧之神雅典娜向具有一半灵魂的泥人吹气,人便拥有了灵性。在西方神话的远古源头——苏美尔神话中,人类同样是由神造,只是有的传说是拿神灵的血液,还有的说是用泥土。而诸神创造人类的目的很现实,就是给自己弄一批工人。因为最早世界上只有诸神存在,所有的工作都要他们自己去干,时间一长就累了、烦了,心想:'我等有通天彻地之能,为什么还要在这些琐事上浪费精力呢?于是决定造出一批人来替自己干活,然后再教他们种植和放牧,让他们繁衍生息。而诸神让人类干的活,除了建造神庙以供奉他们外,另外一个非常重要的工作就是为他们开采黄金。有的学者甚至认为,古希腊神话里人类的第一个时代之所以叫作'黄金时代',即是因为这个缘故。"

林从熙心头一动,惊呼道:"神要人类开采黄金为他们所用……那我们所要寻找的金殿,该不会就是由诸神建造的吧?"

王微奕没有接他的话茬儿,只顾顺着自己的思路继续说下去:"在古书的记载中,我们的地球最初只存在着神,之后是神人混居,而人与神的地位并未相差太大,传说中的通天塔即是发生在这个时代里。再后来,由于人类的私欲泛滥,与神渐行渐远,于是神开始将人类放逐,或者说放弃。不过也有一种观点认为,神并没有弃人类于不顾,也没有离开地球,只是隐藏到了人类足迹所不能达的地方,比如南极雪山之中,或者说是地底下。他们对于人类的历史进展,不再直接干预,而是采用了隐蔽的方式来进行。"

林从熙惊疑地看着王微奕,道:"王教授,你相信这些事都是真的吗?"

王微奕沉默了片刻,道:"许多时候,我觉得我不该相信。可是当你在这条路上走得越来越远时,你就总是会感觉到一种光芒。你会发现神的存在，而且神离人真的很近。如果人类能够摒弃私欲，能够破除狭隘的国家观、民族观，那么终有一天能够重新接近神。"他叹了一口气，"你知道吗，最早的人类'精通世界上的一切事情，他们环视一下四周，马上就能看透天体和地球内部的各个角落。他们连隐藏在深深黑暗中的东西都能看到。他们动都不动，转眼就能看透世界。也就是说，他们从自己所在的地方就能看透全世界的各个角落。他们无与伦比地聪明、贤明'。这是印第安人的古文书《波波卡·乌夫》中所记载的。可惜现在的我们，离我们的祖先越来越远……"

"我们的始祖真的有那么厉害吗？"林从熙依然无法摆脱盘桓在人类大脑中数千年的观念，"倘若真有这样的人类，那恐怕也是神模仿自己的形象所捏出的那几个人吧，而绝非是那些随便用泥水抽打出来的芸芸众生。不过话说回来，王教授，古人说的是真的吗？"

王微奕问："你可知道人类是何年发现南极洲的？"

林从熙皱着眉头，道："这个……我可真不知道。"

卜开乔冷不丁地插嘴道："1819年，英国威廉·史密斯船长第一个在南极洲上发现陆地，名叫南设得兰群岛。"

王微奕点头道："你等可想象得到，在三百多年前，土耳其海军的羊皮地图上已经标注出了南极洲的轮廓，其中包括南极大陆两侧的海岸线和南极山脉，而且这些海岸线和山脉已经被数千米厚的冰层埋藏了上万年……"

林从熙张大着嘴巴，不知该如何言语。

王微奕接着道："这幅地图绘于1513年，由当时土耳其奥斯曼帝国的海军舰队司令——比瑞·雷斯所绘制，在地图的一角，他写道：'为绘制这幅地图，我参照了20幅古地图，其中的8幅绘于亚历山大大帝时期。'亚历山大大帝时期距比瑞·雷斯的时代有1 800多年，距今已有2 200多年。而且我们有充分的理由，那些比瑞·雷斯所参照的古地图绘成于更早的时间。亚历山大大帝曾下令建造当时地球上最大、最齐全的图书馆——亚历山大图书馆，该图书馆收录有54 000卷图书，其中包括公元前九世纪古希腊著名诗人荷马的全部诗稿，古希腊科学家家亚里士多德、阿基米德、欧几里得的许多真迹原件，古希腊三大悲剧作家欧里庇得斯、埃斯库罗斯和索福克勒斯的手稿真迹，以及第一本希腊文《圣经》旧约摩西五经的译稿。它是宏伟的人类精神财富殿堂。因为图书集中，当时的学者可以从中翻阅到大量古代遗留下来的知识并进行整理，包括那些古地图。可惜亚历山大图书馆的命运与中国历代的藏书阁命运相似，在公元三世纪毁于战火之中，那些弥足珍贵的历史资料就这样灰飞烟灭。许多的秘密，就永远地埋葬在时光的荒尘中，实在令人嗟叹、心痛。"

林从熙也忍不住跟着心痛，倘若没有烧毁，那么随便抽取一本手稿，放到今天都是无价之宝吧？"那究竟是谁最早绘制了这个地图呢？"

"有学者推断说，最早的地图应该是在数千年前乃至上万年前，由一个来历不明的民族所绘制，然后经由古代最伟大的航海民族、纵横世界海洋一千多年的迈诺斯人和腓尼基人流传到后世。"

"就算真有这么个民族，他们如今都去了哪里呢？"

"老夫也不知道。不过老夫听说，有科学家在位于南美洲的全球三大瀑布之一——伊瓜苏瀑布下找到了一个神秘的黄金洞，英文名叫作TAYOS。这个洞穴有无数个小洞组成，有的洞穴深不可测，人类根本无法抵达。在洞内，科学家发现了一本黄金书，书上除了有许多人类看不懂的文字外，还有一幅地图，一幅地底下的地图！如我们所生活的地面上的世界一样，在地球内部同样存在着一个世界，其中心是一个类似于太阳的发光类物体，有生物栖存在这地下世界中，但有不少出口通往地面，这些出口包括火山口、瀑布口、天坑或者洞穴等。倘若有一天人类能够进入到太空，或者是进入到地底，也许就可以解开这些谜团了。"

林从熙长吁了一口气。每次听王微奕讲话，他都觉得有另外一个全新的世界在他面前缓缓展开。可是无论王微奕如何向他解释，说这个世界就存在于自己的周围，他都无法理解并接受——也许他大脑中的那个世界太根深蒂固，就像是一个用情太深的男人，心里根本装不下第二个女人："既然这些人那么厉害，他们为什么要躲到地底下呢？"

王微奕凄怆地笑了下，道："战争！人类最大的劣根性之一，即便是神也无法避免。好吧，有些话老夫本无意对外人说出，但眼见这形势，老夫实在无法确定自己还能活多久，所以这些话老夫也就不再自私地保留在心底，今天且对你俩和盘托出。希望有一天，即便老夫不在人世了，这些知识也能够流传下来，为人类造福一二。"

王微奕的眼神迷茫起来，仿佛记忆是一场遮天蔽地的大雾，将他的整个身心笼罩住："老夫曾在我国西藏做过一段时间的研究。哎，说起来，西藏这个地方真是距离神最近的地点。老夫在那里经历了许多神秘的事，不过这些与接下来的内容无关，老夫也就不为你们赘述了。总之，老夫在一个极其偶然的机会得到了一份古老的文本，上面记述了人类历史的来龙去脉。老夫虽然几经努力，依然无法求证得出其真实性，加之这个古老文本后来神秘消失，因此老夫更加不敢确定自己所见到的是真是假，有些话就一直留在心中，未曾为外人道过。你俩都并非学者，不必太在意这话语中的内容是否科学、可靠，就当作是一个老人的古怪呓语吧！

"古老文本上写道，地球从诞生开始，其球径和体积在不断变大，这导致它的旋转速度不断变慢，与太阳的距离越来越远。这个变化使得地球上的生物也发生了巨大的变化。在远古以前，地球围绕太阳旋转的方向是自东向西，与现在自西向东的方向刚好相反；昼夜较短，一天只有五个时辰左右；臭氧层很厚，可以隔离掉众多有害的太空射线等，同时气温也较高。这种环境下，生物要高大许多，并且寿命较长。当时的人类，体型是现在人的两倍，寿命可达几百岁，人与人之间的沟通靠的是心电感应，而不需要语言。看起来那时的人类很厉害吧？可是他们与当时也生活在地球上的另外一批高智慧的巨人相比，就像是蒙童与智者。这些高智慧的巨人，我们且称他们为神吧！

"老夫刚才说了，神与人类一样，血液内同样存在着好战的因子，终于有一天这些神之间爆发了战争。如果两位有看过古希腊神话的话，就会对那场战争有一个初步的认识。战争升级，终于有一天，神动用了终极武器——类似于前两年美国对日本所投下的原子弹，当然了，神的武器要比原子弹先进许多，威力也强大无数倍。这个爆炸不仅令地球上的人类几乎灭绝，而且让地球改变了轨道。这可以视为对地球文明的第一次毁灭。这场战争的结果是：只有极少部分的人类与神侥幸存活了下来，并在这片土地上继续繁衍生息。许多年过去，第二场劫难来了。这次是天灾，一颗行星击中了地球。那近乎是一场毁灭性的灾难。整个地球都在颤抖，大陆瞬间被吞入地心，飓风怒号，海水滔滔，淹没了整个世界。天空中布满了黑色的云，遮住了太阳。地球上迎来了漫长的寒夜。世界末日到来。所幸有神的庇护，极少数的人类和动物熬到了云开雾散、重见天日的那一刻。然而让他们惊恐的是，太阳变远了许多，而且变成了东升西落，不再像旧时那样依循从东往西的轨道。人类原先的时间概念被完全打破。更让人类不安的是，天空中出现了一个黄色的、巨大的星球，它会随着时间的流逝而出现圆缺变化——月亮出现了。它的出现带来了潮汐，原本平静无波的海水变得翻腾暴动，像是有一个恶魔在下面搅动着海水。然后白昼开始变长，长度几乎是灾难前的两倍。气温持续降低，恐龙、长毛象等大型动物大批死亡。

"这场剧烈的碰撞，将人类先前所创建起来的文明销毁殆尽，只有极少数的资料被某些聪明的人类从废墟中挖出。文明的微弱火种得以延续。在继续经历了漫长的冰雪世纪后，地球终于变得平和、温暖，适合人类居住，于是人类再度在地球的各个角落繁衍生息，只是他们的身高、寿命和智商都大不如前，当然，仍比当今的我们要高。借助从废墟中找到的记录史前文明的零星资料，科技再度发达起来。然而科技发达带给人类的，更多的是厄运。这个时期的人类已经失去了心电感应的能力。语言的隔阂造成各个种族之间误解、争端不断。各种杀伤力惊人的武器被制造了出来。地球满目疮痍，无数的人类死于爆炸、高温、瘟疫以及核辐射。终于，大洪水来了，吞噬了凶残、自私的人类，只有极少数人在神灵的指引下躲入大船中，躲过人祸与天灾，成为下一场文明的源头。灾难过后的地球，几乎找不到一点文明的痕迹。这些幸存者只能从事刀耕火种、茹毛饮血的生活，并在这样的艰难生活中逐渐忘掉他们原有的知识，变得浑浑噩噩。不过，虽然人类再度回到了野蛮时期，但文明并未完全断绝。在地球的极少数地方，比如我国西藏，仍然存在着一些掌握着史前文明的种族。他们竭力想要让人类记住人类过去的辉煌，避免重蹈覆辙，远离自我毁灭的灾难，于是他们留下了许多'隐喻'，这些隐喻多半存在于宗教文化中。此外，他们还留下许多珍贵的艺术和科学的样品，藏于深山中，等待有缘人发现。

"这是老夫所看到的古怪文本上的全部内容。说句实话，老夫最初看到它的时候，真的是欣喜若狂。因为它几乎完美地揭开了长期盘绕在我心头的诸多谜团，包括史前文明的存在、人类的灭绝、大洪水与诺亚方舟的真实性等。然而等老夫冷静下来后，却又感觉到一种深深的迷茫，以及刻骨的悲哀。老夫不敢相信一辈子孜孜以求的答案来得如此容易，也无法求证它的真实性。更让老夫悲哀的是，那些从上一个劫难中存活下来的智者，他们对后世的忠言几乎被人类抛到脑后，人类继续一步一步地走上了上一段文明的老路，不停地战争。为了战争的需要，人类不断地研发各种威力巨大的武器，而这些武器足以让我们的地球再度陷入毁灭的境地……也许这就是人类的宿命吧！"

林从熙沉沉地叹了一口气。他想起刚刚过去不久的第二次世界大战。战争让多少生灵涂炭，又让多少家庭破碎。它是一部残酷的绞肉机，绞杀的是每一个鲜活的生命。可是政客在私欲的驱使下，打着"为民谋利"的招牌，不断地驱赶着人民，走进战争，就像纳粹的毒气室一般。他们都是被撒旦收买了灵魂的人。"既然这个世界上有神存在，那么神灵为什么不现身，阻止人类走向自我毁灭呢？"

王微奕苦涩地说："当你看到两队蚂蚁在列队厮杀时，你会将它们分开吗？就算你会将它们分开，你能保证它们不会再度开战吗？对于蚂蚁来说，你就是上帝，拥有神灵的力量，可以轻易地毁灭掉另外一支蚂蚁军队。可是作为你，又如何去判断谁是正义、谁是邪恶？'他救'永远不可能是人类的出路，人类的出路在于，只有当普世的理想光芒能够照临这个蓝色星球的每一寸角落时，那些远古的文明薪火才可以重新点燃起来……"

"那什么才是普世的理想呢？"

"是向善的心。"

林从熙的脸微微抽搐了一下，仿佛有什么心事被触动。

王微奕继续说："其实许多古书或者神话中都记录下人类先前的变故，只是未能引起世人的重视。比如说，印度史诗《摩诃婆罗多》中有一段关于战争的描述，千百年来人们一直未能理解，直至原子弹出现时人类才恍然大悟，明白那根本就是核战争的实况记载。《摩诃婆罗多》记载的内容是成书之前2 000年之事，亦即距今5 000余年前。当时居住在印度恒河上游的科拉瓦人和潘达瓦人、弗里希尼人、安哈卡人之间发生了激烈的战争。书中描写了战争时惨烈而可怖的情形，这种情形只可能发生在核战争之时：'自然力似乎已失去约束，太阳团团打转，大地为这种武器散发的炽热所烤焦，在高热中震颤。大象被火烧得狂吼乱叫，东奔西窜，竭力躲避这种可怕的暴力。水在沸腾、百兽丧命、敌人被歼。愤怒的火焰使树木仿佛遭遇森林大火，一排排倒下。大象长吼一声撕心裂肺，倒地毙命，尸横遍野。战马与战车焚毁殆尽，呈现出一派大火劫后的惨象。数以千计的战车被摧毁，大海一片死寂。风开始刮起来了，大地通红发亮。真是一幅触目惊心的画面——倒地尸首被那可怕的热烧得面目全非，残缺不全，不像人样！我们从未听说过这样一种武器，这些武器从外表看去好像一支巨大的铁箭，使人感到好似死神遣来的巨大使者。'

"事实上，不少历史史料中都记载了这种威力巨大的武器。在印度，它被叫作'婆罗门的武器'或'雷神的火焰'，在南美被叫作'马修玛丽'，在凯尔特人的神话里则被称为'闪电弹'。而科学家也在全世界各个地方找到了核战争的痕迹。比如说当今人们已经知道，原子弹爆炸的瞬间所产生的剧烈高温会让石头融化，光滑似玻璃，而寻常的火烧根本不可能产生这种效果。科学家近些年已经先后在印度的恒河、古巴比伦、撒哈拉沙漠、蒙古的戈壁上发现了史前核战的废墟。

"如果你们可以接受这种史前文明理论，我们再回头来重新审视我们的神话，会找到许多相互印证的内容。例如神话中，旧时天地如混沌。我们可以理解为，当时的大气层浓厚，阳光无法透进来，因此显得天地间鸿蒙未开。后来盘古开天地，天渐高，地渐远，这一方面是云层渐开，化掉混沌，另一方面倘若以太阳作为参照物，亿万年间地球与太阳之间的距离是越来越远。接着是女娲造人。老夫曾提到过神灵造人的事。不过这个造人未必真的是'从无到有'的造法，而可能是'改造'，也就是往当时的古猿脑中植入了意识，造成人类智慧的突飞猛进。再之后，共工撞毁不周山，导致'天柱折，地维绝。天倾西北，故日月星辰移焉；地不满东南，故水潦尘埃归焉'，这与行星撞到地球导致地球偏移的事情极为相似……"

王微奕仍在絮絮叨叨时，忽然被一颗野果砸中。抬头一看，只见在三人交谈间，青狐不知跑去哪里，摘了一大堆野果抱了回来，丢在三人的身上。

卜开乔如获至宝，急忙捡起，放入嘴里。这种野果有李子般大小，呈紫色，核小若瓜子，咬进嘴里，满嘴生津，甘甜无比。卜开乔一口气吃了七八个。

林从熙一边咀嚼着野果，一边哑摸着王微奕的话："王教授，那你这次不惜犯险，前来神农架，表面上说是寻找金殿，其实更大的目的，是不是想寻到失落的文明？"

王微奕轻轻地擦去溅于唇边的野果汁，答非所问道："老夫今年五十四岁，余下的岁月有限。老夫只希望在尚能有点作为的年岁，破解一些盘桓在心头多年的疑团，不带着遗憾离开这个世界。但正所谓'谋事在人，成事在天'，看运气吧！"

林从熙读解得出王微奕的言外之意，安慰道："王教授，这一路走来，虽然布满凶险，但整体上讲，收获良多。倘若不出意外，我想我们会有机会找到金殿，了却你的心愿的。"

王微奕沉沉地叹息道："但愿如此吧！"心头的凄苦却难解半分。只有他自己知道自进入神农架以来，自己体内发生的变化。恐怕未及找到金殿，他就要葬身于这片荒野森林中。所以他有意地将心中最深处的一些知识告诉给林从熙与卜开乔，尽管这些知识尚未得到证实，并且不符合科学的原则。

卜开乔突然抱着肚子大叫道："哎哟，肚子疼。"随即领悟过来，手指着青狐道："这野果……有毒。这畜生存心害我们！"

青狐双爪捧着野果，嗷嗷叫唤，仿佛在委屈辩解。

卜开乔来不及与青狐算账，扯着裤子，急忙找地方去解决。

王微奕和林从熙亦察觉腹内隐隐作痛。但以王微奕数十年的野外生存经验来看，这野果应该是无毒的，除非它……"把这个野果吃完！"他将手头仅有的三个野果递给林从熙。

林从熙惊疑不定，道："这个野果不是有毒吗？"

"来不及跟你解释，吃了它，对你有益无害。"

林从熙将信将疑地将野果塞入嘴中，大嚼起来。不多时觉得腹痛如绞："不行，我要去方便下！"说完，捧着肚子疾奔至前方的草丛中。

王微奕也找了个草丛解决了事。卜开乔第一个提着裤子奔了回来，怒气冲冲地扑向青狐："你个畜生，我们好心救你的祖先回来，你反倒陷害起我们！"不料手中的裤子没提好，绊住脚，跌了个狗吃屎。

王微奕及时喝止住他："你误会了，它是好意！"

"这怎么回事？"卜开乔瘪着嘴，"难道它让我拉肚子是为我好？"

"当然是为你好。你不觉得你现在身体轻爽了许多？你可知道，我们在山洞内吸入多少尸气、水银毒气？这些可都是致命的。而这些野果具有解毒之效。拉肚子代表你正在排毒。所以你应该感谢这青狐才是。"

"这样呀！"卜开乔摸着脑袋，作恍然大悟状。他朝青狐深深鞠了个躬，"狐兄，刚才是我错怪了你，你小人不计大人过，请宽恕则个。"

王微奕苦笑着摇头。

林从熙深深地凝视着青狐，道："这小东西可真有灵性。"

王微奕道："万物皆有灵。我们人类自诩为万物之灵，而这份自大却往往让我们忽略了造物主的许多心意。"

"我们能不能带这只青狐一起走呢？我想它一定比我们更熟悉神农架这片土地。"

青狐仿佛听得懂他们的对话，往后退了两步，鼓起眼睛瞪着林从熙，仿佛不满他的痴心妄想。

王微奕沉吟了下，道："算了。古人以'放马南山'代表消除兵患，人性回归，但其实这亦是让马性回归自然。这青狐乃是山中灵物。它若愿意帮我们，到了一定的时候自然会出现；倘若不愿意，我等以这狐面人做要挟，勉强它，终究失了君子作风，沦为小人。所以，权且让它在这山中自在生活吧！"

林从熙不大乐意："它可是答应过我，要帮我们找到被白狐夺去的明珠哦！"

王微奕道："一饮一啄，莫非前定。命里有时终须有，命里无时莫强求。一切随缘吧！"

卜开乔嘟嘟囔囔着，不好违背王微奕的意愿，只好杀气腾腾地问青狐："你想要我们怎么处理你的这老祖先？"

青狐欢喜地用爪指向远处的一个山谷。

"你想要累死我啊！"卜开乔一屁股坐在地上，"不干！"

青狐急得上蹿下跳，又是作揖又是"哀求"，还不时地伸出爪子拉一拉卜开乔的衣襟。眼见他依然"无动于衷"，无奈下，只得叫唤了两声，似一道青色的剑芒窜入草丛中，转眼不见踪影。

"奇怪了，难道它不要自己的祖先了？"卜开乔虽然态度强硬，但心里却已融化，见青狐消失不见，不觉有点怔然，"这畜生就是畜生，连祖宗十八代都送人不要了。"

王微奕躺在一侧，捻须微笑不语。先前在石窟里体力消耗太剧，加上精神始终高度紧张，如今躺在草地上，知道危险已去，加上被夕阳的余光晒着，他不禁有几分醺然，恍恍惚惚间，竟然坠入梦乡。

卜开乔和林从熙的眼皮也都沉重起来。就这样，倚着春天的落暮，三人静静地睡了去。世界就像是被遮掩在舞台幕帏后面的余韵，虽然有着流连难返的回味，然而却就此被隔绝，仿佛它不曾来过。每个人都蜷缩在自己的梦境中，用或细微或沉重的打鼾声，来倾诉内心的细密深思。

沉浸在梦乡中，他们貌似睡了很久很久，然而当被青狐所带来的光芒摇醒时，发现才眯了小半个时辰，太阳的余晖尚未完全消退。三人觉得这一场昏天暗地的睡眠，将自己的魂儿都睡丢了。初醒过来时，三人全身无力，大脑里一片混沌，稍微一摇晃都可以听到如蛋清在蛋壳里发出的"吧嗒"声，眼前一片迷蒙。王微奕知道，这是体力透支到极限的表现。

待三人将魂儿找回的时候，惊异地发现青狐带回来的竟然是另外一颗明珠，或者说内丹！虽然它远没有被白狐夺走的那颗内丹来得璀璨夺目，但也熠熠生光，显然不是凡物。

林从熙心头一喜，探手抓去："这是要给我们的吗？"不料青狐冲着他叫了一声，仿佛在说："滚开，这不是给你的。"然后眼睛直勾勾地盯着卜开乔。

卜开乔明白它的心意，嘟囔道："你真当我是劳工啊？扛这么重的东西到那么远的地方，却只给这么一点报酬……哎，这生意不划算哪！"

林从熙的眼珠子都快掉下来了：这颗珠子若是放到外面去，少说也值 5 000 大洋。5 000 大洋是个什么概念？1948 年，一名县长的每月俸禄也就是在20大洋左右，20大洋足以养一大家子人。5 000大洋足够在北京买下一栋非常豪华的四合院！

林从熙急忙说："你要是不想背，那就把珠子给我，我来背！"

卜开乔似乎丝毫没察觉明珠的名贵，想也不想便说："好啊，那你背。"

林从熙生怕卜开乔反悔，一把扯过狐面人尸体。谁知青狐丝毫不领情，毫不客气地一个爪子拍来，在他的手背上挠出几道细微的血痕。

林从熙气鼓鼓地瞪着它："凭什么只跟他做生意，不肯跟我呢？"

王微奕望着太阳一点一点地坠入青山之后，一丝不安的气息随着黑暗的升临渐渐扩散开。他道："既然它要小卜你背，你就背吧！此地不宜久留，我们且尽快撤离。"

林从熙也嗅到一丝危险。明珠虽好，终不如性命来得宝贵，他只好痛惜地看着卜开乔接过明珠揣入兜中，再扛起狐面人尸体往它指定的山谷走去。

青狐走在最前面，三人跟随其后。王微奕扭头看了一眼先前所进入的洞窟，如今它已下陷成一个深坑，黑乎乎的一片，仿佛是天地间一口巨大的棺材，埋葬着文明的秘密。他的躯体微微颤抖了下，有一种毛骨悚然的不适感穿透进全身皮肤的每一个毛孔。

青狐带他们走的路线有几分怪，并非直来直往，而是东绕西转。王微奕初时不在意，后来却开始惊讶，直至惊异：青狐并非是随便乱走，而是有章法，有几分像九宫八卦阵，但却远比九宫八卦阵复杂。他不禁暗出了一身冷汗：很显然，这座山头被人设置了极为厉害的阵法，昨晚倘若不是白狐引导他们进来，恐怕在黑暗中他们很快就会遇到危险。

想到此，王微奕急忙对卜开乔说："小卜，你要记下我们走过的步法，也许将来哪天就会用到。"

卜开乔苦着脸道："天快黑了，我怕看不清路。"

王微奕陡然想起放置在卜开乔口袋中的明珠，于是走上前，将它掏出。明珠散发出一股柔和的光芒，橘黄之中掺杂着淡红。虽然光芒有限，但却让人心里忽生无限的温暖。王微奕用手托着它，走在最前边。明珠温润如玉，似幽微的禅音，原先一直盘旋在他心头上的不安感渐渐散去。他心头一片澹泊宁静，仿佛正走向人生的归宿，世界寂然。

前后走了约有一个时辰。卜开乔虽然力大如牛，但背着狐面人翻山越岭，也是累得气喘不止。幸好青狐处处照顾他，边走边寻觅野果，在他停下歇息时塞给他一把。有此甜头，卜开乔倒省去了许多埋怨。青狐一直带着他们走到先前它所指的山谷，然后走进一个隐蔽的山洞中。因为光线有限，王微奕又舍不得打开手电筒，因此众人无法看清山洞四周的情形。不过令他们惊喜的是，这个山洞极为干燥，似有人居住过的痕迹，最重要的是，并无想象中的狐臊味。看来这并非是青狐的老巢。

卜开乔双足如灌铅般沉重，将狐面人搁置于岩洞一角，整个人就势躺在地上，便再也不想起身："不行，睡神跟我打招呼了，我要去他家做客。狐兄，或者狐弟，有事就请到我梦里再说吧！"不多时已响起如雷鼾声。

王微奕和林从熙也是又饿又累，学着卜开乔直接躺在地上。虽然地面坚硬，硌着背，但人在累极的状态下，别说是块平地，就算是个沼泽也都能躺下就睡着。

一觉睡得无比酣畅。王微奕感觉流失的能量在体内重新汇合，早上起来，神清气爽。他满足地舒展了下筋骨，朝着山洞的光亮处信步走去。

来到洞口，眼前的情景瞬间让他惊呆了。在日后的时光里，每当他想起此刻所看到的这一幕时，都会有一阵发晕，觉得自己是在梦里。

如果人间有仙境的话，眼前的景象肯定位列其中：只见眼前壁峭岩怪，峰奇谷险，树木葱郁，遍地野花。有悬瀑飞泻而下，水幕笼烟，映照着霞光，闪耀出缤纷五彩，仿若世上最美的锦缎。山谷间，有彩蝶翩跹、蜜蜂轻舞，看上去静谧而又绚丽，让人仿佛置身于迷离梦境。

王微奕长吁了一口气，空气中夹杂着甜香。日光微微转移。突然，一道炫目的光芒映入他的眼帘——那是数十颗宝石镶嵌在石壁上。日光照射在上面,有光芒折射到瀑布上。水汽氤氲,吞吐着七彩的光芒,看着像极了一条蛟龙在瀑布间飞腾纵越。这一幕只持续了约三分钟。王微奕注意到,在日光投射到第一颗宝石上时,青狐即从洞中飞奔而出,立于瀑布下,前足抬起,合拢在一起,同时嘴巴微张,眼睛紧紧地盯着瀑布中的蛟龙,整个身体微微颤动,就像是人在修炼一般。

王微奕暗暗吃了一惊:很显然,这青狐是在采集龙气来修炼内丹!自古龙脉、龙气是风水学上最为玄妙的内容,但这些龙脉、龙气基本上都是因缘于山形、地势、水脉,而像眼前这种制造出来的龙气却绝无仅有!很显然,那数十颗宝石是人为放置上去的,而放置者的目的很明显,就是希望借助集结这山谷的灵气混杂龙气,来提高自己的修为。

王微奕忽然想到昨天卜开乔背回来的狐面人。青狐不惜用一颗内丹来支使卜开乔将狐面人背回来,绝不会仅仅是出于对祖先的尊敬,而是别有用意。他转眼看了一下四周,在一湾清泉中发现了狐面人的踪影。出于一种好奇的心理,他朝清泉走去。这泉水乃是从地底涌出,与瀑布相隔不到五米,与瀑布的磅礴气势相比,它更像是一个小家碧玉,而且它的水质也呈现出一种特别奇怪的碧色,不知道是原本水质如此,还是因为浸泡了狐面人的缘故。

泉水不大,所以只容得下狐面人胸膛以下的身躯,他的头部则依靠在泉水边上的一棵不知名的小树上。小树长得也是极为奇怪,约有一米多高,一打眼树龄不大,可是却虬枝盘结,用手摸上去坚硬如铁。王微奕注意到,瀑布飞溅出来的水花会洒落在小树上,顺着小树的枝干滴落而下,有许多都滴落在狐面人的鼻口上。狐面人身上的铠甲在先前卜开乔的野蛮搬运中,基本上脱落殆尽。青狐将最后一点遮掩全都撤去,让狐面人赤身裸体浸泡在碧绿的泉水中。令王微奕惊异的是,他被剖开的腹部已经合拢,看不到有针线的痕迹,也不知是青狐用了什么古怪的法子,还是他自动愈合。

王微奕几乎可以断定,青狐将狐面人放置在这里,是为了让他"复活"。

因为他很快就察觉到泉水的位置十分特殊：依先前瀑布上龙腾跃的方位看，这泉水刚好位于它的口下。那些喷溅到小树上继而滴落到泉水边缘的小水珠，都像是龙吐出的津涎。

这是一个异常高明的布局！虽然王微奕先前从未接触过这样的布局，但他深知，这个世界上有着太多古老的巫术、法术，超乎寻常人的想象力。虽然让人还魂的事近乎神话，但也并非是不可能之事。

王微奕不自觉地朝着小树和清泉走去，想要近距离更深入地观察狐面人的变化。青狐的眼睛瞄向他，眼神中似有不满，仿佛竭力想要阻止他靠近，无奈自己在修炼中，不能中断，只能报之以仇怨的目光。

映着霞光，王微奕注意到小树上结着两颗火红的果实，约有拇指大小，晶莹剔透，看上去十分诱人。他不觉动了好奇之念，将其摘下，托在掌心端详起来。这一幕被青狐摄入眼中，激怒了它。它的地一声长啸，竟不顾一切朝着王微奕扑了过来。

王微奕吃惊之下后退了两步，却不慎被隆起的树根绊了下，摔倒在地，握在掌心中的红果跌落。青狐迅捷地朝着红果扑去。就在它离王微奕和红果尚有一米之远的时候，一粒小石头准确地击中它的头部。青狐吃疼之下，整个身体一偏，跌落在泉水眼中。

王微奕抬首望去，只见林从熙正站在洞穴口，手中握着另外一块石头。

红果静静地躺在草地上，散发出一股沁人心脾的芬芳。王微奕心头一动，捡起一颗，迅速塞进嘴里，将另外一颗放入兜中，快步爬起身，朝洞穴口奔去。红果极为甘甜，带着一股果香，吃进肚子里凉津津的，十分舒服。王微奕竭力克制住自己，才将"再吃一颗"的欲望压制下来。

王微奕却不知，那棵小树看上去幼小，实则已有数千年的高龄。这树名为"唤龙树"，相传只出现在龙脉之地，一百年里生长一寸，因此其树干堪称是世界上最为坚硬的木头之一，坚逾金石，就算是削铁如泥的宝刀砍在上面，留下的也只是一个白印子。唤龙树长至千年之后会开花结果，虽然其果实不像《西游记》中的人参果那般珍贵与神奇："三千年一开花，三千年一结果，再三千年才得以成熟。人若有缘，闻一闻能活三百六十岁，吃一个能活四万七千年"，但却也是珍罕之物。这唤龙树汲取龙气，树本身是极热之物，然而结出的果实却是清热解毒之圣物。唤龙树十年左右结一次果，结果期很短，一般一个月即可以完成从开花到结果再到成熟的过程，只是对气候的要求很高，要求有合适的雨水，带来雾气缭绕，滋润着它，一旦曝晒，就自动萎缩凋零。这座山谷日晒时间很短，并且有瀑布在侧，又有泉水缭绕，正是唤龙树最佳的生长环境。但就算在这种得天独厚的条件下，唤龙树结出的果实，也只能算是普通的名贵药物——只有当唤龙树旁有极阴之物滋养时，唤龙树所生长出来的果实才真正是世间最珍罕的药物，几乎可以清除一切热毒、火毒，甚至可以说，具有起死回生的功效。这样的唤龙果对于修炼之人来说，是非常难得的大补之物，可以调节体内的阴阳气息令其达致平衡，缩减数十年的修为时间。

狐面人应该是极阴之体。青狐不辞辛苦地将它带到唤龙树下，正是希望借它的阴气来促使唤龙树结出圣果。圣果在月圆之夜采摘最为理想。而如今距离月圆尚有两日，而且狐面人刚被泡在泉水中只有一夜，其阴气被唤龙树吸收得很少，结出的果实灵气也有限，但对于排解一路上王微奕所吸入体内的各种热毒却是绰绰有余。因此食下之后，王微奕只觉得有一股冰凉之气在体内盘绕，像一条青蛇缓缓爬行，将血液内存留的各种毒物清理一空。王微奕觉得整个人身体一轻，一直压在胸口的那种沉闷感不翼而飞，就像是一个喷嚏在鼻腔内徘徊了许久，终于将它打出，那种痛快淋漓的感觉美妙极了。

不过王微奕这时已察觉到青狐的咄咄杀机。青狐从清泉水中挣扎着爬起，毛发俱张，朝着王微奕再度扑过来。王微奕从未想过一只狐狸可以这般狰狞、凶恶，不觉心头有几分发寒。

林从熙手中的石头再度飞出。这次的石头比先前那块要沉得多，力道更大，打中青狐的腹部。青狐一个踉跄，捂着肚子痛苦地蜷缩在地。

"怎么啦？"林从熙一边四处寻找新的石头，一边问王微奕。

王微奕喘着粗气道："它把狐面人给泡在泉水里，老夫过去查看，它便发怒了。"

林从熙与王微奕紧张地注视着青狐，边步步后退，边交流着："它将狐面人泡在水里做什么？给他沐浴洗澡吗？"

王微奕道："不知道。也许是有着某种特别的意义。老夫见到狐面人的腹部伤痕已经自动愈合。"

林从熙不觉身体一震："难道它想让老祖宗活过来不成？"

王微奕摇头道："老夫觉得不像。先前这狐狸被你击倒在泉水中，跌在狐面人身上，我见它还恼怒地用爪子挠了一下狐面人，拉开数道伤痕。可见它对狐面人并不是特别尊重。老夫猜测它大概是需要借助狐面人的尸体完成某件事吧！"

林从熙叹道："狐心难测。畜生就是畜生。昨日里我们拼死救出它，今日里它竟然就想置我等于死地。唉！"

王微奕想起口袋中的红果，突然有了一丝罪恶感：很显然，青狐是冲着红果而来的。倘若自己没有采下红果，就不会招致这无妄之灾。但红果对于青狐是祸是福却难说。这世间有许多生物想要进行修炼，可这并不容于天道，往往会招致天谴，被雷劈死。青狐若是能够安心做一只狐狸，也许它能够乐享天年；若是心生贪念，向天要命，难免会落得惨死的下场。

王微奕隐隐地猜测到洞穴画中那名将军为何会将狐面人剖腹，阻止它死而复生：很有可能就是将军察觉到狐面人对人类的威胁，不想让它继续存活在世间，贻害后世。狐面人也许是天赋异禀，而非是由狐狸修炼幻化成人，但其身世定然与狐狸有着千丝万缕的关系。人道与狐道终究是相逆背的。就像动物园里驯兽师或者饲养员对猛兽付出巨大的心血，彼此之间也建立了一定的感情，可是每年丧命于猛兽爪下、口中的却也不在少数——而一只猛兽即便它再凶厉，为害的最多只是一方；倘若它拥有人类的某种权力，那么其掀起的将是惊涛血海。《封神榜》中的妲己就是一个最好的例证。尽管它可能只是一部神话，并非历史，却也折射出人畜之间的深深隔阂，以及横亘在彼此之间的仇视与敌意。这个世界上，真正能够成为人类朋友的动物少之又少，关系最密切的甚至可以说唯一的一种就是狗。狗会与人类建立起深厚的感情，在危急的时候甚至可以为了人类而献身。而其他的动物，最多只能陪着人类一起戏耍，而不会带有"至死方休"的情感。简单地说，倘若人与自己豢养的动物一起被困在某间密室中，人类率先饿死，那么恐怕只有狗会选择跟着饿死。

青狐从剧烈的疼痛中缓过神来，张牙舞爪地朝王微奕他们紧逼过来，只是忌惮于林从熙手中的石头，不敢靠得太近。林从熙一边掩护着王微奕后退，一边大声吼道："卜开乔，死胖子，快起来，狗日的狐狸造反啦！"

卜开乔揉着惺忪睡眼从洞穴中走出："怎么啦？我正在美梦中大块吃、大碗喝酒呢，就被你吵醒了。不行，你要赔我吃的……"他的神经被王微奕、林从熙与青狐的对峙所蛰醒，"这骚狐狸想做什么？饿了想吃人？"

"倘若你继续躺着睡觉的话，你就不要醒过来了。这忘恩负义的畜生，想将我们赶尽杀绝呢！"林从熙道。

"岂有此理！"卜开乔怒气冲冲地朝青狐走去，"亏我昨天还给它当劳工，累得一身臭汗。它不好好感谢我，还想跟我翻脸？老子找它算账去！"

王微奕道："它将狐面人的尸体搬运到此处，并非是为了厚葬，而是将他当作工具，用来完成某个企图。这狐狸心计深得很，卜小兄弟千万不要大意。"

青狐似乎对卜开乔存有畏意，见他靠近，不自觉地后退了两步，随后又反应过来，龇牙裂嘴地做着凶狠样，试图将卜开乔吓退。

一道红光从卜开乔的手中飞出，准确地飞入青狐的嘴中，瞬时将它的凶恶噎住。它抱着咽喉，痛苦地在地上打滚。

林从熙看清卜开乔手中丢出的，正是昨日青狐送给卜开乔的那颗红色内丹！他心痛得连连顿足道："你想要找石头揍它就说呗，我给你拣就是，你怎么可以拿这宝贝来砸那畜生呢？这不是肉包子打狗，暴殄天物吗？"

卜开乔不屑道："这等居心不良的畜生，送的东西也不会是什么好东西，老子才不要呢！这颗鬼珠子有点古怪，害老子一个晚上都梦见被一条大蛇追赶，缠着老子不放，直到刚刚我才发起怒来，将它宰杀了，烤肉配酒来吃呢！"

王微奕的眉头皱起："难道这是一颗蛇的内丹？"

话音刚落，众人突然闻到一股腥臭的气息从洞穴的入口处传来，耳畔间同时传来"砰砰砰"的撞击声，不觉面面相觑，心提到了嗓子眼："不会又有什么妖物出现了吧？"

青狐似乎意识到危机来临，也顾不上体内如烈火燃烧般难受，似一道青色闪电般地窜出洞口，直奔泡着狐面人的清泉处，大口大口地吞起水来。它一边喝水一边紧张地盯着洞口，仿佛那里藏着巨大的威胁。

浸泡着狐面人的泉水，蕴含着冰凉之气，可以压制住青狐的内火。然而这并未给它带来任何的欣喜，反倒让它眼中的惊恐之色越来越浓。

王微奕三人察觉到空气中所聚结的不安之意，悄悄地躲了起来。黑暗中，只听得"沙沙"的声音越来越近，一股令人作呕的腥气几乎填满整个洞穴。不多时，一对灯笼兀地出现在半空中，将三人吓了一跳。紧接而来的浓重呼吸声让三人的心瞬间提得老高：那不是灯笼，而是一条巨蛇的双眼！

这条蛇至少有七八米长，蛇身有水桶般粗细，遍体鳞甲如铁皮。因为洞穴仄窄，它在爬行时不断地会撞到石柱，发出声响。林从熙等人几时见过这么巨大的蛇？惊得头皮发麻，连大气都不敢喘一下，生怕惹到了这蛇爷爷，将他们当作点心一口吞下。

所幸巨蛇不是为他们三人而来，否则即便三人藏得再好，也都难逃蛇的"法眼"。事实上，蛇视力极差，它们更多是依赖听觉和嗅觉来捕捉猎物，因此洞内昏暗的环境并不会对它造成困扰。巨蛇看也不看他们一眼，径自穿出洞穴，朝着青狐扑去。

王微奕忽地明白，先前青狐给到卜开乔的那颗珠子，恐怕正是眼前这条巨蛇的内丹！青狐虽然修为不浅，但远没有能够达到练成内丹的级别——即便它有，也断不可能舍得将内丹赐予他人，那是比它的性命更加宝贵的东西。大概青狐是趁巨蛇睡觉之时，将其内丹偷走，献给卜开乔，作为将狐面人带至这里的条件。而巨蛇醒来之后，见内丹丢失，大怒。因其与内丹之间有着一种天然的感应能力，于是就不惜跋涉数千米，前来寻回内丹。

想通了这一点，王微奕后脊梁一凉——倘若刚才卜开乔没有将内丹丢弃给青狐，那么巨蛇岂不是会将他们三人视为偷盗之人，欲置之死地而后快？这大概正是青狐的心计：借刀杀人，决意不让王微奕三人将这个修炼圣地泄露出去。只是青狐大概没有想到，卜开乔三人在到达洞穴之后并未立即离开，而是在倦极的情况下睡了一觉。而夜里，青狐忙碌于独力将狐面人一点一点地挪动至唤龙树下，泡在清泉里，所以来不及抽身来对付三人。

"没想到这青狐歹毒如斯。"王微奕暗叹了口气。不过正所谓"机关算尽太聪明，反误了卿卿性命"，青狐万万没有想到的是，卜开乔会将内丹丢还给它，并且刚好让它吞进了肚中。

巨蛇见到青狐，从它呼出的气息感应到内丹的存在，顿时暴起，携着雷霆之势，扑上前来。青狐虽然比巨蛇灵动，但它的修为时间远远短于巨蛇，加上先前接连被刘开山、林从熙重创，且从洞窟逃生后，一直忙于安置狐面人，因此十分劳累疲倦。几次腾挪之后，险象环生。

这座山谷本就不大，除了王微奕他们所处的洞穴通往外界外，其余三面都是数十米高的峭壁，而三面峭壁中，一面淌着瀑布，余下的两面则都布满花草树木。青狐生怕巨蛇毁掉狐面人，破坏它辛辛苦苦才布下的局，只能尽量地将其引开，绕往小树林中。但这山谷间生长的都是一些小灌木，根本就抵不过巨蛇的铁尾狂扫，很快就被夷为平地。

失去了树木掩护的青狐，形势更加危急。无奈之下，它只得重新奔向瀑布，希望借瀑布的奔流之势抵挡巨蛇的肆虐。可是巨蛇看上去虽笨拙，但行走如风，比受伤的青狐还要快上几分，很快就超过了它，占据在瀑布前，其尾部则横在洞穴口，阻止青狐逃出山谷。

眼见逃生无望，青狐只好沿着唤龙树与巨蛇展开"捉迷藏"。巨蛇摧枯拉朽，却撼不动小小的唤龙树，尾部每一次扫在唤龙树上，都要被那坚硬、虬曲的枝干打得生疼，只好避开唤龙树来追逐青狐。如此一来，它沉重的躯体很快就像一列大货车碾过狐面人，将他的遗体压得稀巴烂。青狐苦心经营的阵局，就这样被破坏得一干二净。这大概也是冥冥之中的天意吧！

青狐被巨蛇追逐得筋疲力尽，终于一个不慎，被它的尾部扫中，像一块石头似的飞了出去。未及着地，已被巨蛇叼了个正着。青狐灰暗的眼神中闪过一丝绝望，随即就被巨大的黑暗所吞没——整个身体已被巨蛇吞了进去。它的肉体将被巨蛇的胆汁消化，而存在于它体内的巨蛇内丹也将滚落出来，物归原主。

王微奕三人心惊胆战地看完了这一场蛇狐大战。巨蛇吞掉青狐后，心满意足地趴在唤龙树下，静静地消化，闭目养神。

八

　　王微奕朝林从熙、卜开乔打了个手势，三人悄悄地退出洞穴。外面天已大亮，千山万壑均匀地涂抹着阳光，有清风吹过，无数林木含笑点头，仿佛在说着"早安"。笼罩在三人心头的阴霾被略微吹散。

　　"我等去哪里呢？"林从熙舒展了一下筋骨，问。

　　对于这种做决策的事，卜开乔向来都不开口，只是静静地看着眼前的美景，目光回到那种婴儿般的纯净。

　　王微奕眯起眼，望着天边的朝阳道："找冷长官去吧！"

　　"怎么个找法呢？"林从熙略有一点担心，"我们耽误了一天时间，冷长官他们肯定不会在原地等候。而林海茫茫，想要找到他们谈何容易？"

　　"事在人为。"王微奕道，"小卜，你还记得去往西青林的路吗？"

　　卜开乔点了点头，道："大致记得。"

　　"行，那就出发吧！"

　　在距离王微奕他们约有三里的一处密林里，刘开山与三名短装打扮的男子坐在一起。刘开山的脸上流露出浓浓的杀气。这一刻，他重新回到了土匪头子的身份，凌厉的目光令人不敢直视。

　　"吴大疤子，我记得临行前跟你反复强调，不要跟得太紧，更不准与那几个当兵的发生冲突，就算真的遇上他们，也只准退，不许攻。你们是不是不拿我的话当话了？"

站在刘开山面前的，正是前两日被冷寒铁所诱使与灰衣人一行发生激战的吴大疤子等人。他们都是铁胆帮里的头目，也是刘开山的手下。可以说，进入神农架寻宝早就在刘开山等人的计划之中。他将自己打扮成一个劳工，混入冷寒铁队伍中，然后让吴大疤子等几人在后面偷偷跟踪。而他们之间的联络工具，就是吴大疤子所携带那只秃鹫。秃鹫的嗅觉超级灵敏，能够在十千米之外闻见腐肉的气息，并进行追踪——为此，刘开山特意将背后的一块肉生生烫熟，任其腐烂，然后再用民间偏方控制住这一小块腐肉，使其不会继续恶化，从而将自己变成了一个移动的信号发射源。

在先前的跟踪中，一直都很顺利，然而那天晚上的枪战却完全将吴大疤子等人打懵了。当时事发突然，加上天黑，密林里的情形几乎看不清，吴大疤子等人虽然抢先占据了有利的地势，但仓促枪战下，仍然折损了两人，只剩下吴大疤子、鲁撸子和黑脸曹三他们三人。鲁撸子还被打伤了左手臂，不过伤势不重，并不影响行动。而令他们郁闷的是，到最后他们也没弄清楚究竟是谁袭击了他们、目的是什么，只能猜想是冷寒铁等人发现了他们的踪迹，故而进行围攻。

别看吴大疤子在外人面前一副嚣张跋扈的样子，在刘开山面前，却乖顺得像头羊："刘大当家的，我们确实是远远地跟踪。我发誓，那天晚上确实是他们主动袭击的我们，我们只是被迫还击罢了。刘大当家，你说过的话我们自然要谨遵照行，但也不能要求我们打不还手、骂不还口，任人宰割吧？那样我们哥仨恐怕早就见阎王了，根本就没得机会见刘大当家你最后一面。再说了，这抱着脑袋任人敲打的事，不是我们铁胆帮的作风，传出去还不让人笑话死，将来我们怎么在江湖上混？"

刘开山皱起眉头："那夜姓冷的突击，我虽然未曾参与，可是我听见了枪声，从枪声判断，这丛林里还有另外一帮人。如果我没猜错的话，正是他们偷袭了你们。"

吴大疤子一拍大腿："奶奶的，这帮狗日的东西竟然敢朝老子背后放冷枪，老子绝对不会放过他们！"

刘开山沉着脸道："这伙人既然敢跟姓冷的过招，还能在你们的伏击之下杀人，可见他们身手不错，说不定都是职业军人。还是那一句：你们能躲就躲，能跑就跑。我们的目标是金殿，只有到了金殿，我们才可以大开杀戒，不让一个人活着走出这片森林。明白了吗？"

吴大疤子点头如捣蒜："我记下了。"

刘开山看了看太阳的角度："快中午了。你们继续在后面跟踪，我继续去找姓冷的。"

吴大疤子吃了一惊："刘大当家的，你怎么还要跟他们一起？就不怕暴露了真实身份吗？"

刘开山阴阴地说："他们早就知道了老子的身份，只是因为觉得我还有用，就留着我。金殿的路径恐怕只有姓冷的知道，我必须要跟着他才有机会。不过那个姓王的书呆子翘辫子，有点可惜，我怕姓冷的只是一介武夫，离开了姓王的书呆子，许多秘诀就无法解开。"

吴大疤子小心翼翼地问："那姓王的真的死了吗？"

"应该死了。在地洞里，他们被困在悬崖的一端，唯一的通路，也就是铁链又被我切断，连洞口的石门也被我关上。就算他们长有翅膀，能够飞跃深渊，也开不了门，走不出那石洞。我后来看了，整个石洞都坍塌下去，就算有大罗神仙都难逃活命。不过死这么几个人也好，省得将来我们动手了。"

吴大疤子等人连连称是。

刘开山又再三交代了不许妄动的命令，然后起身，朝西青林方向奔去。

当刘开山抵达先前他们在西青林的驻扎地时，不觉呆住了：帐篷已经拔走，剩下一片凌乱的草地，依稀可以看见一点已开始凝固的血渍。很显然，营地曾遭遇过袭击。那么冷寒铁他们是主动撤离的呢，还是被全歼了？他的心不由微微一紧。

就在他惊疑不定时，忽觉背后一阵寒风袭来，不觉大骇，双足一蹬，就地一滚。然而未及他爬起来，背后的寒风又至。无奈之下，他只得双手用力，整个人往前一窜。如此反复三次，他被逼到空地的尽头，堵在前面的是一棵参天大树，而身后的寒风依然如附骨之疽。

"遇上高手了。"刘开山有冷汗沁出。被逼到绝境，他竟然连对手的样子都来不及看清，这在他数十年行走江湖的日子里从未遇到过。他牙一咬，不再躲避，反手从袖间掏出小刀，朝背后甩出。这是两败俱伤的打法。袭击者的一掌或者一拳固然可以打到刘开山的身上，但难免也会被刘开山的小刀所伤。

然而对手仿佛早已知晓刘开山会有这么一招，就在刘开山的小刀刚滑落到掌心间时，袭击者已经变拳为指，食指如箭般戳中刘开山的脉门。刘开山只觉得右手一软，小刀已落地。他大惊之下，脚底猛地向后一挑，挑动草屑与泥土直扑袭击者的颜面。袭击者无奈之下，只得收回袭击的手，遮挡了一下眼睛。借这间隙，刘开山一个转身，与袭击者来了个面对面。

"唐长官！"看清袭击者竟然是唐翼，刘开山不觉一怔。

唐翼哈哈大笑："刘大当家的好身手啊。若不如此逼迫一下，想来刘大当家的一身绝学都不肯轻易外露呢！"

原来前一日，冷寒铁与唐翼在密林里商议，最终决定还是不打草惊蛇，而是静观其变，待叛徒自动现身。最重要的是，他们的身后吊着尾巴，总是一个心病，必须要想办法将其铲除掉。有了叛徒的线索，他们至少还有机会摸清跟踪者的行迹。另外，见王微奕等人始终未到，冷寒铁不免有几分担心。及至听到山崩地裂的声音，冷寒铁心头的忧虑更深。但帐营里，楚天开刚刚苏醒，巴库勒重伤未愈，敌人又在暗处虎视眈眈，让他不得不沉下心来。因此他让唐翼守在原驻地处。倘若王微奕、刘开山等人回来，便带他们回来见自己。

刘开山见到唐翼的笑容，心中的一块巨石落了地，但仍提高警惕，小心地问唐翼："怎么只有你一人，冷长官他们呢？"

唐翼并未回答，反问道："那你又怎么只有一人，王教授等人呢？"

刘开山假装难过："我与他们一起进入一个山洞，却不料山洞坍塌，四人中只有我一人逃了出来，他们三人全都……唉！"

唐翼闻言大笑起来。刘开山被笑得莫名其妙："唐长官你笑什么？难道你很高兴见到王教授他们三人死去？"

唐翼收住笑，道："我自然愿意看到他们活着回来。事实上，他们已经先你一步回来了。"

原来王微奕他们从岩洞中逃出时，意外地发现西青林竟近在咫尺——当然了，是借助卜开乔强大的记忆力，找到西青林最高的一棵树作为路标，抄小路找到了他们原先的驻扎地，找到了唐翼。唐翼将他们带至新营地，在那里，冷寒铁正照顾着因虚弱而重新昏迷过去的楚天开。

见到王微奕三人，冷寒铁眼中现出一抹亮色。王微奕看得出来，那是喜悦。经历过生与死的人，看到战友安全归来，会有一种由衷的喜悦，即便是冷寒铁这种外表看上去坚硬似铁的人，也压抑不住这种喜悦。

冷寒铁很快就用话题掩盖住这种喜悦："刘开山呢？"

王微奕并不擅长在人前说他人的坏话，只含糊说了一句："他与我们走散开了，不知去向。"林从熙慑于铁胆帮的淫威，不敢随便非议刘开山，见王微奕无意吐露真相，也就没有多说。至于卜开乔，除了讨吃、拌嘴外，其他的场合都是三缄其口，于是落在冷寒铁他们耳中的，只有一句"走散"。

花染尘见到王微奕三人，喜不自禁。多日里，她最孤寂。冷寒铁、唐翼等人大半心思都放在如何应对偷袭者上，另外一半则专注于楚天开的病情，没有人能够分心来关照一下花染尘。

她见王微奕三人的脚上都血迹斑斑，不觉惊呼一声。三人昨日在洞窟中，因长靴沾染了火油，于是将其丢弃进暗河中，后虽然用布条缠了双足，但根本而抵住翻山越岭的消磨，不是起泡，就是被荆棘等扎破。花染尘用做饭的锅端来水，替三人洗了脚，细细地将脚上的刺挑了出来，再上药，最后找了三双新的鞋袜给他们穿上。

先前唐翼他们所接收的空投下来的军用物资中，除了一台电台，还有不少枪支弹药，以及干粮衣服。唐翼他们在迁移中，将其大半都搬移过来，只余下少量的食物、药品和衣物就地焚烧，掩埋，避免落入敌人手中。

就在花染尘替三人包扎伤口时，王微奕向冷寒铁大致讲了一下他们的遭遇，尤其是刻在石壁上的画。冷寒铁听到白狐夺走的内丹可以克制住西青林中的球形闪电时，不觉心头动了一下，但随即想起要在这茫茫林海中找到一只颇具灵性的狐狸，无异于大海捞针，只能将夺取内丹的想法按捺了下去。

就在众人谈论之时，唐翼带着刘开山回来了。刘开山见王微奕三人安然无恙地端坐帐篷中，不觉大惊失色，一时间不知该如何应对。倒是林从熙主动向刘开山问好，并顺着先前王微奕的"走散"说法，扯了几句。刘开山知道王微奕等人并未向冷寒铁告状，略微宽了点心，于是朝王微奕拱了拱手，祝贺他们平安归来，王微奕冷淡地还了礼。四人之间的微妙关系全都落入冷寒铁的眼中，他也注意到刘开山脚上的鞋子——一双千层底棉布鞋。那是刘开山从鲁撸子脚上扒下来的。冷寒铁的心头不觉打了个结，但却什么话都没说，只淡淡道："既然人都回来了，那休息一夜，我们明早继续出发。"

夜里，冷寒铁与王微奕一起坐在帐篷外。月光如水水如天，映得整座山林一片银装素裹，仿若下了一场轻柔的雪，在雪的下面，压着轻柔的梦。

王微奕从口袋中掏出那颗红果，放到冷寒铁的掌心。红果在冷寒铁的掌心微微颤动，丹红剔透，就像是一粒美丽的珠子。冷寒铁微怔了下："这是什么？"

王微奕道："老夫也不知这是何物，只觉得它似乎能解百毒。当日里青狐要了狐面人去，似乎就是在喂养这果实。果实共有两颗，老夫服了一颗，只觉得体内轻盈许多，郁结在内的那股浊气全都排了出去。前些日里，你不肯吃那龙涎，因此毒气未解，不妨及早服下它，还你身轻体健。你可知，我们一行人的安危，大半可要倚托你呢！"

冷寒铁注视着红果，缓缓道："它可真有此奇效？"

王微奕道："老夫猜测不错的话，它应是清凉解毒的良药。"

冷寒铁点了点头，起身走进帐篷，不多时，两手空空地走了出来。

王微奕奇道："红果呢？吃了吗？"

冷寒铁淡淡地说："我让楚天开吃了。我想眼下里他比我更需要这粒丹果。"

王微奕沉默了片刻，叹道："冷长官果然高风亮节，时刻想着兄弟。"

"他们可以为我送命，我让出区区一颗果实又何足道哉？"冷寒铁出神地凝望着月朗星稀的夜空，"王教授，前日我们进入西青林，你可曾注意到一点，那些火球多半是在追赶刘开山与猴鹰儿，却极少光顾你我，你不觉得可疑吗？"

王微奕仔细想了一下，似乎确实如此："冷长官你觉得这是什么原因？"

冷寒铁道："我琢磨了下，这一路上刘开山他们与你我食宿在一起，并无特异之处，为何火球会只追逐他们，却放弃你我呢？后来我想到，前些天里大家中毒时，只有你和我没有吃过解毒的龙涎。会不会因为这个原因？"

王微奕沉吟了下，道："有这可能。中毒的迹象是让人的血液凝固。流动减缓，进而让人的生命特征减弱。老夫听过一个理论，说人体四周有个磁场，但这个磁场极其微弱，散发出人体所看不见的光芒，只有极少数修为极高者，这个光芒会大盛，就像传说中佛祖头上的光环。若真的有这磁场，那么火球择人而追逐也就可理解了。因为火球本身即是闪电，拥有极高的磁场，那么它们之间相互吸引也是可能的。"

冷寒铁道："分析得有理。简而言之，你所说的那颗内丹，其作用也就是将人体的磁场定住或者笼罩起来，让火球察觉不到，是吧？我们有没有可能想办法制造出这么一颗内丹呢？"

王微奕面露难色:"这个……就算有此可能,也绝非老夫所擅长。老夫只懂一点皮毛理论,动手能力有限,恐怕难以制造出这等尖端科技的东西。"

冷寒铁道:"没关系,我也就是随口问一下。不过我想,既然有内丹存在,可以克制住火球,那么我们肯定可以找到其他的方法来引走那些火球。"

带着这样的沉思,冷寒铁渐渐坠入到梦乡中。

清晨,冷寒铁抱着枪,守在帐篷外,似一头猎犬般警惕地注视着四周的动静。忽然间,帐帘掀开,有个声音传来:"冷大,我来值岗吧,你且休息去。"

冷寒铁的身体微颤了下,倏地转身,面露惊喜:"楚天开,你醒了?"

王微奕的红果效果显著,楚天开经过一夜的消化与吸收,伤势竟然好了五成。他遭到雷击,雷属火,火毒攻心,而红果乃是唤龙树采集龙气甘露凝聚而成,又集结着寒泉的凉意,同时还汲取了狐面人的阴气,可以滋阴降火,排毒养气,正是雷火的克星。楚天开本来就体质良好,有红果相助,疗伤如虎添翼,虽然要完全康复尚待时日,但至少可以自主行走。

冷寒铁与楚天开久久地相互注视,目光中有微光闪烁。冷寒铁抬手紧握了下楚天开的肩膀,长吸了口气:"天快亮了。你若不想睡,就陪我一起坐会儿吧!"

楚天开默默地挨着冷寒铁坐下,一起看着天边的月亮渐渐变淡变薄,直至如一张剪纸般地挂在东方。

"你说昏迷中看到西青林的枯木排成一个'亡'字?"冷寒铁低声问,仿佛怕吵醒沉睡中的各个精灵。

楚天开点了点头。

"将整片森林全都封锁起来吗?"

楚天开叹了口气:"很大,触目惊心。我从来没有像那一刻感觉到死亡是如此逼迫人心——尽管那时我应该算是一个死人了，可我看着那一排排焦黑的树木时，却还是感到阵阵寒意。它们就像是恶魔的诅咒站立在那里，将死亡的气息传染给每一个闯入者，哪怕是无意中从上空掠过的一只小鸟……"

"那你觉得我们可以闯过它吗？"

楚天开斟酌着言语。有些话在此前他以为无法说出，但经历死亡之后他明白了，有许多话，只有在生前说出，有许多事，只有在活着时去做，才有意义，于是他断然道："只要有你在，就有信心。所以冷大，我求你一件事，无论发生什么事，你都要坚强地活下去。你是我们每一个人心中的神，不败的战神。你给我们勇气，给我们信心。我，楚天开，愿用我的生命来捍卫心中的神。"

冷寒铁心中忽地涌出一阵凄凉："这个世界上，没有神，更没有不败的神。但我们可以失败，却永不言败。"

月亮落入地平线以下了。然而令冷寒铁他们惊异的是，月亮落下的地方，并没有如约地升起朝阳，而是升起弥天的大雾。铺天盖地的大雾，浓得化不开，就像是一个巨大的蚊帐，固然挡住了嗜血的蚊子，可是也将清风和视线遮挡在外。

"这雾来得好古怪。"楚天开喃喃道。

"因为这本不是一片正常的森林。"冷寒铁淡淡地说，眼神中多出一丝担忧。

不多时，大家陆续起身，简单吃过早餐，唐翼等人开始收拾行李。王微奕看了一眼四处弥漫的大雾，皱眉道："这么大的雾，视线有限，进林恐怕会……"

"八死一生与九死一生，并无多大差别。"冷寒铁仰首道，"大自然对谁都一样。"他心中没有说出来的话是：大雾固然会让他们的行动变得更加艰难，但也会让尾随者难以找到他们。

一行人就这样踏着茫茫大雾，走进神秘莫测的西青林。

整座西青林就像是被魔鬼吞进肚子的食物，而冷寒铁一行人则像是向魔鬼挑战的勇者，他们每踏出一步，魔鬼就将西青林吐出一分，然后将他们身后的森林重新咽下。没走多远，每个人的身上都变得濡湿，眼球酸胀。

冷寒铁没有止步的意思，直至空中出现了第一个火球——球形闪电。沦陷在一片白茫茫之中，即便闪电有着耀眼的光芒，看上去也像是一点鬼火。

花染尘的身体微微发抖："我听到鬼哭的声音。"

这个说法让所有的人都不觉心头一紧。难道每一颗球形闪电上都附着一个鬼魂，他们推着球形闪电追逐着人，然后在爆炸的瞬间灰飞烟灭？

在这座森林里，曾经发生过异常惨烈的厮杀，亡魂无数。如果真的有一股力量将他们的鬼魂收集起来，用于阻挡冒进者，那亦非不可能。

可是球形闪电是怎么来的呢？为什么狐面人的内丹能够定得住它？

眼前的形势容不得冷寒铁等人胡思乱想。他朝众人大喝一声："快找地方躲起来，趴在地上！"

众人慌不迭地或以树作为掩体，或将灌木丛视为庇护，纷纷趴倒在地。冷寒铁掏出手枪，"啪啪"几声，在球形闪电距离人数十米时，将其打爆。

巨大的炸裂声与气流，几乎要将人的头皮掀起。一些略小的树直接被炸得断裂或者点燃，空气中顿时弥漫起一股焦味，同时响起噼里啪啦的声音——那是倒下的树的枝叶与其他树相互擦碰所发出来的。

仿佛是受到某种号召，更多的球形闪电悠悠地朝他们飘来。浓雾之中，它们更像是巨型动物的眼睛，恶狠狠地瞪着他们，急于将众人吞入肚中。

冷寒铁眼见球形闪电越打越多，而弹药有限，不觉有几分心惊。众人都见识过球形闪电的威力，只要让它有一颗欺近身旁爆炸开，它就可以将所有的人全都送上西天。

"想办法突围！"他转头对同样瞄准着球形闪电开枪的唐翼道。

唐翼的眼中泛起一丝狠意："这些狗日的玩意儿看上去是要跟我们

死磕了？那来吧，我就陪你们玩个够。"

冷寒铁瞪了他一眼："别忘了我们的目的，能走就立刻走。"

可是四面八方都是球形闪电，他们又能往哪里走呢？

无奈之下，冷寒铁只得让众人背靠着一棵大树，再将身上的背囊集中起来，堆在身边，作为盾牌，人则缩在背囊之后。

但他们远远低估了球形闪电的威力。第一颗球形闪电在距离背囊约有十米的地方爆炸了，巨大的冲击力正面袭向刘开山所握持的背囊上，他只觉得全身就像是被高压电电过一般，瞬间麻木。而整个背囊被炸得四分五裂，所有的物件全都四散碎开，背囊阵型顿时被撕开一个缺口。

冷寒铁见状，不觉心惊。然而却束手无策。

当日里秦军进攻西青林，被球形闪电击得溃不成军，他们用盾牌集结而成的阵型，根本抵不过球形闪电的一个爆炸，而且青铜做成的盾牌成了闪电最好的导电体，无数士兵被生生烧成炭灰。

就在危急时刻，冷寒铁等人忽然看见球形闪电全都掉转了方向，朝着侧边的一棵树围拢了过去。"难道是神迹发生？"众人微微动容。冷寒铁疑神看去，只见侧边的树干上钉了一块灰色的、约有一尺见宽的坚硬之物，但却看不出它究竟是什么东西。

刘开山却认得："咦，那不是我带回来的大王八壳吗？"

那天刘开山他们在洞窟的暗河下，用枪将水鼋的壳崩开了几个口子，其中一块水鼋壳将他的腿给割伤了。他本想将它砸烂，却被王微奕劝阻着收入背囊中。王微奕的想法是水鼋壳性凉，可解毒。他们在莽莽丛林中，难免会遭遇上一些毒物，留着这水鼋壳或许有用，却不料在此地派上用场。

那些球形闪电被水鼋壳所吸引，围绕着它上下打转，顿时失去了先前围攻他们时的那股子汹汹气势。水鼋壳本是阴寒之物，与球形闪电的磁场阴阳互补，因此不会引爆球形闪电。

冷寒铁指挥众人小心翼翼地搬起背囊，蹑手蹑脚地往密林深处走去。那些球形闪电并未跟上来。

走了约莫一盏茶的工夫,众人确认球形闪电不会再尾随上来,不觉暗暗松了口气。林从熙开口道:"奇怪啊,今天的闪电怎么会这么多?上次追逐我们的不过就三四颗而已,这次却是倾巢而出,难道它们就对我们这般恨之入骨,希望除之而后快?"

王微奕心头一动:"莫非有人驾驭着这些闪电?"

冷寒铁默然不语,眼神中却闪过一丝杀机。

雾气更加浓重,像无数重的轻纱笼罩在每个人的四周。一重或者数重轻纱在空中飞舞,世人会觉得有异样的美,可是当无数重的轻纱聚合在一起时,就失去了灵动,变得沉重,乃至布满杀机。众人开始觉得呼吸变得困难,无奈之下,只得张开嘴巴,大口地呼吸,但很快发现这并非是一件愉快的事。浓雾似乎不是单纯的水汽凝结,而是有形有质有重量,被人吞进肺里、腹中,很快就填满了体内的空隙,压得人喘不过气来。

"这雾好怪……"卜开乔用力地嗽着,希望将隐藏在肺里、腹中的浓雾全都排出去,"看着好像是我们在吃它们,可吃进肚子里后,却发现是它们在吃我们。"

冷寒铁也察觉到这种异样,但却不知如何应对。他问:"王教授,'九锁林,风雷潜'的真正含义你想明白了吗?我想这丛林里的秘密就藏在这六个字之中。"

王微奕道:"老夫一时无法参透,但老夫有个疑问:那些闪电不停地爆炸,每次爆炸都会烧毁一两棵树。那为何它们会排列得那么整齐,呈现出一个字来呢?这里面是否含着某种规律?"

林从熙心里一动,道:"我想起来了,在我行走江湖的时候,咳咳,就是大约十年前,我经过一处村庄,当时村子里发生了一件古怪的事:上百亩的成熟稻田里,被轧出了一个古怪的图案。我们路过时,还以为是村里人的杰作,可后来一问,他们矢口否认,说每天光是土里扒食都累得半死,谁有闲情来搞这个图案?再说了,那可是成熟的麦子啊,村里人一年的口粮都依赖着它,怎么可能用来糟蹋呢?就算有人有钱有闲,也捣鼓不出来这么齐整的图案来。你们可以想象一下，上百亩的麦田中，被作画的麦子全都朝一个方向倾倒，而且都没有折断，现场也找不到任何脚印。所以村民们就很惊恐，说是天降谶言，如果参悟不透的话，就会有大祸降临。我猜想，这片森林里的枯木作字，与那麦田里的怪图会不会有着莫大的关系？"

林从熙所言的，乃是科幻史上大名鼎鼎的麦田怪圈。有文字记载的最早的麦田怪圈是1647年在英格兰被发现的，之后数百年的时间里，世界各地至少相继发现数千个麦田怪圈。除了部分麦田怪圈被证实是人类粗糙的恶作剧外，大多数的麦田怪圈图形都属于绝对精确的计算绘画，常套用极复杂的几何图形，或进行黄金分割。最大跨度的麦田圈达180多米，比足球场还大。最复杂的麦田圈共有400多个圆，被称为"麦田圈之母"。

关于麦田怪圈的成因，有人坚持认为是人类所为，目的是为了吸引眼球，但科学家在一些麦田怪圈里找到诸多证据，推翻了人类所为的结论，其中包括：在很多麦田圈里，农作物依一定方向倾倒，成规则状的螺旋或直线状，有时分层编织，最多可达五层，但每棵作物仍像精致安排过似的秩序井然；麦秆折弯处会出现节点，是结构改变导致弯曲，且弯曲后作物还能正常生长。而人为用木板压制麦田圈的方法无法产生这一现象；此外，很多麦田圈当年竟然能继续正常生长，生长的速度比没有被压倒的小麦还快。开花期的作物如果形成麦田圈，不会结种子，而成熟期的麦子形成的麦田圈，果实会因发生变异而变小。麦田怪圈还能对土壤产生了某些深层次的影响，进而对第二年该麦田区域的作物生长继续产生影响，以至于在航拍或卫星拍摄时可以看出部分麦田圈轮廓，这一现象被称为"幽灵麦田圈"，这也是人类所办不到的。因此很多人都将麦田怪圈视为外星文明光临地球的杰作。

冷寒铁心头对麦田怪圈并不在意，他更多的还是关心球形闪电所引发的后果：只见先前因球形闪电爆炸而导致熊熊燃烧的树木，已在浓雾的包围下渐渐熄灭,只剩下缕缕的青烟飘散在空中,并在风的吹送下扩散到四面八方。他心头忽地明白一件事:浓雾并没有什么毒,有毒的是树木,准确地说,是燃烧的树木所散发出来的浓烟,就像上一次他们在西青林里遭遇了古柯碱树导致出现幻觉一般。

可是烧焦的树木为何会排列成一个"亡"字呢?"九锁林"与"亡"字又有什么关联呢?

冷寒铁心乱如麻,有点后悔不该贸然将众人带入西青林。这片森林过于凶险,里面所藏的杀机都是玄之又玄,并非人力所能抵抗。很显然,"九锁林"是走出这片森林极其重要的密码,但目前却无人可以找到其中的头绪。

更让他心焦的是,森林深处又有球形闪电如蟒蛇的双眼一般飘来。水鼋壳虽然可以吸引住球形闪电的"注意力",但毕竟能力有限。众人离开一段距离后,它就失去了庇护的作用。

"逃还是不逃呢?"冷寒铁纠结着。就在这时,在距离他们约有三十米的地方突然现出一道亮光。那些如影随形的球形闪电,就像是鬼怪听到雄鸡叫一般,瞬间消失,漫溢在空中几乎将人漂浮起来的浓雾,也都在这光芒的照耀下,纷纷遁形。

王微奕忍不住惊喜地呼喊道:"是白狐带走的那颗内丹!"

卜开乔咧嘴笑道:"它是想我们了,过来看我们吗?"

冷寒铁隐隐地觉得有几分不对,但急于走出西青林的渴望,让他仍然毫不犹豫地道:"跟着那道光走!"

亮光就像是茫茫大海中的航灯,又像是圣女所执的熊熊火炬,指引着众人前进的方向。冷寒铁等人紧紧跟随,一路上风平浪静,仿佛所有隐藏在森林里的魑魅魍魉全都被亮光所驱开。如此前进了约有两千米,冷寒铁提着的心略微放了下来:也许白狐真的是感恩于王微奕他们,前来报答的吧!

雾气更加浓重了,浓得人似乎是行走在一锅汤中,脚下总觉得有个牵绊。不过远离了枯木所散发出来的毒烟，大家的呼吸没有先前那般沉重，但能见度却收窄到不足一米。幸得明珠的光芒如利剑一般刺透浓雾，顺着这个指引，大家行走顺利。就在众人心神放松之际，前方突然传出一阵哗啦声，紧接着亮光一下子消失。众人惊了一下，不自觉地停住脚步。

冷寒铁从背囊中掏出一支大功率的手电筒，拧亮了。手电筒的光芒远不如明珠的穿透力来得强，只能勉强照亮方圆三丈左右的距离。影影绰绰间，依稀看到一巨型动物在浓雾中追着什么。

卜开乔眼尖，叫道："是那条大蛇！"

这动物正是先前王微奕他们在岩洞中所见过的那条大蛇，而白狐因为通体雪白，与白色的浓雾几乎融为一体，不易辨形。

原来在王微奕他们离开之后，白狐来到了岩洞里。这岩洞唤作"盘龙洞"，是狐狸们最隐秘的修炼地，只有那些有一定修炼根基的狐狸才被获准来到这里。然而白狐到来后，却只看到被大蛇碾压得不成形状的狐面人以及大蛇凸起的腹部，腹内是正被缓缓消化的青狐。

白狐尖锐地叫了一声，扑上前，对大蛇一通狂挠。大蛇与青狐追逐搏斗了小半天，体力消耗甚巨，加上急着想将内丹重新熔炼出来，而熔炼的过程中，它全身软绵绵的，并无太大力气。面对白狐的突然袭击，大蛇根本无法抵挡，仓促之下，被它挠瞎了一只眼。剧痛之下，大蛇狂性发作，施展全身力气来扑杀白狐。无奈白狐的修为比青狐高出许多，大蛇一番扑腾之下，并未伤及白狐半根毫毛，反倒在乱中又被它抓瞎了一只眼。大蛇极具灵性，知道自己并非白狐的对手，带着两只瞎眼，含恨逃离"盘龙洞"。

不过大蛇并不会轻易认输。动物"睚眦必报"的本能，让它决意对白狐展开报复。大蛇虽然被白狐抓瞎了双眼，但这仅是皮肉之痛，并不影响大蛇的行动。因为蛇本身的视力就非常微弱，它主要是靠嗅觉和触觉来感知外界的。

大蛇在僻静处休息了一天，伤势恢复了大半，最重要的是，腹内的青狐终于被消化得差不多了，内丹滚落了出来。失去内丹的大蛇会变得心烦意乱，与敌对抗时，更多是仗着铜皮铁骨和无穷大力；而拥有了内丹的大蛇，则多了如人般的心计。

动物的猎杀本能是异常强大的。它很快就感知到了白狐的位置，于是开始行动。

白狐在赶跑了大蛇之后，很快就将仇恨的目标锁定在王微奕等人身上。在它的想法中，是王微奕等人的出现，才导致狐面人尸身遭到破坏，青狐惨遭杀害。

白狐不知修炼了几多年，如今又有内丹辅助，因此轻而易举就发现了王微奕等人的踪迹。它本想借助天雷——球形闪电来制住冷寒铁一行，不料球形闪电被水鼋壳化解，于是心生一计，取出内丹，指引着冷寒铁等人往密林深处行走——在那里，有一处洼地，积蓄了大量的水，加上长年累月的落叶堆积，使其变成了一个大水泡，也就是所谓的沼泽。不知情的人或动物踩踏上去，刚开始会与平常陆地一般，但渐渐地就会开始下沉直至没顶。而它比寻常湿地沼泽更加可怕的一个地方在于：因为沤积了大量的腐烂植物以及动物尸体，它会产生有毒的瘴气。人如果踏上去，即便侥幸不致沉没，也会因为吸入过量的瘴气而难逃一死。

白狐身体轻盈，加上有内丹护体，并不畏惧大水泡和瘴气，但倘若冷寒铁他们踏上它，便是九死一生。

白狐一心勾引着冷寒铁等人上当，却没发现大蛇始终暗中尾随在后，并洞悉了它的意图，抢先一步在大水泡前埋伏好。于是在白狐刚刚踏上大水泡，大蛇就骤然发难，猛地窜出，一口叼住白狐含于嘴中的内丹，咽入肚中，同时脑袋一顶，将白狐顶到大水泡的中央。

白狐大意失荆州，被大蛇一击成功，没等它明白是怎么回事，身体已经失衡，被大水泡强大的吸力拽着缓缓下沉。

白狐终究不是凡物。虽然半身浸泡在大水泡中，却并不惊慌，前爪快速刨动，竟然生生将身体从腐叶堆中拔出。然而大蛇这时却突然掉转头，将尾巴撅入大水泡中，用力一搅，一掀。大水泡中的一潭死水顿时被搅动开来，形成一个漩涡，加速了白狐下沉的速度。大蛇并不就此罢休，尾巴一甩，挑动大量腐烂落叶劈头劈脑地盖向白狐，遮迷了它的视线；然后它的尾巴翘至半空，像一把巨锤，狠狠地砸向白狐。可叹白狐空有一身修为，却被困在沼泽之中，纵有百般灵动身形也无法施展，只能沦为任大蛇宰割的对象，在大蛇接连的进攻下，含恨沉没到大水泡中。

大蛇眼见大仇已报，快活地摆动着尾巴，踏上归程。然而刚爬行没几步，就感觉到整个身体骤然一痛——原来就在大蛇与白狐相斗的时候，冷寒铁等人已偷偷在蛇路上布下"刀阵"——将黄金匕首等数把刀倒插在地，刀锋朝上，这样大蛇爬过之时，就会生生被其开膛剖腹。

大蛇一身铜皮铁骨，寻常刀剑根本奈何它不得。无奈它碰到的是黄金匕首，吹毛即断的超凡利器，割开它的皮肤就如同割布一般容易。大蛇在剧痛之下，不由自主地扭动身躯，而蛇的本性让它无法后退，只能继续往前爬，这样的话等于将自己置于一台切割机上。黄金匕首将它生生从中剖开。等大蛇全身都通过黄金匕首时，它的血已将大片土地浸润成了新的沼泽。就算它有九条命，也只能奄奄一息。

冷寒铁走上前，从血泊中拔出黄金匕首，走至大蛇前，注视它有数秒钟，仿佛在说："兽有兽行，人有人道。你在自然，为王作威。落入人手，任人宰割。此乃天意昭彰，天理循环。无须怨谁，安心去吧！"然后手起刀落，一刀将大蛇的头颅斩下踢开，再刀走龙蛇，将落入蛇口的白狐金丹与大蛇修炼的内丹双双取出，又将黄金匕首一挥，没入蛇身中，割开皮肉"滋滋"作响，不多时，便取出一颗足有海碗大小的蛇胆来。

冷寒铁唤柳四任取出碗来，摆在地上，黄金匕首在空中掠过数道金色的弧线，一眨眼的工夫里，碗中已落满一片片蛇胆。他率先端起碗来，面无表情地说："喝吧！"

他们先前在踏入西青林时，已吸入大量毒烟，而刚刚大蛇搅动大水泡时，亦带起瘴气飘散到空气中。瘴气隐蔽在遮天避地的浓雾中，人根本无法注意，及至察觉到已经吸入不少。而蛇胆具有解毒疗效，喝下它，虽然未必能将体内的毒气全都驱走，至少也可以缓解一二。

众人都想通这个道理，所以虽然蛇胆腥臭苦涩，却仍然轮流地接过碗，皱着眉头将其吞下，唯有花染尘脸色苍白，连看都不敢看一眼，更不用说喝了。卜开乔见状，笑嘻嘻地端起碗来，道："好姐姐，你要是不想吃的话，我就吃了哦！"

花染尘刚张口想说"你要吃便吃去吧"，未料卜开乔动作迅如闪电，手一抖，已将蛇胆泼进花染尘的嘴中。花染尘措手不及，被呛得脸色通红，猛咳不已，然而那片蛇胆却已经入腹了。

卜开乔拍手道："我骗你的啦！这个好苦的，我才不想多吃呢！你的这份就还是你自己吃吧！这叫作'有苦同吃'。"

花染尘皱着眉，一边咳嗽，一边指着卜开乔，然而看着他那张肥嘟嘟、绽着笑容的脸，所有责怪的话竟说不出来。

冷寒铁看着花染尘的苦相，嘴角不觉扬起一丝笑容，但这笑容很快被他掩饰了过去，只淡淡道："快离开这里。这里的空气闻着不对，怕有瘴气。"

自白狐被大蛇打得沉没进水底后，浓雾就开始渐渐消散，就像是被巨人哈了一口气似的，渐渐地飘离这片森林。冷寒铁他们应该庆幸大蛇替他们收拾掉白狐，否则他们的行进路上将多出一个巨大障碍。

浓雾虽然消散了些，但阳光依然被阻隔在森林之外。给众人提供光亮的还是那两颗内丹，于是大伙的目光，便更多聚焦在冷寒铁手中的那两颗内丹上，其中又以刘开山的目光最为炽盛。在洞窟中，他就垂涎于白狐夺走的内丹，而今明珠竟然重新落回他们的手中，这让他喜出望外，也将他心底的欲望全部勾出。只是冷寒铁不是王微奕之流那么容易对付，刘开山深知，倘若要用武力硬夺，恐怕自己会死得要多惨有多惨，因此他只能将对明珠的渴望暗暗压抑下。

但明珠的诱惑实在太大，刘开山还是忍不住对冷寒铁道："冷长官，你看，这明珠都沾了蛇血了，让我给它洗洗擦擦吧！"

众人这才注意到，沾染了蛇血的明珠似乎比先前黯淡了许多。冷寒铁见状，想也没想地就要将明珠交由刘开山，却被王微奕止住："冷长官，这颗明珠不能给刘大当家的。前日在岩洞中，他为了这颗明珠差点要了我等的命。"

冷寒铁眼中寒芒一转，伸出的手并未收回来，可是锋利的眼神却可以阻杀掉任何靠近它的欲望："刘大当家的，你真的很想要这颗珠子？"

刘开山慌忙摆手道："没，没，我就是看它脏了，想把它擦干净。冷长官你们不要误会啊！"眼见这通说辞根本无法打动众人，他急忙补充道："王教授，前日是我不对。我当时一定是鬼迷心窍，要不就是被那狐狸施展了法术，才会那般控制不住自己。这一路上你们也都看到了，我何时起过要害你们的心？唉……我知道，无论我怎么说你都不信，这样吧，如果你们真觉得我罪不可赦，那就把我跟那狐狸一样，沉到潭底吧！"

见刘开山这么说，王微奕反倒有几分不忍心，于是替他开脱道："前日之事，平心而论，不应全部怪罪到刘大当家的身上。当时大家受了那般的苦难，又被困在山洞中，是人都难免会产生狂躁的情绪。不过这内丹，唉，恐怕是真的要毁了。"

他们手中的内丹，乃是由狐面人积聚毕生的心血凝炼而成，是举世无双的宝物，能解百毒，可克制一切火毒，可是它自身却怕污秽之物，比如血。蛇虽然是冷血动物，但它的血却带有秽性，会沿着明珠的脉络渗入到里面，堵塞住明珠表面的细微孔隙，掩盖住明珠本身的光芒，只有用非常的手段将这些蛇血逼出来，才可以恢复它本有的亮度。这就像玉埋入地底，会沁入土色，必须进行"盘玉"才可以使其焕发出其应有的光泽。

从某种意义上讲，刚才大蛇就算没有被冷寒铁他们设计开膛剖腹而死，它吞下的狐面人内丹也会将它的内腑摧毁。因为每个生灵的习性不同，所修炼出的内丹秉性也各不相同。想想看，如白狐那般修为高深的，也只敢将内丹衔于口中，不敢随意吞吐，大蛇贸然将其吃入肚中，以它的修为根本无法将这颗内丹熔铸，化为己用。所以最终的结局，要么是狐面人的内丹克制住它本有的内丹，极阴之气贯入它的身躯之中，让它血液凝滞住，全身僵化而死；要么就是两颗内丹之间相互"碰撞"，发生爆炸，将它炸死。它如果真的想要借助狐面人内丹来提升自己的修为，就需要将内丹供置于眼前或者头顶，通过吐息，一点一点地将明珠内的精气吸入体内。这将是一个十分漫长的过程，但至少无害。被吸完精魄的明珠将变成普通的明珠，只剩下微光，虽然值钱，但已经失去各种神奇的功效了。

冷寒铁见到明珠上面的血渍，微微皱了下眉头，想拿着在地上的小水坑里洗洗，却被王微奕赶紧喝止住："且慢！冷长官，这明珠可不能见水，用水洗过它就彻底毁了。"

冷寒铁干脆将明珠递给王微奕："这么难伺候的东西，还是交由王教授你来保管吧！"

王微奕接过明珠，从背囊中取出一条手帕，小心翼翼地将缠绕在明珠上的血渍擦拭干净。但明珠的光芒已远不如最初那般璀璨夺目。

看着明珠的价值从"价值连城"变成"价值万金"，林从熙不觉也有几分心疼，问王微奕道："这明珠还能修复吗？还有呀，它剩下这么一点光芒，还克制得住闪电吗？"

冷寒铁低沉着声音说："恐怕我们已经走出西青林了。"

林从熙先是一惊，随即狂喜道："真的？"

冷寒铁注视着渐渐沉寂下来的大水泡，缓声道："如果我猜得没错的话，这里本是个万人坑。"

当年，楚军曾驻守在西青林，将其作为最后的防线。秦军久攻不下，后来借助于狐面人的内丹，克制住球形闪电的侵袭，把负隅抵抗的楚军歼灭。战争结束，总要打扫战场。无论是胜方还是败方，处理战死沙场将士的方法都是：挖坑埋葬。所不同的是，胜方往往会将埋葬自己战友的坑挖得深一些，好不让野狗猛兽将尸首拖出，再竖个简单的碑，铭记一二；而对于敌方战死的将士，则多半草草一埋。不过在大规模的战事之后，生者很难去辨分敌我，有些也分不出来，因为总有一些战士是与敌方战士同归于尽，根本难以分开。于是只能是挖个大坑，将所有的人一并埋葬。

西青林里的楚军，是楚国灭亡后的最后一支军队，虽然只有几千人，但战斗力不凡，且在广国之后抱着必死之心，因此面对秦军的攻打，定然是拼死抵抗。就算秦军是虎狼之师，在攻克西青林时也要付出巨大代价。一场战事下来，双方伤亡人数在一万人左右也是正常。近万的尸体，所挖出的坑定然是巨大的。而尸首在时光的侵袭下，渐渐腐烂，剩下白骨；及至白骨尽去，于是万人坑开始凹陷，乃至塌陷。浸染着勇士鲜血与灵魂的深坑，充满了煞气，再也长不出任何大树，只有一些喜欢吮食血肉的植物，比如食尸草可以在上面尽情地生长，然后，风携带来周边的树叶飘落在上，再加上暴雨所注入的水分，日积月累，就成了这么一片大沼泽。

王微奕环视了一圈大水泡，雾气虽然开始飘散，但依然遮迷着人的视线，让人无法窥得全貌。"非也。依老夫所见，我们最多才走了一半的西青林。"

"王教授何出此言呢？"

"冷长官，按常理推断，倘若是你来打扫战场，会将所有的尸体移至战场的尽头来群葬吗？就近掩埋或许更方便一些吧？"

冷寒铁默默地点了下头，认可了王微奕的推论："既然如此，那便走吧！"

在他们交谈之间，柳四任用刀从大蛇身上割下一大块蛇肉，用蕉叶包裹着，放入背囊中。

花染尘尖叫起来："你要做什么？该不会是拿来吃吧？"

柳四任不解地望了她一眼："吃蛇肉有啥奇怪的？蛇肉非常鲜美，

比寻常的猪肉、牛肉都鲜嫩许多。"

花染尘以手捂住嘴:"你别说啦,要吃你们吃去,别让我做,更别让我吃。我宁可饿死也不会吃这么恶心的东西。"

柳四任咧嘴笑了下:"蛇肉恶心?等你吃过白蚁、蜜蜂、蝎子等之后,你就不会这么想了。"

对于柳四任这些特工而言,野外求生能力是最基本的考核。莽莽森林,看着物产丰富,但实际上可吃的食物并不多,除了野兽外,只剩下些野果、草菇、白蚁、蚂蚱、蜜蜂、甲虫,为了生存,他们必须有什么吃什么。比如他们可以将一根细树枝插入白蚁窝中,搅上几下,白蚁很快就会爬满树枝。白蚁的蛋白质含量很高,是补充体力的好食物,生吃或者煮熟均可。

他们这次执行任务,因为掺入王微奕、花染尘等这些非军方人物,所以配备标准提高了许多,携带有干粮。若单纯只有冷寒铁等人,基本上他们只会携带武器、必需的药品和一些照明器材等,足矣。

花染尘亦知行军的辛苦,因此虽然对吃蛇肉有着本能上的抗拒,却也不再有什么说法,只是默默地跟在冷寒铁的身后,往前行走。

冷寒铁朝着走在最后面的巴库勒看了一眼,后者心领神会,撕扯下裤子一角,用小石头包裹着,朝着大水泡中心掷去,刚好落在一处带刺的荆棘丛上,看上去像是人行走时不小心被荆棘绊住扯下似的。倘若他们后面有跟踪者,看到布条之后很容易受其影响,走进大水泡中。而一旦走进去后,就九死一生!

花染尘耳力灵敏,转头看了一眼巴库勒的行为,眼神中忽地闪过一丝惊惧。她的表情被冷寒铁收入眼中,心不觉微微收缩了下。

"从现在开始,大家除了必要的交流外,不许再发出任何多余的声音,否则……"冷寒铁踌躇了下,"格杀勿论。"

林从熙忍不住多了一句嘴:"那要是不小心放了个屁呢?"

唐翼一皮带抽过来,力道虽然比几天前抽的轻了些,但仍将林从熙的背部抽出一道红痕。他含恨瞪了一眼唐翼，却不敢再开口骂人，因为他知道自己不会有什么好果子吃。

王微奕咳嗽了下，打破队伍中僵化的冷局："冷长官，你打算怎么带大家走出这西青林？"

冷寒铁沉默了片刻，答道："用脚走。"

王微奕苦笑着道："冷长官，你这回答……"

冷寒铁口气生硬地说："还不如不答，是不？既然如此，诸位就只管跟着我走便是，不必多问。"

王微奕叹了口气："冷长官，老夫觉得我等还是商议一下再走不迟。先前白狐带着我们行走了那么久，却未曾触碰到什么机关，可见它知晓这里边的奥秘。我们可以从它的脚步中探寻规律。"

冷寒铁僵着脖子，没有说话。

王微奕有点不明白冷寒铁的情绪为何变得这么快，见他没有反对，转头问卜开乔："小卜，你可看清白狐先前带领我们走这片森林时，是循着什么样的路线？"

卜开乔摇头道："雾太浓了，看不见参照物，我记不下来。"

王微奕道："那你还记得昨天青狐带我们走出那片山头的步法吗？"

卜开乔微微仰首，仿佛这样就可以让记忆垂落下来，铺展成长卷，容他细细观看："直行约九丈，然后左行约一丈，斜左行约一丈，继续斜右行约三丈，直行九丈，如此反复而行。"

王微奕在心中默默勾勒卜开乔所言的路线图，然而却如同一团乱麻，理不出其中的规律："唉，要是那张《神农奇秀图》在的话就好了，或许可以从中破解出一些线索。"

一直都未曾开口的唐翼忽然道："白狐为何可以安然走过这片森林？仅仅是因为这颗明珠的缘故吗，还是可以接受到森林里的某种指引？"自从经历了灵魂出窍之事，他对整个世界的看法都改变了，开始相信茫茫天地间存在着一股神秘的力量，如上帝之手一般，遥指人类的命运。

王微奕怔了一下:"从我等于岩洞图画中获取的信息来看,应该是明珠可以克制得住这片森林里的暴戾之气,所以我等可以平安行走。"

林从熙从唐翼的话语中捕捉到了一丝灵感:"唐长官,你的意思是说,白狐与明珠之间有着某种感应?或者说,走出这片森林的密码藏在明珠中,然后白狐可以将其破译?"

唐翼道:"我隐约有这种感觉。"

在交谈的时候,冷寒铁已带人走出了大水泡瘴气所笼罩的区域。听到唐翼的话,他停住脚步,将明珠取出,托于掌中。明珠本来精光四射,即便在黑暗中也可以将周围十米以内的东西照得纤毫毕现,如今沾染了蛇血,就像英雄迟暮,变得暗淡,没有光华。王微奕先前曾将它仔细擦拭一番,但只能拭去表面上的血渍,无法擦掉渗透进珠子之内的血纹。那些血纹盘亘在珠子内,呈现出一种奇怪的花纹,就像人身上繁复的文身一般。

王微奕心头一颤:"莫非破解西青林的奥秘,就在这些花纹上?"

林从熙犹豫了一下,对冷寒铁道:"冷长官,能否借这珠子给我看看?"

冷寒铁对刘开山存有戒心,对林从熙却似十分信任,闻言毫不迟疑地将珠子交到林从熙的手中。林从熙小心地将它托于眼前,轻轻转动,端视了良久,将珠子转交给王微奕:"王教授,我觉得这珠子十分奇怪,似乎是有双层。"

王微奕吃了一惊:"是吗,还有这回事?"他接过珠子仔细观察,越看越心惊:"若不是你提醒,老夫还真的忽略了这珠子的本质。"他将珠子交还给冷寒铁,"冷长官,你细看一下,老夫眼拙,好像看着是有两层。"

冷寒铁取过珠子,对着阳光看了片刻,依稀可以看见那些血纹呈环形,规则地攀附在珠子内部,很像是珠子的内部有另外一颗珠子,那些血色的花纹乃是内部珠子自身的纹饰。他冷冷地哼了一声,手中用劲,一把将明珠捏裂。

在场的人都被冷寒铁的举动惊出了一身冷汗,刘开山甚至下意识地纵身扑了过来,想要将珠子抢夺过去,但被冷寒铁瞪了一眼,他才讪讪地收手,掩饰自己的窘境道:"这个……我就想看看珠子碎了没有……啊,不是,看看珠子里边是什么样子。"

冷寒铁的力道用得恰到好处,只捏破了明珠外层,却没伤珠子内层分毫——当然了,这也缘于内珠的材质坚硬。冷寒铁拂去蒙在内珠上的碎屑,将它交给王微奕。

内珠约有整颗明珠的三分之二大小,被敲碎了外壳之后光芒大盛,入手温润,表面有着细微的凹凸不平,握在手心,就像是怀抱着一个刚出生的婴儿般,让人心生无限爱怜。王微奕小心翼翼地将其捧在掌心中,用另外一只手轻轻拨动它,端详着。内珠本身应是晶莹剔透、毫无杂质,只有那些奇怪的花纹因为吸入了鲜血而显得纵横斑驳。这些花纹不知是用什么工艺雕刻上去的,一丝一缕比婴儿的头发还细得多,密密麻麻地盘绕在内珠的表面甚至核中,就像是一群忠实的护卫,在守护着主人和一个永恒的秘密。

所有人都将内珠里里外外看了个遍,却无一人可以看出内丹表面刻的花纹究竟是什么。

冷寒铁盯着王微奕道:"能否将它拓出来?"花纹盘在内珠的表面显得十分细碎,而且因其材质透明,各条纹理互相渗透,容易干扰人的视线,倘若像活字印刷一般将它表面上的花纹拓在纸上,便清晰明了许多。

但若要拓画,首先要在内珠上涂上一层"颜料",势必会破坏内珠的亮泽度,乃至毁掉它。这可是一件稀世珍宝啊,多少考古学家倾尽一生心血,都未必可以寻觅得到这么一件宝物。若是毁在自己的手中,那真成了千古罪人。紧张之余,王微奕胡乱擦去额角的汗珠,眼睛紧紧地凝视着内珠,心乱如麻。

就在他犹豫不决间,谁都没有注意到有一股黑气在深林中悄悄聚集,在向冷寒铁一行靠近。

王微奕终于艰难地下定了决心："那就拓吧，但愿可以从中找到线索。"

　　说话间，唐翼射杀了一只兔子，拎了过来。王微奕从怀中掏出笔记本，再将珠子放入兔子的伤口中，蘸取了些许鲜血，然后将珠子轻轻地在笔记本上滚动。一些线条现了出来，这些线条有点像花，又有点像地图。

　　林从熙失声道："这不是《神农奇秀图》的片段吗？"当日里，林从熙获得《神农奇秀图》时，直觉它绝非寻常之作，于是花了一个晚上时间，将其临摹了下来。后来图被铁胆帮强行买走，他就整日对着临摹图琢磨，虽然未能窥探其奥秘，却对图中的一笔一线都烂熟于心，于是当内珠中的图样显像时，他立刻辨识出那正是《神农奇秀图》的细节部分之一。

　　王微奕陡然抬起头："你说什么？"

　　林从熙不觉有点后悔嘴快，然而心头的震惊却像是漂浮在水面上的皮球，怎么都按不下去："这个……有点像《神农奇秀图》中的局部细节。刘大当家的，你也见过《神农奇秀图》，你来看一下。"

　　刘开山瑟缩了下，支支吾吾道："这个……当日里我没有细看图……也不是说没有细看，这个，主要是帮里有个秀才在钻研这个图，我没看得那么细……然后没多久图就丢了，时隔这么多日，我早忘了图上有些什么了。"

　　王微奕将珠子重新蘸取了一点兔血，在另外一页笔记本上滚了下，拓下新的图样。林从熙看着花纹，点头道："这也是图上细节之一。"

　　冷寒铁将珠子塞在林从熙的手中："那你用这颗珠子，将整张图画出来。"

　　林从熙尖叫起来："这怎么可能啊？我只管认，不管画。"

　　王微奕若有所悟，叹道："老夫明白了，这珠子应该就是画笔，不同的滚动轨迹所形成的图像不同，将所有的图像拼合起来，就是《神农奇秀图》。不过这个拼合的工作量是异常惊人的。因为珠子的滚动轨迹有千变万化。也不知千百年前是谁将这珠子里的图形拼画了出来。"

　　冷寒铁却丝毫不为王微奕的话所动，冷冷道："既然你不会画，那留你何用？不如杀了，还省点口粮。"

唐翼闻言，面无表情地一把将林从熙扭住。

林从熙大惊失色，拼力挣扎："冷长官，你这是做什么呢？我们不是发过誓要同甘苦共患难吗？"

冷寒铁看也不看林从熙一眼："但我的队伍里只留有用之人，不容许有吃闲饭的。"说完对着唐翼做了一个杀的手势。唐翼就像提着一只小鸡，拎起林从熙杀气腾腾地往旁边的大树后走去。

王微奕见状，眉头微蹙了下。他本来以为冷寒铁只是吓唬一下林从熙，逼他吐露出知道的秘密，但瞧眼下这阵势，冷寒铁似乎是动真格的，慌忙出来打圆场道："冷长官，这一路上林小兄弟也出过不少力，因为一个'无用'而将其杀掉，这未免有点草菅人命了吧？老夫就厚着脸皮，恳求冷长官看在老夫的薄面上，放林小兄弟一条生路。"

冷寒铁冷漠地看了王微奕一眼："你又算是什么东西，我为什么要看你的薄面？"

王微奕被冷寒铁的一句话噎得半死，但同时心头又疑惑不已：冷寒铁虽然为一介武夫，但一直以来对自己尊敬有加，从未这般无礼过，今日为何会这般模样呢？他抬头看了一眼冷寒铁，忽然心头一股寒意蹿起："冷长官，你的眼睛怎么了？"

冷寒铁的眼睛变得通红，原本黑白分明的瞳仁和眼白都被密密的红丝所缭绕，就像是一株树木被寄生的青藤覆盖并渐渐枯死一般，看着更像是野兽的眼睛，而不似人类。

楚天开等人亦注意到这情景，不觉有点惊慌："冷大，你没事吧？"

冷寒铁的目光如同一把粗粝的钝刀，缓缓地从众人脸上滑过，让众人不由得心里一颤，忍不住后退："你们是不是都不想活了，谁说我有事？"

王微奕和楚天开等人对视了一眼，彼此微颔了下头。巴库勒朝冷寒铁敬了个军礼："冷大，我去看唐长官将林从熙处置得怎样了。"说完悄悄溜走。

　　王微奕注意到有一道红痕从冷寒铁的右掌心一直通向手腕，再看黏附在他指间的明珠外层粉末，不觉在心中暗叹了口气。自从进入神农架以来，冷寒铁与野人大战，突然进入一种疯狂的状态，这种状态令他的身手暴强，却也严重透支了他的体力，而不断的战斗使得他根本来不及进行调息。之后在通往西青林的路上，他们每个人都中了毒气，只是多数人都吃了龙涎，化解了体内毒气，冷寒铁和王微奕却不肯放下身段，只吃了一点龙血树汁，那只能放缓血液凝固的速度，根本无法解毒。后来王微奕在机缘巧合之下，吃了青狐视若性命的唤龙树果实，将体内的毒气排解一空，剩余的那颗果实他本带给了冷寒铁，可冷寒铁却将其给楚天开喂下，于是他体内的毒气继续积滞着。先前白狐与巨蛇之战，搅起大量的瘴气在空中，虽有蛇胆将其克制，可是数毒交加，已让冷寒铁的毒气更甚，冲到了他的大脑中！

　　大树后面，唐翼将林从熙摁倒在地，伸手去取绑在腿上的军用匕首，却摸了个空，不觉微微一惊。

　　林从熙本来嘴里不停地叫喊着"长官饶命"，见唐翼这一愣神，瞬间将手一扭，也不知如何一动，竟然从唐翼的掌心中逃脱而出。唐翼从吃惊中反应过来，朝他扑去："好啊，看来我是小瞧你了！"

　　林从熙慌忙用手一格："且慢！唐长官，你不觉得刚才的冷长官有点怪怪的吗？"

　　唐翼微微收住攻势："怎么怪？你不要胡言乱语，否则只会死得更快！"

　　林从熙道："你不觉得冷长官突然要杀人很突兀吗？说句不好听的话，若是冷长官对我心存芥蒂，根本不必将我从军舰上救下，任我坠入冰冷江底即可，何必费此周章？"

　　唐翼的眼中闪过一丝冷芒："那你的意思是？"

林从熙道:"我想着,会不会与那只白狐有关?它虽然被巨蛇打入沼泽中,但以它的修为与灵力,应该不会就这么轻易死去吧?总会留下一点怨念之类的。我怀疑,正是这怨念附在冷长官的身上,导致他神智渐迷。"

唐翼怒意陡起:"信口雌黄,你这是找死!"

林从熙见空费口舌,叹了口气,闭目,准备受死。

九

唐翼刚提起掌，忽听巴库勒一声低呼："唐翼，暂且留他一命。"

唐翼收住手，狐疑地看着巴库勒："这是冷大的命令吗？"

巴库勒摇头道："没，但王教授跟我们都觉得冷大有点古怪，似乎是被什么邪恶的力量控制住了。"

唐翼惊讶地看了一眼林从熙，点头道："看来你这个江湖骗子倒是有几分眼力。那你说，该怎么破解狐狸施加在冷大身上的诅咒？"

林从熙差点成为掌下游魂，如今捡回一条命，心中暗念了几遍"阿弥陀佛"，然后答道："这种情形，最好的就是请高人做场法事。"见怒火从唐翼的眼中喷涌而出，又急忙补充，"当然了，我知道，在森林里这是不可能的。那么可以试着想想其他办法，比如找找看有没有经过高人开光的法器，或者，或者就寻一些安神宁气的药物。我想灵狐的怨念再深，总是有限。冷长官并非凡人，只要能离这片森林远一点，不多时就会自然康复。"

唐翼皱着眉头，犹豫着该不该相信他的话。

就在这时，三人突然听到花染尘发出一声惊呼："天哪，那是什么？"

三人一惊，慌忙从树后闪身而出，不觉倒吸了口凉气：只见先前笼罩在森林上空的浓雾已消散大半，扶疏密遮的树木皆得以现形。在裸露的空气中，有一股黑气蹈空袭来。黑气越来越近，空气中充斥着轻微的"嗡嗡"声，低沉的声音撞击在人的心头，引发回音。

"吸血蠓！"王微奕虽说见多识广，还是被这如同乌云一般飘来的吸血蠓惊得全身都起了鸡皮疙瘩，连呼吸似乎都被堵塞住了，"逃，快逃！"

吸血蠓是蠓虫的一种，体型很小，喜欢在日出、日落前后活动。吸血蠓的嘴巴主要由四个锋利的骨片组成，当它叮咬人时，会使用骨片割伤皮肤吸血。人被叮咬后，灼烧疼痛，在叮咬部位周围形成红色条带，有些还会引起过敏反应。而最可怕的是，吸血蠓是许多病原体的宿主，一旦被它咬过之后，人很容易爆发感染而死亡！平时，吸血蠓虽然会成群出动，但上百万只聚集在一起的情况却极为少见。它们如黑色漩涡一般在空中盘旋，仿佛一张大张的口，随时可能吞噬一切的生物，这样的一幕足以让任何人胆战心惊！

王微奕率先用衣服将脑袋一包，拼命向与吸血蠓相反的方向奔去。刘开山等人不假思索地跟着狂奔，只有冷寒铁、唐翼和楚天开三人站着不动。

唐翼和楚天开不是不想撤，只是看冷寒铁毫无反应，纵然心忧如焚却也不敢擅自逃跑，只能微颤着声音问冷寒铁："冷大，我们是否避一避？"

冷寒铁的眼中失去了昔日的锐利与光芒："你们怕了吗？"

说不怕是假的。唐翼和楚天开虽然都身经百战，但那都是与敌人面对面真刀实枪地对抗，虽千万人吾往矣。吸血蠓比起残暴的敌人是微不足道，可是千百万只吸血蠓聚集在一起，却可以从声势上给人极大的压力，亦可以打败任何人类！

在三人说话间，吸血蠓已以泰山压顶之势朝他们黑压压地扑来。那阵势就像是一个相扑者袭向一个婴儿一般，瞬间将他们卷入乱流中。唐翼和楚天开再也顾不上冷寒铁，扯起衣服包住头，跌跌撞撞地冲出吸血蠓的包围圈，朝密林深处跑去。只余下冷寒铁孤身一人立于原地，如同一截枯木，任吸血蠓乱絮扑面般将他团团围住，啃肉食血。而向来迅猛如猎豹般的冷寒铁这次如同中了魔咒，又好似被点了穴动也不动，任由吸血蠓在自己的身上疯狂作乱。

夺路狂奔的王微奕等人扭头看见这惊人的一幕，无不心生恐惧，却又觉得匪夷所思。他们实在难以理解冷寒铁竟然会甘愿领受万蠓啮身的痛楚，莫非他真的是被白狐下了诅咒无法动弹？然而即便心存疑问，谁都不敢折身返将冷寒铁从铺天盖地的吸血蠓的口齿下拉扯出来。因为谁都知道，那样做只能让自己同样沦陷进去，沦为吸血蠓的一顿饱餐——除了一个人，最柔弱的花染尘！在众人惊异的目光下，她毅然决然地朝冷寒铁奔去，同时口中发出一种古怪的声音，像是鸟儿拖长的声调，中间又有言词快速滚动。这样的声调寻常人类根本无法发出，听得王微奕等人如万爪挠心，心头又痒又痛。

于千万年的时光之中，千万人之中，义无反顾地奔向你，只因为有一刻的欢欣，唯你能赐予的欢欣。莫离莫弃，莫失莫忘。哪怕如飞蛾扑火般，亦无怨无悔。

所有的吸血蠓仿佛感应到爱情的神奇力量，竟然纷纷让路，无一敢附着在花染尘的身上。当花染尘的纤纤细手触碰到冷寒铁的身体时，那些吸血蠓竟然如同融化了的冰屑，一层一层地掉落下来，更多的则是仓皇地展翅高飞而去。原本汹涌如潮的吸血蠓大军竟在瞬间冰消瓦解，很快消失在了森林中。

这一幕比冷寒铁的岿然不动更让人震撼。

王微奕难以置信地看着花染尘："不可能，不可能啊……"林从熙亦感觉有一个念头在心底涌动，无奈却被记忆所蒙，无法分清其容颜真相。

花染尘不顾众人的目光，急急查看冷寒铁的伤情。虽然吸血蠓前后落在他身上的时间不超过一分钟，但在这片刻之间，已吮吸了他的大量鲜血，甚至面部、手背等裸露部位都有被撕扯开的伤口，鲜血淋漓，十分可怖。

"你怎么可以这么傻……"花染尘啜泣道，"都这么大的人了，怎么不懂得闪避呢？你看大家都跑了，怎么就你一个人站着不动呢？"

冷寒铁呆滞的眼珠子转动了下，就像是春天里河面上第一块裂开的冰，虽然只是轻微的一声脆响，却昭示着生命的力量在恢复中。他翕动着嘴唇，却吐不出一个字。

花染尘用力扯下一块衣襟，蘸着旁边树叶上的露水，轻轻地擦拭去冷寒铁脸上的血迹。万幸的是，冷寒铁虽然被咬得皮开肉绽，但未伤及筋骨。

楚天开等人奔回来，自包囊中取出酒精与纱布，为他简单做了个包扎。不知是冷寒铁自身恢复能力快，还是他所中之毒减缓了血液循环的速度，他的伤口不再渗血，只是在急遽、大量失血的情况下，他的身形失去了原来的坚定，变得有些摇晃。巴库勒慌忙扶他靠着树干坐下，又喂了他几口水。

众人忙乱成一团，但都暗中拿眼神打量着花染尘。这个看似最娇弱的女子，却在最危急的时候，救了整个队伍中最强悍的人，用最神奇的方式！

林从熙想起刘开山说过的话：这支队伍中的每一个人都不是平凡之人，都有着特别的用处。有残余的迷雾飘进了他的眼眸中，让他的视线变得发散、迷离。

吸血蠓的一番啮咬虽然让冷寒铁失血较多，却让他的神志清醒了许多，眼神也有了一丝光彩。王微奕靠近冷寒铁，羞愧道："冷长官，先前那等情形，咳，我等只顾着逃命，忘了冷长官的安危，请勿见怪。"

冷寒铁闭上眼睛，轻轻道："不关你们的事，是我自己的决定。是非善恶，总是有一个担当。我杀戮成性，当受这万虫啮身的报应。"

王微奕望着冷寒铁，眼神中混杂着惊讶、钦佩："没想到冷长官竟也信起了这些？"

冷寒铁没有回答，然而有个声音在他的心底久久地回荡着。在方才那生死攸关的一刻，他感觉到灵台处一片空明，仿佛死亡并没有什么让人难受的，反倒是一种解脱。他的耳边隐隐地传来一阵佛音呢喃："我昔所造诸恶业，皆由无始贪瞋痴，从身语意之所生，一切我今皆忏悔……"

他忍不住仰起头，仿佛看见云端之上，有一双眼睛在默默地注视着他，眼神中，有哀伤、慈爱与不舍。曾经，这双眼睛每天都徘徊在他的身侧，让他如沐春风，可那时的他并不懂得珍惜，只当它是匆匆飘散于身前的蒲公英，片刻的欢愉之后便忘了它的存在。直至春天过去，冬天来到，他才开始怀念那圣洁的种子，然而它已随风远去。

花染尘的眼中依稀有着春天的影子。冷寒铁垂下了双眼，不敢去捕捉那春天的风信子。

待花染尘照顾好冷寒铁之后，王微奕唤她过来，低声问："染尘姑娘可是学过驱虫术？"

花染尘默然不语。

王微奕道："若是学过，那染尘姑娘是苗疆一族，还是萨满教？"

花染尘咬着嘴唇，道："我就是个普通汉人，不懂什么驱虫术。只是自幼耳力聪颖，能听到各种昆虫声音，久而久之竟也略懂兽语。刚才一时情急之下，便用了点兽语将那些蠓虫吓走。"

在古代，虫害一直是让老百姓头疼的事，尤其是蝗虫。民间一直将蝗虫与洪水、干旱并列为三灾。蝗虫一般群体行动，数量惊人，一个大的蝗虫群，蝗虫的数量有数亿只，可一次连续飞行十几个小时，像乌云一般掠过天空，当它们落到地上时，就是地面植物的一场大灾难，可以用"赤地千里，寸草不留"来形容。一个大的蝗虫群，每天可以摄食数十万吨的食物，足够百万人口食用上一年！因此民间流传有一句民谣："蝗虫、蝗虫，像条凶龙。凶龙一过，十家九穷。"在我国过去两千多年的历史中，记载有八百多次大的蝗灾，使成百上千万农民流离失所，四处逃荒。蝗灾严重时还会引起战争。

为驱赶虫害，人们采用了各种方法，一方面利用火烧、以网捕捉、用土掩埋、人力围扑等方式消灭各种害虫，尤其是蝗虫；另一方面则是祭祀虫王，如青苗神、刘猛将军、蝗蝻太尉等，祈求庄稼免遭虫害，五谷丰登。而其中最为神秘的，是利用各种巫术手段驱虫。

农历六月六，百虫滋生，是民间的虫王节。为了祈求人畜平安，生产丰收，在六月六有不少宗教活动。八腊庙会，是一种驱虫、祈雨的活动。北京善果寺有数罗汉活动，以占卜吉凶。山东民间在农历六月六祭东岳大帝神，举行东岳庙会。该日又是麦王生日。当地民间还认为，农历六月六是海蜇生日，当天下雨，海蜇就会丰收。

这些巫术中，有的更接近于祈祷、祭拜，例如赤田驱虫术——当百姓发现田间有害虫，便请先生公来驱赶虫瘟鬼。驱虫仪式须选用一只鸡、三斤酒、一些肉和油豆腐、一斤米和纸钱、香等，先生公则站在田边念念有词。经过一番赤田驱虫后，三天内田间不能有任何动作，尤其是忌下粪、种青苗，如此便可以保一年田间无虫害。

相比之下，另外一种驱虫术更加神秘。因为传说中它不需要借用任何祭品，而仅仅是靠念动符咒，就可以让蝗虫等虫害离开田间。但这种高深的巫术只有苗族和萨满教里面的祭司才可掌握，因此会运用的人极少，汉族人学会它的更是凤毛麟角。王微奕见花染尘竟然可以操控吸血蠓的动向，心中暗觉诧异，但见她矢口否认，也不好再追问什么。

冷寒铁休息了片刻，感觉好转，便要求众人继续前行。巴库勒心有隐忧，悄悄地问王微奕："先前冷大他不是有点……有点那个，不能准确地表达他的想法，那你觉得他现在是清醒状态，还是仍然有点那个呢？"

王微奕始终在观察冷寒铁的言行，闻言道："冷长官先前是有点毒气攻心，不过先前的万虫啮身看似严重，但在某种意义上起到了放血治疗的作用，所以看目前的样子他应该是清醒的，我等暂且继续遵照他的命令行事吧！"

放血治疗是中医中极其重要的手段之一，《素问·血气形志篇》说："凡治病必先去其血。"不过放血疗法是要有针对性地刺扎人体的穴道，而并非如吸血蠓这般乱啃一通。但古怪的是，冷寒铁遭吸血蠓吸血之后，虽然体力状态大为下降，但精神状态却好转不少。

唐翼和楚天开等见冷寒铁的身形有些摇晃，有心劝他多休息会儿，或者是扶他一把，但见他脸色铁青，都不敢上前。只有花染尘担心着他，于是不避嫌地与他并肩行走。众人亦识趣地与他们拉开一点距离，留给他们说话的空间。

花染尘咬着嘴唇道："你为何要那般伤害自己呢？"

冷寒铁默然不语。

花染尘的眼中忽地有了泪光浮动："你可知道刚才你吓死我了？若你死了，我可也活不成……"若在平时，这番话她是断然说不出来的，然而刚刚经历了生死交错的瞬间，让她的心事与忧伤一起喷涌而出。

冷寒铁的目光开始有些摇曳，那些从树叶间漏下的光亮就像是一只只飞蛾，在他的面前盘旋着，令他有几分眩晕。他努力地稳住身体，低声道："谢谢你。"

花染尘怔了下，道："谢我什么？谢我救了你？"她垂下了眼，"你对我如此生分……"

冷寒铁剧烈地咳嗽起来，有血沫从他的嘴角溢出。花染尘惊惶失措地伸手替他擦拭，想要大声呼喊唐翼等人过来查看冷寒铁的伤情，却被他一把攥住了手："我没事。我谢你，不是感谢你救了我的命，而是乐于看到你最终还是站到我们这一方。"

花染尘的脸色唰地变得煞白，全身冰冷："你这话什么意思？"

冷寒铁说完这一句，似乎是耗去许多精力和勇气，随即闭嘴。

花染尘仿佛受到了重大打击，神情凄楚、落寞，默默地退守到队伍的后面，与冷寒铁拉开了距离。

在距离他们不足一千米的地方，灰衣人脸色铁青。一天之内，在未与敌人碰面的情况下，接连折损二人，对于他而言，这是一种前所未有的败绩。

原来循着"老六"留下的信息，灰衣人他们一早就朝着冷寒铁等人的驻扎地奔去。一路上浓雾蔽天，看不清路。所幸"老六"所做的标记并不需要用眼辨别，因此他们倒不会迷路。如此行走了约小半个时辰，忽然间行走在最前边的老七骂了声："什么刺，这么硬？"

灰衣人忽然有一种不祥的预感，于是停住脚步，蹲下来，查看了下老七的伤处，只见左裤管被尖锐之物刮开了，上面有一道淡淡的血痕，血痕上凝聚着一滴略呈黑色的血珠。灰衣人脸色大变，拔出一把军用匕首，几乎是用吼的声调对老七道："你忍住！"说完，一脚将老七踹倒在地，双膝跪在他的左腿上，阻止其乱蹬乱动，然后咬紧牙关，使出全身力气，手起刀落，硬生生将老七的左腿从膝盖处切割下来。

所有的动作都一气呵成。老七还没弄清怎么回事，只觉得一股钻心的疼痛从腿部传来，还没来得及喊出声，一条充满汗臭味的手帕塞进他的口中，将他所有的惨叫生生遏制住。他疼得大汗淋漓，但也不愧是经过特种训练的战士，竟能够忍住这痛楚，没有晕过去。

从老七的断腿流出的血带有一点黑色，但渐渐地变得鲜红。明眼老四上前，从背包中取出止血药和绷带，替他包扎起来。

灰衣人脸色铁青，用手拨开割伤老七的灌木丛，只见一支金箭被人为地藏在灌木丛的枝叶间，箭头处用草茎绑缚在一丛叶子下，从上往下看，根本无法注意到它的存在。而灌木丛之间的通道极为狭小，人通过时稍不留心就会剐蹭到它。这黄金箭正是当初灰衣人率领野人向冷寒铁一众发射的武器，上面淬着从"箭毒木"取下的剧毒汁液。

这箭毒木又被称作见血封喉树，是世界上最毒的树，生长在中国云南西双版纳和海南。其树型高大，枝叶四季常青，树汁洁白，却奇毒无比，一经接触人畜伤口，即可使中毒者心脏麻痹（心律失常导致），血管封闭，血液凝固，以至窒息死亡，有"林中毒王"之称。唯有红背竹竿草才可以解此毒。而红背竹竿草就生长在见血封喉树根部的四周，样子与普通小草无异，只有最有经验的猎人或者药师才懂得辨识。过去，箭毒木的汁液常常被用于战争或狩猎。人们把这种毒汁搀上其他配料，用文火熬成浓稠的毒液，涂在箭头上。据说，凡被射中的野兽，上坡的跑七步、下坡的跑八步、平路的跑九步便必死无疑，当地人称之为"七上八下九不活"，但兽肉仍可食用，没有毒性。

灰衣人初入此间并不认识箭毒木的剧毒，但久居神农架的野人却深知其厉害，并教给了他，于是他就将收集到的黄金箭全都涂上了这种剧毒，却不料有一天这些毒箭反倒成为刺向自己人的暗器，真真是自己做枷自己扛。

老七虽然保住一条命，但失去了一条腿，又失血过多，显然已无法再参与他们的行动。灰衣人沉吟了下，以手撮哨长啸一声。不多时，只见四个野人如一阵旋风从密林里冲出，立于灰衣人的面前，又蹦又跳，看样子很高兴能够与灰衣人重逢。

多年前，灰衣人流落在神农架当起了"野人"，并很快与这些纯种的野人发生了冲突。然而野人虽然力大无穷，却在灰衣人手下屡屡吃瘪，以至于见到他就如同见了鬼魅一般逃窜。灰衣人见野人智力有限，可是行动如风，稍加训练就是不可多得的战士，于是起了"招安"之心。经过几个月的来回磨合之后，他成功地让野人接受了自己，渐渐地融入野人的生活中。后来有一次，野人首领在外出觅食时突遇一只豹子袭击，幸亏灰衣人眼疾手快，打跑豹子，救下首领。但首领在豹子的重击之下，奄奄一息，临终前就将野人族的信物——一枚虎牙交给灰衣人，让他当起领袖，领导野人。

灰衣人身在曹营心在汉。野人虽然拥有不容小觑的战斗力，在森林里所向无敌，但他的目的根本不是在神农架里当一个自在的山大王，他有着更加宏伟的目标和艰巨的任务需要实现和执行，于是几年中精心布置、探寻他的目的地，无奈屡次都是失望而归，直至碰到冷寒铁一行。他初时以为他们是普通的猎人，意图将他们直接杀掉，但几番交手之下，惊觉对方手段之高与自己不相上下，等见到了冷寒铁的真面目，大吃一惊，随即欣喜若狂，知道自己多年的等待有了结果，于是就开始利用野人和地形，将他们引向神秘莫测的西青林，想借他们的能力来替自己探路。

不料他和野人不小心中了冷寒铁的计策，被引进到布有帝姬花的石洞中。野人们虽然凶悍无比，但在狭小的地道内根本难以施展开拳脚，被帝姬花和帝宫蛛消灭殆尽，只有少数几人逃出生天。灰衣人在与帝姬花和帝宫蛛的交战中，发现它们主要是根据热量来追逐猎物，于是就在一处坍塌了的、渗水进来的地道里滚了一遍，将全身裹满泥巴，再慢慢移动，最终寻了个空隙，逃离开那地狱，还成功地将帝姬花的攻击引向冷寒铁一行，让他们付出了惨重的代价。

当日从洞窟逃走后，灰衣人并未走得太远，而是远远地跟踪着冷寒铁他们。在跟踪之中，他察觉到冷寒铁等后面还缀着"尾巴"。为查明对方的真实身份，他夜半偷袭，发现他们竟然是自己旧时的部下，不禁大喜，于是与他们汇合，一起跟踪冷寒铁，一方面希望可以借助冷寒铁他们的力量走出西青林，另一方面也处心积虑地想要除掉冷寒铁。因为他深知，冷寒铁是一个十分可怕的对手，只要他还活着，即便可以引领他们一起抵达目的地——金殿，他们也无法染指那方圣殿，所以一路上只要有机会，他就向冷寒铁下手后。但几番交手，他鲜有胜算，几乎每次都吃亏而归，自己也险些被冷寒铁的子弹废掉一条左臂。所幸他在神农架生活得久了，识得这里的许多珍异草药，靠着草药的奇异功效，他得以保全左臂，但左臂的灵活性大不如前。这种情况下，他知道击败冷寒铁的可能性更加渺茫，于是只能寄望于新一轮的偷袭能够得逞。

然而出师再度失利，冷寒铁他们设下的陷阱让灰衣人的队伍又折损一人，这令他无比恼火。

事实上，丛林里的战争是最为复杂、最为残酷的。因为丛林里的地形变幻多样，遮天蔽日的原始莽木将整座山捂得像一口温热的汤锅，阴暗、潮湿，布满瘴气，各种藤蔓像蛇一样在地上、树上蜿蜒爬行，垂下密密的枝叶，一点一点将丛林里的空间塞满。而那些真正的毒蛇、毒虫则藏身于这些藤蔓、树木之中，成为隐秘的杀手。那些更大的猛兽、猛禽有着比人类更敏锐的眼力、听力，更加锋利的爪子，更加矫健的动作，而且它们长久地盘踞于这片森林中,熟悉地形,并将其视为自己的地盘,对于每一个外来者都充满敌意,随时可能冲出来袭击侵入者,将其驱逐出去,乃至撕得粉碎。最重要的是,这些复杂多变的环境,给了敌人众多布置陷阱的空间,让人防不胜防。

灰衣人略微思虑了下,决定让一名野人陪同受伤的老七留下来,自己则带着剩下的三名野人以及行动队中的老大、老二、老四继续追踪冷寒铁一行。不过他们的行动小心翼翼了许多,不再跟从老六的脚印亦步亦趋,而是改成了如猿猴一般,攀着树藤在森林里腾挪飞跃。这样虽然体力消耗会增加许多,但速度更快。

在冷寒铁等人离开约半个时辰后,灰衣人已赶到白狐葬身的沼泽处。沼泽上面春草萋萋,凝着浓雾遗下的露珠,看起来宁静无比,谁也看不出那会是一个死亡陷阱。虽然先前巨蟒曾将尾巴插入沼泽中,用蛮力搅动了整个沼泽,然而沼泽强大的恢复力很快就将巨蟒所留下的痕迹修补干净,只剩下巨蟒苍茫的鲜血从陆地上一直伸延到沼泽中。

巨蟒身躯巨大,体内蕴含的血量亦是多得惊人。它先是被黄金匕首剖开腹部,接着又被冷寒铁斩首、开膛剖腹取出蛇胆,最后又被唐翼割下大块的肉,全身的血液几乎流失殆尽。至少数百斤的鲜血浸润在泥土中,味道浓烈的血腥气铺天盖地地弥散在空气中,就像是一个霸道的侵入者,把森林原先的气味全都遮盖,包括冷寒铁一行人留下的气味。

灰衣人翕动鼻翼,然而除了血腥气外,再也无法分辨出其他气味。其他的队员亦发现了这种情况,不觉微微皱起眉头:"老六留下来的信息被破坏了。"老大忧心道:"会不会是他们识破了老六的身份?"

几个人极目四望。此时原本将整片森林捂得严严实实的浓雾已经逐渐消散,视野开阔了起来。老二很快便发现了隐匿于沼泽荆棘丛中的一点布条,喜道:"他们应该是往那里去了,我去看看。"

灰衣人尚来不及细想,老二已飞奔着踏上沼泽,意欲取下布条确认是否为冷寒铁一行遗下的,但没有奔跑几步,他已惊觉不对,脚下软绵绵地使不上劲，心头一惊，想要扭头回奔已经晚了。沼泽产生了一股粘力，仿佛是一双大手拽住了他的腿，将他用力地往下扯动。他心头恐慌，用力挣扎，然而越挣扎沉陷得越快。

在老二踏上沼泽的那一刻，灰衣人的心头暗暗感觉到一丝不妙。待看到老二下陷，他已惊觉又上当了！灰衣人急忙跃上旁边的树顶，用力扳下一根三四米长的树枝，用力丢向老二："抓住它！"

老二自不敢怠慢，急忙伸手抓住树干的末端，勉强阻住下坠之势。就在他心头略安时，忽然间只觉得脚底一痛，一股力量传来，将他用力地往下拽；紧接着，有一个如刀一般的东西抓住他的身体，借着他的身体迅速往上蹿去。

老二不知身下是何物，惊慌中探手去抓，身体因此下沉更快。权衡利害之后，他只得收手，重新抓住树干。

因为与老二的距离较远，灰衣人的大半个身子探在沼泽上，伸手抓住树干的另外一端，用力拉扯着老二，希望将他拖回来。同行的老大、老四亦反应过来，急忙一个揽住灰衣人的腰，一个抱住他的脚，防止灰衣人反被老二拖曳下去。

灰衣人尽管稳住了身体，但因为树枝足有海碗粗细，比较光滑，不易握持，不太使得上劲，仓促间还无法将老二直接拽上岸。

倘若没有身下的干扰，老二顶多就是多在沼泽里浸泡会儿，性命无虞，可是水底的怪物却似乎对老二恨之入骨。它沿着老二的身体飞快地蹿出沼泽，在重见天日的刹那间，它的利爪毫不客气地挠向老二的眼睛，将他的右眼生生抠出！

老二惨叫了一声，剧烈的疼痛与恐惧压倒了他对沼泽的认知。他松开紧握的树干，拳头猛地挥出，然而却落了个空。失衡的身体瞬间便被沼泽吞没了。

灰衣人被这突如其来的巨变惊得一怔。他从未想到沼泽底下竟会隐藏着这等怪兽。待反应过来后，沼泽上已经没了老二的踪影，只遗下几缕血迹和一串气泡。一股羞愤令他难以自已，他大吼了一声，捞起手中的树干，将其兜转了下，猛地砸向那个怪物。

那怪物正是先前被巨蟒砸得沉陷进沼泽中的白狐！白狐虽然具有异能，但被巨蟒打了一个措手不及，沉入沼泽中。然而它并不惊慌。在没入沼泽的前一刻，它的身体猛地膨胀了数寸，如同圆球一般。膨胀的身体不仅减弱了巨蟒打击的力道，还大大减缓了沼泽向下流动的吸坠力。被困于黏稠的沼泽下，白狐无法呼吸，目不能视物，然而它多年的修为发挥了巨大的潜力：它竟然在沼泽底下漂浮着，同时借助尾巴的和爪子的轻轻摆动，让自己像一条破泥之舟在沼泽中缓慢划行，逐渐靠岸。

当老二陷入沼泽中，白狐顿时明白机会来了，探爪揪住老二的身体，如同达摩借助一苇之力渡江一般，逃出沼泽的羁绊。尽管老二对它来说有着"再造之恩"，然而它却丝毫没有感恩之情，反倒怀着对人类的敌视与仇恨，毫不迟疑地挠中老二的眼窝，又抖了抖身子，将黏附在身上的泥水抖落开来，再跃上树干——这是通往陆地的最佳途径。

灰衣人将树干兜转了之后，白狐顿时失足跌落在沼泽上。但它反应迅速，瞬间探爪握住了树干，往前一窜，躲开灰衣人的雷霆一击。

灰衣人岂容它轻易逃脱？一击落空后，立刻变招，树干连着大片的树枝横扫出去。白狐身在半空，再也无力躲避，只能重施旧技，将身体鼓成个球，硬接下来这一击。所幸树干末梢拖枝带叶的，力量有限，只能给白狐造成一点皮外伤，同时也让它借力弹跳开来。跃至陆地，瞪了一眼灰衣人后，白狐如离弦之箭一般消失在莽莽丛林中。

灰衣人始终未曾看清这只裹着一身泥的动物究竟为何物，然而它临行时的那一眼，却让他颇为不舒服。他觉得那不似畜生的目光，更像是人类，带着仇恨与厌恶。他的心底涌出一股预感：自己还会与它再度碰面。

眼看着白狐的身影渐渐远去，灰衣人突然想起一事，急忙喝令道："速速跟上前面那怪物。"说完，领着仅余的老大、老四以及两名野人，尾随着白狐而去。

密林深处，冷寒铁走在最前方，谁也不知道他究竟要将这支队伍带向何方，谁也不敢问。其实这个问题冷寒铁自己也十分茫然，然而他心头却隐约有一个声音在催促着他往前走。

从小到大，冷寒铁经常会做一个梦。在梦中，白茫茫的一片大雾遮盖了天地。这种缥缈如纱的感觉没有任何的美感，反倒在梦中给人窒息般的压抑，就像是古代的"贴加官"之刑——把浸湿的桑皮纸蒙在死囚犯的脸上，如同糊墙纸一般，一层层地加上去，直至囚犯窒息而死。相比于平民百姓的斩首之刑，这种死法可以保全人的尸首与体面，只有皇室人员和高官贵族才有权"享有"。冷寒铁独自一个人走在雾中，又冷、又饿、又孤惶。他看不清自己的来路，也找不到自己的去路。雾气沉重地压在他的身上，掩着他的口鼻，堵塞着他的耳朵，让他无从感知这个世界的真实形状。这种感觉加重了他的无力感，甚至带来深深的绝望，仿佛自己正行走在黄泉路上。

就在浓雾几乎要将他吞噬之时，他感觉到有一枝拐杖牵住了他。拐杖弯弯曲曲的，好像一条蛇，而拐杖的另外一头，连着一个模糊的身影，像是人类，又像是动物，或者说是一个头上长角的人形怪物。拐杖冰凉，带着不祥的气息。然而对于深陷不安中的冷寒铁来说，这是冰冷世界里唯一向他送出的信号。即便它是条毒蛇，他也会毫不犹豫地伸手接住。

人形怪物带着他穿梭在浓雾之中。他感觉到，拐杖里仿佛藏了一根针，刺破了他的手掌，让他的鲜血源源不断地注入拐杖中。拐杖的顶端，刻着一个狰狞的蛇头。在他鲜血的灌输下，蛇眼渐渐变得鲜红，流露着一种妖样的红色光。这种红色光芒让他头晕，神智迷失。他整个人如踩在云端一般，深一脚浅一脚地跟着人形怪物跟跄而行。他们走着一种很奇怪的步伐，像是醉酒之人的脚步，前脚尖交叉落在后脚跟边，使得整个人拧巴着。这种扭曲之下，他觉得自己变成了一条蛇，准确地说，是一张皮，罩在蛇形拐杖上。拐杖的蛇眼红光渐渐变弱。当最后一缕光芒消逝了的时候，他发现眼前的浓雾不知何时已经散尽。展露在他眼前的，是一汪碧水，碧得深沉，仿佛将所有的天光都溶了进来。波心晃荡之下，人在岸边已经开始眩晕。人形怪物消失不见，遗下的拐杖变成了一条真的蛇，缓缓游入水中。刺骨的湖水顷刻间将人淹没。冷寒铁多半会在这时打一个寒战，随即醒来。

如今，冷寒铁仿佛正走在这一个梦境中。他竭力地想象着，将自己的身高放大上百倍，化为一名巨人，俯瞰着这片树林。那些参天大树在他苍茫的目光之下，全都变得渺小起来，仿佛是一株株小草。巨人每踏出一步，就迈出二三十米远。冷寒铁模仿着梦中人的脚步——拧巴着，左脚尖落在右脚跟的侧边。每一步之间都对应着有一棵树，或是樟树，或是松树。他就这样带着其他人如此穿行，一步步地走进新的谜团中。

花染尘与冷寒铁渐渐拉开距离。她神色恍惚，心绪迷离。她的眼前一直都闪烁着两个画面：一个是冷寒铁身上落满密密麻麻的吸血蠓；还有一个是巴库勒对着沼泽中心掷出布条。这两个画面在她的心中交替闪现，然后有阵阵寒意扩散开，而最让她寒意入骨的还是冷寒铁的那句话：我乐于看到你站到我们这一边。

"原来大家都在演戏。"她不无悲凉地想，"每个人都是戏子。我欺瞒着别人，别人亦戏弄着我。"她的心中五味杂陈。虽然在出发之前，她在心里已经做好了最坏的打算，然而如今的结局却比最坏的打算更刺痛了她的心。因为她觉得，自己的演戏是身不由己，可是戏演得多了，也就渐渐渗入灵魂里，让她分不清何是真情，何是假意。恰如在众人纷纷逃离吸血蠓的追逐时，她却奋不顾身地返回去救下了冷寒铁。那时支配她的，没有什么民族大义，不是什么团队精神，而是一种下意识的本能。是的，本能，潜行于血液之中，不受她思想控制的本能。

可是，冷寒铁轻轻的一句"谢谢你"，却将她慌乱中撒下的面具重新替她戴上。她一直以为他只是一名无辜的观众，却从来没有想到，他亦是剧中的演员。他早已洞悉她的身份，他早已了解她的目的。就像是他早已看过了剧本，熟稔每一个角色的身份与言行，知晓最后的结局，然后冷眼旁观，沉着应对，算计着何时将手中的绳索放下，让"剧终"的帷幕落定。

这个想法让她无比伤感，也让她十分难受。她仰起头，浮泛的泪光中，将整个世界折射出五彩、迷离的光芒。这就是痛苦的色彩，鲜艳的色彩，刺痛着人的心。

她同时开始担心同伙的命运。巴库勒掷出的那一条布条，像是死亡的经幡，插在沼泽之中，等待着降临的亡灵。"也许这一场戏即将结束。"她悲伤地想，同时有一种如释重负之感。对于现在的她而言，死亡或许就是一种解脱。

相比之下，王微奕的情绪要简单许多，也高昂许多："冷长官，你怎么悟出的这种走法？瞧老夫画出的路线，分明有几分传说中的九仙分龙阵的样子。传说中九仙分龙阵乃是姜子牙从周文王的玄天八卦中悟得。九仙者，第一上仙、二高仙、三太仙、四玄仙、五天仙、六真仙、七神仙、八灵仙、九至仙。九仙立阵，变幻莫测，鬼神难近，即便是威猛如龙，入了阵中，也会被截断。当年姜子牙正是用九仙分龙阵打败闻太师所率的商纣大军，为八百年的大周王朝立下基业。冷长官你可看出，我等行走的路线很像是将一条龙截成九段？啧啧，老夫万万没有想到，这上古的神阵竟然会在这里出现，实在是太神奇了。"

紧接着王微奕又翻出先前的笔记本，上面有他早上快速描下的路线图，弯弯曲曲的，与一个"九"字有几分相似，但与"亡"亦略似，而与冷寒铁带领众人所走的"九仙分龙阵"路线大不相同，忍不住叹道："这个九锁林，真是旷世谜题，深奥难解啊！"随即心底有几分狐疑，"冷长官又如何得知这西青林迷阵的破解之法？"

冷寒铁亦在心头对这个问题盘旋追问，然而往昔记忆沉沉如坠海底，根本无从打捞起来。他只觉得有一道灵光在脑海中闪烁，支配着他的肢体，步步行走，然而灵光逐渐幽弱，直至杳不可见，终于停住了脚步。

楚天开迟疑道："冷大，要不歇歇吧，我看大伙儿都累了。"他本想问冷大是否累了,然而话到嘴边又咽了进去,他深知,冷寒铁不会接受这种关切。

冷寒铁明白他的心意,并不点破,反倒直接说:"我只能领你们到这里。前面的路途只能由我们自己摸索。"

王微奕吃了一惊:"冷长官,你的意思是你不懂下面的阵法破解之策?老夫观你先前的步法,应正合这西青林中所暗藏的门道。莫非你是觉得这西青林中所布下的阵形千变万化,不可以一种步法应对?"

冷寒铁疲倦地道:"我看不到路的尽头。"

王微奕的心头忽地涌上一阵感伤。这座山头,这片树林,千百年间郁郁葱葱,藏身世外,却隐藏了尘世间最大的秘密之一。他们闯了进来,一步一步地踏进这片古老的隐秘中。他们以为找到了解封的钥匙,却从未曾想过,他们就像是无头的苍蝇,撞上了密集的蛛丝,所有的努力与挣扎,不过是朝着危险的最中心聚集。而他们心目中的终点,那传说中的黄金圣殿,则成了镜花水月,或者是彼岸花,看似美丽,实则虚幻。

可是不管前途如何渺茫,路终归是要继续走下去的。

王微奕刚想说两句打气的话,忽然听到卜开乔一声呼叫:"瞧,那树上有人!"

所有人不由自主地将目光投向前方树林。耸立在众人眼前的是一株巨大的榕树,独木成林。它不知生长了几百几千年,主干足有三四十米直径,恐怕他们所有的人全都围拢上去都无法将它抱住。令人称奇的是,树高反倒比不上树宽,只有大概二十米左右,与四周众多的参天大树相比,矮了一截。不过榕树自有它的独门"武器",并不惧怕其他大树的"围剿",那就是它的树干上垂落下上千条气生根,一直扎入泥土,盘结于主干的根部,形成根部相连的丛生状支柱根。众多的气根各自支撑起一片树荫,串联起来,整个树冠宽达近万平方米。而且树冠相对平整,其树叶颜色比四周树木的叶子更加深碧。若是从空中俯瞰下去,极像是镶嵌在莽莽森林中的一汪碧湖。

卜开乔所指的人，"立于"榕树的树冠中。延绵数里的树冠，枝叶密密麻麻，几乎将所有的阳光都遮挡了开去。要在树冠中隐藏一个人，就像是在树上栖息一只蝴蝶，寻常人根本难以注意到。只是眼前的这个人，仿佛是折翼的天使，而且其折断的翼是巨大的——他应该是从高空中跳伞而下，然而选错了地方，坠落在这片碧绿的林海中。最重要的是，他的降落伞似乎出了问题，并未完全打开，使得他像一个高速旋转的陀螺，直直地栽落在榕树上，砸断了数十根粗细不一的树枝，也震断了数十根骨头，最终像一只无骨的鼻涕虫挂在树上。牵系住他身体、让他长时不坠落到底的，除了降落伞缠绊住树梢外，最重要的是有一根尖锐的树枝像把长枪一般从他的背部一直穿透腹部，将他钉在了树上。死亡的青苔悄悄地将死者的容颜覆盖，时光的流水昼夜不息冲刷着他，将他大半的肉体腐蚀掉，露出皑皑白骨。而原本紧紧绑在他胸口的一个油布包，也因为肉身的腐烂而一路滑落下来，直至卡在那一根长枪般的树枝上。

不待冷寒铁发号施令，唐翼如燕投林般朝着榕树飞蹿而去，然而有个身影比他更快，且径直挡在他的前面。

唐翼大惊："刘开山，你个混蛋，想找死吗？"

刘开山双目泛血，神色凄厉，双手笼于袖中。他那独步天下的飞刀随时可能脱袖而出，将任何冲向榕树的人斩杀："谁也不许动那具尸体！"他的声音无端地带了沙哑，同时声嘶力竭，扯动脸部的肌肉，显得有几分可怖。

唐翼下意识地掏枪，厉声喝道："刘开山你想做什么？再不让道老子毙了你！"

刘开山毫无畏惧地望着他，咬牙道："我再说一遍，谁若敢动那具尸体一根汗毛，休怪我刘开山刀下无情！"

所有的人都被刘开山搞得一头雾水，猜不透他为何会对丛林里一具已经半腐烂的尸体如此看重，拼着性命都要护着它——要知道，在江湖中刘开山一直是个杀人不眨眼的货色，冷酷如铁，就算是一个活人立在面前苦苦哀求，都不会让他动容，而今一具死尸竟让他公然反抗冷寒铁一行，这实在是惊人之举！

就在这时，林从熙注意到死尸身上的黄金配枪，以及挂在死者胸口上作为护身之用的一串金包虎牙，忍不住失声惊呼："啊，那是刘大当家的尸体……"

所有的人全都吃了一惊。唐翼、柳四任、巴库勒、楚天开等人齐齐举枪对准刘开山，就连一直不动声色的冷寒铁都不由自主地微抬起头，注视着刘开山以及挂在树上的尸体。

唐翼如鹰隼一般的目光投向林从熙："你是说,树上的死者是刘开山？那眼前的这个人是谁？"

林从熙结结巴巴地说："不，我不是这个意思，我是说……怎么说呢……咳，这么说吧，树上面的金包虎牙是当年我卖给刘大当家的。因为他觉得虎牙有煞气，够威风，因此就一直当作配饰悬挂在身上。然后我听闻刘大当家的有一把黄金配枪，枪不离身……这个……眼前的这个……哎，刘大当家的，这究竟是怎么回事？我都糊涂了。"

刘开山冷冷地注视着林从熙，恨不得眼中能够万箭齐发，将他射成个刺猬："林大掌柜，猴鹰儿，你睁大你的王八绿豆眼仔细瞧瞧，老子是刘开山还是个鬼？"

林从熙心头如有千万只小鹿乱蹦，紧张地搓着手："这个，刘大当家的，你千万别误会，我丝毫没有怀疑你的意思。那个……虎牙跟金枪，这可能就是个凑巧吧！这两样虽然都是稀罕之物，但不是独一无二，或许世上刚好有其他人也配备了这两样东西。"

说着说着，林从熙的冷汗就下来了。几十年来，他也曾经历过不少匪夷所思之事，但从未像眼前这一刻这么混乱。虽然他说虎牙流传世间的不少，可是他深知，眼前的这颗金包虎牙世界上绝对找不出第二颗。因为那是一只50多岁老虎的后臼齿，十分罕见，而且金包的工艺十分特殊，乃是采用了西域一种已经失传的拉丝工艺，一层层，一圈圈，使得整颗虎牙镶嵌在金丝中，只露出一点白色，仿佛是金色海洋中的一粒珍珠，光彩夺目，是以隔着数米的距离，林从熙一眼就能够认出它来。而另外那支黄金配枪乃是当年刘开山从一个西洋富商家中抢夺而来，手枪亦是在美国定制的，独一无二。可以说，这两样东西同时出现在一个人的身上，那只能说明——死者就是刘开山，或者另外一种情况：有人将金包虎牙和黄金手枪从刘开山手中夺得。但刘开山将这两样珍品视若性命，岂可轻易交予他人？除非是强夺，但这样的话刘开山可能只有一种命运：凶多吉少。总之，种种迹象表明，刘开山存活于世上的希望极其微渺。可偏偏眼前又站着一位刘开山！其形，其貌，其个性，其手段，均与传说中的铁胆帮帮主刘开山如出一辙。难道这是他的鬼魂不成？

但林从熙很快就否定了眼前的刘开山是鬼魂的说法，因为在阳光的照耀下，他可以清楚地看见刘开山的影子，而且许多天的相处，让他笃信眼前的刘开山是个活生生之人，不可能是虚无缥缈的鬼魂。

一个念头窜入他的大脑：难道世界上有两个刘开山？

这个疑问只能由刘开山本人亲自来解答。

面对唐翼等人黑洞洞的枪口以及咄咄目光，刘开山的手渐渐垂了下来，从喉咙深处滚动出一声叹息，似是万年古洞里水珠滴落的声响，幽深，空远，布满沧桑："我知道你们怀疑我，只是这个中缘由……"他转过身去，盯着树上的尸体，久久凝视着，临了，这杀人如麻的草莽英雄竟然眼圈红了，"他是我的手下、此前和我一起寻找金殿的李大鹰。"

见唐翼等人不屑的眼神以及依旧挺立的枪口，刘开山急了："他真的是李大鹰。好吧，我承认，我说过我和几个弟兄坐飞机从神农架上飞过，本想跳到湖中，却被飞行员误投、跌入江中，这话有一半是谎言。真实的情况是，我确实是从神农架飞过，也确实是掉入江中，而谎言则是，这并非是飞行员之误，而是我自行跳下去的。"

一席话触动了他的记忆，他的神情渐渐变得满是恐惧，几乎是以一种喃喃的语气说："这个神农架，还有那张《神农奇秀图》真的很邪，邪得让人不可理喻，邪得让人毛骨悚然！你们没有经历过那一幕，永远不会理解那份恐怖。可是我……那是我一生中的噩梦，现在我都还经常半夜从梦中惊醒……"忽然间，刘开山捂着脸蹲了下去，有泪水从他的指缝间渗透出来。他竟然哭了！一个可以喝他人血、吃自己肉的土匪头子活生生地被吓哭了！

这简直是千古奇闻！唐翼等人虽然依旧将枪口指向刘开山，但扣着扳机的手指却渐渐松开。有疑云密布在每个人的眼中，并在他们的眼神交流中际会、融合，产生更大的疑云。

林从熙如坠冰窖，全身彻骨冰冷："刘大当家的，你说，你说，那《神农奇秀图》里藏着怎样的邪恶？"

刘开山猛地抬起头，浸着泪水的眼珠子突然间变得通红，看上去显得狰狞无比："什么邪恶？你猴鹰儿应该比谁都清楚才是！"他突然一个纵身，跃至林从熙的身边，揪住他的衣襟，咬牙切齿，"图是你给我们的，你一定是有意陷害我，陷害我铁胆帮，陷害我刘开山！你还我兄弟的命来！"声音凄厉，仿佛有邪灵附体一般。

林从熙惊得全身起了一层鸡皮疙瘩。眼见刘开山像头饿狼般，白生生的牙齿即将咬向自己的脖颈，他忍不住像个娘们儿一样尖叫起来。

刘开山没有咬中林从熙，因为唐翼给了他一脚，重重在一脚踢在他的小腹上，将他踢得翻滚了出去："你别装神弄鬼，老实交代你究竟在神农架里遭遇了什么！要不然老子一枪打死你！"

刘开山受了一脚，有血丝从他的嘴角溢出，可他却仿佛浑然未觉："你们真的想知道吗？哈哈哈……"他疯狂地大笑起来，"恐怕知道了之后，你们就没人敢再进神农架一步了！恐怕你们也得日夜与我一样，忍受这无穷无尽的恐惧折磨！你们知道我为什么来这里吗？你们真以为我是看中了金殿？错了，我是实在忍受不了这生不如死的生活，所以我过来寻找解脱！我刘开山虽然不是什么英雄人物，但好歹也是条响当当汉子，就算是死，也要死个明白、讨个说法，当日里究竟是什么攻击了我们！"

刘开山狂乱的笑声回荡在森林上空，就像一个个春雷砸向众人的心头，即便是镇定的冷寒铁，脸上都不禁有了一丝凝重。

也不知是对刘开山不满，还是因为恐惧，柳四任朝天开了一枪，怒吼道："刘开山，你不要再故弄玄虚，快说，你在神农架里究竟做了什么！"

刘开山的脸色变得扭曲："魔鬼，是魔鬼……"他的眼神变得涣散，似乎仍未从当日的惊魂中脱离出来。他一屁股跌坐在地，用手抓着头发，拼命地揉搓、撕扯。他仰起脸，让午后的阳光直直地射入他的眼中，似乎那微弱的温暖能够驱赶走盘踞在他心中的恶魔，"黑色的魔鬼，可怕的魔鬼，从图中飞了出来，在飞机上盘旋着。你听不到他的声音，可又好像有一个巨大的锣鼓死命地在你的耳畔响着，几乎震碎你的耳膜，嗡嗡嗡地让你什么都听不见，只有那杂乱的声音。最可怕的是，飞机飞不动。螺旋桨在转，仪表盘在动，可就是悬浮在空中，飞不动，也掉不下去。李大鹰吓傻了，他抢走了我的虎牙，认为那可以辟邪，可以驱鬼，然后又抢过我的黄金枪，朝着魔鬼开枪。魔鬼，真的是魔鬼，打不中的。魔鬼生气了，愤怒了。他在飞机里咆哮着。你可以听得到他从你身旁掠过的声音，触摸到他全身散发出来的刺骨寒冷。你觉得你是生活在地狱中，在冰川的最底层。然后我看到飞机门开了，李大鹰从飞机中飘了出去，眼珠子都快突出来了。我看得见他在哭喊'救我'，可就是那么一眨眼的工夫，他就掉了下去，从这几千米高的地方跌了下去。然后顺着打开的飞机门，我隐约地看到神农架下方盘旋着一股黑气，墨一般黑、浓重，缠绕在我们的飞机上。你们知道吗，李大鹰掉下去了，就掉进了这股黑气里，然后他好像撞开了一点什么。终于我们的飞机能动了，飞起来了。在我回过神来的时候，我不顾一切地从飞机上跳了下去，刚好掉进江里面，大难不死，捡回一条命。在跌落的时候，我抬头看到了一个巨大的魔鬼，是我们先前在飞机上所看到的魔鬼的巨大变形，比世界上最高的山峰都要高大，双脚站在神农架里。我看到他张开嘴，一口就将我们的飞机吞了下去，接着我听到了一股爆炸声。整架飞机都爆炸了，飞机上剩余的所有人，飞行员、陆四眼、吴秃瓢等人，全都炸得粉身碎骨，连点骨碴儿都捡不到。"他的眼神里再度呈现出死亡的阴影，仿佛那是死神的斗篷遮拢上来，"比世界上最高的山都还要庞大的魔鬼，一口吞掉一架飞机的魔鬼……"他忽地怪笑了起来，"王教授，你们先前不是说过，美国人在北纬30°损失了大量的飞机吗？我想他们都是被这魔鬼吃掉了！"

所有人的目光全都死死地盯在刘开山的身上，神色不定。其中又以花染尘的脸色最为苍白，她甚至身形摇摇欲坠，仿佛随时都可能晕厥过去。

刘开山讲的事太过恐怖，太过匪夷所思，远远超出了世人的理解力。然而对应起这些天大家在神农架里的经历，谁都不敢轻言否定。这片土地太过神奇，它甚至不该是人类所能踏足的土地，而是归属于神灵或魔鬼。

冷寒铁目光空远、寂寥，一直延伸至森林的尽头。没有他的指令，唐翼等人一直不知该如何处置刘开山。

刘开山摸了一下脸，将嘴角的血丝抹到脸上，又将整个身子尽量地缩在一起，斜扬起脸，显得无比的诡谲："魔鬼在驱赶着我，逼迫我解散铁胆帮，否则就要将所有的弟兄都当作祭礼献给他，然后又驱使着我来到神农架。从踏临这片土地的第一刻起，我就无时无刻不感觉到他在我的身边。我感觉得到从它身上传来的那股冰冷气息，非人类的，永远都沾染不到阳光。"

柳四任厉声道："你口口声声说魔鬼，你怎么证实给我们看？"

刘开山唰地一把扯下自己的衣服，露出脊背，声嘶力竭地说："看，这就是证据！"

所有的人瞬间都惊呆了，紧接着感觉到喉咙间阵阵发紧。只见刘开山的后背有块一尺见方的伤痕，这个伤痕十分古怪，就像是中毒一般，整块肌肉全都发黑，上面有脓块，但却没有脓汁流出，而且刘开山与众人相处多日，大家也从未从他的身上闻见肌肉腐烂的气味。发黑的肌肤与正常肌肤形成鲜明的对比，就像是一条巨大的蜈蚣趴在刘开山的背上。

林从熙使劲咽下一口唾液："刘大当家的，你这……这是被那魔鬼抓的？"

"只一下，轻轻的一下。"刘开山神经质般地竖起一根手指头，"在我跌落江中的时候，它的爪子擦过了我的后背，然后这一整块肉就死了，本来这股黑气还将扩散至我的全身，让我的每一块肉全都腐烂掉落。幸好苍天怜我，我遇见了一名来自新疆的神医，他用天山雪莲混合一些草药为我连敷了半个月，才止住黑气扩散。然而这一块肉，却是再也恢复不了。"

一直都冷眼旁观的冷寒铁开口说话了，虽只有简单的三个字："你撒谎"，却震撼着每个人的耳膜。

平心而论，每个人都希望刘开山所言的魔鬼为虚，因为若是神农架中真的藏有这样的一个恶魔，那么将给他们的前程带来无尽的险恶与危机。他们不怕森林里最凶猛的野兽，也不畏惧尾随敌兵的偷袭，然而若真的有这么一个身高数千丈的恶魔、巨人，就算他们调动一整支军队，采用最先进的战机和武器，恐怕也都无法伤其分毫。可是刘开山背上的黑肉却令人触目惊心，任何人看过都会深深认同：那绝非是人力所能为！

刘开山泛白的眼珠子死死地盯着冷寒铁，仿佛他就是那个魔鬼一般。

冷寒铁不多言语，袖中的飞索从刘开山的耳畔掠过，如蛇的信子，准确地卷住树冠上死者身边的油布包，飞快地顺着原路掠回。油布包原本是缠在死者的骸骨之上，冷寒铁的这一大力牵扯险些令死者跌落下来。

刘开山的眼中闪过一丝凶狠之色，肩膀微抖，想要纵身抓住油布包，然而却远不及冷寒铁的飞索来得快，只能眼睁睁地看着油布包落入冷寒铁手中。他转身看了一眼树冠上的死者，脸上露出悲愤之情。若不是碍于唐翼等人数支枪齐齐指着他，恐怕他早就甩出飞刀与冷寒铁一决生死了。

冷寒铁无视刘开山的反应，将油布包踩在地上，蹭了几下，将沾在油布包上的尸油蹭干净了，又掏出匕首斜挑了下油布包，将原本绑得严严实实的绳索挑断。油布包散落开。冷寒铁伸手从中取出一块丝绸样的东西来。

在场中唯一见过该物的林从熙失声道："《神农奇秀图》……"声音里，紧张、激动、惊惶，不一而足。

所有的人呼吸全都急促起来，紧紧地盯着这份传说中的宝藏地图——然而令他们大失所望的是，目测之下，《神农奇秀图》除了材质非丝非金属不知为何物之外，其他的看上去就像是一幅普通的山水画，群山丛莽，草木萋萋，曲水环绕，云雾蒸腾，看不出有任何地图的痕迹。

冷寒铁拈着地图，目如寒星，注视着刘开山："你说他是你的手下李大鹰，他身上的虎牙和枪都是从你身上抢去的，那这张图呢，也是他情急之下抢走的吗？"

任何明眼人都能看出，油布包虽然滑落挂在树枝上，但原本应该是被贴身放置于怀中的，只是随着森林里浓重湿气的熏染，加上雨水的冲刷、小动物的啃咬，导致尸体腐烂、衣衫破败，进而跌落下来。按理说，《神农奇秀图》是寻得黄金圣殿的最大线索，如此宝贝的东西刘开山应该收藏在自己身上才对。李大鹰虽然是刘开山的心腹，但还不如陆四眼、吴秃瓢等人的关系来得亲近，因此刘开山将《神农奇秀图》交由李大鹰来保管显得十分可疑。况且刘开山先前也说了，他们是在看《神农奇秀图》的时候，招致魔鬼出现，毁了飞机。若是这种危急状况，李大鹰怎么可能将图重新收好，又藏得如此严实呢？所以他的说法破绽百出！

其他人很快就想通了这关节，不禁从刘开山所营造的紧张、诡异气氛中松懈下来，取而代之的是一种被欺骗了的愤怒感。柳四任握紧了手中的枪，喝道："好啊，你个大土匪，没看出来还长了张巧嘴，谎话张口即来。你编啊，看你怎么把它编圆！"

刘开山却仿佛沉浸在一种古怪的情绪中，对柳四任的威胁置若罔闻："你把图打开了，你把魔鬼释放出来了……"他的模样，再无半点土匪头子的豪气，更像是一个巫师，头发凌乱，脸色苍白，全身打战，语无伦次，"魔鬼，可怕的魔鬼……它遇见阳光就会现形，随风而长……我们全都完了，完了，要葬身在这神农架里……"

柳四任愤怒地冲上前，踢了他一脚："你别再装神弄鬼了，快起来！"

王微奕伸手止住冲动的柳四任，神色凝重，弯下腰对刘开山道："你说魔鬼遇见阳光就会变形，随风而长，是怎么回事……"

刘开山神色呆滞，不言不语。

王微奕示意林从熙递过一壶水，给刘开山："喝一口吧！"

刘开山喝了口水，紧张的情绪渐渐舒缓下来："当日里，为了躲避别人的视线，我们租的飞机凌晨四点多从长沙起飞，然而没飞多远，就遇到地面在打仗，炮弹嗖嗖地飞，没办法，只好兜了个圈，绕过战争区域，所以飞到神农架时，已经是差不多一个小时后了。第一缕阳光透过飞机的窗户打到李大鹰身上时，我看到他的身体颤抖了一下，脸上流露出十分痛苦的神色。我问他是怎么回事，他就像是鬼上身般抖个不停，怎么都控制不住，紧接着，我看到一缕黑烟从他的怀中钻出，在空气中渐渐扩散开，变成魔鬼的模样。后面的事情我都已经说过了……"

柳四任冷笑道："又在狡辩。那你说你为什么会将图交给李大鹰，而不是自己保管？"

刘开山大叫起来："因为我知道那图邪门，带着鬼气！陆四眼跟我说过，这图是地狱来的，它只适合埋在地底下，不能见光，特别是阳光。任何活人只要带着它，就会被慢慢吮干阳气而亡。这样的图，我能带在自己身上吗？我只可能找一个替死鬼……"

冷寒铁默默地收回目光。刘开山的话似乎触及他的某段回忆，让他有了一丝恍惚，头疼了起来。

柳四任又想抬脚去踢刘开山，却又被王微奕拉住了。王微奕转身走到冷寒铁面前："冷长官，能借这图来一观吗？"

冷寒铁迷失的魂魄在王微奕的一声叫唤之后，略微返回。他将手中的《神农奇秀图》交给王微奕。

王微奕端详图片刻，然后闭上双眼，左手持画，右手在图上轻轻摩挲，就像一个盲人在阅读盲文，想要通过那些凹凸不平的痕迹来识别出图中的奥妙一般。

唐翼忍不住出声想问:"王教授,你有看出点什么吗?"

王微奕身体忽地一颤,睁开双眼,神色现出一丝不安。紧接着是花染尘反应更甚:"啊……"一声尖锐的呼号几乎将人的耳膜生生撕裂。只见她伸手捂住双耳,痛苦地在地上打滚,仿佛是听到了什么异常尖锐的声音,令她的每寸神经都几乎为之断裂。

所有人都被这突然的变故惊得打了个寒战,下意识地抬眼往远处望去。短短的时间里,森林中竟然聚集了大量的黑气,并且不断地有黑气从森林深处涌出,仿佛是有个巨人在烧潮湿的柴火,涌起了黑烟,正用蒲扇将其扇往冷寒铁他们这个方向。而在黑气的中间,隐约可见有个东西在翻滚。

王微奕的神色变得有几分激动,又有几分恐惧,嘴里喃喃自语道:"该不会真的是龙吧……"他转身朝刘开山大声喝道,"你如实交代,你在飞机上看见的,真的是魔鬼吗,还是黑龙?"

黑龙?这个词语让所有的人都惊住了。

刘开山亦被镇住了:"黑龙?哦,不不不,是魔鬼……"

十

龙在中华文化中的地位无与伦比,它根植于中华民族血脉之中,作为一种图腾,拥有至高无上的地位。传说中的龙,虎须鬣尾,身长若蛇,有鳞若鱼,有角仿鹿,有爪似鹰……能隐能现,春风时登天,秋风时潜渊;可翻江倒海,能兴云致雨,为众鳞虫之长,四灵(龙、凤、麒麟、龟)之首,因此成为皇权的象征。历代帝王都自命为龙,所用器物也以龙为装饰,如有龙种、龙颜、龙廷、龙袍、龙宫等。《山海经》记载,夏后启、蓐收、句芒等都"乘雨龙"。另有书记"颛顼乘龙至四海"、"帝喾春夏乘龙"。前人分龙为四种:有鳞者称蛟龙,有翼者称为应龙,有角的叫螭龙,无角的叫虬。经过数千年的演绎,龙已渗透进中国社会的各个方面,成为中国的象征、中华民族的符号,每一个炎黄子孙都是"龙的传人",华夏中国为"龙的国度"。

在源远流长的龙文化中,龙被人膜拜,也受人质疑,尤其是在近代,随着"西学东渐"思潮的兴起,世人对于传统文化有了诸多的批评之声乃至颠覆之意,龙作为皇权的象征,也遭到众人的口诛笔伐,以至于龙渐渐远离了世人的视野,成为荒史野谈、子虚乌有之流。一个自称是"龙的国度",却否定龙,质疑龙,贬低龙,要生生将其与自身隔离开,这不能不说是一种极深的悲哀。

事实上,翻开史书,我们就会发现,龙并非凭空杜撰,反倒有着众多的目击记录:

东汉建安二十四年（公元220年），黄龙出现在武阳赤水，逗留九天后离去，当时曾在此黄龙出现之地建庙立碑。

东晋永和元年（公元345年）四月，有一黑一白两条龙，出现在龙山。燕王慕容皝亲率朝臣，在距离龙200多步的地方，举行了祭祀活动。

《唐年补录》记载，唐咸通末年某日，有青龙坠在桐城县境内，因喉部有伤，当场死去。龙全长十多丈，身子和尾巴各占一半。尾呈扁平状。它的鳞片跟鱼差不多，头上有双角，口须长达两丈，腹下有足，足上有红膜。

南宋绍兴三十二年（公元1162年），太白湖边发现一条龙，巨鳞长须，腹白背青，背上有鳍，头上耸起高高的双角，在几里之外都能闻到腥味。当地群众用席子遮盖它的身体，官府还派人亲自祭祀。一夜雷雨过后，龙消失了。它卧过的地方留下一道深沟。

明清时期的地方志中，时有关于龙的记录。据《临安府志》记载，崇祯四年（公元1631年），云南石屏县东南的异龙湖中发现巨龙，"须爪鳞甲露出，大数围，长数十丈"。郎瑛《七修类稿》记载，明代成化末年某日，广东新会县海滩上坠落一条龙，被渔民活活打死。此龙约一人高，身长数十丈，腹部呈现红色，酷似画中之龙。

《永平府志》记载，道光十九年（公元1839年）夏天，有龙降落在滦河下游的乐亭县境内，蝇蚋遍体。当地群众为它搭棚以遮蔽阳光，并不断用水泼洒它的身体。三天后，在一场大雷雨中，龙离开了原地。

官方记载中最近一次出现龙的，是在公元1934年的辽宁营口。当地一家有名的报纸《盛京时报》配图发文了一篇《蛟类涸毙》。文中提到："本埠河北苇塘内日前发现龙骨，旋经第六警察分署，载往河北西海关前陈列供众观览，一时引为奇谈，以其肌肉腐烂，仅遗骨骸，究是龙骨否，议论纷纭，莫衷一是。"在《营口市志》和《营口史话》中也有着同样类似的文字记载。据一些现存于世的百姓回忆，该"龙"前后出现过两次，第一次出现时还是活的，出现在距离入海口20千米处的田庄台。

目击者称，当时"龙"是困浅在沙地上，方头方脑，眼睛很大，还一眨一眨的，而身体为灰白色，弯曲着蜷伏在地上，尾巴卷起来，腹部有两爪。由于缺水，"龙"有气无力，眼睛发红，且有生蛆的架势，很多人说是天气太热的缘故。当时，老百姓认为天降巨龙是吉祥之物，为了使困龙尽快上天，人们有的用苇席给龙搭凉棚，有的挑水往其身上浇，为的是避免龙身体发干。据说，人们都非常积极，即便是平日里比较懒惰的人也都纷纷去挑水、浇水。而在寺庙里，许多百姓、僧侣每天都要为其作法、超度。几天后，一场延续了数日的暴雨来临，暴雨过后，人们发现"龙"神秘消失，只在地面留下了一条深深的爬行痕迹。然而，二十多天以后，这条"龙"第二次奇异地出现了，这次出现是在距辽河入海口10千米处的芦苇丛中，此时它已不是活物，而是一具奇臭难闻的尸骸，也就是《盛京时报》所报道的那般。后来《盛京时报》延请专家前来辨识，专家虽然未能给出了就是"龙"的定论，却也承认那是"状龙的蛟类"。

冷寒铁思索着"龙"的问题，心头一阵触动，问王微奕："你能确认沈亦玄当日里给到我们的口诀是'九锁林'吗？"沈亦玄本是云南人，说话有着浓重的口音，许多时候你甚至要连听带猜才能弄得清他的表达。王微奕一边仰望头顶上黑气的聚集，一边回答冷寒铁："老夫听着是，冷长官你是怀疑他撒谎？"

冷寒铁目光一缩："你说，他会不会说的是'九锁龙'，只是我们一心想着西青林，就听成'九锁林'？而他也就将错就错，不曾点破？"

王微奕怔了下，感觉心头仿佛被一只巨大的拳头给堵住了一般，闷得发慌："沈先生的南方口音有些重，发音不清。老夫听着是'九锁林'，不过，不过也不是十分肯定。林小兄弟你们听着呢？"

林从熙也是一片茫然："九锁林，九锁龙……这个，以前的时候我觉得像是前者，可经冷长官一提，我又觉得好像是后者……"

冷寒铁紧紧地盯着头顶上的黑气凝聚成一团，再上下滚动，眉峰紧锁起来。他将手中的《神农奇秀图》卷起，揣入怀中，然后端起微型冲锋枪，注视着黑气的变化。

有阳光勉强挤进黑气中,像是给黑气镶了一圈金色的边缘。借着这丝光亮,冷寒铁隐隐地看到有鳞爪在黑气中浮动,不由得心头大惊:"难道真的是黑龙不成?"容不得他确认,冷寒铁忽然感觉黑气"嗖"地一下聚合在一起,似闪电般猛地冲他扑来。

冷寒铁反应亦是极为迅速,毫不犹豫地扣动冲锋枪。唐翼等人也几乎在同一时间对着黑气扣动扳机。枪声撕开笼罩在森林上空沉重的禁锢,震荡着人的耳膜。然而令人意外的是,一直在地上痛得打滚的花染尘,在剧烈的枪声中,状态反倒和缓下来,虽然仍然双手捂耳,但神色已不似先前那般痛苦。

冲锋枪发射出的子弹在空气中高速旋转。击针连续快速撞击子弹底部,空气中弥漫着一股硝烟的气味。然而密集如雨的子弹仍然阻止不住黑气的攻势,眨眼间黑气已侵袭到冷寒铁的面前。冷寒铁眼见形势不对,当机立断,将手中的枪往上一丢,接着整个人就地一滚,闪到一棵大树背后,反手掏出黄金匕首,想也不想地朝前劈去。就在他滚落之时,放置于兜中的明珠掉落了出来。

明珠跌落于地,忽然光芒大盛,接着却消失不见,连同那股黑气,仿佛被"黑龙"一把攫取了去。刹那间,云雾风住,仿佛什么都没有发生过,除了地上扔了一把被掰成两截的冲锋枪,以及冷寒铁所藏身的大树树干上有一个深深的抓痕,显示出刚才确实是有一种神奇的动物袭击了他们。然而袭击冷寒铁的是否真的就是黑龙?谁也不敢确定。刚才的那一幕发生得实在太快了,几乎只是一眨眼的工夫,让人无从辨析。

刘开山在飞刀上浸淫了数十年,不仅腕力十足,眼力亦比寻常人锐利许多。他不无怨恨地说:"明珠被它给夺走了,那可是无价之宝。"

"匹夫无罪,怀璧其罪。"王微奕从先前的震惊中走了出来,"或许这明珠本就属于黑龙,它取走的话也好。"

刘开山大叫起来："没了明珠，我们怎么走出这片树林？"

唐翼冷笑道："我们不早就走出西青林了吗？还用得着明珠来镇那些闪电吗？"

刘开山冷笑道："你们瞧瞧四周！"

众人环顾，不觉倒吸了口冷气：在这片刻之间，从森林四处里冒出许多球形闪电，就像一只只狼的眼睛，在无声而又迅速地朝他们包围过来。而能够镇住球形闪电的明珠，却偏偏又刚刚丢失了！

所有的人心头都起了一个疑问：莫非球形闪电果真是所谓的"黑龙"制造出来的？那"黑龙"的出现，究竟是如刘开山所言，被《神农奇秀图》吸引而来，还是冲着明珠而来？而最深的疑虑是：没有了明珠及水黾壳，他们该如何躲过球形闪电的攻击？如此多的球形闪电密集排列在一起，若是其中一个发生爆炸，恐怕会引发一连串的爆炸，进而将这整片森林摧毁！

所有的人都在手心里捏了一把汗，林从熙等人下意识地朝着冷寒铁聚拢而去，仿佛在他的身边就可以获得十足的安全感似的。

冷寒铁受过特别训练，越是危急的时候越是保持着冷静。他一边盯着球形闪电的动静，一边努力思索手头上究竟还有何物可以代替从白狐那边取得的明珠，用来克制球形闪电。忽然，他想起当时与明珠一起获得的，还有一颗巨蛇内丹，不觉心头一动，于是从暗兜中将其掏出，托在手上。

王微奕感觉到不妙，急呼一声道："冷长官，不要……"球形闪电乃是极阳之物，而白狐所取得的内丹为至阴之物，以阴克阳，故而能够压制得住球形闪电，不让其爆炸。其原理，就与水能克火一般。可是巨蛇内丹却是同属于极阳之物，如果冷寒铁祭起它，无异于火上泼油，非但阻止不了球形闪电的攻势，反倒会惹祸上身。

果然，球形闪电就像是发现了目标一般，用至少是先前两倍的速度朝着冷寒铁疾驰而来。王微奕眼见回天无力，长叹一声，闭上双眼，等待灰飞烟灭的一刻。

然而令人惊奇的一幕出现了：就在球形闪电即将靠近冷寒铁时，它们像是接到了某种神秘指令，或是遇见了什么可怕天敌似的，停顿下来，在原地打起了转儿。

冷寒铁趁机赶紧将巨蛇内丹收了起来，然后双眼瞄向四处，寻找球形闪电所"畏惧"的究竟为何物。很快他就发现，在草丛中，有一块黑色之物，约莫有巴掌大小，散发出一种奇异的光亮，就像是最上等的墨锭，油润而又富有光泽。

"这是何物？"带着这样的疑惑，他走过去，将黑色之物捡起。黑色之物坚硬无比，入手冰凉，像是块金属，而顶端呈尖锐的弯钩状。冷寒铁忽然醒悟过来：这是先前"黑龙"被削掉的爪子！

冷寒铁手中的黄金匕首乃是绝世无双的利器，削铁如泥。"黑龙"的爪子坚若金石，纯精钢铸就的冲锋枪被它一抓即断，却仍然抵挡不过黄金匕首的锋利，被它削去一节。

球形闪电似乎对"黑龙"爪子有几分忌惮，又或者是相斥状态，无法十分靠近，却又不肯离去，始终围绕着他们打转，步步紧逼过来。可见"黑龙"爪子虽然对球形闪电有克制之效，却并不如明珠来得那般强烈。

王微奕"咦"了一声，道："冷长官，这是从先前黑龙身上掉落下来的？瞧这闪电对它的态度，有点古怪。依老夫之见，这些闪电貌似更多是冲着黑龙而来的。正如冷长官你所言的'九锁龙'，可能真有几分道理，说不定是前世高人设下这个局，并非是为阻止我辈闯入，而是为了困住这黑龙。"

先前王微奕在青狐藏身的岩洞中，撞见那里龙气蒸腾，以及青狐汲取龙气，便觉得有几分诧异。因为龙脉是极为罕见的，而似这等用人工之力来"引龙"之举，更是惊世骇俗，它需要异常高深的风水见解，并且熟知神农架的地脉，最重要的是神农架要先天具有"龙气"，否则即便布局再精妙，也只能是无源之水、无本之木。而他们前几日在进入西青林之前，曾在一个寒潭中遭遇过一条蛟。传说中蛟为龙的前体，蛟长角即化龙。因此他便隐隐怀疑神农架真的是片卧虎藏龙之地，没想到如今竟然坐实了它。

若是西青林真的是为困住黑龙而设的，那么其设局者的目的是什么呢？黑龙既然被镇住了那么久，现又因何被释放出来？他顿时想到昨日他们所闯入的那座洞府，以及那具居身于水晶棺中的黄金面具尸体。那亦是一个巨大而又精妙的布局，尤其是水鼋的存在，当是神人一类的安排。"莫非黑龙就是被困于那岩洞的地底下，而岩洞的崩塌让它逃脱了出来？"念及此，王微奕心头不禁有几分沉重，感到他们犯了一个弥天大罪。

冷寒铁见此情形，深知无法摆脱这球形闪电的纠缠，环顾四周，心头有了一个主意。他对唐翼等人道："你等快动手，齐力挖一个足以容纳所有人的洞。"

唐翼虽然一时尚无法领会冷寒铁的想法，但相信冷寒铁定然有他的深意，于是不加多问，领命而去。他们几个人合力抱住一丛灌木丛，齐齐发力，将它拔了出来。地面顿时现出一个方圆近丈、约一米深的坑。唐翼从背囊中找到一把折叠铲子，飞快地铲动起来，很快就将坑修整得像条战壕。

"所有的人全都跳进去，将背包顶在头上做掩护。"冷寒铁命令道。见众人全都安全躲在坑中，他猛地从兜中掏出巨蛇内丹，对着大榕树后的球形闪电丢了出去，紧接着自己飞快地跳进坑中。

一阵天崩地裂般的震响。耀眼的光芒就像是无数把利剑，从地面升腾而起，插向四面八方。整个地面仿佛被数千架飞机狂轰滥炸一般，巨大的声响几乎震破人的耳膜，剧烈的冲击力使得整个地面全都颤抖着，久久不息。有炽热的高温从冷寒铁他们的头顶上滚过，裸露在坑外的背囊瞬间化为灰烬，里面的弹药等被彻底毁坏。先前被他们刨开、抛弃在一旁的灌木，仿佛是回来报仇，被一股力量拽着甩向坑中，将许多人的手、脸割开一道道伤口。幸好他们是半蹲着,双手紧紧护着脑袋,因此灌木的枝蔓不至于抽打中他们的眼睛、鼻子等要害部位,否则他们可能会当场毙命于此。不过灌木及其所带起的泥土倒也替他们挡住了部分热浪,略微隔离开头顶那惊天动地的能量迸发。

众人强忍住爆炸所带来的剧烈震荡感,一个个面如土色。在这巨大的爆炸面前,人类渺小得就像脆弱的芦苇。然而正如法国思想家帕斯卡尔所言的那样,人类是一根能思想的芦苇。思想赋予人类尊严,也赋予人类智慧,包括逃生的智慧,让他们可以在这场大劫难中幸存下来。

爆炸声持续了约有一分钟,可是对于每一个人而言,仿佛有一个世纪那么漫长。耳膜被震得嗡嗡直响,听不清四周的任何声音,包括风的呼啸、树木倒塌的轰然,以及动物的哀鸣。众人眼睛前闪烁着无数的金星,乃至阵阵发黑;大脑亦是混沌一片,仿佛里面的脑浆全都被震动得搅浑在一起,将所有的记忆全部混杂,一时间忘了"今夕是何夕",忘了"我是谁",只剩下浑浑噩噩的直觉。大概过了三分钟,冷寒铁终于感觉地面停止了震动,人坐在泥坑里不再晃晃荡荡,听力略微恢复了些,沸腾的脑浆也逐渐平静下来,整个人不再那么难受,于是他率先起身,将"种"在他们脑袋上、一半已经被烧成焦炭的灌木吃力地扔出泥坑,探出头查看四周。

唐翼等人亦摇摇晃晃地起了身。眼前的景象让他们瞬间有一阵的恍惚,仿佛他们正经历着一场地球上的最大浩劫。只见方圆百米之内的树林全部被夷为平地,那棵已经在这片天地中存活了数百年、足有三四十米直径的大榕树及其子孙,全都荡然无存,化为一团灰烬——先前冷寒铁将巨蛇内丹掷向大榕树的树干背后,于是那里成了爆炸的中心。大榕树巨大的树干成了他们最强大的一个壁垒,然而也成了这场劫难中最惨烈的受害者。百米之外,许多参天大树都像是被巨人狠狠推了一巴掌似的,齐齐地朝外倾斜。有的树叶燃烧着熊熊的烈火,散发出一股焦烈的气味。这场大爆炸让不少动物成为牺牲者,空气中弥漫着一股尸臭,带来强烈的死亡感觉。而在距离他们大概两米的地方，一片焦黑的土地上躺着个亮晶晶的圆球，分外醒目。那竟然是巨蛇内丹！球形闪电的爆炸威力惊人，可不知为什么却并没有伤及巨蛇内丹分毫，只是将它从爆炸中心抛了出去，掉落在地上。

冷寒铁费力地爬出泥坑，将巨蛇内丹捡起，装回口袋中。剧烈的爆炸将他身上的所有伤口全都撕裂开，有鲜血汩汩而出。比伤口更加摧残人的，则是爆炸时所散发出来的那一股罡气，它就像《西游记》中蜘蛛精所吐出来的蛛丝，缠住人的手脚，汲去人的精气，让人踉跄着，随时可能倒下来。相比之下，唐翼和柳四任的状态要好得多，虽然仍然有些头晕眼花，但至少行动力和判断力已无大碍。王微奕和花染尘的情形最为糟糕，双双昏倒在泥坑中，林从熙和陈枕流正在为他二人做紧急救助，将水壶中的水倒了些在医用药棉上，抹拭着二人的额角与脸颊。不多时二人悠悠转醒，然而却仿佛被抽掉了一根筋，有气无力。

唐翼和柳四任各端着一把冲锋枪，紧随在冷寒铁身后："冷大，接下来我们该怎么办？"由于耳膜依然阵阵作鸣，他们几乎是扯着嗓子吼叫。

冷寒铁停住脚步，勉强稳住身体。那些球形闪电所聚集的能量全都在刚刚的一瞬间迸发出来，以摧枯拉朽之势，摧毁了周边的这片树林。隐匿在森林里的一些古怪阵型、死亡陷阱，全都在这惊天的爆炸中烟消云散。这对于他们未尝不是一件好事，至少减少了许多前行的风险。然而不知道为什么，冷寒铁半点都高兴不起来，他只觉得心头仿佛压着一块砖，沉沉的砖，晃动着，一下一下地砸着他的心，每一下都是窒息般的疼痛。

"这一切灾难真的都是《神农奇秀图》所带来的吗？"他有几分恍惚，"难道它真的是邪恶的，是不祥之物吗？难道它我们指引前去的，就是魔鬼的沼泽，要让我们每一个人都成为祭品吗？"

就在这时，刚刚苏醒过来的花染尘忽然如同接到了催魂令一般，从坑中站起，对着冷寒铁大喊道："小心！"

冷寒铁先是一愣，随即几乎是条件反射般地就卧倒。唐翼和柳四任紧随着亦扑倒。一阵子弹从他们的头顶"嗖嗖"地掠过，一直消失在远方的森林中。

强烈爆炸所带来的后遗症，让冷寒铁等人的机体灵敏度下降了大半，反应亦比平时慢了几拍。若不是花染尘及时出声示警，恐怕三人刚才就要血溅当场。

枪声让冷寒铁等人钝化的大脑一激灵，他们不假思索地做了几个快速翻滚，跌回坑中。冷寒铁不忘将花染尘探在坑外的脑袋摁了进去。而在枪声响起的刹那间，巴库勒和楚天开亦开枪回击。

暗地里放冷枪的正是灰衣人一行。先前他们在沼泽间找不到"老六"释放出来的信息源，失去了冷寒铁的踪影。他们深知这片西青林中杀机重重，稍有不慎即可能全军覆没。眼见白狐能从沼泽底蹿起并伤人，灰衣人便知它不是寻常之物，并且熟悉这座森林，于是急令众人死死跟住它，尾随而出。白狐虽然身形伶俐，但终究被巨蛇伤了一回，又在沼泽下憋了许久，元气大损，因此动作并不迅捷。而灰衣人一行俱是高手，尤其是后来参与进来的三名野人，天生就是森林里的主人，可以轻松跃过灌木丛的阻碍，也可以自如地攀着树藤，一荡就是数米远。实在无路可走的时候，他们就轻舒长臂，吊着树枝，荡秋千一般将自己身体甩到高处或者远处，抓着新的树枝，一路腾纵跳跃，如履平地。

相比之下，灰衣人虽然勉强能够跟得上白狐的行踪，但却有几分吃力，气息无法调理均匀，远不如野人那般轻松自如。而剩下的老大、老四却被甩开了一段距离，气喘吁吁地跟在后面，死命追赶。有些东西，无论后天如何修炼，总不如天赋异禀来得好。

就在灰衣人感到体能已经达到极限，眼见就要落后于白狐和野人时，忽然间，只见白狐猛地加速，整个身体如离弦之箭，偏离原来的方向，而且几乎是贴地而走，最后跃过一方巨石，藏身于其后。紧随其后的野人一时收势不住，继续往前冲。就在这时，一声撼天动地的爆炸声响起，耀眼的强光像从地底跃出的太阳一般瞬间照亮了整座森林。森林沸腾了，像口滚烫的大汤锅。冲在最前边的两名野人跌入"汤锅"中，顿时粉身碎骨，化为一阵黑烟。第三名野人由于落后了前面二人约有十米远，侥幸躲开最强波的袭击，捡回一条性命，然而身上的毛已被烧得精光，起了一连串的泡。

灰衣人落后第三名野人又有十余米。爆炸的余威到了他这里，衰减了许多。他的感觉就像是被一名巨人狠狠地打了一巴掌，不由自主地滚了出去，刚好掉入一处洼坑中，躲过了后面接连爆炸的冲击力。至于老大等人则处于爆炸波及范围的边缘，除了被巨大的爆炸声吓了一大跳外，并无什么大碍。

爆炸在一瞬间发生，然而它扯动的大地震荡以及制造的汹涌热浪，却延绵了有几分钟。灰衣人和老二等伏在地上，一直等到摇晃感消失，才起身查看究竟。灰衣人第一眼就看到化为一堆灰烬的两名野人，以及残存的那名奄奄一息的野人，顿时怒火中烧，骂了声"八嘎"，快步走向爆炸区域，寻找"肇事者"。及至冷寒铁等三人在他的视线内出现，他毫不犹豫地对准他们连射数枪。

枪声将老大、老四也吸引了过来，纷纷加入枪战。不过唐翼等人占据着"战壕"的有利地形，加上美制M3式冲锋枪火力比灰衣人等所持的毛瑟20响要猛烈得多，很快就将他们的火力给压制住了。

冷寒铁他们的弹药包主要装在一个背囊中，而该背囊被先前的爆炸所销毁，因此剩下的弹药有限。冷寒铁听得敌人的枪声已停，不愿再多浪费子弹，于是伸手止住唐翼等人开火，自己探出头来，朝着灰衣人的方向极目远眺。就在他刚刚露头之际，一颗子弹就像长了眼睛似的飞了过来。冷寒铁急忙缩头，但还是被子弹击中了。幸好他戴着钢盔，对方所持的又是手枪，冲击力不大，子弹击在上面，擦出一溜火花，蹦入旁边的泥土中。若是机枪扫射出来的子弹，即便有头盔护体，也难躲被射穿的命运。

唐翼急红了眼，对着袭击冷寒铁的方向就是一梭子子弹。森林里传出一声闷闷的呻吟声，原来灰衣人一行中的老大被打中了右肩，鲜血四溅。

灰衣人久经战场，见状深知讨不了便宜，暗自咬牙一番，下令沿着爆炸的边缘悄悄撤退。

坑中，花染尘紧张地抓着冷寒铁的胳膊："天哪，你被子弹打中了？快让我瞧瞧，有没有受伤……"声音里夹杂着一丝哭腔。

冷寒铁拨开她的手，疲惫地靠在泥坑里，淡淡地说："没事，只是打中了头盔而已。"他想起了什么，睁开眼，道："谢谢你先前提醒我们躲避。"

花染尘神色一阵惊慌，有凄怆之感浮上心头："你说过，我们是一个团队，所以……我应该和你站在一起。"

冷寒铁眼中有光亮一闪而过，但随即黯淡了下来，一种前所未有的疲累感席卷了他的整个身心。他语气沉沉道："就地休息片刻吧！"

那边，林从熙与王微奕探讨着："王教授，你觉得秘诀真的该是'九锁龙'吗？或者说，先前我们所见的那片乌云真的是龙吗？"

王微奕叹了一口气："沈先生已经不幸身亡，'九锁林'还是'九锁龙'已成为一个无头公案。不过依老夫之见，有龙存在于这片土地上的可能性还是极大的。想这一路上我们遇到了多少神奇动物，如白鼠、飞蛇、帝宫蛛、潭底的蛟，还有那岩洞里的千年水鼋，以及那灵性逼人的白狐。这里面最让人惊叹的莫过于岩洞里的那只千年水鼋，因为其背上的铁链已证实，它并非是自居于洞底，而是被人为操控。老夫一直猜不准，前世高人在岩洞内布下那么一个惊世大局，究竟意欲何为？是为了让水晶棺中的主人复活，还是为了镇住地底的某种生灵？此外，进入西青林后源源不断出现的球形闪电究竟是从何而来？它们究竟是由黑龙召唤而来，还是为对付黑龙而来？这些都不得而知。老夫总觉得这里面玄机很深。倘若我们有幸能将其破解，那定然是惊天的发现，说不定就可以参透这片神奇土地的奥秘了。"

"大概这就是北纬30°的奇妙之处吧！"林从熙叹了一口气，随即转身问陈枕流，"陈博士似乎今天一直都沉默寡言，是有什么心事吗？"

陈枕流怔了一下，似乎没有想到别人会注意到自己，沉默了片刻，道："冷长官先前不是要求大家不许说话吗？"

林从熙一怔。冷寒铁是下过这样的命令，他还因为说错话被唐翼抽了一皮带，可是却从没想到真的要噤口。王微奕、刘开山也是，但陈枕流、花染尘、唐翼等人却谨遵着命令。不过，唐翼等人是将其当作长官命令来执行，而陈枕流和花染尘更多的是慑于冷寒铁的威势。相比之下，王微奕、刘开山和林从熙却顺应个人性格而为，不以冷寒铁的话语为最高指令。从某种意义上讲，三个人都是不畏强权的那种，王微奕是基于学者的清高与人格独立，刘开山是草莽的匪气与强悍本色，那自己呢？为何屡屡明明知道冷寒铁的冷酷，却敢于忤逆他的命令呢？他的后背微微出了汗：莫非正是这些细节泄露了自己的马脚？

这时，一直闭着双眼休息的花染尘忽然睁开双眼，再度发出一声惊叫。先前黑龙来临时空气中发出的尖锐声音似乎对她伤害不小，不过这对她来说是祸亦是福。若不是她在黑龙来袭之后昏倒过去，以她过分敏感的耳力，在接下来的大爆炸中恐怕要震破耳膜而亡。尽管如此，这场劫难亦让她听力受损不少，五脏六腑翻滚不已。但整体上讲，她的听力仍要较寻常人灵敏许，所以她第一时间里听到了空气中散布的那股危险声音。

唐翼等人亦有所察觉，于是不顾暗地里可能飞出的冷枪，从壕沟中探出头来。一瞧之下，不禁大惊失色："是食人蚁！"

事实上，唐翼所看到的是黑刺腭蚁。这种蚂蚁的体型比寻常蚂蚁要大许多，壳硬似铁甲，大颚利如弯刀，而且唾液有毒，一旦被咬中，猎物会渐渐丧失行动力，任其宰割。最重要的是它们的数量惊人，一个蚁群常有几十万只乃至几千万只的行军蚁，排列起来足有数十米乃至数百米长，浩浩荡荡地集体行动，所到之处，所有的生物全都要退避三舍，不要说蟑螂、蜘蛛、蝎子这些小型动物，即便是豹子、狮子等猛兽，一旦被行军蚁困住,也会在短时间内变成一具白骨。

眼前的黑刺腭蚁不知有几千万只,密密麻麻,从四面八方如潮水一般地涌了出来,像无数台超级绞肉机,绞杀着森林里的一切生物,包括腐烂的树木、蝇虫、蝎子等,甚至麋鹿等大型动物。倘若没有在第一时间内逃脱,被黑刺腭蚁包围住,那么不出几分钟,活人就会变成一具白骨,即便是世界上最优秀的屠夫都无法做到那般利落。

冷寒铁心头一紧。先前躲在壕沟之中躲过球形闪电的射杀时,他心头就有几分疑惑:既然他们可以采取此战术破坏球形闪电的破坏力,为什么千百年前的秦军就想不到呢?原来森林里杀机凌厉,不知几多重。就算他们躲得过球形闪电如雷霆般的杀伤力,爆炸所产生的巨大震动感也会将附近一带所有的黑刺腭蚁全都惊动起来。它们就像是一支可怖的军队,气势汹汹地朝着来犯者围拢过来,将其剿杀。也不知道这样的布局究竟是大自然的神奇搭配,还是高人有意设计。

他开始觉得有几分惶恐。这片土地上,隐藏了太多的小动物。这些小动物微小如豆,却数量万千。单独的一个,人类的一根手指头即可将其捻碎;然而当它们组成浩浩荡荡的大军时,即便是最强悍的人类也只能退却,不敢与之正面交锋。那为什么上天会将这片土地特别划拨给这些小动物呢?是因为地底下掩埋了太多腐烂的尸体吗?

容不得细思这重重谜团,他急切大喝道:"快爬出来,找水源,跳进去!食人蚁怕水!"说完,他从唐翼的腰间拽下一个手雷,朝着灰衣人原先的藏身处用力掷去。手雷没有顺利抵达目的地,而是在半空中被树枝牵绊了一下,掉落下来,爆炸了,将一棵碗口粗细的小树拦腰折断,溅起的泥土与树枝砸死了一片黑刺腭蚁——黑刺腭蚁比手雷更早地占据了这片领土。灰衣人早就见机不妙,带着手下逃出了黑刺腭蚁所控制的领地。而冷寒铁他们躲在壕沟里闭目休息,刚好错过了最佳的逃跑时机。

借着手雷爆炸的空当,冷寒铁已翻身跃出壕沟,同时将王微奕等人拽了出来。只是这么一眨眼的时间,黑刺腭蚁就又逼近了近半米。先前爆炸的地面犹留余温，同时有一些树木仍在熊熊燃烧中。一些黑刺腭蚁在后面同伴的"推揉"下，不由自主地上演了"黑蚁扑火"的一幕。顿时，空气中弥漫着一股蛋白质被烧焦的臭味。烈焰尽管滚滚，仍架不住黑刺腭蚁前仆后继般的"自杀袭击"，那些黑刺腭蚁很快用同伴的尸体覆盖掉那些燃烧的树木，将火压灭。

冷寒铁带领众人将裤管和袖口全部扎紧，铁青着脸道："记住了，一会儿两人一组，一定要全力奔跑，一直跑到水源处，中间不可以驻足停顿。"说完，他拽上重伤未愈的楚天开，率先奔跑起来。

接下来，柳四任带着巴库勒、唐翼带着王微奕紧随其后。花染尘犹豫了一下，将手伸给卜开乔，让他牵着自己奔走。林从熙醋意微生，强作笑颜对刘开山道："看来你我又要搭档了。"

刘开山却拉起陈枕流，扑入蚁群中。

林从熙怔了下，随即暗暗骂了声"没有义气的东西"，也不敢怠慢，独自一个人紧紧地跟在刘开山的身后，快步奔跑。

密密麻麻的黑刺腭蚁军团延绵了数十米长，更要命的是，它们将森林中所有的生物全都驱逐出来了，蝎子、蜘蛛、鼻涕虫、黄蜂等，只要能动的，全都被搅进这一场惨烈的生死之战中。不过黑刺腭蚁的行动速度相对比较慢，每小时不过几百米的距离，对大型动物的威胁性有限，除非对方是老弱病残、行动不便的，或者是在睡眠中受到袭击，否则只要撒开腿奔跑，基本上都会逃离黑刺腭蚁的袭击范围。黑刺腭蚁有一样武器，就是它会分泌出一种毒素，猎物只要被其叮咬过，毒素累积到一定程度就会令其行动缓慢、神志不清，直至跌倒在地任黑刺腭蚁啃啃。眼前的困局是，追赶他们的黑刺腭蚁并非只有一群，而是从四面八方聚拢而来，冷寒铁他们没有选择，只能迎着黑刺腭蚁踩踏上去，从蚁群里杀出一条血路来。

冷寒铁他们穿着长靴，只要扎紧了裤管，黑刺腭蚁就很难威胁到他们，只是林从熙、刘开山等人就惨了。他们的靴子在岩洞中因为沾染了太多的火油，后在烈火烤烧之际被迫将靴子丢弃，只能以布条裹脚代鞋。在与冷寒铁一行汇合之后，他们从空投下的军需物品中翻找出两双长靴，其中一双给了王微奕，另外一双因鞋码较大，最终给了卜开乔。不过刘开山比林从熙略微好一点，因为他从鲁撸子那里剥了一双布鞋，而林从熙只有花染尘用帆布包赶制的一双粗糙草鞋，在先前赶路中鞋带已被磨得摇摇欲断。这一番奔跑之下，鞋子受力不住，开裂了。林从熙深知性命攸关，咬紧牙关，忍受着脚底传来的钻心疼痛，死命狂奔。有黑刺腭蚁爬上他的脚面，任他怎么甩都要死死地咬住他的皮肉，将毒素注射进去。随着奔跑距离的加长，聚集在他脚背、腿上的黑刺腭蚁越来越多，林从熙只觉得眼前越来越迷糊，最终他倒在地上，昏迷了过去。

当林从熙转醒过来时，已是漫天星光。躺在柔软的草地上，他率先跳出的想法是：我是到了阴曹地府吗？不过耳边滋滋作响的烤肉声响和诱人香味很快将他拉回现实。他确信自己还活着，与冷寒铁的大队伍在一起。他动了下身子，发现全身酸疼，疼得几乎让他再度昏迷过去，林以熙忍不住呻吟出了声。

第一个映入他眼帘的是王微奕的笑脸："林小兄弟你可醒过来了！"

林从熙呻吟着，问："王教授，这是哪里？我们安全了吗？"从漫天的星光他可以确定众人已经走出了西青林。因为那里永远是树木遮天蔽日，只有从树叶缝隙间渗漏下一点星芒，就像是一只萤火虫飞在无边的黑暗森林中，让人根本找不到天高际远的辽阔感，只有特别的压抑感，就像一只井底之蛙，被困在仄小的天地间，苦闷、艰于呼吸。没有在莽莽丛林中走过的人很难理解那种感觉，就是当你看到满天的星星或者开阔的平原时，会有一种想要痛哭的冲动。因为你会跳出丛林的种种险阻与束缚，真正体会到大自然的壮美，你会觉得原来残缺的世界重新拼合变得完整，就像远航的水手靠岸时会激动得亲吻脚下的土地一样。

王微奕点头道："我们走出西青林了。你应该感谢卜小兄弟，是他将你一路背出来的。"

林从熙吃力地抬头张望了下，只见卜开乔正在不远处快乐地往火堆中添柴。花染尘则在旁边忙着煮水洗菜，准备晚餐。冷寒铁选择独自坐在最边上，孤独地望着远方，仿佛沉浸在某种久远的思绪中。而唐翼和巴库勒等人则一边警惕地巡逻，一边捡着柴火。林从熙注意到，在火光的映射下，众人身上的衣衫多半不整，或多或少都有一些斑斑伤痕。他极力地回想着昏迷过去前的场景，依稀想起在倒地之前，看到空中有些黑影掠过，发出"嗖嗖"的声音。"难道除了食人蚁外，还有其他动物对我们发出了攻击？"食人蚁虽然数量庞大，但毕竟身型较小，行动不快，只要人类裹紧衣服，加快脚步，冲出它们的包围圈并不是大问题，除非像林从熙这样赤着双脚，给了它们可乘之机。另外，能够撕扯烂冷寒铁等人衣衫的，绝非是食人蚁这种小兽。

　　他将心头的疑问抛给了王微奕。

　　王微奕伸手扯了一下衣襟，将一个破洞遮掩住，不让风灌进来："你说的没错，攻击我们的，除了食人蚁外，还有另外一种飞蛇。"

　　林从熙顿时想到他们在踏入西青林之前曾遭遇过的那种可以在空中飞行的蛇，不觉倒吸了口冷气："还是那种扁平身体的蛇吗？"

　　王微奕道："今日所遇见的飞蛇，远非上次那种天堂树蛇可比，因为它不仅牙齿尖利，而且带有剧毒！"

　　"剧毒？"林从熙倒吸了一口冷气。看冷寒铁等人身上的伤痕，不知被几多飞蛇咬过，若是剧毒的话，怎么可能活到现在？

　　王微奕看出了他的疑惑，道："要感谢唐长官有先见之明，带我们一起服下那巨蛇的蛇胆。巨蛇修行多年，其胆可解百毒。也幸亏我们食用的时间不久，血液内尚存有蛇胆成分，是以可以挨过飞蛇的啃咬与剧毒。"

　　时光逆流，回到三个小时之前。当时冷寒铁带着众人正在森林中亡命奔逃，躲避食人蚁的追击。这时忽然空气中传来"嘶嘶"的异响，紧接着他们看见空中多了许多道如箭矢一般飞行的黑影，待黑影飞近了些，他们才惊觉那竟是蛇。该蛇长得极其怪异，通体黑色，头呈三角形，整个身体如山丘一般，中间厚，两侧则渐渐趋薄，最薄处只有一张纸的厚度。飞行时，蛇的身体弓起，像一把打开的降落伞，再一节一节地前后缩进起伏，同时尾部还会如鱼曳尾一般地拍打空气，似乎这样可以为飞行助力。蛇的飞行速度相当快，据目测至少时速在30千米以上。另外，与天堂树蛇的一个极大不同之处在于，天堂树蛇在空中飞行时更多的是借助身体的扭曲来滑翔，虽然可以略微调整飞行方向，但幅度有限。而这种薄翼黑蛇在空中却极为灵活，不仅可以上下自由活动，甚至还可以扭头倒转身躯。更令冷寒铁等人防不胜防的是，薄翼黑蛇的生命力极强，即便被斩断脑袋，蛇头仍会啮咬住猎物，而且斩断的蛇头仍然具有剧毒，因为毒液存在于毒蛇牙齿后的毒囊中，牙齿一经咬合，立刻会将毒液注射进猎物体内。恰如王微奕所言，若不是他们每个人提前服用了巨蛇的蛇胆，体内拥有抗蛇毒的抗体，恐怕无人可以活着走出西青林。

冷寒铁他们将手中的冲锋枪当棍使，砸开冲至面前的薄翼黑蛇，掩护着王微奕、花染尘和陈枕流三人往前冲。刘开山勉强可以自顾。而落在最后面、因毒发而昏迷过去的林从熙则被卜开乔捡回扛在肩上。眼见薄翼黑蛇在空中四处穿梭，防不胜防，卜开乔干脆将林从熙当作武器一般抡起，将扑面而来的那些薄翼黑蛇一一击落在地。他力大无穷，将林从熙抡得如风车转动，那些薄翼黑蛇几乎无一可以近身，反倒成为几人中受薄翼黑蛇侵害最小之人。幸好林从熙当时已经昏迷过去，若是醒着，见自己沦为卜开乔的肉盾兼肉棍，恐怕要生生呕出三升血来。

好不容易冲出薄翼黑蛇的包围圈，每个人身上都已伤痕累累、疲惫不堪，其中最惨的莫过于花染尘。她本就对蛇类存有一种先天恐惧，偏偏有一条蛇躲开冷寒铁他们的防护圈，不仅成功地侵袭到花染尘的身侧，咬了她的脖颈一口，还盘绕在她的脖子上，几乎将她吓晕过去。幸好跟在她身旁的王微奕及时伸手抓住薄翼黑蛇的七寸，将其甩落在地。花染尘深知此乃性命攸关之际，任何人都无暇再分身来照顾他人，于是眼含泪水，咬紧牙关，将那些薄翼黑蛇想象成在空中乱飞的柳絮或丝绸，偶有触肤，也都强忍着恶心将它们抓住，扔在地上。而当确认那些薄翼黑蛇不会再有威胁时，她再也控制不住自己的情绪，扶在一棵树上，撕心裂肺地呕吐起来，几乎将心肝脾肺全都吐出，涕泪交流。

冷寒铁看她的眼神有几分复杂，既有心疼与怜悯，也有警惕，另外还有惊讶与敬佩。在他心中，花染尘从来都是一个柔弱无依的女子，需要他人照顾，需要他人呵护。他未曾想到她在这般恶劣的环境下竟然可以保持这份坚强，让自己不至于拖累整支队伍。他悄悄地别过头，竭力地克制住心头翻滚的浪潮。

就在大家刚刚以为可以松一口气时，唐翼忽然发现不远处冒出阵阵黄烟，黄烟在强风的吹送下，正朝着他们的方向急剧地飘移，顿时心头一紧，失声道："不好，可能刚才的烈火烧着了什么毒物。大家快做准备！"

他们原先携带了数个防毒面具，但在数次亡命奔逃中已遗失大半，只剩下两个完好无损的。冷寒铁沉吟了下，令柳四任将其中一个给花染尘戴上，另外一个则给依然处于昏迷状态中的林从熙。给花染尘防毒面具，几乎无人存有异议，但给林从熙……柳四任明显流露出不情愿。但这是冷寒铁的意思，不得不遵从。

冷寒铁指挥大家将医用纱布浸了水后掩在口鼻上，继续奔跑。然而花染尘、王微奕等人体力较弱，无法禁受得起这连番的奔波，气喘吁吁，没跑多远就感觉肺部几乎要炸开，无奈之下只能停住。

眼见滚滚黄烟越来越近，将众人笼罩进来，王微奕干脆取下纱布，挥手道："冷长官，你们自行逃命去吧，别顾着老夫了。老夫一生痴迷这神秘文化，能死在这玄机重重的神农架也算是死得其所了。"

冷寒铁踌躇了一下，不由分说地将王微奕扛起："我不容许我队伍里的任何一个人落下！"巴库勒亦用仅剩的独臂将花染尘拦腰抱起。

王微奕急了："你这样会让大家都丧命于此。老夫年事已高，死不足惜，你们都还年轻，不必枉送性命。"

冷寒铁目光坚毅："我是军人，我接到的命令是要将你们完全地护送至目的地，除非我死了，否则这条命令永远有效。"

王微奕叹息："你呀，这又是何苦……"

冷寒铁不再言语，拼力往前奔跑，巴库勒亦全力在后面追赶。然而二人均有重伤，禁不起这样用力，奔跑了约百余米，速度便慢了下来。

"罢罢罢。"王微奕淌出一行老泪，"冷长官，你且放我下来，老夫随你一起逃命便是。"

花染尘亦在巴库勒的臂间挣扎不已："放下我，你把我夹疼了。"

冷寒铁放下了王微奕，巴库勒也放下花染尘，眼神中闪过一丝悲凉。巴库勒立定在原地，静静地注视着身后逼近的黄色烟雾，平静地说："冷大，你觉不觉得这西青林是我们执行的任务中最出生入死的一次？能死在这样的超级任务中，我巴库勒死而无憾。"

唐翼、柳四任与刘开山跑得最远，他们注意到冷寒铁四人的举动，犹豫了一下，虽然没有退回，但却不由自主地停止了奔跑。原本跟在他们后面的卜开乔见他们突然不动，愣了下，转身看见冷寒铁等人都在安静地等死，不觉一惊，将怀中的林从熙往柳四任手中一丢："你带着他。"说完，扭头奔向冷寒铁，边跑边喊："你们怎么不动了呢？是不是看到什么好看的？哎呀，天都快黑了，你们再不赶路的话就看不见路啦。"

王微奕苦笑了下，对冷寒铁道："这卜小兄弟倒是长了一颗玲珑心，而且难得还善良……"

冷寒铁点了下头。

身后的黄烟如同千军万马奔腾，那狂烈的奔势万物莫能阻挡。在猎猎风声中，它们如无数的怒蹄，自冷寒铁等人的身上践踏而过，淹没了他们的视线，将他们的呼吸、他们的灵魂、他们的生命封存在这一片黄色的烟雾中，凝固成死亡的灰暗剪影。

延绵不断的黄烟持续了约有五分钟，终于风向改变，在东北风的鼓动下，黄烟拐了个弯，朝森林深处飘去。冷寒铁等人尽管事先用湿布掩住了口鼻，可还是吸入了少量的烟雾。烟雾辛辣之中夹杂着几丝香甜，很显然，并非只有一种树木被点燃。王微奕虽然竭力忍住，但还是受不住强烈的口鼻刺激，咳嗽起来，这样就吸入了更多的烟雾，引发了肺部新一轮的排斥反应。

冷寒铁分辨得出黄烟之中含有夹竹桃和毒果紫杉的气息。这两种都是带毒的树木，其中又以夹竹桃的毒性更甚。夹竹桃含有多种毒素，包括皂角苷、强心苷等，只需一片叶子就可致一名成年人死亡，哪怕只是极少地接触嫩枝、花朵或浆果，都有可能置人于死地。而毒果紫杉则是一种古老的针叶树，其树木除了果实外都带剧毒，主要毒素是紫杉碱，可导致人出现抽搐和麻痹。在早期的人类社会中，在其他节育措施出现之前，毒果紫杉曾被当作堕胎药使用。制药时，将其茎叶烘干研碎成粉，医师会让急于堕胎的女性服用少许，达到流产的效果。不幸的是稍有误差便会造成堕胎者死亡。

至于冷寒铁无法分辨出的其他带毒植物，就不知为何物了。这些植物中的毒素经过燃烧被释放到空气中，虽然毒性大减，但依然具有致命作用。很快，众人觉得五脏六腑如同被置于一个蒸锅中，灼热不堪，同时开始扭曲、疼痛发作，连离黄烟最远的唐翼、刘开山也未能幸免，只有戴着防毒面具的花染尘和林从熙躲过这一劫。

这时，一只獐子从森林里窜出，嘴上叼着一根青翠的草梗。它行动敏捷，目光清澈，丝毫未受刚才黄烟的影响。毒性开始发作的冷寒铁依然保持灵台间的一抹清醒，见状心头一动，腕间的飞索掠出，直取獐子。无奈中毒之下，飞索失了准头，没有射中獐子，而是射在距它约有一寸之遥的树干上。獐子吓了一跳，嘴中的草梗掉落在地，嗖地一下飞蹿而去。

冷寒铁逐渐失去神采的眼睛望着花染尘，手直直地指着地上的草梗。花染尘醒悟过来，急忙将草梗捡起，快步走到冷寒铁身边，却不知该如何用这根草梗，一时间有几分踌躇。

冷寒铁翕动着嘴唇。毒性发作得太快，存于灵台间的最后一点意识行将散去,他只觉得舌尖发麻,两片嘴唇仿佛是两块巨石,怎么都无法移动半点,只能勉强哼哼了两声。

花染尘忽然醒悟过来,将草梗递到冷寒铁的唇边。然而他毒已入脑,脸色变得青紫,眼神涣散,根本无力咀嚼。花染尘注视着那张熟悉而又变得陌生的脸,心头一痛,毫不犹豫地掀掉防毒面具,将草梗放入嘴中,咀嚼了数口,有青涩的草汁从唇齿间溢了出来。她俯下身,用手指拨开冷寒铁的双唇,用舌头轻轻地将草汁喂入他的口中。

冷寒铁的唇冰冷而又粗糙。当花染尘柔软的唇与之轻触时,她忽然感觉到自己的灵魂似乎与他融合在了一起。她能够感受到这个坚硬得如同石头一般男人背后的脆弱。冰冷的嘴唇仿佛告诉她说,他很冷,因为他一个人生活得太久了,缺少他人安抚的身体就像是一座死寂多年的火山,难以让自己的热情迸发出来,也难以容忍别人在他的领地里落足、生长。粗糙的嘴唇意味着他承受的压力已经太大,大到他的身体都已经开始抗议。只是他一直在用强大的意志力支撑着。这一路上,他所承受的苦难比任何一个人都多,包括受伤了的楚天开与巴库勒。因为他要为整支团队负责,关切着他们的安危,盘算着他们的出路,最重要的是,团队里的每一个人都可以得到他的照顾,可是却极少有人可以分担他的重负。他太累了,可就算他累得恨不得闭上双眼,却仍然要强力睁着,去注视着团队里每一个人的命运。而他们的危险境地就像是一根根针扎在他的头上,令他清醒,让他牵挂,于是他永远是最后一个合上眼的人。

花染尘怔怔地坐着,轻轻地抚摸着他浓密的眉毛,整个人就像浮在云端上,大脑空白一片。她觉得这一幕很熟悉,仿佛在梦中重复了千百遍,她又觉得这一幕很陌生,仿佛坐在地上的这个人根本不是自己。她就像是一粒自沙漠里被大风吹起又送至千百里之外黄土坡上的沙子,离开了习惯了的参照物,弄不清今夕何夕、身处何地。

冷寒铁的睫毛抖动了下,将她的心引得也颤抖了下。草汁有着独特的疗效。她欣喜若狂,几乎要流出眼泪:"你醒了?"

冷寒铁张开双眼，看着花染尘，声音微弱："你给我吃了那草药？"

花染尘的心忽地狂跳起来，脸也红了，只能紧咬着牙齿，点点头，怕只要一开口，所有的心事就会流泻出来。

冷寒铁支撑着要坐起来："快带我去找那草，给其他人都吃下！快，再迟就来不及了！"

花染尘的心从云端一下子坠落到坚硬的地面。在前一分钟，他的世界里只有她一个人，她的目光中也只有他一个人；可是一分钟之后，他的内心即被他的职责所占据铺满，几乎容不下她的存在……她忽地产生了一种恨意，恨不得那神奇的草药从森林里消失，永远都不会被人找到，这样在场的所有人都将死去，整个世界将重新变成他们两个人的领地。但很快她的身体哆嗦了一下，将这种残忍的想法从体内驱赶了出去，默默跑向獐子先前出现的方向……不多时，她就捧回了一把与喂给冷寒铁的一模一样的草梗。

冷寒铁急切的取了一半草梗，用手指挤出汁液，挨个滴在王微奕、卜开乔、楚天开和巴库勒的口中，又令花染尘将剩余的草梗分给远处的唐翼、柳四任、刘开山与林从熙。花染尘默默地照做，用纱布包住草梗，用力绞出汁液，滴落到唐翼等人的嘴中。不多时众人都悠悠转醒。

清醒了的王微奕倚靠在树干上，苦笑道："又捡回一条性命。看来阎王爷那边也在闹革命，顾不上收留我等。"

冷寒铁恢复成原来的冰冷模样："你们感觉如何？"

楚天开活动了下："手脚还有些麻，四肢无力，估计要等些时候才能复原。"

冷寒铁忧心不已。因为救治及时，他比他们几个人中的毒略浅些，可以起身，但身体也是酸软无力，不能行动自如。眼下所有的人中，只有花染尘一个清醒者，可她偏又是最柔弱之人，倘若这时遭遇到袭击，后果不堪设想。

他转过头去。一行人已接近西青林的边缘，丛林不再那般遮蔽天日。

叶子重叠的边缘间，依稀可以看见暮云四合，落日熔金，枝叶间星星点点地散落着金黄色的光芒。这些光芒被风和树叶的边缘联合起来切割着，明灭不定，然后对着他们这一面的光芒渐渐暗淡了下来——风向重新改变，再度朝他们的方向汹涌而来，紧随着大风的，还有滚滚浓烟！几乎与此同时，花染尘惊叫起来："蚂蚁，那些大蚂蚁又来了！"

借着夕阳的薄光，冷寒铁心中暗暗叫苦。众人一个个都手脚发软无力，这种状态下，不要说跑赢浓烟，就连黑刺腭蚁也都难以应付："大家快找水源！食人蚁过不了河的！"冷寒铁命令。

"前边有条河！就在我刚才采草药的地方。"众人闻言，都不觉精神一振，齐齐催促花染尘带路。

花染尘连防毒面具都顾不上戴，一路小跑冲在前边。众人虽然全身乏力，也都咬紧牙关，挤出体内的最后一点能量，跟在花染尘后面。最苦的莫过于卜开乔，他腿脚酸软，却还要带着如一滩软泥般的林从熙。他先是将林从熙扛在肩头，然而跟跄跑了几步，气息难平，深知这不是个办法，于是将林从熙与自己背靠背背着，又用双手拽住他的手，半背半拖地带着他一起逃命。

冷寒铁将他的举动看在眼里，心头起伏了两下，但什么话都没有说出，也未出手相助。这个紧要关头，一鼓作气，再而衰，三而竭。只要他接过林从熙，卜开乔心头的那股气定然就会散，他也就再也背不动林从熙了。

花染尘带领他们拐了个"之"字形，这样总算错开了毒烟的大部队，但仍有一些轻烟如同长了眼的毒蛇，紧紧地跟在他们身后。而那些黑刺腭蚁则紧追不舍，所幸它们的习性与蝗虫略有些相似，不会只奔着一个目标去，而是要将沿途的猎物全都赶尽杀绝，包括那些来不及逃跑的小动物，以及一些它们认为可口的植物，如此倒也拖慢了一点行动速度。

花染尘先前所看到的乃是林间的一条小河，宽不过两三米，最深处也只有两米左右。前几天刚下了场暴雨，水流湍急。花染尘等人见到水流，不觉精神大振，急忙下了水。冰冷的水流让大家都清醒了一下，不顾身上的劳累，彼此相互搀扶着，过了河。冷寒铁又让众人在河岸边抠了些湿泥，放于鼻子前，让湿泥与鼻子保持着一厘米左右的距离，这样既可以让湿泥不至于堵住人的呼吸，又能让进入鼻腔内的空气先经过湿泥的过滤，将那些有毒的烟雾过滤掉一些。

黑刺腭蚁几乎是踩着冷寒铁他们的脚后跟赶到的。但正如冷寒铁所料，水流对它们来说是一道无法逾越的天堑。最前边的那些黑刺腭蚁刚下水，立即被冲走。但是基于动物的本能，它们仍然如同最勇猛的战士，前仆后继地继续扑入水中。有的趴在树叶上，以树叶作舟，但没漂流多远就被水流打翻；有的则扒在枯朽的树枝上，如同划龙舟一般，齐齐伸腿划水，如此比树叶稳妥了许多。冷寒铁等人岂容它们登岸？一块石头即将它们打落在水中，随流水而去。更有一些黑刺腭蚁彼此抱成一团，像球一样漂浮在河水中，随波沉浮，借水势而行，不过它们也难逃冷寒铁等人的石头攻击，很快被击溃，成为水下亡魂。一时间整条河流都热闹起来，最为兴奋的是河中的鱼儿。它们纷纷吞食黑刺腭蚁，每一只鱼儿都吃得肚皮滚圆。黑刺腭蚁在陆地上横行天下，几乎没有什么动物敢与之正面交锋，然而一旦落入水中，却只能任鱼宰割，毫无抵御之力。

这场不对等的战争持续了大半个小时。一直挨到天黑，黑刺腭蚁折损近半后终于放弃了自杀行径，不再强行渡河，而是如潮水般退回森林深处。

冷寒铁等人这时几乎力竭，一个个或倒或卧，如同被抽去骨头般，再也动弹不得。

花染尘摇摇晃晃地倒在地上。卜开乔感觉有几分不妙，凑近一看，大惊失色："不好啦，花姐姐中毒了。"

起初，花染尘戴了防毒面具，因此并未受毒气侵扰，也就没有吃那解毒灵草。在过河的时候，毒气追赶上来，花染尘不慎吸入了些。只是因为毒性较弱，且她先前替冷寒铁嚼过草药，有了一点抵抗力，短时间内可以克制住毒性，没有发作。而今大敌已退，她的精神懈怠下来，毒气立即攻心，致使她昏迷过去。

冷寒铁见状，心头一沉，顾不上身心疲累，急忙上前翻了翻花染尘的眼皮，眼角微微抽搐了下，道："她中了那烟雾的毒。你们谁还有那药草？"

所有的人都默默地摇了摇头。先前是花染尘喂大家吃下的药草，谁也没有接触它，而刚才大家只顾着仓促逃命，都忘了要取点药草作为备用。

冷寒铁不顾一切地从背囊中掏出手电筒，跳入河中朝对岸走去。楚天开忍不住提醒："冷大，小心那些食人蚁，它们还未完全退呢！"

黑刺腭蚁的大部已经撤回林中，但仍有一些盘聚在河边，四处逡巡，寻找着可能存在的猎物。不过这些残军余部无法对冷寒铁造成致命威胁，因此楚天开等人虽然担心，并未跟随。

冷寒铁的手电筒光芒就像是一个直接的信号，让那些黑刺腭蚁有了目标，纷纷朝他涌来。冷寒铁皱了下眉头，举足将它们一团团地踩死。偶尔有一些黑刺腭蚁爬上长靴，还没来得及下口，就被冷寒铁震落下来。

尽管不再受黑刺腭蚁侵扰，冷寒铁在河边兜转了一圈，心却越来越沉，一直坠到看不见底的深渊——经过黑刺腭蚁的扫荡，河边所有能吃的植物全都被清光了，不要说各种小植物全都被啃得干干净净，就连一些大树的树皮也都被啃掉。就算那解毒灵草能够蚁口逃生，要重新再长出来叶脉，恐怕至少也要半个月之后。而花染尘的病情最多只可能再支撑半天！

唐翼等人看着冷寒铁失魂落魄的样子，心全都沉了下去，懊悔自己当初只顾着逃命，忘了采解毒灵草作为备用。正当大家都在痛悔不已，刘开山突然发声："我有那碧心草，想要吗？"

冷寒铁身躯一颤，虎目精光四射，快步过了河，跃至刘开山面前："拿来！"

刘开山后退了一步："想要碧心草？拿《神农奇秀图》来换！"

冷寒铁的瞳孔微微收缩："你敢要挟我？"

刘开山忽然狂笑起来："我要挟你？我要挟你又怎么了？刘某平生杀过的人不比你少，我又何必怕你？再说那《神农奇秀图》本就属于我，我要回它不过物归原主而已。"

"那我若不给呢？"冷寒铁目光如刀。

刘开山冷冷地哼了一声，一手抓住几支青翠欲滴的药草，一手从身后拿出一支微型冲锋枪——正是当日王微奕他们从爆炸岩洞中带出来的那支，不知什么时候被刘开山趁乱取走。如今，黑洞洞的枪口指向冷寒铁："我不信你可以比子弹速度更快。你们人再多，也不可能阻止将我这碧心草塞进口中。"

冷寒铁眼睛眨也不眨地说："你可以开枪试试。"

"你当我不敢？"

"我知道你敢。但只要你开了这枪，你将永远长存于此地，跟你脚底下的泥土融为一体。"

刘开山不屑地撇嘴："吓唬三岁小儿哪？"

冷寒铁绽开冰冷的笑容："你仔细看看你手中的枪。"

"我先前早已检查弹匣并压满子弹。"

"那你难道没有注意到枪管已微微变形了吗？"

刘开山愣了一下，又后退了两步，警惕地注视着冷寒铁，提防他突然发难，又借着冷寒铁的手电筒所发出的光，用眼角余光扫了下枪管，一看之下，不觉额角渗出冷汗。正如冷寒铁所言，精钢打制的枪管竟然真的发生了变形。倘若自己贸然开枪，子弹无法顺畅出膛，必将在枪膛内爆炸——他并不知道，此前王微奕等人在逃离坍塌的岩洞时，曾有桌子大小的巨石滚落下来险些堵住洞口，幸好卜开乔及时甩出这把冲锋枪将巨石挡住，让众人可以从巨石底下爬出洞外。后来因震动，冲锋枪被弹出，并被林从熙捡了回来。及至他们与冷寒铁等人会合时，就将枪支交了上去。冷寒铁当时已注意到枪管已微微变形，只是一直没时间对其进行修理，于是放在背囊中闲置起来，却不料被刘开山趁乱弄到手，结果刘开山威胁他人不成，倒将自己置于尴尬境地。

眨眼工夫，唐翼等人已经包围上来，几支枪全都对准了他。

刘开山心如死灰，长叹了口气："老子认栽。不过我仍要与你做个交易，用染尘姑娘的命来换我的命，至于那图……"他的嘴角抽搐了下，没有继续说下去。

冷寒铁并未犹豫："成交。你把草药给我，你走。"

刘开山似是对冷寒铁的话极为信任，闻言直接将碧心草往地上一扔，扭头就走。

唐翼忍不住道："就这么放他走？这刘大土匪在我们身边卧底了这么久，肯定藏了许多不为人知的秘密。而且他胆敢威胁我们，这样放他走，岂不是太便宜了他？"

楚天开拉了拉他的衣袖："别说了，关心则乱。"

唐翼张了张嘴，再说不出话来。

冷寒铁默默地走上前，捡起地上的碧心草，挤出里面的草汁，滴在花染尘的口唇中，不多时，她原本变得乌青的脸色渐渐出现了一丝血色。冷寒铁注视着那张憔悴而又不无坚强的脸，心里头有一股浪潮在翻涌。楚天开说得没错，"关心则乱"，他本不必接受刘开山的交易条件，照他从前的个性，他也根本不可能接受这样的交易，但因为中毒的是花染尘，他担心整个局面里出现哪怕一丝的差错，自己最后都只能眼睁睁地看着花染尘死去。他抬头望天，深深地吸了一口气，却感觉这口气被什么东西卡在咽喉中，怎么都顺不下来。

"碧心草，碧心草……"王微奕以手指压着额角，努力地想要从记忆之海中打捞起这一沉没的名字，"老夫依稀记得在哪本书中见过这名……不过奇怪了，刘大当家的怎么会认得它呢？"

陈枕流提醒他道："教授，是不是那本古书收录的？"

王微奕抚掌道："正是它！哎，也不知怎的，老夫这两日觉得记忆力大为减退，看来真的是老了。陈枕流，你可记得古书中所录的有关碧心草的内容？"

陈枕流答道："略记一二：西汉年间，书生卢某家贫，与母陈氏相依为命。一日，陈氏下田耕种，为竹叶青咬中脚趾。足肿如蒸馒。卢某无钱延医，见母性命于旦夕之间，跪泣于庭中，祈拜上苍。忽有刺猬口衔一草，碧绿如珠，置于其前。卢某惊为上天赐己，叩谢，将碧草捣烂成汁喂母。母得救。"

王微奕接下来道："古书作者评道，此草唤作'碧心草'，长于山涧清溪之畔，餐风吸露，梗如珠玉，叶似长睫，可解百毒，颇具灵性，为世间难觅一见的奇葩，非有缘者不得其见。今日我等有幸能采到碧心草，真的算是上天赐予我等的深厚福缘。"

古书相传成于南北朝时期，中国最动乱、最不安的时代，里面所记录的内容都是各种匪夷所思之事，或者千奇百怪之物，有的甚至看着根本不似人间事。更让人感到惊奇的是，佚名的作者仿佛长有一双透视眼，能够从每一个古怪事件中抽离出一个答案。王微奕此前曾将其当作《阅微草堂笔记》之类的民间传闻，认为书中所言多半为虚妄之事，但如今接连有两事得到验证，这令他不觉产生的疑问：莫非这书并非杜撰，而是隐藏了关于世界的真实看法？

在王微奕说话间，碧心草已经见效，花染尘转醒过来。而经过这一番休整，其他人也都恢复了正常的行动能力，只有林从熙仍然陷于昏迷中。

冷寒铁起身道："走吧。此地为水源，不宜久留。"

可是这时天已黑透，夜路本就难行，更何况丛林中危机四伏，想寻个安全的去处并非易事。

就在冷寒铁踌躇着该去向哪里时，忽见前方他心头轻动，抬起手电筒照射过去，映入眼它端坐在不远处盯视着他们。

"这畜生又想做什么？"被冷寒铁叫住：

白狐对人有话说？柳四任哭笑不得，甚至有点怀疑冷寒铁大脑是不是被刚才的毒气给熏坏了。然而让众人惊异的一幕出现了，只见白狐缓缓地举起前爪，在胸前做了下划的手势，状似剖腹，然后它双手拱起，如人类般做了个作揖的手势，最后立起身，掉头往前走了几步，立定，扭过头望着他们，尾巴摇了几下。

柳四任没有见识过白狐在岩洞中的惊人举止，因此惊住了："这畜生成精了呀，竟然真的可以对人表白！"

白狐的意思很明显：它谢谢冷寒铁他们杀死了巨蛇，替它报了被打落沼泽之仇，所以它现在前来报恩，想带他们走出西青林。

冷寒铁只犹豫了一秒钟，随即发出命令："全体跟上。"

于是森林里出现了一支奇怪的队伍，白狐在前开路，众人疲惫地跟在后面。白狐走的路线与早上它引导大家进入西青林的路线有所不同。王微奕在心头暗暗记着："三三二……左三……右二……坎位……离位……"一张残缺不全的地图在他的心头慢慢浮现出来，令他忍不住吸了口冷气，"侥幸，真是侥幸哪……原来这里真的暗合九宫八卦阵之原理，但又有所变化。而先前我等乃是误闯入了整个阵型中的死位，是以会遭遇到那么多的离奇怪事和袭击。倘若我等再继续走下去，恐怕要触发更大的危机，整支队伍都要灰飞烟灭。白狐，白狐，看来这次你是真的来救我等了。"

黑暗中，有一道身影始终跟随在距离他们不远的地方，如猫头鹰一般躲闪着地面各种植物的羁绊，目光死死盯在冷寒铁等人的身上，亦步

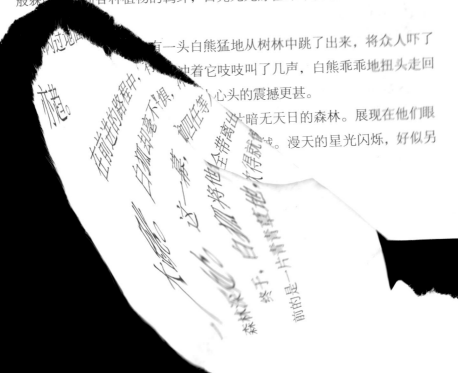

在前进的路程中，有一头白熊猛地从树林中跳了出来，将众人吓了一跳，白狐冲着它吱吱叫了几声，白熊乖乖地扭头走回树丛，白狐将他们全带离出岩洞时，柳四任等人心头的震撼更甚。

终于，一片暗无天日的森林。展现在他们眼前的是一片野性精灵出没的地方。漫天的星光闪烁，好似另

白狐对人有话说？柳四任哭笑不得，甚至有点怀疑冷寒铁大脑是不是被刚才的毒气给熏坏了。然而让众人惊异的一幕出现了，只见白狐缓缓地举起前爪，在胸前做了下划的手势，状似剖腹，然后它双手拱起，如人类般做了个作揖的手势，最后立起身，掉头往前走了几步，立定，扭过头望着他们，尾巴摇了几下。

柳四任没有见识过白狐在岩洞中的惊人举止，因此惊住了："这畜生成精了呀，竟然真的可以对人表白！"

白狐的意思很明显：它谢谢冷寒铁他们杀死了巨蛇，替它报了被打落沼泽之仇，所以它现在前来报恩，想带他们走出西青林。

冷寒铁只犹豫了一秒钟，随即发出命令："全体跟上。"

于是森林里出现了一支奇怪的队伍，白狐在前开路，众人疲惫地跟在后面。白狐走的路线与早上它引导大家进入西青林的路线有所不同。王微奕在心头暗暗记着："三三二……左三……右二……坎位……离位……"一张残缺不全的地图在他的心头慢慢浮现出来，令他忍不住吸了口冷气，"侥幸，真是侥幸哪……原来这里真的暗合九宫八卦阵之原理，但又有所变化。而先前我等乃是误闯入了整个阵型中的死位，是以会遭遇到那么多的离奇怪事和袭击。倘若我等再继续走下去，恐怕要触发更大的危机，整支队伍都要灰飞烟灭。白狐，白狐，看来这次你是真的来救我等了。"

黑暗中，有一道身影始终跟随在距离他们不远的地方，如猫头鹰一般躲闪过地面各种植物的羁绊，目光死死盯在冷寒铁等人的身上，亦步亦趋。

在前进的路程中，有一头白熊猛地从树林中跳了出来，将众人吓了一大跳。白狐却毫不畏惧，冲着它吱吱叫了几声，白熊乖乖地扭头走回森林深处。这一幕，让柳四任等人心头的震撼更甚。

终于，白狐将他们完全带离出那片暗无天日的森林。展现在他们眼前的是一片青青草地，柔软得就像是天鹅绒。漫天的星光闪烁，好似另心草的内容？"

陈枕流答道："略记一二：西汉年间，书生卢某家贫，与母陈氏相依为命。一日，陈氏下田耕种，为竹叶青咬中脚趾。足隆如蒸馒。卢某无钱延医，见母性命于旦夕之间，跪泣于庭中，祈拜上苍。忽有刺猬口衔一草，碧绿如珠，置于其前。卢某惊为上天赐己，叩谢，将碧草捣烂成汁喂母。母得救。"

王微奕接下来道："古书作者评道，此草唤作'碧心草'，长于山涧清溪之畔，餐风吸露，梗如珠玉，叶似长睫，可解百毒，颇具灵性，为世间难觅一见的奇葩，非有缘者不得其见。今日我等有幸能采到碧心草，真的算是上天赐予我等的深厚福缘。"

古书相传成于南北朝时期，中国最动乱、最不安的时代，里面所记录的内容都是各种匪夷所思之事，或者千奇百怪之物，有的甚至看着根本不似人间事。更让人感到惊奇的是，佚名的作者仿佛长有一双透视眼，能够从每一个古怪事件中抽离出一个答案。王微奕此前曾将其当作《阅微草堂笔记》之类的民间传闻，认为书中所言多半为虚妄之事，但如今接连有两事得到验证，这令他不觉产生的疑问：莫非这书并非杜撰，而是隐藏了关于世界的真实看法？

在王微奕说话间，碧心草已经见效，花染尘转醒过来。而经过这一番休整，其他人也都恢复了正常的行动能力，只有林从熙仍然陷于昏迷中。

冷寒铁起身道："走吧。此地为水源，不宜久留。"

可是这时天已黑透，夜路本就难行，更何况丛林中危机四伏，想寻个安全的去处并非易事。

就在冷寒铁踌躇着该去向哪里时，忽见前方多了两道微弱的光芒。他心头轻动，抬起手电筒照射过去，映入眼帘的竟然是那只白狐。只见它端坐在不远处盯视着他们。

"这畜生又想做什么？"柳四任冲上前去，意欲一刀结果了它，却被冷寒铁叫住："等等，它似乎有话说。"

外一个世界在对着他们打招呼。卜开乔一把扔下一直扛在肩上的林从熙,欢呼了一声,快乐地在草地上打起滚来。所有的人都想释放这一份欣喜,却无人可以卸下身份与颜面,只能羡慕地看着卜开乔撒欢儿。

冷寒铁对着白狐合掌,微倾身体以示谢意。白狐却并不接受,只是目光凛冽地望着他,又做了一个抹脖子的手势,冲着他们呲了下牙,飞快地跑开。

冷寒铁微微皱了下眉头。白狐的含义很明显,它恩怨分明,报完了恩,接下来就会轮到报仇。当日里,刘开山在岩洞中将无数的白狐子孙踢落深渊摔得粉身碎骨,而后王微奕又无意中夺走了本应属于青狐的唤龙树果实,让青狐死于巨蛇之口,这些都让白狐心怀怒意。

冤家宜解不宜结,不过这话对白狐来说不见得合适。冷寒铁目视着白狐消失的方向,心头略有一丝隐忧。

众人经过一整天的亡命奔波,个个疲惫不堪,又挨不住饥肠辘辘,于是不等冷寒铁吩咐,便七手八脚开始准备晚餐。

冷寒铁则取下一直罩于林从熙脸上的防毒面具,见他脸色惨白,嘴唇发黑,显然黑刺腭蚁对他的伤害不小。因为有防毒面具的保护,他没有吸入毒烟,是以花染尘等人从未给他喂食过碧心草,结果他所中的毒反倒没有解掉。

冷寒铁皱着眉犹豫了下,拿出一枝碧心草。先前他给花染尘解毒,担心无法一次性清除毒素,所以留了一点,以备不时之需。如今见花染尘行动自如,应该用不到了,于是就将其塞进林从熙的口中,握着他的下巴咬合了一下,让草汁流进他的咽喉中。

做完这一切,冷寒铁走到王微奕身边:"王教授,你怎么看待今日发生之事?"

王微奕以手抚额:"依老夫之见,我们实属幸运,屡遭厄运,却每次都能化险为夷。"

冷寒铁道:"你不觉得太幸运了吗?我们不仅完好无缺地走出了西

青林，并且还捡到了《神农奇秀图》。我相信一点幸运，但我难以相信如此连串的幸运。"

"呃，冷长官的意思是，有人故意安排我们平安走出西青林？"

"我心里的确有点不踏实，特别是那条黑龙和白狐的出现，让我觉得不妥。"

"老夫也觉得有几分蹊跷，但没有冷长官想得那么多。老夫只奇怪一件事，当日里楚军驻扎在西青林中以躲避秦军，这还说得过去，因为西青林是一个天堑，是最好的屏障。可是当秦军用狐狸内丹破掉球形闪电的攻击之后，楚军为何不往森林深处撤退，反倒要从地道进入到秦军设下的陷阱中呢？是他们根本不知道有这么条退路，还是他们在遵守着某种契约？"

"王教授你说的是什么契约？"

"老夫仅是猜测而已。就我们目前所掌握的信息看，也许西青林中的各种局并非楚军布下来用于抵挡秦军的，反倒更像是远古时代的某些高人所设，用来困住某个人，或者某个事物，比如那条黑龙。楚军能够安然地盘踞在西青林中五六年之久，定然是破解了西青林的部分奥秘，甚至可能与被禁锢在西青林中的黑龙达成了某种协议，用某个东西来换取黑龙对他们的保护。因为黑龙的势力范围仅限于西青林之内，是以楚军在秦军攻来之际，只能苦守，无法后撤。"

冷寒铁点头："王教授你分析得有道理。看来那片西青林里确实藏了一些我们所不了解的秘密，等将来有机会时我们再进入一探究竟吧！"

王微奕苦笑道："冷长官还想重返西青林吗？老夫觉得那是片禁地，笼罩着黑暗、死亡与腐朽之气味，余生里再不愿踏入半步。"

冷寒铁笑了："也是。我也不想再进入。不管怎样，我们总算活着走出来了，这是一件了不起的事。"

王微奕捻须微笑。

冷寒铁走到草地边缘坐了下来，让整个思绪融入黑夜中，渐渐地铺展开，就像蝙蝠张开的翅膀一样。

王微奕则静静地坐在原地，想着冷寒铁所提出的问题，直至林从熙醒来，将他的思绪打断。

"王教授，我们能活下来，是上天垂怜吧？"林从熙问。

"是的，是天大的幸运。实属不易啊！"

林从熙的目光流露出一丝迷茫："我们走出西青林了？那我们接下来的目的地在哪里呢？"

王微奕悠然道："路在我们的脚下，一步一步地走过，目的地总会越来越近。你看，现在的天色这么黑，可是当你把目光再放远一些，你就会看见太阳的影子。我们会迎来新一天的到来，会迎来光明。"

"光明一定会到来。"怀着这样的信念，林从熙不知不觉又进入了梦乡。

《宇宙钟摆》

超光速追缉挑战想象力极限,
宇宙钟摆系统概念带你滑向宇宙深渊!
生命形态可以量子化呈现?
高极智能的最终归宿难道都要进化到能量状态?
点燃木星虽可以给人类取暖,但可怕后果谁能预料?
移民水星是否可行?
驾地球逃出太阳系难道就能找到新家……

世间万物,皆有生灭,就算存在了130多亿年的宇宙也概莫能外!

"宇宙钟摆"就是这样一个控制宇宙生死轮回的大系统。它由两个以上引力中心构成一个奇特的时空结构,在这个宏大无匹的结构中,宇宙中的所有物质只能在几个引力支点上做钟摆运动,宇宙万物的轮回由此而生。

对于这个系统,人类原本一无所知,但一场无法躲避的灾难,却加速了我们对它的认知:

公元22世纪初,地球进入一片需要3 000万年才能穿越的星际尘云。早在两三亿年前,地球便因穿越这片浩瀚尘云而进入漫长的冰河期,地球上97%以上的生物惨遭灭绝……而这次,走进这条进化死胡同的,却是我们人类!

为了应对这场末日劫难,有人主张利用量子发动机技术,将地球推离原有轨道；有人主张移民水星或点燃木星取暖；还有人暗中策划"涅槃计划"，试图利用外星智慧，将人类改造成嗜杀成性，但能适应恶劣环境的鹠羽人……

不同的意见导致无尽的争执与杀戮，人类面临两难抉择：要么被异化，要么被灭绝。最终主张维持人类本性的一方占据上风，"涅槃计划"策划者因此逃向宇宙深处。于是，一场超光速飞船追缉叛逃者的太空大戏在宏大的宇宙背景下展开。在惊心动魄的追缉中，"狄拉克"号飞船诡异地陷入时空陷阱，没想到却让人类意外地掀开了"宇宙钟摆"的神秘面纱。

"宇宙钟摆"能否改变人类面临的厄运？最终结局超出了所有人想象……

银河行星：本名吴信才，重庆市璧山人，新生代科幻作家。作品叙事宏大，擅长多角度展现人与宇宙万物的对应关系，擅长在众多科幻创意中反复切换，进而展现人类在极端状态下的生存状态、心理状态。其作品画面感极强，受到多家影视公司青睐。代表作《宇宙钟摆》三部曲以及其所著的所有作品，均已天价签约影视公司。

为促进中国本土科幻文学更好发展，《虫》MOOK系列图书面向全球华语科幻作者、书迷广泛征集科幻短篇、中篇、长篇原创作品。

我们郑重承诺，对于来稿每稿必复。

投稿邮箱：bfwhzf@163.com

科幻作者、读者交流群：QQ 群 1：16812541
　　　　　　　　　　　　　QQ 群 2：28184811

扫一扫走进科幻，关注《虫》MOOK更多资讯。